Peter Gerdes
Friesisches Inferno

LEDA

Peter Gerdes
Friesisches Inferno
Roman

1. Auflage 2017
ISBN 978-3-86412-209-5

Leda-Verlag, Rathausstraße 23, D-26789 Leer
info@leda-verlag.de
www.leda-verlag.de

Lektorat: Maeve Carels
Titelillustration: Jutta Gerdes
Druck und Bindung: GGP Media GmbH, Pößneck

Peter Gerdes

Friesisches Inferno

Roman

LEDA

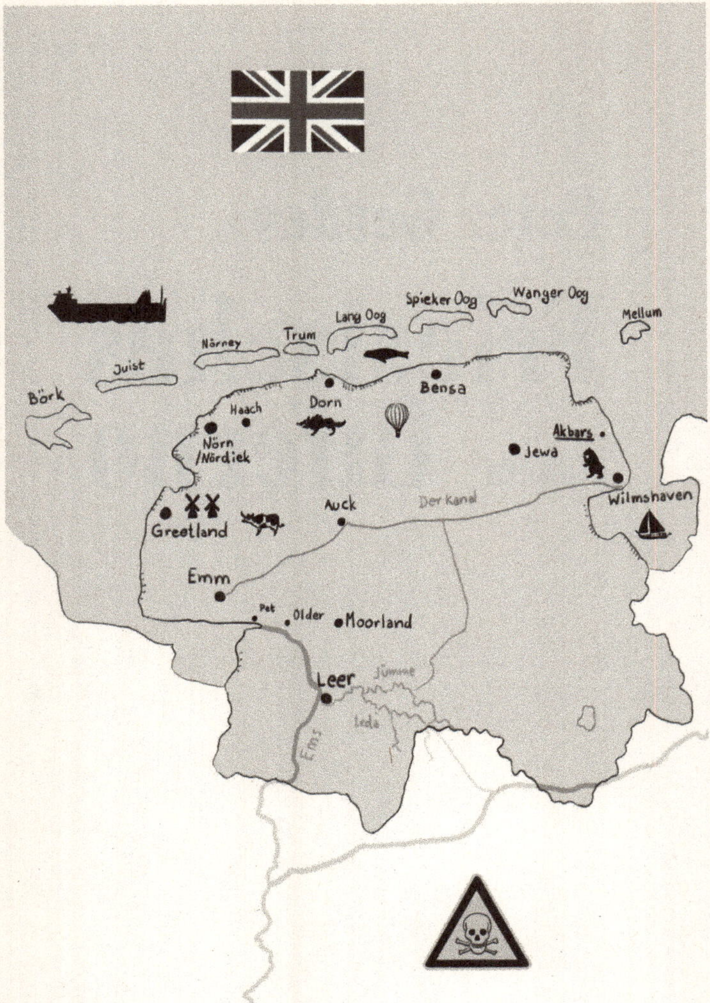

Spieker Oog
Wanger Oog
Lang Oog
Mellum
Trum
Nörney
Juist
Börk
Bensa
Haach
Dorn
Akbars
Nörn
/Nördiek
Jewa
Wilmshaven
Auck
Der Kanal
Greetland
Emm
Pot
Older
Moorland
Leer
Jümme
Leda
Ems

1. Schergen

»Nach Wilmshaven? Wirklich? Da soll es jetzt Eisbären geben!« Der Vollbärtige schaute ungläubig. In seinem überwucherten Gesicht glänzten die aufgerissenen Augen matt wie zwei bodenlose Tümpel. Der Dolch, mit dem er gerade ein Stück geröstete Kartoffel in dieses Gestrüpp hinein hatte stecken wollen, verharrte auf halbem Wege.

Helm warf seinem jungen Begleiter einen warnenden Blick zu. Hatte er Gander nicht eingeschärft, grundsätzlich niemals Fragen nach woher und wohin zu beantworten? Und wenn, dann nicht wahrheitsgemäß? Natürlich hatte sich der junge Spund nicht daran gehalten. Kaum hielt er sich eine Pfeife lang in der Gesellschaft eines Fremden auf, ohne dass der ihm das Licht ausblies, schon glaubte er, diesem Fremden vertrauen zu können! Der Junge musste wirklich noch viel lernen. Hoffentlich nicht auf die harte Art.

»Eisbären, ja?« Helm gab sich unbeeindruckt. »Ich dachte, den letzten hätten sie vor über dreißig Ernten erlegt, oder so. Das Fell hängt bei Franko überm Herdfeuer.« Als er sah, wie der Bärtige fragend die Stirn runzelte, fügte er hinzu: »Häuptling Franko, oben in Greetland. Kennst du nicht?«

»Ach der. Klar!« Der Bärtige lachte kurz auf und stopfte sich sein Kartoffelstück in den Mund. »Nennt sich also jetzt Häuptling, was? Das soll er mal bloß nicht Groß Onno hören lassen!« Er kaute geräuschvoll. »Aber der Eisbär, den du meinst, das war noch einer von denen aus Beehaven. Den haben sie wohl erlegt, kurz bevor er sowieso an Altersschwäche eingegangen wäre!« Wieder das harte, höhnische Lachen. Dann wurde er ernst, und seine Stimme wurde leise und rau. »Aber nee, diese neuen, das sind andere. Riesige Biester, mehr gelb als weiß, mit Hälsen dick wie Bäume.

Und auch fast so lang. Von denen hat bestimmt noch keiner ein Fell überm Feuer.«

Der Bärtige lehnte sich zurück, sichtlich gespannt auf die Wirkung seiner Worte. Gander zeigte sich gebührend beeindruckt. Bären mit Hälsen wie Bäume! Der Junge sollte sich bloß keinen Bären aufbinden lassen. Aber was Wunder, hatte er es doch in seinem bisherigen Leben mit keinem gefährlicheren Tier zu tun gehabt als einer Stachelmöwe. Obwohl Stachelmöwen nicht zu unterschätzen waren. Eisbären aber waren natürlich ein anderer Schnack.

Helm zeigte keine Reaktion. Es wusste, dass Gesichter reden konnten und wie gefährlich das war, und er hatte seins im Griff. Wer konnte wissen, was der Fremde bezweckte, ganz egal, ob er nun die Wahrheit sagte oder log? Wollte er sie davon abbringen, weiter nach Osten zu ziehen, warum auch immer? Oder wollte er herausbekommen, über was für Waffen sie verfügten?

Das kann er lange versuchen, dachte Helm, ohne eine Miene zu verziehen. Der Überraschungseffekt war ebenso wichtig wie die Waffe selbst, das wusste er. Niemals würde er leichtfertig darauf verzichten. Nicht einmal dem jungen Gander gegenüber.

Die matten Tümpelaugen blieben stur auf ihn gerichtet. Helm wusste, was sie sahen, und konnte sich denken, was der Bärtige von ihm hielt. Ein hagerer alter Mann, nicht sehr groß, mit tief liegenden grauen Augen, hohlen, zerfurchten Wangen und einem langen Kinn, mit hoher Stirn, Kopf und Gesicht mit grauweißen Stoppeln gesprenkelt. In seinem verblichenen Umhang unterschied er sich kaum von einem der elenden Sucher, die überall im Land herumkrochen wie Feuermilben auf glimmenden Scheiten, stets nur einen Mund voll Essen vom Hungertod entfernt. Solch eine Gestalt musste ein Kraftprotz wie dieser Bärtige nicht fürchten.

Gut so, dachte Helm.

Der Bärtige angelte sich noch eine Kartoffel aus dem stinkenden Krautfeuer. Sein Dolch war lang, fast schon ein Kurzschwert. Damit machte er Helm keine Angst. Was aber mochte in den Satteltaschen oder der Packrolle des schweren Rappen stecken, der dort im Schatten der Bäume rupfte und stampfte? Angeblich gab es immer noch große Vorräte an Munition für Gewehre. Helm hielt nichts davon, Gewehre waren wie Glücksspiel, die Patronen versagten häufiger, als sie zündeten. Trotzdem ließen sich Menschen immer noch von Gewehren beeindrucken. Ob der Bärtige eins dabei hatte?

Vielleicht war er ja Jäger. Oder warum hatte er sonst von Eisbären angefangen? Dann aber sollte er etwas Wirksameres dabei haben als ein Gewehr, denn Raubtiere ließen sich nicht so leicht ins Bockshorn jagen wie Menschen.

»Wo stehen denn eure Pferde?«, fragte der Bärtige kauend. »Ihr seid doch nicht etwa zu Fuß unterwegs?« Er deutete auf Helms Stiefel, dann auf Ganders geflochtene Schuhe: »Nein, das seid ihr nicht, stimmt's?«

Natürlich nicht. Ihr Schuhwerk war nahezu sauber, und mit sauberen Schuhen kam man in diesen Zeiten keinen halben Klommer weit. Nicht im Ernter und nicht nach diesem tagelangen Regen. Wie blöd, dass er nicht daran gedacht hatte, Schuhe und Stiefel glaubwürdig einzudrekken! Vorhin, als sie in der Dämmerung die Kartoffeln aus dem verlassenen Feld geklaubt hatten, wäre doch die beste Gelegenheit dazu gewesen. Dann aber hatte der Bärtige sie überrascht, und jetzt war es zu spät.

Natürlich waren sie nicht zu Fuß unterwegs. Auch nicht zu Pferd. Ihr Boot lag nicht weit entfernt im Kanal vertäut, unter überhängenden Büschen gut versteckt. Dieses Boot aber ging den Bärtigen gar nichts an.

Dieses Boot ging überhaupt niemanden etwas an, dachte

Helm grimmig. So unauffällig wie möglich tastete er nach seinem Faltmesser.

Als Gander den Mund öffnete, wusste Helm, dass er zu lange gezögert hatte. Jetzt war es zu spät, den Jüngeren noch am Reden zu hindern, ohne den Bärtigen endgültig misstrauisch zu machen. Wenn Gander sie jetzt verriet, dann gab es nur noch eine Möglichkeit. Helm spannte die alten Muskeln.

»Mit 'nem Bauern mitgekommen«, sagte Gander, schwer verständlich, da auch er mit vollen Backen kaute. »Hinten auf 'm Karren. Bis dicht an Auck.« Er wedelte mit der Hand ins Dunkel hinein. »Aber reinlassen wollten sie uns nicht. Darum sind wir noch bis hier. Alte Straße.« Er nickte noch einmal bekräftigend, ehe er sich vorbeugte und in der Glut nach einer weiteren Knolle stocherte.

»Ja, so sind sie in Auck«, sagte der Bärtige. »Misstrauisches Pack! Die würden nicht mal ihre eigene Großmutter reinlassen ohne Handbrand.« Erneut erklang das harte Lachen: »Nicht mal, wenn sie sie günstig verhökern könnten!«

Helm stimmte in das Lachen ein. Dabei entspannte er sich ein wenig und gönnte Gander einen anerkennenden Blick. Gut gelogen, Kleiner! Der Jüngere aber glotzte nur auf seine Kartoffel, von der er vorsichtig und möglichst sparsam vom Verbrannten abpulte.

»Und ihr traut euch also auf Alte Straßen?« Der Bärtige rammte seinen langen Dolch vor sich in den Boden; anscheinend war er gesättigt. »Zu zweit, ohne Bedeckung?« Er schüttelte missbilligend den Kopf. »Habt ihr keine Angst, dass euch die Drübener pflücken wie reife Früchte?«

»Rund um Auck lassen sich die Drübener selten blicken«, erwiderte Helm. Er rief sich das Bild vor Augen, das Gander gerade aus der Luft gegriffen hatte: »Der Bauernkarren, der uns mitgenommen hat, hatte sechs Eisenmänner als Bedeckung! Und die Stadt ist ständig dabei, die Mauern zu erhöhen. Da suchen sich die Drübener lieber leichtere Ziele.«

»Sag ich ja«, brummte der Bärtige. »Reisende ohne Bedeckung! Und diese Eisenmänner, ich bitte dich! Steife Spießer, die schubse ich doch mit dem Knüppel um.«

So siehst du aus, dachte Helm und musterte die bulligen, runden Schultern und die knorrigen Arme des Bärtigen. Der Mann war fast einen Kopf größer als er und kaum mehr als halb so alt. Wenn der ihm übelwollte, dann würde er sich auch vom jungen Gander nicht daran hindern lassen, über ihn herzufallen. Vor einem alten Mann wie Helm schreckte er bestimmt nicht zurück.

Tja. Diesen Fehler hatte schon mancher gemacht.

»Mit dem Knüppel, ja?«, fragte Helm zurück. »Du bist dir deiner Sache ja ganz schön sicher! Fragst uns, warum wir uns zu zweit auf Alte Straßen trauen, und bist doch selber ganz alleine unterwegs. Wie passt denn das zusammen?«

Gander schaute ihn erschrocken an. Er hatte Helm schon früher so fragen hören – aber stets hinter dicken Mauern. Auf freiem Feld, unter Fremden, fragte man nicht so. Das schickte sich nicht, und was sich nicht schickte, konnte gefährlich werden. Sehr gefährlich. Was, wenn der Bärtige beleidigt war? Sein Dolch war schnell zur Hand, und er war lang.

Der Bärtige aber schien nicht beleidigt zu sein. »Hast recht«, brummte er und nickte Helm zu. »Aber dennoch irrst du dich. Ich bin nicht allein.«

Wie aufs Stichwort ertönten Hufschläge, gedämpft zunächst, dann zügig lauter werdend. Und das Schnauben von Pferden. Als Helm klar wurde, dass das Getrappel von der einen und das Schnauben von der anderen Seite ihres Lagerplatzes kam, waren sie bereits eingekreist.

Sechs Männer waren es jetzt insgesamt, mit dem Bärtigen. Der begrüßte die Ankömmlinge wie alte Bekannte, was sie offenkundig waren. Die Reiter trugen allesamt Langwaffen und blechbeschlagene Lederjacken. Jetzt wusste Helm auch, was sich in dem Bündel hinter dem Sattel des Bärtigen befand. Der Mann hatte sie täuschen wollen, und das war ihm bestens gelungen.

Die Neuankömmlinge gruppierten sich ums Feuer und schauten den Bärtigen fragend an. War er der Bossmann? Noch hielt er sich bedeckt.

Helm gab Gander einen Wink. Der verstand und begann, einen Teil der Kartoffeln, die sie eigentlich als Reiseproviant hatten mitnehmen wollen, in die Glut zu werfen. Eine freundliche Geste konnte nicht schaden. Ihr Nutzen allerdings war ziemlich fraglich. Die Zeiten, als Leute, die miteinander aßen, sich anschließend nicht gegenseitig die Kehlen aufschlitzten, waren vorbei.

Wie so vieles andere auch.

»Wie war's bei euch?« Der Bärtige wandte sich an die Reiter, die zu dritt eingetroffen waren. »Was haben die Bauern gesagt?«

»Na, was wohl?« Der Längste der drei lachte genauso hart und höhnisch wie zuvor der Bärtige. »Geflucht haben sie, dass der Lehm von den Wänden gefallen ist! Von wegen, das wäre hier nicht Onnos Beritt. Aber das haben wir ihnen schnell klargemacht, dass sie das nicht zu entscheiden haben, wie weit wessen Beritt reicht. Sondern Groß Onno. Also wir, solange der Herr gerade nicht zugegegen ist!«

Jetzt lachten auch die anderen. Helm kroch es kalt über den Rücken. Er griff nach den Enden seines Schals und zog ihn sich fester um den Hals.

»Und? Haben sie Tribut gezollt?«, fragte der Bärtige. Seine Tümpel-Augen glitzerten im Widerschein des Feuers.

Der Lange ließ seinen Bossmann ein wenig auf die Antwort warten, aber sein Lächeln verriet ihn. »Alle bis auf einen!«, verkündete er stolz. »Und auch dieser eine leistet uns jetzt gute Dienste.« Er zwinkerte in die Runde. Brüllendes Gelächter antwortete ihm.

Helm kannte die Bilder. Körper toter Menschen, aufgehängt an großen Bäumen, torkelnd im Wind, ein Fraß für die Aaskrähen, eine Warnung für alle. Früher hatte man solchen Erhängten Schilder angeheftet, auf denen stand, was sie verbrochen hatten; der Onkel hatte ihm alte Bilder gezeigt in einem alten Buch. Heute schnitt man den Toten Symbole in die bleiche Haut. Es konnte ja kaum noch jemand lesen.

»Gut.« Der Bärtige nickte und gluckste zufrieden. »Wie steht es mit Draht?«

»War allerhand dabei«, sagte der Lange. »Rollenweise! So viel, dass wir's vergraben haben. Nächstes Mal, wenn der Wagen durchkommt, können wir es holen. Groß Onno wird Augen machen!«

Die ersten Kartoffeln waren gar, und die Neuankömmlinge begannen im Feuer zu stochern. Ihre Bewaffnung war sehr unterschiedlich, aber reichlich. Lange Messer besaßen sie alle.

»Und was hast du hier?«, fragte der Lange und schaute den Bärtigen über eine aufgespießte Knolle hinweg an. »Zollen sie oder nicht?«

Alle Augen richteten sich auf Helm und Gander. Der jüngere schien es nicht zu bemerkten; er prokelte weiter im Feuer herum. Helm hielt den Blick fest auf den Bärtigen gerichtet. Jetzt kam es darauf an.

»Ja, was haben wir hier?«, echote der Bärtige. Tief im Gestrüpp seiner Gesichtsbehaarung war ein Lächeln zu erahnen. »Viel habt ihr ja noch nicht rausgelassen. Wer seid ihr, was seid ihr? Treibt ihr Handel? Aber wo ist dann eure Ware? Oder seid ihr Sucher?«

Helm schüttelte den Kopf. »Keine Händler. Auch keine Sucher. Aber so ähnlich. Wir sind Finder.«

»Finder?« Der Bärtige schüttelte unwirsch den Kopf. »Nie gehört. Was soll denn das sein? Und woher kommt ihr überhaupt?«

Wozu drum herum reden, dachte Helm. Das war jetzt egal. »Wir sind von Nesserland«, sagte er.

Sie starrten ihn an, als hätte er gesagt, sie kämen von jenseits der Trennung. Dann schauten die Gerüsteten zum Bärtigen. Wer noch eine Kartoffel auf der Spitze seines Messers hatte, streifte sie ab, ohne hinzuschauen.

Als der Bossmann schwieg, ergriff der Lange das Wort. Er schien so etwas wie ein Unterführer zu sein; vielleicht war er damit nicht mehr zufrieden. »Zu denen gehört ihr also«, zischte er. »Zu den Selbstgerechten! Zu den Schändlichen!« Langsam erhob er sich. Sein langer Dolch wechselte in die linke Hand, seine rechte tastete nach dem Ding, das an seinem Gürtel baumelte. Vermutlich einer der Knüppel, von denen der Bärtige gesprochen hatte. Sicherlich keiner aus Holz.

»Setz dich!«, sagte der Bärtige. Seine Stimme war leise, ließ aber eindeutig erkennen, dass er nicht gewillt war, sich die Führung seiner Truppe aus der Hand nehmen zu lassen. »Von Nesserland also, was? Na schön. Wir sind von Nörn, wie du ja sicher schon weißt. Wir dienen Groß Onno. Und soviel ich weiß, war es nicht Groß Onno, gegen den ihr euch erhoben habt, richtig? Also soll mir das egal sein. Vorausgesetzt« – er kniff seine Tümpel-Augen zu schmalen Schlitzen zusammen – »vorausgesetzt, ihr erklärt euch bereit, Groß Onno Tribut zu zollen, jetzt und immerdar.« Er breitete die Hände aus, um seine Worte zu unterstreichen. »Alles andere interessiert mich nicht. Versündigt euch von mir aus, gegen wen und was ihr wollt! Solange ihr nur Groß Onno die Ehre erweist. Seine Macht ist die Macht, die kommt, das könnt ihr mir glauben. Seiner Macht hält keine andere stand. Nicht in ganz Friesland! Ihr seid doch nicht dumm, jedenfalls macht ihr nicht den Eindruck. Stellt euch auf die richtige Seite, solange ihr die Wahl noch habt.«

»Ja, wir haben die Wahl«, bestätigte Helm. »Und wir stehen auf der richtigen Seite.«

Zustimmendes Gemurmel ertönte in der Runde; der Lange klatschte seine Handflächen auf die Oberschenkel: »Na seht ihr! Geht doch!«

Der Bärtige aber hob kurz die Hand und brachte seine Leute zum Schweigen. »Was heißt das?«, hakte er nach. »Erweist ihr nun Groß Onno die Ehre oder nicht?«

»Ehre, wem Ehre gebührt«, sagte Helm; er hatte keinen Schimmer, woher ihm dieser Spruch plötzlich in den Kopf gekommen war. Stammte wohl noch vom Onkel. »Deinem Onno jedenfalls gebührt keine. Bauernlegen zeugt nicht von Größe.« Bei den letzten Worten erhob er sich.

Keine Sekunde zu früh. Auch die sechs Tributeure sprangen auf die Füße, am schnellsten der Lange. In einer einzigen, fließenden Bewegung riss er seinen Eisenknüppel aus dem Gürtel, schwang ihn hoch über den Kopf, machte zwei große Schritte auf Helm zu und ließ den Prügel auf ihn niedersausen. Er musste darin geübt sein, denn die faustgroße Kugel am Ende des Knüppels traf genau die Mitte von Helms Schädeldecke.

Jedenfalls fast. Im letzten Moment hatte Helm seinen linken Arm hochgerissen. Es dröhnte metallisch, als der Eisenknüppel den Unterarm traf und mitten in der Bewegung erstarrte wie plötzlich eingefroren. Der Lange glotzte fassungslos. Jeder Knochen hätte unter einem solchen Schlag zerbersten müssen wie zundriges Holz; Helm aber zeigte keinerlei Schmerz. Stattdessen wischte er den Knüppel mit einer beiläufigen Bewegung seines linken Arms beiseite und hob den rechten. Es klickte leise, als er ihn niederpeitschen ließ.

Der Lange hatte immer noch nichts begriffen. Jetzt war

es dafür auch zu spät, ein für alle Mal. Mit gespaltenem Schädel sackte der Unterführer in sich zusammen.

Noch einen zweiten von Groß Onnos Männern erledigte Helm auf genau die gleiche Weise, ehe die anderen begriffen hatten, dass hier jemand vor ihnen stand, den sie nicht so einfach legen konnten wie einen Bauern. Sie traten ein paar Schritte zurück und scharten sich um den Bärtigen. Gander, der sich ebenfalls erhoben hatte, stellte sich zu Helm, hielt aber zwei Armlängen Abstand.

Er wusste, warum.

Der Bärtige erteilte Anweisungen, gedämpft und für Helm unverständlich; nur der drängende Ton war zu vernehmen. Die Männer begannen sich zu verteilen, wollten Helm und Gander in die Zange nehmen. Zwei hatten jetzt lange Klingen in den Händen, der eine ein gekrümmtes Schwert, der andere einen Beidhänder. Helm konnte ein Grinsen nicht unterdrücken. In welchem Schaufenster mochten diese schmucken Dinger einst gelegen haben? Womöglich zerbarsten die Klingen schon beim ersten ernsthaften Hieb. Sicher wissen aber konnte man das nie, und er wollte kein Risiko eingehen.

Also ließ er den Teleskopstab fallen und nahm seinen Schal ab.

Der mit dem Beidhänder attackierte zuerst. Offenbar wollte er einen Schlag von oben in Helms Halsbeuge führen, der Schulter und Brustkorb bis zum Herzen gespalten hätte, wenn er denn angekommen wäre. Helm aber knetete kurz die Enden seines Schals, schleuderte das Ding über seinem Kopf herum und ließ genau im richtigen Moment die Maschen durch die Finger gleiten. Das eine Ende des Schals traf den Angreifer mitten auf die Stirn.

Es knackte hörbar. Dem Mann riss es die Füße nach vorne und das lange Schwert aus den Händen. Schwer fiel er auf den Rücken und regte sich nicht mehr.

Was machten die anderen? Der Bärtige hielt sich noch im Hintergrund; anscheinend hatte er auch nicht vor, sein kostbares Leben zu riskieren. So waren sie, diese Bossmänner. Na ja, irgendwie musste sie ja in ihre Positionen gekommen sein. Der Mann mit dem gebogenen Schwert versuchte nach wie vor, in Helms Rücken zu gelangen, hielt jedoch großen Abstand und beschränkte sich aufs Fintieren. Gut so. Und Nummer drei?

Auch Nummer drei hielt sich außer Reichweite. Er hatte etwas erhoben, das genau in dem Moment, als Helm es identifizierte, einen Ton von sich gab wie einen harten Schlag. Verflucht, eine Armbrust! Warum hatte er die denn nicht eher bemerkt?

Er wurde eben doch alt. Und jetzt vielleicht auch nicht mehr älter.

Der Schuss aber traf nicht Helm, sondern Gander. Der Junge, der Helm bereits jetzt um einen halben Kopf überragte, sank lautlos zu Boden. Der Schaft des Pfeils ragte aus der linken Seite seiner Brust. Noch im Fallen packte er ihn und riss ihn heraus. Dann schlug er hart auf und rührte sich nicht mehr.

Na dann, dachte Helm. Ist nicht so schlimm.

Dieser Gedanke verflog, als er bemerkte, dass der Schütze drauf und dran war, seine Armbrust nachzuladen. Der Bärtige lief derweil zu seinem Pferd. Wollte er sich jetzt schon vom Acker machen, obwohl es immerhin noch drei gegen einen stand? Ganz schön feige. Oder ganz schön schlau, wie man wollte.

Helm stürmte auf den Schützen zu, der seine Waffe bereits gespannt und den Pfeil in die Schiene gelegt hatte. Während Helm ausholte, riss der Mann die Armbrust hoch und schoss auf gut Glück. Helm hörte das Geschoss so dicht an seinem Ohr vorbeizischen, dass er glaubte, eine der Federn an seiner Wange zu spüren. Dann gab er seinem Schal den entscheidenden Schwung. Das zusammengeknüllte Blei am Ende zerschmetterte dem Schützen die Schläfe.

Helm spähte nach dem Bärtigen, als ihm plötzlich bewusst wurde, dass da ja noch ein Schwertkämpfer war. Im Umdrehen riss er instinktiv seinen linken Arm mit der Stahlschiene hoch. Keine Sekunde zu früh; der Kerl mit dem krummen Schwert hatte bereits zum todbringenden Schlag ausgeholt. Helm blockte ihn mit Mühe und Not. Damit aber schien der Angreifer gerechnet zu haben, denn sofort setzte er linkshändig mit seinem Langdolch nach. Ohne seine Schlagwaffe blieb Helm keine andere Möglichkeit, als nach dem Handgelenk des anderen zu greifen. Das gelang auch, aber Helm spürte sofort die Kraft des Jüngeren, der nicht mehr als zwanzig Ernten zählen mochte. Schon begann sein eigener Arm einzuknicken, und die Dolchspitze näherte sich bedrohlich seinem Unterbauch, begleitet vom hässlichen, siegesgewissen Lachen des Angreifers.

»Gander!«, schrie Helm in höchster Not. »Gander, jetzt!«

Gerade hatte sein junger Begleiter noch bewegungslos dagelegen – jetzt stand er plötzlich auf seinen Füßen. Mit einer Bewegung, die zu schnell für jedes Auge war, war er noch im selben Augenblick bei Helm, schlug dessen Gegner Schwert und Dolch gleichzeitig aus den Händen, fasste ihn an Gürtel und Jacke und hob ihn hoch.

Dann zerriss er ihn in zwei Hälften.

»Halt, Gander.« Helm schützte sein Gesicht mit beiden Armen, während das Blut des Groß-Onno-Mannes auf ihn niederprasselte, das Blut und nicht nur das. Dann schaute er sich wieder nach dem Bärtigen um. Dem konnte er es nun auch nicht mehr ersparen.

Der Bärtige saß schon auf seinem Pferd. Das wenige Mondlicht, das durch die Bäume fiel, ließ erkennen, dass auch er etwas in den Händen hielt und zielte. Etwa noch eine Armbrust?

Es klickte, dann zischte etwas wie eine wütende Doppelkreuzotter. Der Bärtige fluchte. Helm nickte wissend. Ja, Gewehre waren heutzutage nur noch dazu gut, hilflose Leute einzuschüchtern. Wenn es hart auf hart kam, taugten sie nichts.

»Gander«, sagte er leise. Der große Junge schaute ihn aufmerksam an.

»Das werdet ihr büßen, ihr Nesserlander! Ihr Abartigen, ihr Gottvergessenen!« Der Bärtige brüllte aus vollem Hals, während er seinen Gaul herumriss und ihm die Sporen gab. Das Tier schrie panisch auf und setzte zu einem mörderischen Galopp an. »Wir werden euch holen und bestrafen!«, röhrte der Bärtige weiter. »Vor Groß Onno könnt ihr euch nicht verstecken, auch nicht in eurem verkackten Emm! Wartet nur, wir kriegen euch!«

Merkt er eigentlich gar nicht, wie lächerlich es ist, so zu zetern und zu drohen, während er gerade flieht, dachte Helm. Vermutlich nicht. Häuptlingsknechte waren schon wieder dermaßen gewohnt, alles zu bekommen, was sie wollten, dass ihnen solche Feinheiten gar nicht mehr auffielen. Das riss jetzt mehr und mehr ein.

Und weil das so war, gab es nunmehr Leute wie ihn.

Der Bärtige war schon außer Hörweite, so schnell sprengte sein Pferd mit ihm davon. Trotzdem wäre es für Gander ein Leichtes gewesen, ihm nachzulaufen, ihn einzuholen und zurückzubringen. Oder aber ihn gleich an Ort und Stelle ... Ja, das wäre es. Eine Kleinigkeit.

»Gander, halt«, sagte Helm jedoch. »Lass ihn ziehen. Nach Nörn, zu seinem Großmaul Onno. Mal schauen, ob er sich wirklich wieder her traut.«

»Aber unser Nesserland ist doch gar nicht in Emm«, erwiderte Gander verwundert.

»So ist es«, sagte Helm und klopfte ihm auf die Schulter. »So ist es.«

2. Gander

In der leichten Morgenbrise glitten sie fast lautlos dahin. Das bräunliche Moorwasser des Kanals glitzerte in der aufgehenden Sonne, und Helm musste die Augen zusammenkneifen, um weit genug voraus sichern zu können. Seine letzte Sonnenbrille war schon vor Jahren zerbrochen. Die neue Welt war einfach zu hart für spröde gewordenen Kunststoff.

Gander lag vor ihm, lang ausgestreckt zwischen den Gepäckstücken auf den Bodenbrettern des schmalen, flachen Prahms, den sie erst gestern kurz hinter Auck entdeckt und erbeutet hatten. Das Ding mochte einem Bauern gehört haben, der damit zu seinen Feldern herübergestakt war und seine bescheidene Ernte eingebracht hatte, oder auch einem Kanalfischer; bis auf eine Leine mit einem simplen Haken daran hatten sie allerdings keinerlei Fischerzeugs gefunden. Wie auch immer, der frühere Besitzer würde sich ein neues Boot bauen müssen – oder ebenfalls eins erbeuten. Helm hatte nicht vor, es zurückzubringen.

Das braune Segel, das sich im günstigen Nordwest blähte, war dagegen seins. Federleicht war es, aus Nylongewebe, wie es mal üblich gewesen war, früher, in den vergangenen Zeiten. Die meisten Segel dieser Art waren längst von der Sonne gedörrt und vom Sturm zerfetzt worden; wer sich heute auf dem Wasser bewegen musste, war längst zu Tuchsegeln zurückgekehrt, schwer und unhandlich, aber haltbar und leicht zu reparieren. Dieses Focksegel jedoch hatte bei einem Segelmacher auf dem Dachboden gelegen, gut verpackt und geschützt in einem Sack. Mehr als fünf Jahrzehnte lang. Es war immer noch so gut wie neu.

Als Mast diente der lange Stakstock des Prahms, provisorisch aufgerichtet mit Seilen, die sie immer dabei hatten, denn der Prahm war zum Segeln gar nicht gedacht. Diese improvisierte Vorrichtung hatte aber auch Vorteile, denn so konnten sie an jeder Brücke den Mast schnell und einfach legen, ohne dass ihr Boot den Schwung verlor, und ihn nach der Durchfahrt ebenso schnell wieder aufstellen. Die Zeiten, als Brücken noch geöffnet werden konnten, waren lange vorbei.

Gander murrte im Schlaf und warf sich herum, so dass der leichte Prahm ins Schwanken geriet. Helm glich die Gewichtsverlagerung aus, so gut es ging, um das Boot auf Kurs zu halten. Der Junge würde noch eine Weile brauchen, ehe er wieder bei Kräften war. Das war der Preis, den er zahlen musste, wenn er aufs Stichwort explodierte; danach aß er jedes Mal unglaubliche Mengen und fühlte sich trotzdem ausgelaugt und erschöpft. Helm fragte sich, wie viel davon körperlich war und wie viel mental. Er wusste es nicht, und er kannte auch keinen, der ihm das hätte sagen können. Gander war einzigartig.

Ansehen konnte man ihm das nicht. Groß und wuchtig war er, rundgesichtig und weizenblond, mit leicht abstehenden Ohren und blassblauen Augen, die neugierig in die Welt guckten, wenn Gander nicht gerade schlief, so wie jetzt. Ein junger Friese wie viele andere auch. Sollte man meinen.

Als kleiner Junge war Gander dicklich gewesen, schon immer mit einem gesunden Appetit ausgestattet, der sich nicht immer stillen ließ. Jetzt, da sein Körper wuchs und sich streckte, begannen sich die Konturen des Mannes herauszuschälen, der er einmal sein würde. Durchaus vielversprechend, das hörte Helm immer wieder. Dann nickte er stets und lächelte. Seine Besorgnis behielt er für sich.

Wer wusste schon, was wirklich in diesem Jungen steckte?

Tatsache war, dass er sich veränderte. Von Monat zu Monat, sogar von Woche zu Woche. Klar, er war in der Pubertät, da veränderten sich alle Menschen, nicht nur die

Jungen. Das machte sie unberechenbar und häufig müde, weil jeder Umbau Kraft kostete. Aber das, was mit Gander geschah, sprengte diesen Rahmen bei weitem. Und es war nicht absehbar, wann diese Entwicklung ihr Ende erreicht haben würde.

Falls das überhaupt jemals geschah.

Der Junge hob den Kopf, plierte verschlafen in die Sonne und drehte sich zu Helm um. »Kann ich noch was haben?«, nuschelte er.

»Na klar«, erwiderte Helm und wies auf den Beutel mit dem Hartbrot. »Hier. Und Äpfel sind auch noch da.«

Gander verzog den Mund. »Nichts Richtiges mehr?«

Helm schüttelte den Kopf. »Aber wir können nachher mal angeln.«

»Au ja.« Gander stopfte sich Hartbrot in den Mund, das unter seinen kräftigen Zähnen krachte und staubte. Dann griff er sich zwei Äpfel und legte sich wieder hin.

Er ist gutmütig, dachte Helm. War er selbst auch so gewesen in diesem Alter? Schwer zu sagen; seine Erinnerung gab das nicht her. Damals hatte Chaos geherrscht, erst die Große Flucht, dann das Große Sterben. Die Gesetze des Überlebens hatten sich von selber aufgestellt, und wer sich nicht daran hielt, war schnell Geschichte.

Geschichte! Auch so ein Ausdruck vom Onkel. Wenn etwas »Geschichte war«, dann war es unwiederbringlich verloren und keinen zweiten Gedanken wert. Und damit ja eigentlich das Gegenteil von Geschichte, überlegte Helm. Geschichte, das war doch gesichertes Wissen über das Gewesene. Ein Fach in der Schule hatte so geheißen. Und jetzt? Niemand gab auch nur ein Stück trockene Kuhscheiße für das Gewesene. Nur das Hier und Jetzt zählte noch. Und gerade noch der morgige Tag, den zu erleben der größte Daseinszweck geworden war.

Schule. Helm hatte noch ein paar Jahre lang eine Schule

besucht, eine Handvoll Jahre, ehe das Chaos ausgebrochen war. Lesen und Schreiben und Rechnen. Vor allem Heimatkunde. Was wäre er heute ohne die! Natürlich auch Religion. Helm schüttelte den Kopf, wenn er an die Wundermärchen dachte, die man ihm damals aufgetischt hatte.

Später einmal, irgendwann, hatte er nachts um ein Wunder gefleht, halb verhungert, regennass und kalt. Der Onkel hatte ihn gehört. Und ihm zwei gewaltige Ohrfeigen verpasst.

Tja, der Onkel. Der war die wahre Schule gewesen. Hartes Herz, harte Hände. Ohne ihn hätte Helm mit Sicherheit nicht überlebt.

Er schreckte aus seinen Gedanken auf. Was hatte sich da vorne bewegt? Ein Bauer, der Wasser für sein Feld schöpfte oder für sein Vieh? Ein Sucher? Vielleicht ein Drübener, der es irgendwie geschafft hatte, die Todeszone zu durchqueren? Noch mehr Schergen von Groß Onno oder einem anderen selbsternannten Häuptling? Oder womöglich der Ausguck einer der vielen Wegelagerer-Banden, die jede Überland-Reise zu einem unkalkulierbaren Wagnis machten? Helm vermochte es nicht zu sagen. Wer oder was immer das gerade gewesen war, hatte sich wieder ins Unterholz des kleinen Uferwäldchens zurückgezogen. Einzig ein paar nachfedernde Äste zeigten an, dass er sich nicht getäuscht hatte.

In der Morgensonne hatten die überwucherten Kanalufer zu leuchten begonnen, in vertrauten Farben ebenso wie in solchen, für die Helm nicht einmal einen Namen hatte. Manche dieser Blüten, die da an langen, biegsamen Stengeln durchs Gras krochen wie Schlangen, konnten ihre Farbe von einem Tag auf den anderen wechseln. Manche von ihnen schnappten nur nach Insekten, andere waren giftig und konnten ganze Ringelmäuse packen und verdauen.

Auch Menschen taten gut daran, sich vor diesen Blüten in Acht zu nehmen, denn einige verbrannten einem die Haut wie Sauerfraß, und von diesen Schmerzen hatte man lange etwas.

Wenigstens waren keine Speerspargel in Sicht, registrierte Helm. Einige von denen wurden dick wie Bäume und wuchsen in kürzester Zeit meterhoch. Wer die Zeichen nicht erkannte und sein Nachtlager über einem Speerspargelsprössling aufschlug, der erlebte unweigerlich den nächsten Morgen nicht mehr.

Nachdenklich schaute Helm wieder zu Gander. Der Junge schien schon wieder zu schlafen. Er war noch nicht annähernd weit genug erholt, um erneut zu einer solch übermenschlichen Leistung zu explodieren wie letzte Nacht. Wenn er ihm jetzt schon wieder das Stichwort gab, konnte das sehr gefährlich für Gander werden, ihn vielleicht sogar töten. Jedenfalls nahm Helm das an. Genau wissen konnte das niemand. Was wusste man schon sicher über Gander?

Helm blieb angespannt, während sie das Wäldchen passierten, und ließ das Ufer nicht aus den Augen. Niemand war zu sehen, keine unnatürliche Bewegung im Grün der Büsche und Bäume festzustellen. Langsam entspannte er sich wieder. Er richtete seine Aufmerksamkeit wieder nach vorne.

Keine Sekunde zu früh. Ein paar Bootslängen voraus ragte das gelbliche, kugelige Augenpaar eines Panzerhechtes aus dem Wasser. Leichtes Kräuseln der ansonsten nahezu glatten Wasseroberfläche deutete an, dass dieses Vieh mindestens dreieinhalb Meter lang sein musste. Jetzt erschienen auch die Rückenstacheln in Helms Blickfeld. Das Tier hatte sich also zum Angriff entschlossen. Noch ein letzter taxierender Blick aus den gelben Kugelaugen, dann tauchten sie ab, die aufgerichteten Stacheln im Gefolge. Es wurde ernst.

Panzerhechte waren verflucht intelligent – genügend

jedenfalls, um einem Boot anzusehen, ob sie es umwerfen konnten oder nicht. Helm hatte schon viele Berichte davon gehört, wie Menschen, die aus ihren gekenterten Booten ins Wasser gefallen waren, von diesen Biestern und ihrer Brut in Fetzen gerissen worden waren. Von einem erfolglosen Angriff eines Panzerhechtes auf ein Wasserfahrzeug jedoch hatte er noch nie gehört. Oder davon, dass jemand einen Angriff überlebt hätte.

Blitzschnell ging er in die Knie. Von den Besitztümern der Groß-Onno-Schergen gestern Abend hatten sie nicht viel mitgenommen; zwei der Dolche zum Beispiel und die erstaunlich geringen Proviantvorräte. Das meiste hatten sie liegen lassen, vor allem die beiden Schwerter, die sich tatsächlich als besserer Wandschmuck entpuppt hatten.

Nicht jedoch die Armbrust. Die war zwar alt, hatte aber eine Menge Durchschlagskraft, und einen kleinen Vorrat Pfeile gab es auch. Helm hatte sie heute früh probeweise gespannt und bestückt. Sie lag noch in Griffweite.

Obwohl Panzerhechte überhaupt keine Hechte waren, führten sie ihren Namen nicht ohne Grund; ihr horniger Rücken war für Pfeile undurchdringlich. Helm musste also warten, bis das Vieh wieder auftauchte. Falls es das überhaupt tat. Zwei Angriffstaktiken eines Panzerhechts waren bekannt: Entweder verbiss sich das Tier im Dollbord eines kleineren Bootes, oder aber es tauchte unter seine angepeilte Beute und machte den Todesbuckel, der auch ein größeres Boot zum Kentern bringen konnte. Wie groß war ihr Prahm in den Augen dieses Fisches? Davon konnte ihr Leben abhängen.

Helms Gedanken rasten, wie immer in solchen Situationen. Wohin schießen, wenn das Tier wieder auftauchte? Die Augen? Sinnlos, die saßen oben auf dem Kopf, noch extremer als bei einem Krokodil, da gab es keinen direkten Weg zum Hirn, jedenfalls nicht für einen Pfeil, und blenden konnte ein Treffer immer nur ein Auge. Wohin dann? Warten, bis der weiche Bauch ins Visier kam? Dann lagen sie längst im Wasser. Und wenn der Panzerhecht unter ihnen den Buckel machte? Helm neigte nicht zum Beten, aber etwas anderes wollte ihm beim besten Willen nicht einfallen.

Das Tier schoss aus dem Wasser, wenige Meter seitlich, durchbrach den Wasserspiegel mit einem regelrechten Knall, der das Rauschen und Platschen des Wassers übertönte, und stürzte sich mit weit geöffnetem Rachen auf die niedrige Bordwand des Prahms. Helms fand seine Frage beantwortet. Der kurze Pfeil seiner erbeuteten Armbrust schnellte direkt zwischen die mörderischen Zahnreihen, durchschlug den Gaumen und fuhr dem Tier ins Gehirn. Als es mit zuklappenden Kiefern die Bordwand rammte, vorwärtsgetrieben von der eigenen Körpermasse, war es bereits tot, auch wenn der gepanzerte Körper immer noch zuckte. Helm schnappte sich einen der langen Dolche und trieb ihn seitlich unter dem Panzer in den Körper des Viehs, um es am Untergehen zu hindern.

Der Lärm und das Schwanken des Bootes hatten Gander geweckt. »Was ist denn los?«, fragte er verschlafen und rieb sich die Augen. »Was machst du da?«

»Du wolltest doch etwas Richtiges zu essen«, antwortete Helm. »Ich hab dir mal was geschossen. Komm, fass mit an.«

Es war noch ein hartes Stück Arbeit, den Tierkörper mit Seilen zu sichern und bis zu einer geeigneten Uferstelle zu schleppen, die einerseits genügend Deckung durch Gestrüpp, andererseits einen ausreichend weiten Rundumblick gewährte, um herannahende Gefahren rechtzeitig sichten zu können. Dann stellte sich heraus, dass der Panzerhecht zu schwer war, als dass sie beide ihn hätten an Land ziehen können. Wenn man Gander nicht aktivierte, war er ein ganz normaler Heranwachsender, sehr groß und kräftig für sein

Alter, aber keineswegs übermenschlich stark. Helm hütete sich, ohne Not das Signal zu geben. So mussten sie das Tier wohl oder übel noch im Wasser zerlegen.

»Hoffentlich locken wir damit nicht noch so ein Biest an«, unkte Gander, als das gelbliche Blut des Monstrums ins Kanalwasser sickerte, während sie das Fleisch mit ihren Messern von Knochen und Gräten lösten. Tatsächlich, dieses Tier besaß beides.

Helm schüttelte beruhigend den Kopf. »Panzerhechte dulden keinerlei Konkurrenz in ihrem Revier«, sagte er, »und so ein Revier ist groß. In diesem Fall dürfte es wohl den ganzen Kanal zwischen Auck und der nächsten Schleuse umfassen. Hier lebt garantiert kein einziges anderes Raubtier mehr. Außer der eigenen Brut natürlich.«

»Und die würde nicht die eigene tote Mutter fressen?« Gander kratzte sich den Kopf. »Oder ist es der Vater?«

Helm lachte. »Tatsächlich beides«, sagte er. »Und nein, die Nachkommen stürzen sich niemals auf ihr Elterntier. Zumindest nicht gleich. Erst einmal haben sie anderes zu tun.«

»Nämlich?«

»Sich gegenseitig zu töten und zu fressen.« Helm seufzte. »Irgendwas in ihrem Organismus sorgt dafür, dass sie sehr klein bleiben, solange ihr Elterntier lebt, kaum größer als eine Hand. Wenn das große Tier aber stirbt, ist das für sie das Signal, sofort um die Revier-Nachfolge zu kämpfen. Und natürlich zu fressen und schnell zu wachsen. Praktischerweise lässt sich das hervorragend kombinieren.«

Nachdem sie den Panzerhecht erst einmal aus seiner stabilen Rückhaut geschlagen hatten, ging das Zerlegen leichter. Selbst Helm staunte, als er an einem der Seitenteile des Tieres ein stummeliges Beinchen entdeckte. Schau an, dachte er, das könnte die Frage beantworten, wie diese Biester seinerzeit in die Binnenreviere vorgestoßen sind.

Seinerzeit – was für ein seltsamer Begriff! Wessen Zeit

sollte das gewesen sein? Wenn schon, dann die des Chaos'. Und dessen Zeit war ganz bestimmt noch lange nicht vorbei.

Obwohl sie natürlich genau daran arbeiteten. Jedenfalls einige von ihnen.

»Machen wir Feuer?«, fragte Gander hoffnungsvoll.

»Natürlich nicht!« Helm runzelte vorwurfsvoll die Stirn. »Hast du schon wieder vergessen, wozu das gestern Abend geführt hat? Ich hab nicht schon wieder Lust auf ungebetenen Besuch.« Zwar war Friesland heutzutage weit weniger dicht besiedelt als in Helms Kindheit, trotzdem war man gut beraten, immer damit zu rechnen, dass irgendjemand in der Nähe war. Und dass dieser Jemand nichts Gutes im Schilde führte.

Gander machte ein enttäuschtes Gesicht. »Dann dauert es ja wieder ewig«, murrte er, fügte sich aber Helms Entscheidung.

Die Frage hat er nicht beantwortet, dachte Helm, während er den Parabolschirm ihres Patentofens auseinanderfaltete. Wusste Gander wirklich noch, was gestern Abend geschehen war? Oder löschten die unerklärlichen Vorgänge in seinem Körper und seinem Geist jede Erinnerung an seine übermenschlichen Kraftakte aus? Von sich aus hatte er jedenfalls noch nie darüber geredet, und wenn Helm die Sprache darauf brachte, ganz vorsichtig natürlich, reagierte er jedesmal sehr einsilbig darauf.

Der Parabol-Ofen war wirklich ein patentes Ding. Natürlich eine Entwicklung des Onkels; Helm hatte wahrlich unendlich viele Gründe, dem lange Verstorbenen dankbar zu sein. Dieser Ofen war wesentlich leistungsfähiger als die besseren Spielzeuge, die seinerzeit – seinerzeit! – in Umlauf gewesen waren und die in diesen Breiten kaum ausgereicht hatten, um Wasser zu erhitzen. Der Onkel hatte einen Spiegel konstruiert, der wesentlich größer und leistungsfähiger war, gleichzeitig aber leicht, vollständig faltbar und einfach zu transportieren. Trotzdem dauerte es natürlich eine Weile, dicke Stücke Fleisch damit durchzugaren. Dabei hatten sie heute noch Glück, denn es war sehr sonnig für die Jahreszeit.

Insgesamt aber wurde es wieder kälter. In Nesserland hatten sie noch Thermometer, welche mit Quecksilber und solche mit Bimetallstreifen, die alle ohne Batterien funktionierten. Seit etlichen Jahren wurden jetzt wieder regelmäßige Aufzeichnungen durchgeführt, und die sprachen eine deutliche Sprache. Nach Jahren der allgemeinen Erwärmung nahmen die durchschnittlichen Temperaturen nun wieder ab, leicht nur, aber eindeutig. Warum? Man wusste es nicht. Wie man so vieles nicht wusste.

Zum Beispiel wusste man bis heute nicht, warum das Kraftwerk in Ling, weiter oben an der Ems, in die Luft geflogen war. Damals war es zu Massenfluchten von der Friesischen Halbinsel gekommen, denn der Wetterbericht warnte vor südlichen Winden und schweren Niederschlägen. Die Angst vor tödlicher Verstrahlung hatte die Menschen wahnsinnig gemacht. Helm erinnerte sich noch gut an die Kämpfe an Zapfsäulen und die Schüsse an den Straßensperren. Sein Vater hatte noch schnell Proviant holen wollen; sie hatten ihn nie wieder gesehen. Wohl aber sein Auto, viel später, ausgebrannt auf einem Supermarkt-Parkplatz. Der Onkel hatte ihm die Nummernschilder gezeigt. Da hatte seine Mutter auch schon nicht mehr gelebt.

Der Onkel. »Fahrt nicht«, hatte er gewarnt, »der Wind dreht! Wenn ihr jetzt nach Süden fahrt, kommt ihr mitten hinein.« Helm wusste es noch wie heute, obwohl er damals erst elf gewesen war. Er hatte seinem Onkel vertraut, nicht nur, weil der eine eigene kleine Wetterstation besaß. Alles, was der Onkel sagte, hatte Hand und Fuß. Auf wen sollte man in solch einer Situation denn hören, wenn nicht auf ihn?

Trotzdem, wer nur irgend konnte, war gefahren, voller Panik, nichts wie raus aus dieser Sackgasse, runter von diesem Flecken Land, der von drei Seiten vom Wasser umgeben war! Sie waren alle in ihr Verderben gefahren. Denn der Wind hatte tatsächlich gedreht, wie der Onkel es vorhergesagt hatte, von Süd über Südwest auf West, später auf Nordwest zu West. Die Flüchtenden waren nicht nur in die Fallout-Wolken hineingefahren, diese waren ihnen anschließend auch noch gefolgt.

Dann waren die Tage und Nächte des Donners gekommen, die sie im Keller eines verlassenen Hauses verbracht hatten. Ein großes Haus, es gab viele Vorräte und ein Schwimmbecken im Keller, aus dem sie tranken, als kein Wasser mehr aus den Leitungen kam. Nachdem der Strom wegblieb, aßen sie Fertigmahlzeiten aus tropfenden Kühltruhen. Als es kein Gas mehr zum Kochen gab, waren die Konserven an der Reihe. Helm konnte heute noch den Geschmack von weißen Bohnen mit Suppengrün auf der Zunge spüren, wenn er sich konzentrierte.

»Schmeckt komisch.« Gander hatte sich bereits bedient, während Helm noch sinnierte. Er verzog den Mund, aber dieser Mund war voll, und der Junge kaute beherzt.

Der Hunger treibt's rein, dachte Helm und bediente sich ebenfalls. Der Geschmack der hellen, glasigen Lamellen, die in der Hand zerfielen, war in der Tat merkwürdig. Nicht Fisch, nicht Fleisch, aber von beidem etwas, genau wie das Tier, von dem es stammte. Bisher hatte Helm noch niemanden diesen Geschmack schildern hören, das wusste er genau, denn sein Gedächtnis war immer noch unbestechlich. Konnte es sein, dass sie die ersten waren, die Fleisch vom Panzerhecht aßen? Möglich; offenbar hatte es noch niemand vor ihnen geschafft, solch eine Bestie zu erlegen.

Sei's drum, dachte er und nahm noch mehr. Sorgen machte er sich keine; seine Sinne waren so geschärft, dass er schnell erkannte, ob eine Speise womöglich unbekömmlich war, und hier empfing er keinerlei Warnsignale. Und was den Geschmack anging – solange sie noch Salz hatten, sollten ihm solche Unwichtigkeiten herzlich egal sein.

Sie aßen, soviel sie konnten, brieten von den restlichen Stücken so viele wie möglich durch und salzten den Rest ein. Das meiste des riesigen Tierkörpers war von vornherein nicht verwendbar erschienen und wieder im Kanal gelandet, trotzdem verfügten sie jetzt über einen beachtlichen Fleischvorrat. Das hatte Vor- und Nachteile, überlegte Helm. Gut, sie hatten tagelang reichlich zu essen, nicht bloß Hartbrot und Obst. Aber sie hatten auch schwerer zu tragen. Kein Problem, solange der Prahm schwamm und der Wind günstig stand, aber nicht mehr lange, und sie würden wieder an eine Schleuse kommen, wie schon kurz hinter Auck. Dann mussten sie den Prahm außen herum tragen, denn wie so gut wie alles andere aus dem technischen Zeitalter funktionierten auch die Schleusen nicht mehr. Das hölzerne Boot konnten sie zu zweit gerade bewältigen, mit Absetzen zwischendurch zum Verpusten. Ihr Gepäck aber mussten sie dazu herausnehmen, und das war durch das Fleisch nicht nur schwerer geworden, sondern auch reizvoller. Für Tiere aller Art ebenso wie für jeden Sammler, der es unbewacht vorfand. Und natürlich für Schergen oder Wegelagerer – ganz egal, ob nun bewacht oder nicht.

Ganz zu schweigen von den Drübenern. Bei denen wusste man nie, was einen erwartete.

»Helm«, fragte Gander, als sie ihr Boot beladen und vom Ufer abgestoßen hatten, »was suchen wir eigentlich in Wilmshaven?«

Helm zwang ein Lächeln auf sein Gesicht. »Wir suchen nicht, wir finden«, versuchte er zu scherzen. »Darum sind wir ja auch keine Sucher. Wir sind Finder. Das Wort Sucher ist schon anderweitig vergeben.«

»Ja, ja.« Gander lächelte ebenso gequält zurück. »Aber was wollen wir dort denn nun finden? Du hast versprochen, es mir zu sagen, bevor wir dort sind. Wenn ich dir helfen soll, muss ich doch wissen, worum es geht.«

Wo der Junge recht hatte, hatte er recht, dachte Helm und konzentrierte sich verbissen darauf, das Segel zu trimmen, bis es beinahe faltenfrei im Wind stand. »Wir wollen nicht etwas finden, sondern jemanden«, sagte er dann. »Nämlich eine Person, die wir sehr vermissen. Und eine weitere Person auch noch. Nämlich denjenigen, der für ihr Verschwinden verantwortlich ist.«

Gander sperrte Mund und Augen auf. »Du meinst – Engel? Wir suchen nach Engel?«

Helm sah davon ab, den Jungen erneut zu berichtigen, und nickte. »Ja, genau«, bestätigte er. »Wir holen deine Schwester zurück.«

3. Der Drübener

Obwohl sie so viel Zeit verloren hatten, kam die nächste Schleuse viel zu früh in Sicht. Helm barg das Segel und steuerte den Prahm unter die überhängenden Zweige eines Busches, der direkt in der Kanalböschung wurzelte und sich als harmlos erwies. Hier konnten sie halbwegs ungesehen abwarten, bis die Dämmerung eingesetzt hatte. Das Umtragen des Bootes und des Gepäcks war eine zeitraubende Angelegenheit und machte sie angreifbar. Da war der Schutz der hereinbrechenden Dunkelheit das mindeste.

Gander schien inzwischen Gefallen am Geschmack des Panzerhecht-Fleisches gefunden zu haben und ließ keine Gelegenheit aus, ihre Vorräte zu dezimieren. Jeder Heranwachsende würde das tun, dachte Helm, in diesen Zeiten; Ganders unnatürlicher Heißhunger war vorbei, nahtlos übergegangen in einen für sein Alter normalen Schmacht.

»Du, Helm«, sagte Gander, als er endlich gesättigt war und sich die fettigen Finger an seinem wollenen Überwurf abwischte, »was weißt du eigentlich über meinen Vater?«

Helm schüttelte den Kopf. »Gar nichts, mein Junge«, antwortete er. »Leider gar nichts. Ich habe ihn nie kennengelernt. Im Gegensatz zu deiner Mutter. Die habe ich sehr gut gekannt.«

Natürlich durchschaute Gander den Ablenkungsversuch. »Aber du weißt doch, wer mein Vater war«, hakte er nach. »Niemand will es mir sagen. Nane-Mö weint jedes Mal, wenn ich frage, und Ohm Focko hat sogar gedroht, mir eine zu scheuern, wenn ich nicht mit der Fragerei aufhöre.« Er grinste: »Ohm Focko ist inzwischen einen ganzen Kopf kleiner als ich. Aber ich glaube, er würde es trotzdem tun.«

»Zu meiner Zeit wurden fast alle Jungen größer als ihre Väter«, sagte Helm. »Jedenfalls kam mir das so vor. Heute ist das anders. Hängt wohl mit dem Essen zusammen. Du bist da eine Ausnahme.« Verflucht! Helm biss sich auf die Zunge, aber es war zu spät. Das verhängnisvolle Wort war in der Welt.

»Ja, das stimmt«, sagte Gander ganz ruhig. »Ich bin anders, das weiß ich. Liegt das an meinem Vater? War der auch anders?«

»Was hat dir deine Mutter denn über deinen Vater erzählt?«, flüchtete sich Helm in eine Gegenfrage.

Gander zuckte mit den Schultern. »Nicht so viel. Ich war ja noch ziemlich klein, als sie starb. Vater war groß, Vater war stark, Vater hatte gelbe Haare.« Er fuhr sich mit den Fingern durch seinen verstrubbelten Schopf: »Meine sind blond. Das ist auch eine Art Gelb, oder? Mama war dunkelblond, Engel ist hellblond. Du auch, nicht wahr?«

Helm musste lachen. Er trug den Haarkranz, der ihm verblieben war, so kurz wie möglich, und wenn dieses Resthaar überhaupt noch eine Farbe besaß, dann hieß die Friedhofsblond. Früher einmal waren seine Haare braun gewesen. Früher, als man sich noch über so was Gedanken gemacht hatte. »Von mir aus nenn sie blond«, gab er zurück.

Gander schwieg eine Weile, dann sagte er: »Mein Vater war nicht Mutters Mann, richtig?«

Helm spürte, wie seine Knochen zu Eis wurden. »Wie kommst du denn darauf?«

»Viele andere Kinder haben Väter, die tot sind«, sagte Gander. »Oder verschwunden. Nicht zurückgekehrt. Aber von diesen Vätern wird gesprochen. Sie sind nicht mehr da, aber jeder weiß, dass sie mal da gewesen sind, verstehst du?«

Helm nickte, den Mund zu trocken zum Sprechen. Er verstand nur zu gut.

»Mein Vater war keiner von uns«, sagte Gander. »Auch keiner von denen, die zu uns gekommen und geblieben sind. Mit ihm war es – anders, nicht wahr?« Der Junge lief rot an, während er fortfuhr: »So wie mit Ohm Kalles Stute. Wie da der Eselhengst nachts übers Gatter ist, und dann kriegte sie dieses merkwürdige Fohlen, du weißt doch.«

»Nicht merkwürdig.« Helm räusperte sich und schluckte hörbar. »Man nennt solche Fohlen Maultiere. Die sind sehr nützlich.«

»Aber sie sind anders«, beharrte Gander. »Ich bin auch anders, nicht?«

»Glaube mir«, sagte Helm, »so wie du bist, bist du völlig in Ordnung. Verstanden? Ich meine es, wie ich es sage.« Er lugte durch die überhängenden Zweige des Busches, der ihnen Deckung bot: »So, es wird Zeit. Nimm die Stange, es geht los.«

Sie stakten ihren Prahm bis zu der Uferstelle, die Helm sich ausgeguckt hatte. Zwar stellten sich die Reste eines Anlegesteges als eher hinderlich denn hilfreich heraus, aber die Böschung war hier fest und stieg gleichmäßig an, das war entscheidend. Sie schleppten ihr Gepäck bis zum vorderen Schleusenhöft, wo sie es auch von unten noch gut im Blick hatten. Dann machten sie sich daran, das Boot aus dem Wasser zu hieven.

Es ging besser als befürchtet; als sie ihre erste Verschnaufpause einlegen mussten, hatten sie den Prahm bereits oben auf dem Kanaldeich. Die Strecke entlang des Schleusenbeckens war eben; durch die buckeligen Überreste eines Hartgrauplattenweges wuchs hohes Gras. Wenn sie es anfeuchteten, würden sie das Boot mit weniger Kraftaufwand zur anderen Seite ziehen können, überlegte Helm.

»Gander, nimm den Segeltuchbeutel und hol uns Kanalwasser«, wies er den Jungen an. Dessen Atem ging schon wieder ganz ruhig, und er führte den Befehl anstandslos aus. Helm konnte noch etwas Zeit gebrauchen, um seinen Herzschlag weiter zu senken. Für sein Alter mochte er ja sehr gut trainiert sein, dachte er, aber eben dieses Alter ließ sich von Jahr zu Jahr weniger verleugnen.

Das Geräusch war dumpf und nicht sehr laut. Zuerst glaubte Helm, Gander sei nur der Wassersack aus der Hand gerutscht. Als ihm daran Zweifel kamen, hatte er bereits eine Klinge an der Kehle.

»Hergeben«, zischte eine Stimme, eingehüllt in eine Wolke fauligen Gestanks, hinter seinem rechten Ohr. »Los, hergeben!«

»Hergeben? Was denn?« Helm ließ seinen linken Unterarm vor dem Körper langsam nach oben wandern. Mit der Schiene hatte er schon manche Klinge pariert.

»Rühr dich nicht, alter Sack!« Eine zweite Stimme. Sie kam von links, und der Atem, der sie hervorbrachte, roch auch nicht besser als der andere. »Noch einen Fingerbreit, und ich stech ab.« Eine Messerspitze zwischen Helms Rippen unterstrich diese Worte. Die Stimme war die einer Frau, und das Messer ließ vermuten, dass sie nicht zimperlich war.

Helm tat, wie befohlen. »Und was wollt ihr nun?«, fragte er erneut. »Ich hab Fleisch, wenn ihr wollt, geb ich euch was ab.«

»Abgeben? Werd ja nicht frech, alter Sack!« Der Mann griff das Schimpfwort der Frau auf; vermutlich hatte er nicht genügend Phantasie für ein eigenes. »Als ob du hier der große Abgeber wärst! Wir holen uns alles, was du hast, und dann kannst du noch froh sein!«

Dazu waren die Angreifer in der Lage, das musste Helm zugeben. Was ihn erstaunte, war allein die Tatsache, dass diese Unterhaltung überhaupt geführt wurde. Normalerweise hätte ihm der Wegelagerer, der stank wie eine Kloake, einfach die Kehle durchgeschnitten, nachdem er einmal unbemerkt so dicht an ihn herangekommen war. Der Stinker hatte das nicht getan. Dafür musste es einen Grund geben.

Den gab es auch. Noch im selben Moment stand dieser Grund vor ihm und grinste ihn an. Helm schnappte nach Luft. Verdammt, ein Drübener! Ein Drübener, der mit Wegelagerern gemeinsame Sache machte! Seit wann gab es denn so was?

Andererseits musste man bei Drübenern immer mit allem rechnen. Also wohl auch damit.

Dieser hier war auffallend groß und hellhäutig, sein Gesicht war regelrecht weiß; die rosa glänzende, haarlose Kuppel seines Schädels ließ erkennen, dass der Mann unter Pigmentstörungen litt. Auch seine Hände waren extrem hell, innen wie außen. Helm fürchtete einen Moment um seine Sehschärfe, ehe er erkannte, dass dieser Drübener tatsächlich so viele Finger hatte. So viele, dass sein Gehirn es seinen Augen zunächst nicht hatte abnehmen wollen.

Das weiße Gesicht verzog sich zu einem hämischen Grinsen. Zwei geschlossene, gelbliche Zahnbalken kamen dabei zum Vorschein. »Du bist also der große Helm«, höhnte der Drübener. »Man hört ja eine Menge von dir und deiner Bande! Wollt wieder Ordnung ins Chaos bringen.« Er lachte schrill auf; das Geräusch schnitt Helm in die Ohren wie die stumpfen Zähne einer verkommenen Säge. »Ordnung! Das ist doch etwas für die Schwachen! Was will einer wie du mit Ordnung, großer Helm? Uns Starken bietet das Chaos doch viel mehr Möglichkeiten.« Sein Grinsen wurde tückisch: »Obwohl, so groß, wie ich dachte, bist du ja gar nicht, verehrter Helm. Dann bist du wohl auch nicht so stark, oder? Im Moment machst du jedenfalls keinen besonders starken Eindruck.« Er lachte wieder; die beiden Stinker taten es ihm gleich. Und noch ein dritter ließ sich hören, unten an der Kanalböschung.

Der hat Gander erwischt, dachte Helm. Sein Kopf schmerzte bei dem Gedanken. Hätte ich ihn doch bloß nicht alleine da runtergeschickt! Er ist noch ein Junge, trotz seiner Größe, er schafft es noch nicht, jede einzelne Sekunde wachsam zu sein. Wenn er jetzt doch bei mir wäre …

Der Schmerz in seinem Kopf verstärkte sich, ausgehend von einem beinahe körperlich spürbaren Druck. Verflucht, was war das?

Der Drübener lachte sein Säge-Lachen. »Ach ja, der Junge, wie? Was wäre denn, wenn er jetzt bei dir wäre? Glaubst du im Ernst, er könnte dir gegen uns alle beistehen?«

Helm nahm all seine Kraft zusammen und wendete sie nach innen. Wände, dachte er. Steine. Hartgrau. Acht Meter hohe Mauern. Dick und stark. Sie wachsen, sie wachsen, niemand dringt durch.

Das Grinsen des Drübeners erstarb. »Du glaubst es wirklich, ja?« Er wandte sich dem weiblichen Stinker zu: »Los, sieh zu, dass Tomko den Knaben auch anständig verschnürt hat, verstanden? Jetzt, sofort!«

Der Druck der Messerspitze verschwand aus Helms Rippenregion. Er spürte Blutstropfen unter dem Hemd über seine Haut rieseln. Zimperlich waren diese Stinker wirklich nicht.

Der Drübener beugte sich zu ihm herab, bis seine weiße Nasenspitze beinahe die wettergegerbte von Helm berührte. »So, Schluss jetzt mit den Faxen, du Mauermann!«, zischte er. »Spar dir deine Kräfte, ich knacke dich doch. Gib mir, was ich haben will! Vielleicht lassen wir dich dann am Leben.«

Hartgrau. Hartgrau. Rosa Rüsselriesen, alle mit glänzenden Glatzen. Helm versuchte sich vollständig auf die Barriere in seinem Kopf zu konzentrieren. Bei Drübenern musste man auf alles gefasst sein; dieser hier war also ein Leser. Und wer mochte wissen, was sonst noch. Aber wenigstens war er keiner von der eleganten und heimtückischen Sorte, gegen die man sich praktisch überhaupt nicht wehren konnte, weil man ihr geistiges Eindringen nicht einmal bemerkte. Dieser hier schien auch stark zu sein, allerdings ging er brachialer vor. Eröffnete das eine Chance?

Das weiße Gesicht verzog sich vor Anstrengung. Als ob er auf dem Balken hockt, dachte Helm, ehe er es verhindern konnte. Schon prustete er los vor Lachen. Der Drübener zuckte erschrocken zurück; der Druck der Klinge an Helms Hals wurde stärker. Sonderlich scharf konnte sie nicht sein, dachte er, sonst wäre ich schon tot. Trotzdem rann ihm jetzt auch Blut in die Halsöffnung seines Überwurfs.

Der große Mann mit dem weißen Gesicht war jetzt wütend, eindeutig. Anstatt aber herumzubrüllen, schloss er die Augen und ballte die Fäuste. Sofort war der Druck in Helms Kopf wieder da. Helm war jedoch vorbereitet und stemmte sich dem Eindringling entgegen. Das gelang ihm von Sekunde zu Sekunde besser. Sehr gut, dachte er; ganz egal, was aus mir wird, an seine Beute kommt er jedenfalls nicht ran. Hauptsache, ich denke jetzt nicht an …

Genau das aber war verteufelt schwer.

Vom Kanalufer drang lautes Gezeter zu ihm herauf; die Stinker-Frau schien mit der Art von Ganders Fesselung unzufrieden zu sein und stritt sich mit dem dritten Wegelagerer herum. Dessen Laute erinnerten kaum an menschliche Sprache, ließen jedoch auf ein erhebliches Körpervolumen schließen. Mit etwas Glück gingen sich die beiden gleich gegenseitig an die Gurgel, und dann konnte Gander vielleicht …

Mist, jetzt war es ihm doch passiert. Helm spürte, wie seine Mauer zu bröckeln begann. Der Drübener zuckte leicht und steigerte seine Anstrengungen. Falls es noch Zweifel gegeben hätte, worauf der Weißgesichtige aus war und warum er seine Stinkerbande auf sie beide gehetzt hatte, dann waren die jetzt endgültig ausgeräumt. Der Kerl wollte alles über Gander wissen.

Aber warum?

Blöde Frage, dachte Helm, während er die Zähne zusammenbiss. Schweiß perlte über seine Stirn. Ganz blöde Frage, und vor allem der gänzlich falsche Zeitpunkt, sie zu stellen. Lag die Antwort nicht auf der Hand? Und war er Blödmann nicht gerade drauf und dran, dem Angreifer das Gewünschte auf dem Silbertablett zu servieren?

Der Lärm nahm zu. Es dauerte ein paar Augenblicke, bis Helm registrierte, dass es ein anderer Lärm war. Unten am Kanalufer, wo sich die beiden Wegelagerer gestritten hatten, war jetzt Ruhe; dafür rumorte es von der Landseite her. Ein dumpfes Grunzen, das nicht viel anders klang als die Lautäußerungen des dritten Wegelagerers – aber es war vielstimmig. Dazu das Brechen von Zweigen, dann das Bersten junger Stämme. Und ein dröhnendes, wildes Trommeln von zahlreichen Füßen auf vibrierendem Boden.

Vielmehr von Hufen. Paarhufen. Sprach man überhaupt von Hufen? Wenn man sie aß, nannte man sie Pfoten. Aber an die, die hier nahten, würde so schnell keiner herankommen, um sie zu essen.

Im Gegenteil.

»Kampfschweine!«, brüllte der Wegelagerer, der Helm mit seiner Klinge in Schach gehalten hatte, und hüllte ihn noch einmal in eine Wolke fauligen Gestanks, ehe er und seine Waffe sich in Luft aufzulösen schienen. Der Drübener wollte ihm etwas hinterherschreien, kam aber nicht mehr dazu, weil Helm ihm seine Armschiene unters Kinn rammte und ihm anschließend die rechte Faust vor die Brust hämmerte. Der große Mann kippte nach hinten. Noch ehe er den Boden erreicht hatte, war Helm schon die Böschung hinuntergesprungen.

Dass es inzwischen noch nicht vollkommen finster geworden war, lag an der Mondsichel, die durch die Wolken lugte. Helm hatte sich für die Stinker-Frau und den dritten Wegelagerer bereit gemacht, von beiden war jedoch keine

Spur mehr zu sehen. Gander lag im Gras und wand sich wie ein Riesenaal, um sich von seinen Fesseln zu befreien. Die Schnüre schienen geflochtene Lederriemen zu sein. Ein Wort von mir, dachte Helm, und der Junge reißt die Dinger in Fetzen, ohne es überhaupt zu merken. Warum nur vermag er das nicht selbst? Er sagte das Wort aber nicht, sondern zückte sein Faltmesser, ließ es zwischen den Fingern wirbeln und zerschnitt Ganders Fesseln. »Hoch, aufs Schleusentor!«, rief er ihm zu. »Da kommen die Biester nicht hin!«

Wenn wir Glück haben, fügte er in Gedanken hinzu.

Als sie die Böschung hoch und in Richtung Schleusenhöfte hetzten, brach die Rotte auch schon durchs Unterholz. Helm warf einen Blick über seine Schulter, den er sofort bereute. Die Leittiere waren kaum kleiner als Rinder, mit buckligen Rücken, muskelbepackten Beinen und Köpfen wie Rammböcken. Ihre Hauer schienen armlang zu sein, und die halb offenstehenden Mäuler gaben den Blick frei auf Reihen von dreieckigen, rasiermesserscharfen Zähnen, die nur mit denen von Haien zu vergleichen waren. Und wie Haie, so hatte Helm gehört, konnten diese Kampfschweine einen Menschen in zwei Hälften beißen. Bisher hatte er seine Zweifel an solchen Erzählungen gehabt; die waren hiermit ausgeräumt.

Hinter den Leittieren kamen weitere dieser Bestien aus dem Gehölz getobt, kleiner zwar, aber dafür Reihe um Reihe. Wie viele hundert Köpfe die Rotte zählte, war unmöglich auszumachen, aber wo sie durchzogen, konnte anschließend kein Gras mehr wachsen. Und auch sonst nichts. Schweine waren Allesfresser; für Kampfschweine galt das ganz besonders.

Gander hatte schon das Geländer in der Hand, das den Weg über die geschlossenen Schleusentore sicherte. Helm wollte schreien, denn wie alles aus der vergangenen Zeit konnten auch Geländer und Tor verwittert sein, verrostet, verkommen – eine Todesfalle, wenn man nicht aufpasste, und dafür griff Gander viel zu beherzt zu. Das Geländer aber hielt, während er sich daran herumschwang und sich auf den Eisenrost rettete, der den Boden der Überwegung bildete. Auch der trug ihn. Der Junge rettete sich zur Mitte des Doppeltores. Glück gehabt, dachte Helm und rannte hinter ihm her.

Keine Sekunde zu früh. Die wilde Jagd hinter ihnen hatte den Kanal als Hindernis ausgemacht und eine blitzschnelle Entscheidung getroffen. Die Leittiere schlugen einen Haken, dass die Erdklumpen nur so flogen, und bogen ab – nach rechts, genau dorthin, wo Gander und Helm sich gerade eben in Sicherheit brachten. Typisch, dachte Helm, da preschte auch schon eine massive Wand aus mörderischem Schweinefleisch heran.

Er schaute auf die blitzenden Zähne, die drohenden Hauer, die stampfenden Säulenbeine und die tückischen Augen und schüttelte sich. Am grässlichsten aber fand er, dass diese Tiere nicht etwa das schwarzbraune Haarkleid von Wildschweinen zur Schau trugen, sondern die nackte rosa Haut der Hausschweine, von denen sie abstammten. Die Haut der Tiere, die früher massenhaft in Fabriken gezüchtet, von Maschinen getötet und von Menschen zersägt und zerstückelt worden waren, um billig verkauft und massenhaft gegessen zu werden. Das hatte der Onkel Helm erzählt. Das, was er jetzt dort am Ufer beobachtete, sah aus wie der Rachefeldzug für all diese Jahrzehnte menschlicher Unmenschlichkeit. Eine Rache, die keine Gnade kannte, wo einst auch keine gewährt worden war. Ein Feldzug, der gerade erst begonnen hatte.

Sein Plan aber ging auf. Die große Masse der mörderischen Kavalkade stürmte an ihnen vorbei; einige wenige Kampfschweine versuchten zwar, zu ihnen auf den Schleusenweg zu gelangen, ließen sich jedoch von dem scharfkantigen

Bodengitter abschrecken, das ihren gespaltenen Hufen weh tat. Helm konnte seine scharf und spitz geschliffene Teleskopstange, die er vorsichtshalber gezogen und mit einer Handbewegung ausgefahren hatte, wieder senken.

Wo war der Drübener? Dort, wo er zu Boden gegangen war, hatten Hunderte von Kampfschweinen den Boden zertrampelt. Wenn der Mann nicht rechtzeitig auf die Füße gekommen war, dann war er jetzt tot. Und begraben. Begraben in den Mägen dieser ewig hungrigen Viecher.

Er vernahm ein lautes Krachen, hörte, wie das Trampeln einen veränderten Unterton bekam. Verdammt, ihr Prahm! Helm hatte gehofft, die Tiere würden das Ding in der zunehmenden Dunkelheit als kompakte Masse einschätzen und zur Sicherheit umgehen. Er hatte jedoch unterschätzt, wie groß und schwer diese Biester waren. Für sie war das Boot kein ernsthaftes Hindernis gewesen, also hatten sie es mit ihrer Masse einfach überrollt. Und es buchstäblich in Grund und Boden gestampft.

Helm hörte Gander hinter sich stöhnen. »Unser schöner Proviant!«, jammerte der Junge. »Das eingesalzene Fleisch! Meinst du, es ist nachher noch etwas davon da?«

Helm musste lachen. »Glaube mir, Gander, es wird überhaupt nichts mehr da sein!«, rief er aus. »Kein Fleisch, kein Hartbrot, kein Obst, kein Salz, kein Segel und keine Armbrust mehr! Diese Tiere fressen sogar im Galopp, und was sie nicht fressen können, das zerstören sie aus Prinzip. Es ist alles weg, da kannst du sicher sein.«

Er drehte sich um und lächelte dem Jungen ins Gesicht. »Aber weißt du was, Gander? Wir beide sind noch da! Du und ich, sogar ziemlich heil. Das ist für einen Tag wie diesen doch ein ziemlich gutes Ergebnis, findest du nicht?«

Erst guckte Gander wie ein Kater, der gegen eine der letzten Glasscheiben gesprungen war. Dann aber verzogen sich Mund und Wangen in die Breite, und er erwiderte das

Lächeln. »Ich glaube, Helm, du hast recht«, sagte er und schloss ihn in seine kräftigen Arme.

Ich glaube, ich habe diesen Jungen lieb gewonnen, dachte Helm, während er Gander drückte und ihm auf den Rücken klopfe. Ja, wirklich, ich liebe ihn. Verflucht. Das macht die Sache für mich nicht leichter.

4. Gedankenfinger

»Ich hab Hunger«, quengelte Gander, kaum dass es Tag wurde.

Sie hatten sich noch eine geschätzte Stunde lang durch Nacht und unwegsames Gelände getastet, immer schön auf der nördlichen Seite des Kanals und somit wenigstens vor der wilden Rotte der Kampfschweine geschützt, wenn auch vor sonst nichts und niemandem. Ein kleines Gehölz aus verkrüppelten Kiefern, mit dicken Lagen abgestorbener Nadeln weich ausgepolstert und von einem Ring Ginsterbüsche umgeben wie von einer stacheligen Wand, hatte Helm schließlich als Nachtlager auserkoren. Weder Decken noch Wegzehrung waren ihnen geblieben, also hatten sie sich eng aneinander gekuschelt, denn gegen Ende des Erntemonats wurden die Nächte schon empfindlich kühl, und sich vom Knurren ihrer Mägen in den Schlaf singen lassen.

Helm hatte natürlich nicht wirklich geschlafen. Echten Tiefschlaf fand er nur zu Hause, hinter stabilen Mauern, auf ihrer machtvoll umfriedeten Halbinsel mitten im früheren Hafen, im Schutz der zuverlässigen Wachen. In Nesserland. Die Schergen Groß Onnos vermuteten Nesserland in Emm; gut so! Helm konnte nur hoffen, dass es noch ein Weilchen dauerte, bis dieser hochgekommene Armleuchter von einem Möchtegern-Despoten mitsamt seinen großmäuligen Schergen wirklich auf Nesserland stieß. Es konnte nicht schaden, wenn die große Idee der Nesserlander noch etwas Zeit bekam, um zu reifen und an Kraft zu gewinnen. Denn sie verkörperte so ziemlich alles, was Groß Onno und seinesgleichen hassten, und sie würden hart und gnadenlos zuschlagen.

Wenn das passierte, musste Nesserland parieren können, und zwar so, dass diesem Schlag kein weiterer mehr folgte.

»Helm! Wann gibt es denn endlich was zu essen?«

Helm seufzte. Erntemonat, das hieß doch reife Früchte, reifes Korn, reife Beeren, saftig-pralle, zuckende Schlangengurken, alles im Überfluss! Er hatte fest damit gerechnet, dass sie genügend Reste auf den Feldern und an Büschen und Bäumen finden würden, um damit über den Tag zu kommen. Äpfel und Birnen, Stachel- und Brombeeren an Sträuchern und Ranken und natürlich Dingler, diese gelblichen Knubbel, die zwar rund um einen ungenießbaren Kern nur eine sehr dünne und etwas fade Schicht Fruchtfleisch boten, dafür aber seit etlichen Ernten fast überall und in großer Fülle vorkamen. Von all dem musste doch einfach etwas übrig sein, betrug doch die geschätzte Bevölkerungsdichte heutzutage nur noch einen Bruchteil von der in Helms Jugend, als man in den Verkaufshäusern und den rollenden Kisten, die die Kinder zur Schule fuhren, von der Masse der Menschen beinahe erdrückt wurde.

Tja, das hatte er gedacht. Tatsächlich aber fanden sie überhaupt nichts vor. Alles, was da wuchs, war abgeerntet und eingesammelt. Nicht einmal Fallobst, angefault und von Würmern durchsiebt, war zu finden. Da hatte jemand reinen Tisch gemacht. Erstaunlich, fand Helm. Und beunruhigend.

»Helm! Ich verhungere!«

»Nur die Ruhe, Gander. Es gibt bald was.« Er hatte eine Esche entdeckt, und die Form ihrer Krone brachte ihn auf eine Idee. »Lass uns mal auf den Baum dort zugehen.«

»Den Baum da?« Gander verzog sein Gesicht. »Kann man den essen?«

Wenn er maulig ist, kann der Junge störrisch sein bis zur Verblödung, dachte Helm und seufzte. Typisch Pubi! Eltern hatten wirklich etwas auszustehen. Vielleicht war es ja doch ganz gut, dass er selbst nie Vater geworden war.

Nur so eine Art Onkel. Wie sein eigener Onkel seinerzeit. Als er begann, mit seinem Faltmesser an einem besonders gerade gewachsenen, nicht zu dicken Ast der Esche herumzuschneiden, hellte sich Ganders Miene auf. »Ach, einen Bogen willst du dir bauen!«

»Schön wär's«, erwiderte Gander. »Dauert aber zu lange. Ein Speer muss fürs Erste reichen.«

Natürlich hatte zu seinem Reisegepäck auch ein erstklassiger Jagdbogen gehört samt einem ordentlichen Bündel Pfeile. Die marodierenden Schweine hatten davon nichts übrig gelassen. Helm besaß von seiner ganzen, reiflich durchdachten und ausgesuchten Ausrüstung nichts mehr – mit Ausnahme von dem, was er am Leibe trug.

Zum Glück war das eine ganze Menge.

Auf seinen Wunsch und seine Beschreibung hin hatte Tätje-Mö ihm ein Kleidungsstück geschneidert, das in der gesamten Festung große Heiterkeit hervorgerufen hatte. Helm nannte es Safari-Weste, nach dem Ding, das der Onkel früher getragen hatte, ebenfalls unter einem schützenden Überwurf. Natürlich war das Original längst auseinandergefallen, aber Helm konnte sich gut genug daran erinnern, um es Tätje-Mö zu beschreiben: eine Jacke ohne Ärmel, aber mit unzähligen aufgesetzten Taschen, außen wie innen. Natürlich ohne Reißverschluss; diese hochkomplizierten Dinger gehörten der Vergangenheit an. Die vielen Knebel und Knöpfe, die stattdessen Verwendung fanden, hatte Helm eigenhändig geschnitzt. In den gut gesicherten Taschen dieser Weste bewahrte er seither all die kleinen Dinge auf, die man gewöhnlich so brauchte. Und auch ein paar für die ungewöhnlicheren Situationen des Lebens.

Ein Jagdbogen allerdings gehörte nicht dazu.

»Ein Speer? Was willst du denn damit jagen?« Gander zog schon wieder eine Grimasse. Er deutete eine Wurfbewegung an: »Kannst du überhaupt weit genug werfen? Und treffen?«

»Nein«, gab Helm unumwunden zu. »Muss ich aber auch nicht. Pass nur auf, das machen wir anders.«

Der gekappte Eschen-Ast war deutlich länger als er selbst. Seine Spitze wurde vorsichtig gespalten; hinein kam die Klinge seines Faltmessers, fixiert mit eingedicktem Baumharz und mehrfach umwickelt mit Schnüren, die Helm aus seinen Westentaschen zauberte. Es tat ihm weh, seine Klinge riskieren zu müssen, aber eine andere Wahl hatte er nicht; eine über Feuer gehärtete Speerspitze war nicht annähernd so effizient, zumal er die Technik nicht sehr gut beherrschte, und setzte ein Feuer voraus, das er auf gar keinen Fall riskieren wollte. Also musste die Jagd eben ein Erfolg werden, basta. Der Preis für einen Misserfolg war einfach zu hoch.

Der improvisierte Speer war zum Werfen zu lang. Das hatte Helm aber auch gar nicht vor. Vorsichtig setzten sie ihren Weg fort, immer grobe Richtung Ost, bis sie auf ein Rudel Rotwild stießen. Rehe hatte es in Ostfriesland auch früher schon so reichlich gegeben, dass sie bis in die Wohnbezirke vorgedrungen waren; Helm erinnerte sich an Klagen über abgefressene Grabbepflanzungen. Seit das Chaos ausgebrochen war, hatten sich die Rehe weiter stark vermehrt. Zwar wurden sie heftig bejagt, aber eben nicht mehr von sehr vielen Menschen, und die hatten zumeist unzureichende Waffen.

Helm und Gander pirschten sich vorsichtig gegen den Wind so dicht wie möglich an das Rudel heran. Dann bedeutete Helm dem Jungen, die Tiere zu umgehen und von der anderen Seite auf ihn zu zu treiben. Die Wiese, auf der die Rehe ästen, war von Baumreihen umstanden, die einen Trichter bildeten, an dessen engem Ende Helm Position bezog.

Gander wusste, was zu tun war; er nahm nicht zum ersten Mal an einer Treibjagd teil. Gewöhnlich waren dabei mehrere Treiber im Einsatz, aber der Junge rief, pfiff und hampelte für mindestens drei. Mit unglaublicher Synchronizität setzte sich das Rudel in Bewegung und stürmte geschlossen auf Helm zu.

Im richtigen Moment sprang der aus seiner Deckung, rammte das Ende seines Stoßspeers in den weichen Boden, umklammerte den Schaft und peilte mit der Spitze das Reh an, das direkt auf ihn zugeflogen kam. Das Tier, bereits im Sprung, erkannte die Gefahr, ohne ihr noch ausweichen zu können. Die Vierteldrehung, die es noch im freien Flug zustande brachte, führte nur dazu, dass die Speerspitze seitlich in seinen Brustkorb drang. Die Wucht des Aufpralls warf Helm zu Boden. Aus der Froschperspektive sah er die anderen Tiere über sich hinweg und an sich vorbei huschen wie einen aufgewühlten Strom haariger Leiber, die alle nur eine Richtung kannten: vorwärts und fort.

Irgendetwas allerdings bewegte sich quer zu diesem Strom. Etwas, das nicht ganz so braun und nicht ganz so fellbedeckt war. Helm sah es nur aus dem Augenwinkel; sein Hirn registrierte bloß, dass da etwas anders war. Das reichte. In diesen Zeiten bedeutete alles, was anders oder gar fremd war, eine potentielle Gefahr. Manchmal auch eine potentielle Mahlzeit, aber deutlich öfter Gefahr.

Was war das gewesen – ein Raubtier? Eher nicht, denn was sich dort bewegt hatte, war eher auf Deckung aus als auf Beute. Helm erhob sich vorsichtig, um die Lage zu sondieren. Und hielt stöhnend inne. Irgendetwas hatte ihn seitlich am Brustkorb getroffen, sei es der Huf eines flüchtenden Rehs, sei es der Schaft seines eigenen Stoßspeers. Er war eben kein Neandertaler! Die hatten diese Jagdtechnik vor Zehntausenden von Jahren entwickelt; wirkungsvoll war sie ja, aber sie barg auch ihre Tücken.

Jedenfalls war nichts gebrochen. Helm nahm einen zweiten Anlauf und kam endlich auf die Beine. Natürlich war nichts mehr zu sehen. Nichts außer Gander, der erwartungsfroh auf ihn zugestürmt kam. Helm wies ihn an, das erlegte Tier auszunehmen und aus der Decke zu schlagen. Schade um das schöne Blut, dachte er, aber um das aufzufangen und zu verwerten, hatten sie weder das Gefäß noch die Zeit. Die reichte gerade so für ein Stück Spießbraten. Ohne Salz, dafür aber mit der Gefahr, durch ein Feuer entdeckt und erneut attackiert zu werden. Aber was half es, das Gejammer eines hungrigen Ganders war auf alle Fälle schlimmer.

Helm ließ den Jungen machen, löste sein Faltmesser aus dem Behelfsspeer und schlich sich in die Richtung, wo er die Bewegung entdeckt zu haben glaubte. Die Natur um ihn herum hatte sich bereits wieder vom Schock des panisch fliehenden Rudels erholt; Vögel sangen und zwitscherten, Insekten summten und brummten um ihn herum. Eine Geräuschkulisse, die einerseits die leisen Laute verschluckte, die er trotz seiner Übung als Kundschafter gelegentlich produzierte, die ihn aber auch daran hinderte, seinerseits leise Signale zu empfangen.

Was ihn ebenfalls beeinträchtigte, war dieser leichte, bohrende Kopfschmerz. Wohl eine Nachwirkung der Gefahr, der er sich bei der Jagd ausgesetzt hatte, oder eine Folge der Prellung, die er an der Seite erlitten hatte.

Er arbeitete sich durch einen Riegel dünner Stämmchen und dichter Büsche und stand unvermittelt auf einer Lichtung. Inmitten einer Gruppe von Menschen, die auf umgestürzten Bäumen saßen, auf Baumstümpfen oder einfach im Gras. Sie schauten ihn an, ohne auch nur den Versuch zu machen, zu flüchten oder ihn anzugreifen. Die Gruppe saß einfach da und musterte ihn mit mäßigem Interesse.

Wieder stieg eine Erinnerung in Helm auf. In der vierten Klasse, kurz bevor die alte Zeit zu Ende ging, hatte er sich vor einer Rechenarbeit gedrückt, hatte den Kranken markiert und war zum Arzt geschickt worden. Das Wartezimmer, das er dort betrat, war fast voll gewesen, und die

Menschen darin hatten ihn ebenso gemustert – ohne eine andere Reaktion als einen Blick oder ein angedeutetes Nicken. Trotzdem hatte Helm sich schmerzlich durchschaut gefühlt und wäre am liebsten augenblicklich im Boden versunken.

Genauso war es hier. Der Drang, sofort kehrtzumachen und zu verschwinden, wurde mit jedem Augenblick stärker und drängender.

Was waren das überhaupt für Menschen? Helm hatte noch nie derart kolossale Gestalten gesehen. Jetzt erst fiel ihm auf, dass sich die Köpfe der Sitzenden auf derselben Höhe befanden wie seiner, der er doch stand! Diese Köpfe waren gewaltig, die Gesichter zwar ruhig, aber doch bedrohlich, geradezu löwengleich, eingerahmt von Mähnen und struppigen Bärten, die den Eindruck der Übermacht noch verstärkten.

Einer der Riesen fixierte ihn, ruckte mit dem Kopf. Verschwinde, sollte das heißen. Warum bist du noch nicht weg? Mit seinem wallenden Haupthaar und dem Backenbart sah er wirklich aus wie ein Löwe, nicht zuletzt auch wegen der Nase, die stumpf und ledrig war wie die eines Raubtieres. Jetzt öffnete er die Lippen, sagte etwas, das grollend klang, während lange, scharfe Fänge sichtbar wurden. Helms Drang zur Flucht wuchs weiter. Auch sein Kopfschmerz nahm immer mehr zu.

Der Kopfschmerz. Nicht so schlimm, aber doch sehr ähnlich …

Bretter, dachte Helm. Zaun, blickdicht. Backsteinmauer, hoch und breit. Alte-Straßen-Seitenwand. Hartgrau.

Lange bevor er bis Hartgrau gekommen war, riss der Kopfschmerz ab wie ein Käsefaden beim Auflaufessen. Helm taumelte kurz, weil sich alles zu verändern schien und sich Luft und Boden plötzlich anfühlten wie wabbelige Sülze. Wuchs er plötzlich, oder schrumpfte die ganze Welt um ihn herum?

Der Mann mit dem Löwengesicht hatte plötzlich kein Löwengesicht mehr. Seine Nase war zweimal geknickt, sein Gesicht war narbig, seine Zähne, soweit noch vorhanden, braun und schwarz. Sein Bart war ein fettiger Witz, und sein restliches Haar kämpfte einen aussichtlosen Kampf darum, die schuppige Kopfhaut zu bedecken. So würde ich auch aussehen, dachte Helm, wenn ich versuchen würde, meine übrig gebliebenen Haare lang wachsen zu lassen und über meine Platte zu kämmen.

Na ja, vielleicht nicht ganz so hässlich und verkommen. Und auf jeden Fall nicht so gelb. Denn das war das Einzige, was von dem halluzinierten Trugbild übrig blieb, nachdem Helm die Gedankensuggestion blockiert hatte: Die Haut dieses mickrigen Drübeners hatte tatsächlich eine löwengelbe Farbe.

Die restlichen Mitglieder der Runde waren keine Drübener, sondern schlichte Sucher, Angehörige der untersten Kaste dieser neuen Weltordnung, die absolut keine war und nach der sie doch alle leben mussten, um nicht unterzugehen. Sucher lebten von den Überresten des Gewesenen, schlichen durch die Lande, nirgendwo länger geduldet, als es dauerte, ihnen die Resultate ihrer lebenslangen Suche günstig abzutauschen. Die einen suchten nach den Resten metallener Gegenstände, die man immer noch allerorten finden konnte, auch wenn es nach und nach weniger wurde; andere suchten nach Kunststoff, wieder andere nach Steingut, das noch verwendbar schien, wozu auch immer. Alle suchten nach Nahrung, immer und überall. Und alle waren sie Freiwild, wenn jemand auf den Gedanken kam, sein Mütchen an ihnen zu kühlen und ihnen die wenigen gehamsterten Besitztümer abzujagen. Entsprechend verhuscht und gehetzt wirkten die Sucher, derer man ansichtig wurde.

Diese hier aber nicht. Sie hatten ja einen Beschützer!

Einen, der ihnen vermutlich hundsgewöhnliche Wegelagerer oder wütende Bauern mit seinen mental erzeugten Trugbildern durchaus vom Leibe halten konnte und den sie deshalb für unheimlich mächtig hielten. Vermutlich hatten sie unter seinem Schutz die ganze Umgebung hier so gründlich abgesucht, dass Gander und Helm nicht einmal ein paar angefaulte Äpfel mehr hatten finden können. Was dieser hässliche Vogel von einem Drübener wohl dafür von ihnen verlangte? Auf jeden Fall natürlich, dass sie ihn ernährten und auch sonst mit allem versorgten, was in ihre Reichweite kam. Und sonst? Mussten sie ihn als weitere Gegenleistung in ihren Hirnen herumspuken, an ihren kümmerlichen Vergnügungen teilhaben lassen?

Ohne weitere Umstände machte Helm drei Schritte auf den Drübener zu und zog ihm seine metallene Unterarmschiene durchs Gesicht. Es knackte; jetzt war das Nasenbein dreifach geknickt.

Der Mann schien den Schmerz überhaupt nicht zu spüren, so entsetzt starrte er Helm an. Auch die Sucher-Runde, die sich eben noch so sicher und beschützt geglaubt hatte, schrak zusammen. Dann begannen sie sich langsam und rückwärts von der Lichtung zu entfernen, ihre Beute zurücklassend. Es sah aus, als würden die elenden Gestalten nach und nach in den Saum des sie umgebenden Waldes einsickern. Nicht lange, und sie waren ganz verschwunden.

Der Drübener fasste sich, streckte noch einmal seine übersinnlichen Tastorgane nach Helms Verstand aus. Sie fühlten sich an, wie die Finger des Gelbhäutigen aussahen: lang, dürr, knochig und kraftlos. Kein Vergleich mit der Macht des weißgesichtigen Drübeners, der die Wegelagerer dirigiert hatte. Helm musste nur ein weiteres Mal seinen Arm heben, schon hörte das mentale Befingern auf.

»Wer bist du?«, fragte Helm barsch. Es war das erste Mal, dass er einem Drübener diese Frage stellte, und er hatte auch noch nie davon gehört, dass ein anderer das getan hätte. Gewöhnlich kam man einfach nicht dazu.

Der Gelbliche riss seinen Mund auf, brachte aber keinen Ton heraus. Helm blickte in eine lila-graue Mundhöhle mit vereinzelt stehenden Zähnen, die unnatürlich lang wirkten. Ein unappetitlicher, aber kein gefährlicher Anblick, entschied er.

Er zückte seinen Teleskopstock, ohne ihn auszufahren. Auch so konnte jeder, der sich mit Waffen etwas auskannte, erkennen, dass mit diesem stählernen, vorne geschärften und zugespitzten Ding nicht zu spaßen war. Und in diesen Zeiten war jeder gut beraten, sich mit Waffen auszukennen. »Wer bist du?«, wiederholte er, ohne die Stimme zu heben. »Sprich.«

Der Gelbliche erhob seine Hände mit den Spinnenfingern und machte eine Geste, die man als Verneinung werten konnte. Dazu stieß er Laute aus, wie Helm sie von Stummen kannte. Er musterte die Mundhöhle des Drübeners genauer; tatsächlich war keine Spur einer Zunge zu erkennen. Nicht so, als hätte sie ihm jemand herausgeschnitten, sondern als wäre er schon ohne geboren worden. Das machte ein Verhör natürlich nicht leichter.

Der Drübener hatte sich bereits mehrmals mit knochigem Zeigefinger an die Schläfe getippt, ehe Helm endlich verstand. »Ich soll dich in meinen Kopf lassen? Was fällt dir ein, du dreckiger …« Aber der Gelbliche hatte natürlich recht. Wenn Helm von ihm etwas erfahren wollte, musste er ihn reden lassen, und das konnte dieser Drübener anscheinend nur auf eine Art.

»Ich warne dich!«, herrschte Helm ihn an. »Keine faulen Tricks, sonst können sich deine Kreaturen am Inhalt deines hässlichen Schädels laben! Du weißt, ich mache keine Scherze.« Er ließ die Glieder seines Teleskopschwertes aus dem Griff herauszucken. Der Gelbliche begann zu winseln und versuchte gleichzeitig den Kopf zu schütteln und zu nicken.

»Also noch einmal. Wer bist du?«

Wieder fühlte Helm das körperlose Tasten nach seinem körperlosen Verstand. Er musste sich zwingen, den Kontakt zuzulassen.

Was hatte er erwartet? Helm wusste es nicht genau. Eine Stimme? Worte? Schriftzeichen? Am ehesten noch Bilder, entweder realistische oder solche wie von den löwenartigen Riesen. Tatsächlich war es eine Empfindung, die sich in seinem Denken auszubreiten begann. Ein Gefühl von Angst, Verlust und Trauer, in dieser Reihenfolge. Eine große Verwirrt- und Verstörtheit. Und die Notwendigkeit, das eigene Weiterleben gegen andere zu verteidigen.

Solche Gefühle hätte jeder ältere Bewohner von Nesserland äußern können. Ihrer aller Vergangenheit hatte sie an diese Empfindungs-Stationen geführt. Sollte das bedeuten, dass die Drübener nichts anderes waren als sie selbst? Opfer einer Lage, die sie nicht zu verantworten hatten, machtlose Figuren in einem Spiel, das sie nicht selber spielten?

Helm erhob seine Waffe. Sofort hörten die empfangenen Empfindungen auf. Sie hinterließen ein Gefühl von Klebrigkeit, so, als hätte ihn jemand gerade freundlich gestreichelt, aber mit blutiger Hand.

»Ich warne dich«, knurrte Helm. »Zum letzten Mal.«

Und jetzt waren es Bilder. Bilder von atemberaubender Fremdartigkeit. Was waren das für Gebäude, was waren das für kuppelförmige Dächer, gefertigt aus merkwürdigem Material, das Helm an nichts erinnerte, das er schon einmal gesehen hatte? Was waren das für Fahrzeuge, die sich auf dem Land ebenso mühelos bewegten wie auf dem Wasser und darunter? Was für Pflanzen wogten da im lauen Wind? Und warum hatte der Himmel eine Farbe, die Helm nicht einmal benennen konnte?

»Dort kommst du her?«, murmelte Helm. »Wo ist das?«

Jetzt fühlte er wieder Trauer und Verlust. Diesmal fühlte es sich nicht so klebrig und verlogen an wie vorhin.

Das Knacken von Zweigen hinter ihm ließ ihn herumfahren. Gander stand vor ihm, auf dem Gesicht einen Ausdruck von Ungeduld und Überraschung. »Wo bleibst du denn?«, fragte er, ohne richtig bei der Sache zu sein, während sein Blick zu der gelblichen Vogelscheuche von einem Drübener abschweifte. »Ich bin längst fertig, wir können anfangen. Warum kommst du nicht?« Seine Stimme verklang, so wie ein Wagen ausrollte, den niemand mehr anschob. Seine Augen weiteten sich.

Das aber war gar nichts, verglichen mit der Reaktion des Drübeners. Seine Augen schienen sich auf Tellergröße zu weiten; Helm war sich nicht sicher, ob das eine Übertreibung seiner eigenen überreizten Sehnerven war oder ob das Bild auf die mentalen Spinnenfinger des Gelblichen zurückging. Keine Einbildung aber war, dass der hagere Körper des Möchtegern-Illusionisten, der bisher einfach so dagehockt hatte, plötzlich in die Knie brach wie im Angesicht einer Gottheit. Und was Helms Verstand gleichzeitig empfing, passte haarklein dazu.

»Engel«, hallte es in seinem Kopf wider, dass er glaubte, seine Augäpfel würden nach außen getrieben. »Engel, oh Engel!« Dazu formte sich ein Bild, prächtiger als alles, was Helm seit Jahrzehnten in dieser an Schönheit verarmten Welt geschaut hatte, so riesenhaft und strahlend, dass selbst der kegelförmige Berg, der der Erscheinung als Podest diente, als unzureichend für diese Aufgabe erschien. Ebenso wie Helms Geist unzureichend erschien, um dieses Ausmaß von Verehrung, das von dieser hässlichen gelben Gestalt ausging, zu fassen, ohne dabei Schaden zu nehmen.

Helm schrie auf, brüllte in höchster Pein. Seine Arme, die sich instinktiv zu Abwehr und Angriff erheben wollten, waren wie versteinert. Hilflos blickte Helm der Auslöschung seines vertrauten Selbst entgegen.

Gander blickte verständnislos zwischen ihm und dem Drübener hin und her. Dann bückte er sich. Als er sich wieder aufrichtete, hielt er einen faustgroßen Stein in der Hand. Die Bewegung, mit der er ihn schleuderte, wirkte routiniert und war für Helms Augen deutlich zu schnell.

Es knackte. Helms Schrei brach ab.

Das Fleisch duftete verlockend, und es schmeckte köstlich. Daran änderte das Fehlen von Salz ebenso wenig wie die Tatsache, dass die Oberfläche der Keule verkohlt und das Innere noch roh und blutig war. Der Kohlegeschmack lieferte zumindest die Illusion von Würze, und der Verzehr blutigen Fleisches war nichts, wovor sich ein vernünftiger Mensch ekelte. In diesen Zeiten.

Wenn sich Helm vor etwas ekelte, dann war es die imaginäre Berührung durch die klebrige Gedanken-Hand des gelblichen Drübeners. Der jetzt keine Hand und keinen Finger mehr rühren würde, weder im übertragenen Sinne noch buchstäblich.

Während er selbst kaute, schaute Helm Gander beim Essen zu. Der aß wie jeder Heranwachsende, konzentriert und vollkommen auf sich bezogen, mit vernehmlicher Geräuschuntermalung, aber in dieser Beziehung hatte Helm schon Schlimmeres gesehen und gehört. Auf jeden Fall schien der Junge keine unnatürlich große Gier zu verspüren wie unmittelbar nach den Abrufungen seiner geheimnisvollen Fähigkeiten. Den Stein vorhin hatte er also nur mit der ganz gewöhnlichen jugendlichen Kraft seines Arms geschleudert. Mehr war auch nicht nötig gewesen; der Schädel des Drübeners war aufgeplatzt wie eine Nuss vom vorigen Jahr.

»Hast du eigentlich irgendwas gespürt?«, fragte Helm. »Ich meine, gerade eben?«

»Was soll ich gespürt haben?« Der Junge schnitt sich noch ein Stück vom Rumpf des Tieres ab; dabei ging er wählerisch vor. Anscheinend war er schon fast satt.

»Ich meine – hier so.« Helm fingerte sich an der Stirn herum. »War da etwas? Oder warum hast du diesem hässlichen Vogel den Schädel zertrümmert?«

Gander zuckte mit den Schultern. »Na, weil du geschrien hast. War doch klar, dass der dir was wollte.« Der Junge schob sich ein weiteres Stück Fleisch zwischen die beneidenswert weißen Zähne. Dabei schaute er zu Boden.

»Ja, klar. Danke auch dafür.« Helm musste sich die Worte regelrecht abringen. Die Nesserlander hatten das Dankesagen vor ein paar Jahren wieder eingeführt, nicht zuletzt auf seine eigene Initiative hin. In den Jahrzehnten zuvor jedoch war ihm diese Gewohnheit abhandengekommen, wie so vieles andere auch. »Aber da war doch außerdem noch etwas an deinem Gehirn, richtig?«, hakte er nach. »Ein Tasten? Oder ein Kribbeln?«

Jetzt schaute Gander ihn an. »Das ist doch fast immer da«, sagte er. »Mal stärker, mal schwächer, aber irgendwie ständig. Ich schiebe das immer weg, sonst könnte ich doch gar nichts anderes mehr denken. Oder tun. Bei dem weißen Kerl letzte Nacht, ehe die Schweine kamen, da war es stärker, vor allem, ehe ich wieder richtig zu mir gekommen war. Aber der Gelbe, der war doch gar nichts dagegen.«

Gar nichts, ach so, dachte Helm; die Runde der löwengesichtigen Riesen stand ihm noch deutlich vor Augen. »Also der Mann letzte Nacht, der mit dem weißen Gesicht: Konnte der dich denn zu irgendwas zwingen? Dir Befehle geben, ohne Worte?«

Der Junge grinste verständnislos. »Wieso das denn? Natürlich nicht.«

Helm nickte. Eines Tages wird er verstehen, wie stark er ist, dachte er dabei. Was wird dann werden?

5. Der Jäger

Der Marsch war mühsam und wurde immer mühsamer. Da sie die Alten Straßen mieden und neuerdings auch das Kanalufer, stapften sie über Wege, deren geborstene, überwucherte Platten das Vorwärtskommen eher schwerer als leichter machten, oder gleich querfeldein. Sehr bald war ihr Schuhwerk nass und schlammig. Wie so vieles, funktionierte auch die Entwässerung nicht mehr; Sümpfe und Moraste hatten sich ausgebreitet, wo sich einst ebene, maschinell bewirtschaftete Felder erstreckt hatten, und die alten Moore, schon vor Jahrhunderten trockengelegt, waren neu erstanden. Die Skelette mächtiger Maschinen, ausgeweidet bis auf die Teile, die zu groß zum Wegtragen waren, halb versackt und schräg in den Himmel ragend, zeugten von der untergegangenen Welt. Wie lange würde es noch dauern, bis keine Spur davon mehr zurückgeblieben war?

Irgendwo links voraus musste sich Jewa befinden, einer der Orte, in denen sich in letzter Zeit Menschen in größerer Zahl zusammengefunden hatten, um neue Gemeinschaften zu bilden und voneinander zu profitieren. Niemand hatte etwas zu verschenken; gesunder Eigennutz war das beste Argument für Kooperation. Das war bei den Nesserlandern nicht anders. Jedenfalls nicht sehr viel.

Diese Gemeinschaften hatten die unterschiedlichsten Formen angenommen. Am weitesten verbreitet war derzeit das Häuptlingsprinzip der Altvorderen: Einer herrschte über die anderen. Wenn man Glück hatte, war es der Klügste, meistens aber regierte der Stärkste. Das war bei Franko in Greetland nicht anders als bei Onno in Nörn. Groß Onno, ha! Wenn dieser Name Programm war, dann bahnte sich da etwas an.

Etwas anders sah es in Auck aus. Dort war die Macht

aufgeteilt, aber natürlich nicht unter allen, sondern nur unter denen, die sich in den wenigen Jahren der Konsolidierung seit dem Chaos eine Einfluss-Position erworben hatten. Weil sie ein gefragtes Handwerk oder eine Kunst beherrschten, weil sie über etwas verfügten, das sie versteckt oder gehamstert hatten, weil sie Waffen besaßen und damit umgehen konnten, oder weil sie über Abhängige geboten, die das taten …

Auck betrieb auch schon wieder regen Handel. Angeblich überlegte man sogar schon wieder die Einführung von Geld! Noch aber mochte sich kaum einer darauf einlassen. Tauschen hieß die Devise, da wusste man, was man bekam.

Jewa war in diesem jungen Geflecht neuer Gemeinschaften eine unbekannte Größe. Wenn auch nicht so unbekannt wie Nesserland. Von Jewa wusste man immerhin genau, wo es lag. Wer aber herrschte dort, und nach welchem Prinzip? Helm hatte die Begegnung mit Groß Onnos Leuten noch sehr plastisch vor Augen. Auf eine Wiederholung war er nicht scharf.

»Was ist eigentlich mit den Wölfen?«, fragte Gander unvermittelt.

»Was soll damit sein?« Unwillkürlich schickte Helm sichernde Blicke nach hinten. Gander hatte gerade die Führung, und Helm bemühte sich, in seine Fußstapfen zu treten, um Kraft zu sparen. Und kaum schaute er mal nicht nach vorne und unten, schon trat er fehl und steckte wieder tief im saugenden Matsch. Typisch!

»Du hast doch mal erzählt, damals wären die Wölfe gerade wieder hierzulande aufgetaucht.« Er machte eine vage Handbewegung: »Weißt schon, vor dem Chaos oder so. Einige Menschen sollen große Angst vor diesen Wölfen gehabt haben. Aber weißt du was? Ich glaube, ich habe noch nie einen gesehen.«

Helm musste lächeln. »Kein Wunder«, sagte er. »Wir leben

heute eben anders als die Menschen früher, ich meine, in meiner Jugend. Damals wohnte jeder für sich, jeder in seiner Wohnung oder seinem Haus, ohne Gräben und Mauern drum herum, mit viel Abstand zu den anderen. Je reicher einer war, desto mehr Abstand. Und wenn man sich doch mal bedroht fühlte, rief man die Bewaffneten. Die kamen dann und halfen einem.«

»Einfach so? Ohne dafür Tribut zu fordern?«

»Allerdings.« Helms kratzte sich nachdenklich am Kopf: »Glaube ich jedenfalls. Der Onkel war einer davon.«

Gander kam nicht mit; er schüttelte den Kopf. »Abstand zu den anderen? Das klingt verrückt«, murmelte er. »Und ohne Gräben und Mauern, wie soll man sich denn da schützen? Diese Bewaffneten damals müssen aber viel zu tun gehabt haben.«

Helm beschloss, darauf nicht näher einzugehen. »Man hatte sich eben an Frieden und Sicherheit gewöhnt«, sagte er nur. »Keine Räuberbanden, jedenfalls nicht am helllichten Tage, und keine Raubtiere. Und wenn dann plötzlich so ein Wolf auftauchte, wusste natürlich keiner, wie er sich verhalten sollte, und geriet in Panik.«

»Aha.« Gander machte nicht den Eindruck, dass er verstand. »Aber was ist seitdem aus den Wölfen geworden? Andere Tiere haben sich vermehrt. Oder verändert. Was haben die Wölfe gemacht? Sind sie etwa ausgestorben? Oder vielleicht ausgewandert?«

»Oh nein«, sagte Helm leise. »Die Wölfe sind noch da. Es ist nur so …«

Gander blieb so abrupt stehen, dass Helm wuchtig in ihn hineinlief. Er wollte schimpfen, aber als er sah, was den Jungen zum Anhalten bewogen hatte, vergaß er das.

Auf der anderen Seite der kleinen Lichtung, die zu überqueren sie sich gerade anschickten und die einmal eine Weide gewesen war, stand ein Pferd, so schwarz und wuchtig, wie sogar Helm noch niemals eines gesehen hatte. Im Sattel saß ein Reiter, der womöglich noch ungewöhnlicher aussah.

Der Mann trug einen langen Mantel, eher eine Art Umhang, der aus steifem Leder zu bestehen schien und mit etwas beschlagen war, anscheinend mit runden Stücken aus Metall. Auch die Stiefel waren auf diese Art verstärkt. Die Handschuhe des Reiters bestanden aus Kettengeflecht, und um den Hals trug er einen breiten Ring, der ihn dazu zwang, das Kinn besonders hoch zu recken. Und seine Kopfbedeckung … tatsächlich, das war ein Stahlhelm! Einer aus der alten Zeit! Helm fühlte sich an die Motorrad-Gangs seiner Jugend erinnert. Das aber konnte kaum ein Motorradhelm sein, denn die bestanden aus Kunststoff und waren längst zu spröde, um noch irgendeinen Schutz zu bieten. Schon gar nicht gegen scharf geschliffenes Eisen.

Nein, dieser Helm dort bestand aus Stahl, und sein wellenförmiger unterer Rand verriet, dass er einmal zur Ausrüstung eines Soldaten gehört hatte. War dieser Reiter dort vorne womöglich auch einer? Seiner Bewaffnung nach zu urteilen, konnte das sehr gut sein, denn der Mann trug Bogen und Pfeile auf dem Rücken, ein Schwert an der Seite und einen kurzen Speer in der Hand.

Und dann war da noch etwas auf seiner Schulter. Helm erschrak, weil er für einen Augenblick glaubte, es mit einem Mutanten zu tun zu haben, einem von denen, die es schafften, mit gravierenden Abweichungen von der menschlichen Norm zu überleben – zum Beispiel mit einem zweiten Kopf. Diese krassen Ausnahmefälle waren noch unberechenbarer als die Drübener, denen sie in ihrer Einstellung zu allen anderen Menschen gewöhnlich glichen. Waren sie womöglich selber welche?

Eine müßige Frage, die Helm auch sofort wieder vergaß, als er erkannte, dass der zweite Kopf kein menschlicher war, sondern einem Wolf gehörte. Gehört hatte, denn dieser Wolf war lange tot; sein Schädel steckte als Trophäe im präparierten Fell, das an der Schulter des Reiters angeheftet war und lose über seinen Rücken hing. Was für ein eitler Fatzke war denn das? Helm war drauf und dran, loszulachen. Nur der Gesichtsausdruck des Reiters hielt ihn davon ab.

Nicht so arrogant wie Groß Onnos zugewucherter Scherge, nicht aggressiv, nicht mordlustig oder gierig – der Reiter musterte die beiden Wanderer mit kritischem Interesse und selbstbewusster Vorsicht. Seine Ausstrahlung ließ darauf schließen, dass er eine starke Autorität verkörperte. Welche? Und worin bestand sein Auftrag? Nun, Helm hatte das deutliche Gefühl, dass sie das bald erfahren würden.

»Wer geht hier?«, rief der Reiter sie an. Es klang ungewohnt, wie von alters her, lange vor der Zeit vor dem Chaos. Und es klang stimmig.

»Ich bin Helm«, antwortete der Ältere. »Das hier ist Gander.« Er schob sich neben den Jungen, dessen Muskeln angespannt waren, und legte ihm beschwichtigend die Hand auf den Unterarm. »Und wer bist du?«, fuhr er schnell fort, ehe der Reiter weiterfragen konnte.

Der Reiter schwieg einen Moment; Helms kleines Manöver war ihm nicht entgangen. »Ich bin Wolf«, sagte er dann. »Wolf, der Jäger.«

Jetzt konnte Helm sich nicht länger zurückhalten. »Na, dann wissen wir ja alle Bescheid!«, rief er lachend aus. »Was meinst du, Wolf, der Jäger – bist du in Eile? Oder wollen wir uns setzen und ein bisschen palavern?«

Die Haltung des Reiters war ungewöhnlich steif, was sicherlich seiner Lederrüstung und seiner Halskrause geschuldet war; jetzt wurde sie noch ein bisschen steifer. »Du bist nicht der, der hier Vorschläge macht, *Helm*«, schnauzte er von oben herab. »Ich bin Wolf, der Jäger, verstanden? Und ihr tut gut daran, dem Folge zu leisten, was ich euch sage.«

»Na gut.« Helm bemühte sich um eine ernsthafte Miene und versuchte seine Haltung der Steifheit seines Gegenübers anzupassen. »Dann sag uns, was dein Begehr ist, Wolf, der Jäger.«

»Wir werden uns setzen«, sagte der Reiter gravitätisch. »Ihr werdet mir Rede und Antwort stehen.« Er stieg ab, ohne Helm und Gander aus den Augen zu lassen. Bei aller Steifigkeit wirkten seine Bewegungen doch routiniert und behände.

»Das ist doch genau das, was du gesagt hast!«, wunderte sich Gander. »Außerdem: Wieso sollen wir stehen, wo er doch will, dass wir uns setzen?«

»Still jetzt«, zischte Helm. Aber er freute sich doch über den wachen Verstand des Jungen.

Zwei umgestürzte Baumstämme lagen so günstig, dass die Männer sich einander gegenübersetzen konnten. Jetzt konnte Helm auch erkennen, womit der Ledermantel des Jägers armiert war: mit lauter runden, plattgehämmerten Metallscheiben, die an den Rändern säuberlich gelocht und mit dünnen Lederstreifen festgenäht waren. Gegen eine flach geschwungene Klinge mochte das helfen, überlegte Helm; was aber, wenn der Hieb von oben kam? Dann konnte die Schneide hinter die Metallstücke gelangen, und der aufwändige Beschlag wäre kaum mehr als Schmuck.

Wie auch immer, er machte etwas her. Gander jedenfalls starrte den Rüstungsmantel des Jägers bewundernd an. Verständlich, dachte Helm, der Junge hat ja auch noch niemals zuvor Geldmünzen gesehen.

»Woher kommt ihr?«, fragte der Jäger barsch.

»Nesserland«, antwortete Helm, ohne zu zögern. Die Reaktion darauf würde aufschlussreich sein, und Gander war wieder vollständig bei Kräften. Warum also zögern?

Wolf, der Jäger, aber zog nur überrascht die Augenbrauen hoch. Kein Vergleich mit den Wutausbrüchen von Groß

Onnos Schergen. Zu denen gehörte der Münzen-Mann also schon mal nicht. »Nesserland«, wiederholte er nachdenklich. »Ich weiß, dass das nicht in Emm liegt. Vor einiger Zeit haben … Männer dort gesucht. Es gab da mal eine Straße, die so hieß, es hing sogar noch ein Schild dort. Das Emmner Nesserland war mal eine Insel, ganz früher …« Mit einer unwilligen Handbewegung schnitt er sich selber das Wort ab. »Also nicht Emm. Wo liegt euer Nesserland?«

Helm war heiß und kalt geworden, seine Miene aber blieb unbewegt. »Ich bin nicht befugt, das zu sagen«, erwiderte er steif.

»Ach. Nicht befugt, ja?« Der Jäger fletschte die Zähne; sein Gebiss war noch weitgehend vollständig. »Wessen Befugnis brauchst du denn, nur um zu sagen, woher du kommst?«

Helm schüttelte den Kopf. »Auch das darf ich leider nicht sagen.« Er schickte Gander einen besorgten Seitenblick; der Junge jedoch zeigte keine Regung. Er war Helms Spielchen inzwischen wohl genügend gewohnt, um sie nicht zu verderben.

Der Jäger nahm die Abfuhr erstaunlich gefasst hin. Helms Worte schienen bei ihm die richtige Saite angeschlagen zu haben; er war eindeutig ein Mann von festen Regeln. Oder einer von Befehl und Gehorsam?

»Dann sag mir wenigstens, wohin ihr wollt«, knurrte Wolf. »Oder dürft ihr das etwa auch nicht sagen?« Seine Hand ruhte schwer auf dem Griff seines Schwertes.

»Von mir aus«, sagt Helm und zuckte mit den Schultern. »Wir wollen nach Wilmshaven. Und erzähl mir jetzt nicht, dort gäbe es Eisbären! Das interessiert mich nämlich nicht.«

Der Jäger schüttelte den Kopf. »Ich weiß nichts von Eisbären«, sagte er. »Aber dass Wilmshaven Offene Stadt ist, das weiß ich. Weißt du auch, was das heißt?«

Helm nickte, aber er konnte ein Schaudern nicht unterdrücken. Offene Stadt, das hieß Faustrecht – ach was, Recht: Das hieß Rechtlosigkeit der Fäuste. Der Fäuste, Zähne und Klauen. In einer Offenen Stadt herrschten die Starken, so weit und so lange, bis sie auf Stärkere trafen. Leben kämpfte mit Leben um das Leben, aber der Preis hieß Tod. Chaos eben.

»Und da wollt ihr hin?« Der Jäger schüttelte den Kopf, was ihm wegen seiner Halskrause schwerfiel.

»Was heißt hier wollen.« Helm breitete die Arme aus. »Wir müssen. Man hat uns ausgesandt, etwas zu finden.«

»Ausgesandt?« Wolf schien dem Wort auf seiner Zunge nachzuschmecken. »Wer sendet euch – euer Herr? Und gibt es einen Namen für das, was ihr zu tun habt?« Der Jäger hob seine Hände und hantierte an der Rückseite seines Halses herum, bis es klickte und er seine Halskrause abnehmen konnte. Das Ding musste mindestens so unbequem sein, wie es aussah.

»Kein Herr.« Helm schüttelte energisch den Kopf. »Wir haben zwar einen Oberen Walter, aber die wirklich wichtigen Dinge werden von der Großen Versammlung bestimmt. Die wählt übrigens auch alle anderen Walter. Tja, so läuft das bei uns.« Wieder suchte er im Gesicht seines Gegenübers nach Anzeichen der Wirkung seiner Worte, aber eine Reaktion blieb aus. »Genannt werden wir Finder«, fügte Helm hinzu. »Aber Wort ist ganz neu. Finder. Man muss sich erst daran gewöhnen.«

»Finder.« Der Mann mit dem Münzen-Mantel nickte anerkennend. »Weil das Wort Sucher schon etwas anderes bezeichnet. Verstehe. Bei uns war das ähnlich, bloß haben wir uns dann für Jäger entschieden.« Er löste seine rechte Hand vom Schwertgriff und klopfte sich an die bewehrte Brust: »Wolf, Erster Jäger von Jewa.«

»Und? Ausgesandt von deinem Herrn?«, sondierte Helm. »Oder gibt es bei euch auch eine Große Versammlung?«

»Jewa kennt keinen Herrn denn den Bestimmten des Umgangs«, deklamierte Wolf feierlich. »Der Bestimmte des Umgangs rechtet und richtet von einer hellen Sonnenwende zur nächsten, dann entsagt er der Macht aus freien Stücken, und der nächste der Würdigen nimmt seine Stelle ein. So einer nicht aus freiem Willen entsagt, so soll er von den anderen geworfen werden und künftig vom Umgang ausgeschlossen sein. So steht es geschrieben.«

Gander sackte der Unterkiefer weg. »Was ist denn ein Umgang?«, sprudelte der Junge hervor. »Was ist ein Bestimmter? Und wer ist würdig?«

Jäger Wolf hatte offenkundig mit Fragen gerechnet und öffnete schon den Mund, aber Helm kam ihm zuvor. »Der sogenannte Umgang«, dozierte er, »war eine frühe Form der Selbstverwaltung im spätmittelalterlichen Friesland. Jeder landbesitzende Bauer übte für ein Jahr das Richteramt aus und reichte es dann an den Nächsten seines Standes weiter.« Er nickte dem Jäger zu: »Sind es bei euch auch wieder die Großbauern, die bestimmen, was läuft?«

Falls Wolf beeindruckt war, so verbarg er es gut. »Natürlich nicht die Bauern«, korrigierte er. »Oder jedenfalls nicht vor allem die. Würdig sind in erster Linie die Bewahrer. Sie tragen das Leben und das Wohl der Gemeinschaft, sie entscheiden, wer in ihren Kreis aufgenommen wird, und sie bestimmen, wer als Nächster beim Umgang dran ist. Der wird dann der neue Bestimmte des Umgangs.« Er deutete auf Gander: »Alles verstanden, Junge?«

Gander bejahte zwar, aber sein schiefes Grinsen ließ zumindest Zweifel zu.

»Ihr habt also die Große Versammlung, ja?«, erkundigte sich der Jäger bei Helm. »Und die bestimmt den Oberen Walter? Klingt so, als hättet ihr einen ganz ähnlichen Weg gewählt wie wir.«

»Ähnlich, das stimmt.« Jedenfalls verglichen mit den

neo-feudalen Modellen in Greetland und Nörn; andererseits klang ihm das Jewa-Prinzip allzu sehr nach der Herrschaftsform, die man in Auck installiert hatte. Zudem fielen ihm reichlich Unterschiede zwischen Jewa und Nesserland ein. Auf die aber musste er jetzt nicht unbedingt eingehen, entschied Helm.

»So sind wir also beide Ausgesandte der Bestimmten Würdigen unserer Städte«, sagte Wolf feierlich. »Beziehungsweise des Oberen Walters und der Großen Versammlung, wie ihr es nennt.« Er versuchte ein Lächeln in Richtung Gander: »Vielmehr alle drei. Der Junge ist wohl dein Lerner, richtig?«

»Richtig«, sagte Helm mit Nachdruck. Gander ließ das auf sich beruhen.

Mit einer betont langsamen Bewegung schob Wolf seine Hand unter den Lederpanzer. Als er sie wieder hervorzog, lag keine weitere Waffe darin, sondern ein prall gefüllter Lederbeutel. »So lasst uns denn einen Schluck darauf nehmen, dass Friede sei zwischen Jewa und Nesserland. Wollen wir?«

Helm nickte nur; das Angebot machte ihn sprachlos. Eine Falle? Es stank geradezu danach. Aber dieser steife, etwas selbstverliebte Typ namens Wolf machte nicht den Eindruck, als sei er ein gewiefter Fallensteller. Und warum sollte er sich überhaupt die Mühe machen? Er wusste ja nicht, wen er wirklich vor sich hatte.

Der Lederbeutel enthielt Schnaps, gebrannt aus fauligen Kartoffeln, jedenfalls schmeckte er so. Gander musste husten, so scharf war das Zeug. Die beiden Männer lachten gutmütig. Helm packte die Vorräte an gebratenem Fleisch aus, und der Jäger langte herzhaft zu.

»Weißt du, wie man uns früher genannt hätte?«, fragte Wolf, als er nach der dritten Runde Schnaps den Beutel wieder wegsteckte. Das Ding war deutlich schlaffer geworden. »Polizisten!«

»Nie gehört«, tönte Gander. »Was soll das denn sein?« Der ungewohnte Alkohol machte ihn redselig. Hoffentlich auch schnell müde, dachte Helm.

»Polizisten sorgten früher für Ruhe und Ordnung in ihrer Gemeinde«, erklärte Helm. »Gemeinde, das hieß noch früher mal Polis, daher das Wort. Polizisten beschützten die Friedfertigen und fingen diejenigen ein, die gegen Gesetze verstießen, um sie vor den Richter zu bringen.«

»Ach so«, rief Gander aus. »Wie damals der Onkel, von dem du so oft erzählst, was?« Er wollte noch weiter reden, fing aber Helms Blick auf und verstummte. So betrunken war er immerhin noch nicht.

»Onkel?«, fragte Wolf, der Jäger. »Dein Onkel war Polizist?«

Helm nickte. »Ein Polizist, der aus einer Bauernfamilie stammte. Und in seinem ersten Beruf Seemann gewesen war. Ich konnte von Glück reden, dass ich ihn hatte, damals in der schlimmen Zeit. Er hat mir eine Menge beigebracht, was ich zum Überleben brauchte.« Erschrocken stellte Helm fest, dass der Alkohol auch ihm die Zunge gelöst hatte. War er gerade dabei, einem Fremden Einblicke in sein Leben zu geben, die dieser missbrauchen konnte?

Erneut plapperte Gander dazwischen. »Beruf. Wieder so ein Wort, das ich nicht kenne. Was ist das?«

»Früher hatte ein jeder Mensch seine Berufung«, verkündete der Jäger wichtig. »In seiner Jugend lernte er das nötige Rüstzeug, um dieser Berufung gerecht zu werden, und verbrachte danach den größten Teil seines Lebens damit, dieser Berufung gerecht zu werden.« Beifall heischend schaute er zu Helm: »Richtig?«

»So in etwa.« Helm nickte. Dieser Wolf war noch viel zu jung, um wirklich zu wissen, wovon er da redete. Dreißig, fünfunddreißig Winter höchstens; die Aura gekünstelter Würde, mit der er sich umgab, mochte für ein paar zusätzliche Ernten gut sein. Auf jeden Fall idealisierte er mächtig.

»Das ganze Leben lang einer Berufung nachgehen?« Gander schüttelte verwundert den Kopf. »Zusätzlich zu allem anderen – jagen, bauen, weben, ackern, Wurst und Kerzen machen, Obst und Gemüse einkochen und einkellern und was man sonst noch so zu tun hat? Wie haben die Leute das früher hinbekommen? Ich dachte immer, die hätten ein so viel leichteres Leben gehabt als wir.«

»Hatten sie ja auch«, sagte Helm. »Weil sie eben nur ihren Beruf ausübten. Fast ausschließlich, verstehst du? Alles andere wurde von anderen Leuten erledigt. Man nannte das arbeitsteilige Gesellschaft.«

»Alles andere wurde von anderen gemacht?« Gander schaute versonnen vor sich hin. Dann platzte er plötzlich heraus vor Lachen: »Hatten die auch jeder einen, der ihnen den Hintern abgewischt hat?«

Wolf stimmte ein, nur Helm blieb ernst. »Für genügend Geld konnte man sogar das kaufen, damals«, murmelte er.

»Geld?« Gander wischte sich die Lachtränen ab. »Und was ist das schon wieder?«

Helm deutete auf Wolf und dessen Mantel voller Münzen. Der Jäger aber zuckte nur mit den Schultern. Er war eindeutig zu jung, um zu wissen, was er da am Leibe trug.

»Wisst ihr was?«, sagte Helm. »Es dämmert bald. Lasst uns heute Nacht hier lagern. Wir teilen uns den Rest Fleisch, und du gibst noch eine Runde Schnaps aus, einverstanden? Morgen gehen wir dann alle unserer Wege.«

»Einverstanden.« Wolf nickte würdig und griff in seinen Mantel. Ganders Augen funkelte bereits vor lauter Vorfreude auf den sich anbahnenden Rausch.

Von wegen Geld, dachte Helm. Hier sieht man's doch wieder – Tauschgeschäfte sind das einzig Senkrechte.

6. Der Wundermann

Wilmshaven musste einmal eine große Stadt gewesen sein, überlegte Helm. Früher. Er war als Kind niemals dort gewesen, vor dem Chaos, und danach nur einmal, zusammen mit dem Onkel. Inzwischen galt Wilmshaven als einer der gefährlichsten Orte auf der ganzen Halbinsel.

Genau dort mussten sie hin. War ja klar.

Den Ring der Toten Riesen, deren Langflügel teils abgebrochen, teils ganz abgefallen waren und von denen einige nur noch aus bizarren Stümpfen bestanden, hatten sie hinter sich. Dies hier musste so etwas wie ein Vorort gewesen sein. Eingeschossige Häuser mit eingefallenen Dächern oder komplett abgebrannt. Die Ruinen von Schlingzeug überwuchert, das an einigen Stellen matt leuchtete, das Straßenpflaster von Baumwurzeln gesprengt und in Buckelpisten verwandelt. Kaum vorstellbar, dass hinter diesen traurigen Fensterhöhlen noch jemand lebte. Hier war man nicht nur fern von Wasser und Nahrung, hier war man auch ohne jeden Schutz.

Und doch. »Hier irgendwo muss es sein«, murmelte Helm vor sich hin.

»Hier?« Gander verzog skeptisch den Mund. »Hier wohnt doch keiner länger als unbedingt nötig. Schon gar nicht so ein Wundermann!«

Helm musste grinsen. »Was stellst du dir denn unter einem Wundermann vor, hä? Einen Zauberer mit spitzem Hut und magischem Stab?«

»Quatsch.« Gander klang gekränkt. »Einen besonders klugen Mann natürlich. Hast du mir doch erzählt! Einen, der Dinge weiß, die andere nicht wissen.«

»Genau. Und wo würde ein besonders kluger Mann wohl wohnen, was denkst du?«

»Na, jedenfalls nicht hier.« Gander schaute sich missbilligend um. »Irgendwo anders, jedenfalls nicht in diesen Ruinen.« Es dauerte noch einen Moment, bis er endlich begriff. »Ach so! Du meinst, ein kluger Mann wohnt da, wo ihn keiner vermutet, richtig?«

»Richtig.« Helm hielt nach dem Hinweis Ausschau, aber noch konnte er ihn nirgends entdecken. »Obwohl ich zugeben muss, wenn dies wirklich der Ort ist, dann hat er ihn sich mehr als schlau ausgesucht.«

»Danke für die Blumen!«, krächzte es direkt hinter ihnen.

Gander warf sich platt auf den Bauch und rollte sich zweimal herum, wie Helm es ihm beigebracht hatte. Er spähte in die Richtung, aus der die unnatürlich klingende Stimme gekommen war; den Stock, den er sich mit Helms Messer angespitzt hatte, hielt er abwehrbereit.

Sein Begleiter aber war stehen geblieben. »Ich bin Helm«, sagte er ganz ruhig und zu niemand Bestimmtem. »Der große Junge gehört zu mir. Ich war früher schon mal hier, aber das ist lange her.«

»Ich weiß.« Ein blechernes Keckern war zu hören. »Olli hat dich angeschleppt. Talentiertes Bürschchen hat er dich genannt. Na ja, was will man sagen – immerhin lebst du noch, das ist Beweis genug.«

Ganders Blick wurde immer unsteter und besorgter. Offenbar konnte er sich überhaupt keinen Reim auf das machen, was hier geschah. Eine körperlose Stimme sprengte einfach seinen Erfahrungshorizont.

»Keine Angst, mein Großer«, sagte Helm in besänftigendem Ton. »Das ist keine Zauberei, das gab es früher häufig. Man nannte es Gegensprechanlage. Das einzige Wunder ist, dass das Ding immer noch funktioniert.«

»Absolut kein Wunder«, krächzte es empört. »Sondern harte Arbeit! Und ein bisschen Glück beim Suchen. Und das richtige Know-how. Na ja, wenn man so will, ist es vielleicht doch ein kleines Wunder.«

»Was ist No-Hau?«, wisperte Gander.

Helm winkte ab: »Später.«

»Was führt euch denn hierher?«, fragte die blecherne Stimme.

»Wir brauchen Info«, erklärte Helm. »Und Hilfe, vielleicht – das hängt von der Info ab. Paar Sachen wären auch gut. Haben unterwegs allerhand eingebüßt.«

Die Blechstimme lachte. »Na prima. Sonst noch was?« Aber der Spott klang gutmütig. Ein paar Sekunden lang herrschte Stille, dann war die blecherne Stimme wieder da: »Auf dem Schirm hab ich niemanden. Seid ihr sicher, dass ihr nicht beobachtet werdet?«

»So sicher, wie man sich sein kann«, erwiderte Helm.

»Siehst du den Schornstein ohne Haus? Nordöstlich von euch? Auf den geht ihr jetzt zu. Langsam. So weit, bis ich halt sage.« Die Stimme verstummte mit einem Kratzlaut.

»Nordost.« Helm wies auf den Schornstein, der aus dem Ruinenfeld ragte, schräg abgebrochen, aber immer noch höher als die umstehenden Gebäudereste. Hier war die Wohngegend einst in ein Gewerbegebiet übergegangen. »Also los. Bleib hinter mir.«

Das ließ sich Gander nicht zweimal sagen. Ihm war die ganze Unternehmung unheimlich, das war deutlich zu erkennen.

Sie stapften über Schutt und durch übermannshohe Brennnesseldickichte. Trotzdem konnten sie die Richtung einigermaßen einhalten.

»Halt.« Die Stimme war wieder da; sie hatte einen anderen Klang und kam jetzt von vorne, aber es war eindeutig dieselbe. Gander begann zu zittern.

Sie standen in der dachlosen Ruine von etwas, das mal eine Küche oder ein Kühlraum gewesen sein mochte; wo der Fliesenboden nicht unter Schutt oder wuchernden Pflanzen begraben war, war er noch gut zu erkennen. Es klickte.

Plötzlich hob sich ein größeres Fliesenquadrat von seiner Umgebung ab, als hätte jemand mit Bleistift und Lineal einen Strich darum gezogen. »Anheben«, sagte die Stimme leise. »Und macht hinter euch ordentlich wieder zu.«

Die Falltür war enorm schwer, aber mit Ganders Hilfe kein Problem, auch wenn die Hände des Jungen zitterten. Das geisterhaft grünliche Licht, das den engen Gang unterhalb der Holztreppe nur andeutungsweise erhellte, war nicht geeignet, seine Nervosität zu dämpfen. Sein Vertrauen in mich muss ziemlich groß sein, dachte Helm schuldbewusst.

Die Klappe hatte Griffe aus verchromtem Metall an der Unterseite, so war es ein Leichtes, ihre Arretierungen wieder einrasten zu lassen. Der Gang unten gehörte zu einem ehemaligen Heizungskeller und endete an einer Biegung, hinter der die Decke eingestürzt war. »Und jetzt?«, fragte Gander. »Hier geht's nicht weiter.«

Wieder ein Klicken. Diesmal erschien die Bleistiftlinie in der Wand und umrahmte eine perfekt getarnte Tür, die sich mit einigem Kraftaufwand aufschieben ließ. Der Gang dahinter war ebenso mattgrün illuminiert wie der davor, erinnerte ansonsten aber eher an einen Bergwerkstollen, angelegt von Amateuren mit zufällig gefundenem Material. Trotzdem machte er einen halbwegs stabilen Eindruck. Also stapften die beiden weiter und drückten die Geheimtür hinter sich zu. Sie hatten auch keine andere Wahl.

Der Gang mündete in einen weiteren Keller, durch den es in einen weiteren Stollen ging. Hier standen die schweren Türen offen. Eiserne Riegel deuteten an, dass es auch anders ging. Alle Riegel befanden sich auf den inneren Seiten. Hier hatte sich jemand darauf eingerichtet, Angriffe von außen nachhaltig zu blockieren.

Der zweite Stollen führte sie in ein größeres Kellergewölbe, das noch vollkommen intakt zu sein schien. Alle

Türen hier waren aus Eisen – und verschlossen. Bis auf die letzte. Die stand einen Spalt breit offen. Weißes Licht fiel hindurch, so blendend hell, dass Helm und Gander die Augen zusammenkneifen mussten.

Als sich ihre Pupillen an die Helligkeit gewöhnt hatten, sahen sie den Mann, der sie hinter einer gemauerten Brustwehr erwartete und kritisch musterte. Der Mann war noch überraschend jung, und er musterte sie über eine Armbrust hinweg, deren Abmessungen eindrucksvoll waren. Die Armbrust war gespannt und mit einem massiven Pfeil bestückt. Zwei baugleiche Waffen lagen einsatzbereit in Reichweite.

»Wie hieß Olli richtig?«, bellte der Mann sie an.

»Oliver«, antwortete Helm, ohne zu zögern.

»Wo liegt er begraben?«

»Begraben?« Helms Mund fühlte sich plötzlich an wie mit Sand gefüllt. »Olli ist nirgendwo begraben. Eine Bande Homophagen hat ihn erwischt, als er in einer Bärenfalle steckte. Nicht einmal seinen Schädel hat man gefunden.« Helm fühlte die Welle von Verzweiflung, die ihn überspülte, wie jedes Mal, wenn er an den Onkel dachte. Er war Meister gewesen in allen Dingen, auf die es ankam, er hatte einfach alles gewusst, was wichtig war! Und doch hatte er sein eigenes Leben nicht retten können. Was durfte sich einer wie Helm da erst erhoffen!

Ja, die vertrauten Gedanken, vertrauten Gefühle. Er konnte sie immer noch nicht verhindern, aber sie hatten keine Macht mehr über ihn. War er doch inzwischen älter, als Onkel Olli überhaupt geworden war.

»Das stimmt.« Der Mann mit der Armbrust senkte seine Waffe um ein paar Zentimeter – nur widerwillig, wie es aussah. »Noch eine letzte Frage. Wo liegt Nesserland?«

Helm verschränkte die Arme. »Das werde ich deinem Wundermann gerne sagen. Aber nur ihm persönlich.«

Blechernes Lachen erfüllte den Raum. »Ausgezeichnet!«,

rief die körperlose Stimme. »Es ist gut, Denno. Lass die beiden durch. Und dann schau mal, ob du noch eine gute Flasche findest.«

Immer noch zögernd, legte der als Denno Angesprochene seine Armbrust nieder und trat hinter seiner Deckung hervor. Er war mittelgroß und hager, schien aber kräftig zu sein. Seine Kleidung bestand aus einem grauen Kittel, der bis zu seinen Waden reichte, langen Socken aus dicker Wolle und Riemensandalen. Ein Aufzug, der Helm an die Akbars erinnerte, von denen es in der Nähe von Wilmshaven eine größere Kolonie geben sollte. Ein Akbar aber war dieser Denno auf keinen Fall. Sein Meister war einer der letzten Wissenschaftler, und Wissenschaft und Religion verhielten sich zueinander wie Feuer und Wasser.

Oder Feuer und Benzin? Helm war sich seiner Metaphorik in letzter Zeit nicht mehr so sicher.

»Hier entlang.« Denno winkte sie mürrisch zu einem Stahlspind, der breit und hoch an der Wand stand; er wirkte schwer und unverrückbar wie ein Tresor. Der Kittelträger klopfte dagegen, dass es dröhnte; der Nachhall verschluckte beinahe das Klicken, das daraufhin erklang. Mit erstaunlicher Mühelosigkeit schob Denno den Stahlschrank beiseite.

In der freigelegten Maueröffnung, grob ausgebrochen und niemals verputzt, stand ein alter Mann, der aussah wie eine gedörrte und in Essig und Öl eingelegte Version von Denno. Sein Haar war spärlich und schlohweiß, sein eisgrauer Bart unregelmäßig geschabt, und die Haut dazwischen hatte die Beschaffenheit von übermäßig lange benutztem Sandpapier. Das Auffälligste an seinem Gesicht waren die beiden Brillen, die er trug, eine über die andere geschoben.

»Der kleine Helmut!«, rief der alte Wissenschaftler und zwinkerte Helm und Gander zu. »Ach ja, an dir ist die Zeit auch nicht vorbeigegangen, was? Musst jetzt auch schon um die sechzig sein. Guck dich an, siehst aus wie gekochtes Leder! Aber fit bist du wohl immer noch, wie man hört.«

»Helmut?« Gander kicherte albern. Trotz der befremdlichen Umgebung mit all ihren ungewohnten Erscheinungen schien die Spannung langsam von ihm abzufallen. Helm knuffte ihm den Ellbogen in die Seite.

Denno schnaubte geringschätzig. Dann schlurfte er davon. Er holt wohl die versprochene Flasche, dachte Helm hoffnungsvoll.

»Helm reicht«, sagte er, an den Gedörrten gerichtet. »Und ich muss sagen, ich bin froh und erleichtert, Sie auf den Beinen zu sehen, Professor! Die letzten Nachrichten, die uns erreichten, ließen anderes befürchten.«

»Ach, diese Virus-Geschichte!« Der Professor machte eine wegwerfende Handbewegung. »Das ist doch auch schon wieder mehr als ein Jahr her! Ich gebe zu, diese mutierten Biester haben mir ganz schön zugesetzt. Aber ein bisschen was an Forschung und Entwicklung gelingt uns immer noch. Selbst in diesen Zeiten.« Er nickte Denno zu, der tatsächlich mit einer Steingutflasche in der Hand zurückkehrte. »Mein junger Kollege hier ist sehr talentiert in diesen Dingen. Eigentlich heißt er Enno, aber als er das Serum entwickelt hatte, habe ich ihm das D verliehen.« Er seufzte: »Heutzutage gibt es ja keine Promotionskommissionen mehr. Da muss man eben etwas improvisieren. Wie in allen anderen Dingen auch.«

Denno tat so, als hätte er nicht zugehört, zeigte aber einen durchaus selbstzufriedenen Gesichtsausdruck. Er stellte die Flasche auf einer Kiste ab und kramte kleine Gerätschaften aus seinen Kitteltaschen, die Helm als Eierbecher erkannte, mit Sprüngen und abgesplitterten Rändern, aber mit etwas Glück noch dicht.

Stühle gab es keine, also prosteten sie einander im Stehen zu. Ganders vorfreudiger Blick machte Helm etwas Sorgen, aber als der uralte Weinbrand erst sein sanftes Feuer auf seiner Zunge und in seinem Gaumen entfacht hatte, waren alle Bedenken wie weggewischt. Was für ein himmlisches Zeug! Kein Vergleich mit dem Fusel, den Wolf, der Jäger, ihnen angeboten hatte. Unglaublich, welche Genüsse den Altvorderen zur Verfügung gestanden hatten, wann immer ihnen danach gewesen war! So problemlos, dass keiner sie mehr zu würdigen wusste. Oder warum hatten sie so leichtfertig alles weggeworfen?

Oder war es vielleicht doch ganz anders gewesen? Helm wusste es nicht. Wenn einer mehr wusste, dann war es der Professor.

»So, das genügt.« Der Gedörrte im grauen Kittel sammelte die Eierbecher ein und gab sie seinem jungen Kollegen, der sie in den Tiefen seiner Taschen verschwinden ließ. »Denno, du bleibst noch ein wenig in der Zentrale, für den Fall, dass doch jemand den beiden hier nachgeschlichen ist. Ihr kommt mit mir. Ich will euch etwas zeigen.«

Denno sah aus, als wollte er Einspruch erheben, was der Professor mit einem Stirnrunzeln unterband. Es wirkte wie ein altvertrautes Ritual. Der Jüngere fügte sich der Erfahrung – noch.

Helm und Gander folgten dem Professor. Hinter dem Wanddurchbruch ging es eine Treppe hinunter, die sie in ein hohes und langgestrecktes Kellergewölbe führte. Aber so gewaltig dieses Gewölbe auch war, es war trotzdem vollgestopft bis unter die Decke und in die hintersten Winkel hinein; lediglich der Mittelgang und einige Seitenwege waren ausgespart. Helm entdeckte stapelweise Werkzeuge, Baustoffe, Gerätschaften und Bauteile, die er seit Jahrzehnten nicht mehr gesehen hatte. Teils waren sie in improvisiert wirkenden Regalen abgelegt, teils zu riesigen Stapeln und Pyramiden von prekärer Stabilität aufgehäuft.

Der Professor bemerkte Helms verwunderte Blicke und

Ganders fassungsloses Staunen. »Tja, damals in den wilden Zeiten haben auch meine Kollegen und ich ziemlich schnell alle moralischen Bedenken abgelegt«, sagte er in betont leichtem Plauderton. »Während sich alles auf die Supermärkte und Lebensmittelläden stürzte und Nahrungsmittel hamsterte, haben wir uns die Baumärkte und Technik-Geschäfte vorgenommen. Dort hatten wir in der ersten Zeit nicht allzu viel Konkurrenz. Die Menschen haben erst mit Verspätung gemerkt, dass zum Überleben mehr gehört als Stapel von Konservendosen und Fertigpizzen.« Er schüttelte traurig den Kopf. »Das meiste von dem, was da gehamstert wurde, ist sowieso verdorben. Weil es ohne Kühlung nicht sehr lange haltbar war – oder weil die Menschen, die gehamstert hatten, bald tot waren. Wer etwas zu essen besaß, wurde zum bevorzugten Ziel der ersten Banden, die sich sehr schnell bildeten. Und wenn die auch viele der Vorratsdepots nicht fanden – deren Besitzer fanden sie immer.«

»Sie aber hat man nicht gefunden«, sagte Helm anerkennend und ließ seinen Blick über die angehäuften Schätze schweifen.

»Wie man's nimmt.« Der Professor blieb stehen. Er hatte es aufgegeben, sich zu verstellen, und klang jetzt so bedrückt, wie er aussah. »In der Anfangszeit waren wir sehr viel mehr. Einige Dutzend. Was glaubst du, wie all das hier entstanden ist – all die Depots, die Labors, die Gänge, die ganze Tarnung und die elektronische Maskerade? Auch wir mussten essen und trinken, also mussten wir uns auch am allgemeinen Kampf um Nahrung beteiligen. Jedenfalls einige von uns, diejenigen mit den besten Aussichten. Tja. Sehr lange hat keiner von denen überlebt. Auch die anderen hat es nach und nach erwischt, den letzten vor vier Jahren. Dass ich noch lebe, ist nichts anderes als der Nachweis einer statistischen Wahrscheinlichkeit. Alles sprach dafür, dass bei entsprechenden Vorkehrungen wenigsten einer von uns überleben würde. Na ja, und das bin ich.«

»Und Denno?«, fragte Gander.

Der Professor lächelte nachsichtig. »Ach ja, die Jugend«, sagte er, »die unterscheidet nicht zwischen knapp über dreißig und fast achtzig! Vom Standpunkt der Jugend aus betrachtet ist das alles alt. Aber nein, mein Junge, Denno ist natürlich erst sehr viel später zu uns gestoßen. Vielmehr zu mir. Ich bilde ihn aus, das heißt, ich versuche ihm all das beizubringen, was ich weiß, damit das Wissen erhalten bleibt, wenn ich einmal nicht mehr bin. Wie einstmals bei den alten Druiden. Deren Leben bestand auch daraus, zuerst alles Wissen in sich aufzunehmen und es dann, quasi in der zweiten Lebenshälfte, an einen potentiellen Nachfolger weiterzugeben. Vermutlich macht es der Helmut genauso mit dir, was? Ach, ich meine natürlich Helm.« Er zwinkerte dem älteren seiner Besucher zu und setzte seinen Weg fort.

»Helm«, flüsterte Gander und drängte sich im Weitergehen eng an den Älteren, »was sind Homophagen?«

Helm spürte wieder das Grauen in sich aufsteigen. Um die Antwort aber kam er wohl nicht herum. »Menschenfresser«, murmelte er.

Gander nickte nur. Aus all dem Grauen, das ihm in seinem jungen Leben schon widerfahren war, stach die Existenz von Menschenfressern kaum heraus.

Als sie das Gewölbe hinter sich gebracht hatten, führte sie der Professor in einen schmalen Gang, von dem mehrere Türen abgingen. Hier herrschte wieder die schummerig grüne Beleuchtung, und die Türen waren aus Holzlatten zusammengenagelt. Ihr Gastgeber öffnete eine davon und enthüllte eine zellenähnliche Kammer, die zwei Stockbetten, eine große Kiste als Tisch und einige Hocker enthielt. »Das ist euer Appartement für die Nacht«, sagte der alte

Wissenschaftler und machte eine übertrieben einladende Handbewegung. »Ich schlage vor, der junge Mann legt sich schon mal hin. Es war bestimmt eine harte Wanderung, vom Schnaps ganz zu schweigen.«

Gander zögerte und blickte Helm fragend an; der Gedanke, von ihm getrennt zu werden, behagte ihm eindeutig nicht.

Helm aber nickte ihm beruhigend zu. »Nur zu, Gander. Die Tür kannst du ja offen lassen. Wir sind hier ganz in der Nähe, stimmt's, Professor?«

»Stimmt!«, krähte der Greis fröhlich. »Wir sind nebenan und führen Erwachsenengespräche. Außerdem …« – er gluckste verschmitzt: »Die letzte Flasche, die Denno mir geholt hat, ist erst halb leer. Hab ich ihm verschwiegen, weil er sich manchmal so aufführt, als wäre er meine Mutter!«

Gander ließ sich überzeugen, und kaum hatte er sich probeweise auf einem der unteren Betten ausgestreckt, schloss er auch schon die Augen. Die Natur fordert immer ihr Recht, dachte Helm und war beruhigt.

Das Zimmer, in das der Professor ihn führte, war kaum weniger karg ausgestattet als die Schlafzelle nebenan. Den einzigen Unterschied machten zwei metallene Stühle aus, mit völlig zerfetztem Bezug zwar, dafür aber mit Rückenlehne. Sie riefen in Helm eine verschüttete Erinnerung wach an einen hellen Raum voller solcher Stühle und viereckiger Tische. Seine frühere Schulmensa? Möglich. Und belanglos.

Ächzend ließ sich der alte Wissenschaftler nieder. Sein Grinsen war wie ausgelöscht, und von einer halbvollen Schnapsflasche war keine Rede mehr. »Setz dich«, murmelte er kaum verständlich, weil durch ein Gähnen verzerrt. »Wir brauchen wohl beide eine Pause. Gegen mich bist du zwar noch ein junger Hüpfer, aber das ist relativ. Rein statistisch müsste uns diese Welt schon alle beide verschlungen und verdaut haben.«

Helm ließ sich niedersinken und testete misstrauisch seine Rückenlehne. Sie schien zu halten. »Verschlungen und verdaut«, wiederholte er. »So wie damals den Onkel? Oder was wollen Sie mit Ihrer bildhaften Sprache andeuten?«

»Verzeihung.« Der Professor deutete ein Nicken an, dann rieb er sich die Gesichtshaut, dass es raschelte. »Ich wollte nicht in der Wunde herumstochern. Man verlernt die Rücksichtnahme. Wozu sollte die auch noch gut sein?«

»Wenn wir nicht aufpassen, verlernen wir es noch, Menschen zu sein«, sagte Helm. »Dann hätte es nicht einmal mehr Zweck, überhaupt noch am Leben zu bleiben.«

Der alte Wissenschaftler legte seine Stirn in tiefe Falten. »Ach ja, Philosophie«, seufzte er. »Von allen wissenschaftlichen Disziplinen vermisse ich sie am meisten. Aber wie das so ist – Luxus können wir uns nicht leisten.«

»Herr Professor.« Helm blieb bei der veralteten Höflichkeitsanrede; auch so ein Aspekt, dachte er, den über die Zeit zu retten wichtiger ist, als alle glauben. »Was hat sich getan in den langen Jahren seit unserer letzten Begegnung? Was macht das Netzwerk?«

»Probleme!« Der Professor rollte die Augen gen Decke. »Kommunikation und Koordination, das ist das A und O! Und wie soll das wohl funktionieren in diesen Zeiten, wo jeder Weg lebensgefährlich ist, wo zwei von drei Boten abgefangen werden und spurlos verschwinden! Die Kollegen leben weit verstreut, jeder hat seinen eigenen Plan und sein eigenes Konzept – natürlich hält jeder seinen eigenen Weg für den einzig richtigen! Solche Starrköpfe! Und sie denken natürlich nicht daran, ihre heimischen Nester zu verlassen und beispielsweise hierher zu kommen, zu Denno und mir, um alle Kräfte zu bündeln und endlich mal richtig voranzukommen! Dabei haben wir hier reichlich Platz und so gut wie alle Ressourcen, wir haben eine ausgezeichnete Tarnung, eine erstklassige Aufklärung – und für den Fall der Fälle haben wir noch ein paar Asse im Ärmel, dass jedem Angreifer Hören und Sehen vergehen würde. Aber nein, keiner von den letzten gelehrten Damen und Herren dieses Landstrichs ist bereit, den Hintern zu erheben und herzuziehen! Stattdessen gehen sie lieber das Risiko ein, dass zwei oder drei von ihnen jahrelang parallel forschen und damit Zeit und Kraft vergeuden. Es ist zum Auswachsen!«

»Wilmshaven ist Offene Stadt«, gab Helm zu bedenken. »Das heißt, rings um Ihre Festung herum – die sich, wie ich zugeben muss, höchst eindrucksvoll entwickelt hat – tobt permanent der mörderische Wahnsinn. Auch wenn man jetzt und hier, zugegeben, nichts davon merkt. Es gibt Orte in dieser Region, wo es fast genauso schlimm zugeht, aber es gibt auch bessere. Sicherere. Wie wäre es denn damit, dorthin umzusiedeln?«

»Ausgeschlossen!« Der Professor streckte Helm abwehrend die Handflächen entgegen. »Ich soll all das aufgeben, was ich mir hier erschaffen habe? Wofür so viele meiner Kollegen gestorben sind? Was sollte denn wohl aus dem unersetzlichen Materialdepot werden? Wie könnten wir solche Mengen denn heutzutage transportieren? Mit Verlaub, das ist unmöglich.« Er schüttelte den Kopf so heftig, dass seine Brillen verrutschten. »Hör mir bloß auf mit solchen kranken Ideen! Du klingst ja schon wie … na, wie ein paar von den anderen halt.«

»In Nesserland«, fuhr Helm unbeirrt fort, »könnten wir Ihnen recht gute Bedingungen bieten. Ihnen und Ihren Kollegen. Nicht so viele Ressourcen, klar, aber einiges können wir besorgen.«

»Ach, darauf läuft das hinaus!« Der alte Wissenschaftler grinste breit und zeigte ein vollständiges Gebiss, dessen Zähne weder in Größe noch Farbe zueinander passten. »Eine Katze im Sack soll ich kaufen! In diesem ganzen Wahnsinn ist Nesserland eine ziemlich unbekannte Größe.

Obwohl – so, wie einige darüber fluchen, könnte schon etwas dran sein, scheint mir.« Er kicherte. »Euren Standort habt ihr ja bisher geheim gehalten. Aber ich kann mir schon denken, wo Olli dieses zarte Pflänzchen seine Utopie ausgewildert hat.«

»Du meinst, weil er ja in Emm wohnte?« Helm wiegte den Kopf. »Und weil es dort eine Nesserlander Straße gibt, die vom Hafen bis dicht an die Innenstadt reicht?«

Der Professor winkte ab. »Und diese Straße bekam ihren Namen von der Insel gleichen Namens, die einst Emm vorgelagert war. Weiß ich alles! In meiner Jugend gab es noch Heimatkunde. In deiner auch noch, was?«

Helm nickte.

»Da siehst du mal. Wir gehören beide zu einer aussterbenden Art.« Unwillig fuchtelte der alte Wissenschaftler mit beiden Händen herum. »Aber bleiben wir beim Thema. Nesserland und Emm, das ist das, worauf jeder kommt, der sich ein bisschen informiert. Aber in Emm seid ihr nicht, das ist jetzt bekannt, und das wird sich in absehbarer Zeit auch herumsprechen.«

»Ach ja? Wird es das?« Helm gab sich ungerührt, aber das war nur routinierte Fassade. Was erzählte der alte Mann da?

»Ja, wird es. Groß Franko nämlich hat seine Truppen in Marsch gesetzt, von Greetland aus, vor ein paar Wochen erst. Um Nesserland zu schleifen und das gotteslästerliche Treiben der Nesserlander zu beenden, so die Begründung. Die offizielle. Obwohl der Franko eigentlich gar nicht so tickt. Dem geht es mehr darum, seinen Einflussbereich auszuweiten. Man könnte auch sagen, Nesserland heim ins Reich, wenn du verstehst, was ich meine.«

Der Professor bekam einen harten Zug um den Mund. »Frankos Eisenmänner haben die ganze Stadt durchkämmt, und was noch brennen konnte, haben sie angesteckt. Eine Kolonie Nesserland aber haben sie nicht gefunden. Nur ein paar Fischer im alten Außenhafen und an der Knock, außerdem eine Horde Sucher, die in der alten Autofabrik hausten, und eine Gruppe Verformter, die sich in einer ehemaligen Werft eingenistet hatten. An all denen haben Frankos Leute dann ihr Mütchen gekühlt. Groß Franko selbst soll geschworen haben, Nesserland für diese Schmach gnadenlos zu bestrafen.«

Wider Willen lachte Helm auf. »Wie bitte? Dafür, dass er uns am falschen Platz hat suchen lassen? Und dass wir ihm nicht willig in die Klingen gesprungen sind?« Dafür hätte er sich im nächsten Moment am liebsten auf die Zunge gebissen. Kein Wort zur Lage Nesserlands, verdammt! Auch nicht darüber, wo es *nicht* lag, nicht einmal, wenn das bereits jeder wusste.

»Franko ist ein Idiot«, sagte der Professor. »Aber er kommt an bei den Leuten, das ist schier unglaublich. Ein paar richtige Zufallsentscheidungen, ein glücklicher Sieg im Zweikampf, ein Bündnis mit den Kreuzlern, die ihm eine Direktverbindung zu Gott geschaltet haben, solange er sie bevorzugt ernähren lässt – und schon glauben die Trottel, sie hätten ihren Heilsbringer gefunden!«

»Macht und Religion«, knurrte Helm. »Eine mörderische Kombination.«

»Tja.« Der Professor breitete die Arme aus. »Du weißt das, ich weiß das. Aber sonst? Woher sollen es die Leute denn auch haben? Fast alle sind erst nach dem Chaos geboren worden. Oder mittendrin.«

»Apropos.« Helm hielt einen Themenwechsel für angebracht. »Gibt in dieser Hinsicht etwas Neues? Was sagt die Forschung?«

»Ach ja, diese eine große Frage der Menschheit«, stöhnte der Professor. »Früher lautete sie mal: Wo ist Gott? Später dann: Sind wir allein im Universum? Und wo sind seine Grenzen? Im Vergleich dazu sind wir heute sehr viel bescheidener geworden. Wir wollen nur noch wissen, wer oder was das Chaos verursacht hat.«

»Die großen Fragen sind eben die, deren Antworten uns weiterbringen«, sagte Helm. »Wenn wir das Chaos besiegen wollen, müssen wir wissen, wodurch es ausgelöst worden ist. Ist doch ganz logisch in meinen Augen.«

Der alte Wissenschaftler lachte. »Ach Helmut, alter Pragmatikus! Und der letzte Anhänger der Logik unter der Sonne, möchte man meinen. Es ist schön, mal einen wie dich um sich zu haben.«

Helm hatte nicht nach Komplimenten gefischt und ging nicht darauf ein. »Und?«

»Was wir sicher wissen, ist, dass die Explosion im Atomkraftwerk an der Ems in Lingen durch einen Terroranschlag verursacht wurde«, begann der Professor. »Es kam zwar nicht zur Kernschmelze, aber die Wolke radioaktiv verstrahlter Partikel, die dabei entstand, war enorm. Vermutlich, weil dort ein illegales Zwischenlager für abgebrannte Kernbrennstäbe betrieben wurde. Laut Vorhersage sollte der Wind diese Wolke direkt auf den Osten Frieslands zu treiben. Wir wissen, dass es anders kam – aber wir wissen auch, was für Folgen das hatte.«

Helm nickte. Daran musste ihn niemand erinnern.

»Die zweite Kraftwerks-Katastrophe war deutlich gravierender«, fuhr der Professor fort. »Diesmal war es ein Raketenangriff; eine Kollegin ist tatsächlich in den Besitz von Überwachungs-Videos gelangt, die noch halbwegs erhalten waren. Ihre Analyse ist eindeutig, allerdings kann sie nicht sagen, wer diese Raketen abgefeuert hat – und wo. Sie können ebenso gut von einem Flugzeug gekommen sein wie von einem Schiff oder einer fahrbaren Lafette. Die Folgen jedenfalls waren verheerend. Seitdem haben wir den Todes-Korridor, der die Friesische Halbinsel vom Rest des Kontinents trennt. Mehr oder weniger jedenfalls, denn immer wieder gibt es welche, die diese Zone von drüben durchqueren. Die meisten von denen zahlen einen hohen Preis dafür.«

Helms Nicken wurde ungeduldiger. Noch hatte er nicht viel Neues erfahren.

»Danach war Krieg. Du erinnerst dich sicher; vielen sprachen von den *Tagen und Nächten des Donners*. Wer ihn angefangen hat, weiß niemand genau – nicht einmal, wer gegen wen gekämpft hat. Die meisten Vermutungen gehen dahin, dass der Anschlag in Lingen die Tat eines Islamisten war, eines religiösen Fanatikers also, heute würde man von einem Akbar sprechen. Aber das ist eben nur eine hochgerechnete Vermutung. Damals gingen die meisten Anschläge hierzulande auf die Vorläufer der Akbars oder auf Nazis zurück. Und auf Nazis weist in diesem Fall nichts hin.«

Nazis. Wenn das furchtbare Chaos ein Gutes gehabt hatte, dann war es, dass man seither von Nazis nichts mehr gesehen oder gehört hatte. Mit hohlen Parolen und angemaßtem Herrenmenschentum war ein Überlebenskampf eben nicht erfolgreich zu führen gewesen. Andererseits gab es inzwischen neue Führergestalten. Wer konnte schon wissen, wie sich ein Groß Onno und sein Herrschaftsbereich noch entwickeln würden?

»Vieles spricht dafür, dass dieser Krieg sich über den gesamten Planeten ausgeweitet hat«, dozierte der alte Wissenschaftler weiter. »Es dürfte eine Kettenreaktion gegeben haben, die weder den Nahen Osten noch die beiden Amerikas oder ganz Asien ausgespart haben dürfte. Möglicherweise Australien oder die Antarktis, aber es gibt keinerlei Meldungen über Lebenszeichen von dort, gleich welcher Art. Also bleibt nur eine vage Hoffnung.« Er hob die Schultern; das sah nach Resignation aus.

»Der Dritte Weltkrieg also«, murmelte Helm. »Keine große Überraschung. Wie lange hat der eigentlich gedauert?«

»Nur wenige Wochen!«, rief der Professor aus. »Das ist der eigentlich interessante Punkt! Wie immer dieser Konflikt begonnen hat und wie verheerend er auch war – was hat ihn nach so kurzer Zeit beendet? Warum war von einem Tag auf den anderen Schluss? Das ist bis auf den heutigen Tag ein großes Faszinosum.«

»Vielleicht war einfach niemand mehr da zum Kämpfen«, mutmaßte Helm. »Und auch nichts mehr, worum man kämpfen konnte. Schauen Sie sich doch um!«

»Da hast du natürlich recht. Leider. Trotzdem: Die Frage nach dem Sieger blieb ungeklärt! Es hat auch keine Seite das Territorium der anderen besetzt und einkassiert, welche Seiten das auch immer gewesen sein mochten. Jedenfalls nicht, soweit wir das mit unseren beschränkten Möglichkeiten feststellen konnten. Keinerlei Hinweis, gar nichts! Das ist mehr als ungewöhnlich. Denn ganz egal, wie zerstörerisch die Kriege der Vergangenheit auch gewesen sein mochten, am Ende gab es immer jemanden, der den Sieg für sich reklamierte und sich an den Überresten bereicherte. Diesmal aber nicht. Und warum es so war, dazu gibt es verschiedene Theorien. Das reicht vom Eingreifen irgendwelcher Gottheiten bis hin zur Landung von Außerirdischen.«

»Läuft das nicht auf eins hinaus?« Helm rutschte auf seinem Stuhl in eine bequemere Position. »Welche Erklärung finden Sie selber denn am wahrscheinlichsten?«

Ehe der Professor antworten konnte, erschien Denno im Türrahmen. »Schnell«, sagte er leise, aber mit Anspannung in der Stimme. »Draußen tut sich was.«

Schneller als erwartet war der alte Wissenschaftler auf den Füßen. Helm schloss sich den beiden davonhastenden Männern an, ohne auf eine Einladung zu warten. Lediglich der Gedanke an Gander ließ ihn kurz zögern. Der Junge dürfte hier sicher sein, überlegte Helm; sollte er ruhig weiterschlafen und Kräfte sammeln. Die würde er schon noch brauchen.

Denno eilte durch dunkle, verwinkelte Gänge, dann eine Treppe hoch und noch eine weitere. Schließlich kletterten sie eine lange Leiter empor, die der junge Wissenschaftler hinter ihnen einzog. Dann noch ein paar Stufen, und sie standen in einem Raum, wie Helm ihn seit Jahrzehnten nicht gesehen hatte. Genau genommen noch nie zuvor, außer auf dem Bildschirm.

Bildschirme! Früher, zu Hause, hatten sie viele gehabt. Fernsehen im Wohn-, Schlaf- und Gästezimmer, Computer praktisch überall. Wenn sich deren Monitore nicht bei Nichtbenutzung nach einiger Zeit automatisch in einen Ruhezustand versetzt hätten, dann hätten sie wohl Tag und Nacht geleuchtet, geflackert und geblinkt.

Das Chaos hatte damit Schluss gemacht. Für Helm und alle anderen Menschen, die er kannte, war die Zeit der Bildschirme seither vorbei, ein für alle Mal. Nicht nur, weil der Strom fehlte, um sie zu betreiben; es hätte auch niemand gewusst, was diese Mattscheiben eigentlich hätten zeigen sollen. Nachrichten und Kommunikation? Es gab keinerlei Verbindung mehr zu irgendwelchen Sendern, weder über Kabel noch per Funk, von Satelliten ganz zu schweigen – Satelliten kannte man nur noch als feurige Sternschnuppen, wenn abends oder nachts wieder einmal einer vom Himmel auf die Erde niederkrachte, was auch immer seltener vorkam. Gespeicherte Informationen? Die Welt hatte sich verändert, radikal und gründlich, da konnte das, was noch auf magischen Silberscheiben abgespeichert sein mochte, kaum von Nutzen sein.

Bücher, ja, die enthielten zuweilen Überlebenswichtiges, jedenfalls einige von ihnen; das »Große Buch vom Leben auf dem Lande« etwa wurde in Nesserland wie ein Heiligtum behandelt und geschützt. Aber Bildschirme – wozu wären sie sonst noch gut? Helm erinnerte sich an Filme und an Spiele, gerade gut genug, um Zeit damit totzuschlagen. Und wer hätte dazu wohl heute noch die Muße und die Nerven? Würde man jemanden tatsächlich bei derart sozialfeindlichem Nichtstun ertappen, man schlüge ihn vermutlich selber tot, ganz beiläufig und ohne groß zu überlegen. Nein, wirklich, die Zeit der Bildschirme war unwiederbringlich vorbei!

Und doch standen sie hier, eine ganze Reihe davon und noch je einer rechts und links über Eck. Bildschirme, die Bilder zeigten. Jedenfalls die meisten; mitten in der Reihe war einer schwarz, wie ein fauler Zahn. Die anderen aber zeigten Bilder. Wie es aussah, Bilder der näheren und weiteren Umgebung des unterirdischen Verstecks der beiden Wissenschaftler und dessen getarntem Zugang. Farbige Bilder!

Und in einem Fall sogar bewegte Bilder. Nein, Moment – zwei der Monitore zeigten Bewegung.

»Woher habt ihr denn den Strom?«, konnte sich Helm nicht enthalten zu fragen.

»Solarpaneele«, erwiderte der Professor wie geistesabwesend. »Auf den Fußböden der Ruinen mit den eingestürzten Dächern. Bringen nicht viel, weil sie die meiste Zeit im Schatten liegen, aber dafür sieht man sie nicht, und wenn man genügend davon vernetzt …« Seine Stimme trudelte aus wie ein antriebsloser Kreisel. Die Monitore beanspruchten alle Aufmerksamkeit.

Es hätte auch eine Bande von simplen Wegelagerern sein können, ihre annähernd uniforme Kleidung jedoch sprach eine andere Sprache. Alle sechs Männer trugen lange Jacken aus gehärtetem Leder mit Ärmeln aus Metallgeflecht. Auch ihre Bewaffnung war weitgehend gleich: Breite Schwerter, die aussahen wie Macheten, denen man nachträglich einen Handschutz verpasst hatte. Dazu lange Dolche. Einer trug zusätzlich einen Bogen auf dem Rücken, ein anderer eine Armbrust. Dass sie diese Waffen noch nicht schussbereit gemacht hatten, ließ vermuten, dass sie nicht wussten, wie nahe sie ihrem Ziel bereits waren. Die Art und Weise jedoch, wie sie sich von einer Deckung zur anderen vorpirschten, zeigte an, dass ihre Anwesenheit kein Zufall war.

»Akbars sind das nicht«, murmelte der Professor vor sich hin.

»Auch keine Kreuzler«, ergänzte Denno ebenso leise. »Ich kann jedenfalls keine Symbole erkennen. Und zu den Weibern gehören sie auch nicht.«

»Wieso Weiber?« Helm kniff die Augen zusammen. Fünf der sechs Gestalten waren bärtig, und der Sechste hatte ein Kinn, dessen Spitze breiter war als der Abstand zwischen seinen Augen. »Das sind doch eindeutig Männer!«

»Die Weiber sind neu für dich, was?« Der Professor winkte ab, als Helm aufbegehren wollte. »Wilmshaven ist Offene Stadt, hast du doch selber gesagt. Da gibt es ständig etwas Neues. Aber aufpassen jetzt.«

Die Monitore zeigten unterschiedliche Perspektiven. Eine der Kameras, die die Wissenschaftler im Umkreis ihres Verstecks installiert hatten, schien in Bodennähe angebracht zu sein; der vorderste der anrückenden Männer näherte sich ihr zusehends. Der andere Bildschirm zeigte die Gruppe aus einigen Metern Höhe. Die dazu gehörige Kamera war vermutlich an einem Schornstein angebracht. Jetzt wanderte der Bildausschnitt; die Kamera war also beweglich und wurde anscheinend von Denno gesteuert.

Im nächsten Moment geschahen mehrere Dinge gleichzeitig. Der vorderste der Bewaffneten, der den einen Monitor inzwischen zur Hälfte ausfüllte, bückte sich, stierte genau in die Kamera, hob sein Machetenschwert und schlug zu. Denno schrie erschrocken auf, der Professor trat hastig einen Schritt zurück und rempelte Helm an. Der kämpfte um sein Gleichgewicht und verlor den Monitor, der plötzlich nichts mehr zeigte als ein weißes Kästchen mit schwarzer Schrift, aus den Augen. Sein Blick huschte über den anderen Bildschirm, wo die Anrückenden immer noch von schräg oben zu sehen waren – alle sechs, der vorderste mit triumphierend erhobener Waffe. Und noch ein siebter Mann war plötzlich zu erkennen, ein hochgewachsener Mann mit weißem Gesicht und glänzender Schädelkuppel. Er starrte Helm direkt in die Augen, ehe er hinter der nächsten Ruinenecke Deckung suchte, während Helm einen inzwischen sattsam bekannten Kopfschmerz verspürte.

»Verdammter Mist!«, schimpfte der Professor. »Das war kein Zufall, das war ein gezielter Schlag! Die Kerle wissen, dass wir hier sind. Wie sind die uns bloß auf die Schliche gekommen?«

Helm deutete auf den Bildschirm, auf dem wieder nur sechs Gestalten zu erkennen waren. Bretter, dachte er dabei. Mauern, acht Meter hoch. Hartgrau. Wände aus Schiffbaustahl. Es war gar nicht so leicht, gleichzeitig das Wort »Drübener« über die Lippen zu bringen.

Der Professor reagierte sofort. »Die Kati«, rief er Denno zu. »Ein Fetti! Und mach den Kopf zu!« Dabei presste er seine Handflächen gegen die Schläfen. Seine Lippen bewegten sich tonlos weiter, als sein Assistent längst den Raum verlassen hatte.

Der bislang dunkle Monitor flammte auf wie von Zauberhand. Helm glaubte zu träumen, als er das Ding erblickte, das dieser Bildschirm zeigte. Das kann doch nur ein Traum sein, dachte er, einer, der in einem zusammenphantasierten Mittelalter spielt, mit Rittern und Riesen, Zwergen, Drachen und Monstern.

Dann fiel ihm ein, dass es all das inzwischen ja wirklich gab, bis auf die Drachen vielleicht. Und als er Denno durchs Bild eilen sah, musste er sich nicht einmal mehr kneifen.

Das hier war echt, genauso wie die anrückenden Halsabschneider und ihr kuppelköpfiger Geistes-Dompteur.

Das riesige Ding auf dem Monitor war ein Katapult, so ausgefuchst, wie Helm noch nie eins gesehen hatte, und das andere Ding, das Denno gerade heranrollte, war ein Fass. Ein großes Fass. Kati und ein Fetti. Helm hielt sich an diesen Begriffen fest, um bloß nicht Katapult zu denken. Und Fassbombe. Der verfluchte Drübener sollte ihm nicht zu früh entlocken können, was da auf ihn zukam. Und auf seine Kreaturen. Schlimm genug, dass Gander und er die Bande hierher geführt hatten! Unbewusst natürlich, aber das änderte nichts an dem Schaden, den sie angerichtet hatten. Die Wissenschaftler hatten jahrzehntelang an ihrem ausgeklügelten Stützpunkt gearbeitet. Sollte das alles umsonst gewesen sein?

Denno nahm ein paar Einstellungen vor an Zusatzgeräten, die so gar nicht zu dieser altertümlich anmutenden Waffe passen wollten. Die riesige Mulde, in die er das fette Fass gewuchtet hatte, hob sich um einige Meter, und die gesamte Vorrichtung drehte sich um ein paar Grad. Der Assistent hob seinen Daumen in Richtung der Kamera.

»Los!«, schrie der Professor. Denno legte einen kleinen Hebel um. Die Kati fauchte, das Fass verschwand. Ein harter Ruck war im ganzen Gebäude zu spüren.

Draußen, auf dem Monitor, erblühte eine Sonne, genau dort, wo sich die sechs Bewaffneten befanden. Befunden hatten, korrigierte sich Helm, denn dieses goldgelbe Gebrodel dort konnte einfach keiner überleben. Eine Protuberanz leckte nach der versteckten Kamera, aber ehe sie die erreichte, schlug irgendetwas das Objektiv in Stücke. Im nächsten Moment war auch dieser Bildschirm blind. Der Professor fluchte lästerlich.

»Was war denn das?«, stieß Helm hervor.

»Napalm und alte Schrauben«, erwiderte der alte Wissenschaftler lapidar. »Die Dosis war wohl um eine Nuance zu hoch. Die nächste Kamera wird Denno etwas höher anbringen müssen.«

Er wandte sich Helm zu. »Der Drübener«, sagte er und musterte ihn mit einer Mischung aus Sorge und Hoffnung, »meinst du, der ist mit draufgegangen?«

Helm horchte in sich hinein, spürte nichts, hob die Schultern. »Aller Wahrscheinlichkeit nach ja«, sagte er. »Aber das habe ich letztes Mal auch gedacht.«

7. Feuer

Bei Neumond und bedecktem Himmel war es alles andere als einfach, sich durch die Vorort-Trümmer von Wilmshaven zu schlagen, ohne einen Heidenlärm zu verursachen. Helm musste sich sehr beherrschen, um nicht das kleine Wunderwerkzeug zu benutzen, das der Professor ihm zum Abschied geschenkt hatte. Aber das konnte sie auch verraten, und so hatte er sich fest vorgenommen, standhaft zu bleiben.

»Au.« Verfluchter Mauervorsprung!

»Soll ich mal vorgehen?«, flüsterte Gander hinter ihm. »Kann sein, dass mein Kopf härter ist als deiner.« Er kicherte unterdrückt.

»Genau, und falls nicht, ist es wenigstens nicht schade drum, hohl wie er ist!«, schimpfte Helm mit mühsam gedämpfter Stimme.

»Und ich kann auch im Dunkeln besser gucken«, fuhr Gander ungerührt fort. »Glaub ich.«

Ohne ein weiteres Wort blieb Helm stehen und ließ seinen jungen Begleiter vorbei. Potentiell war Gander in allem besser und stärker als er, außer in Lebenserfahrung. Warum also nicht in puncto Sehschärfe und Nachtsichtigkeit?

Schweigend schlichen sie weiter. Der Plan war, das ehemalige Stadtzentrum zu vermeiden und zum Hafen vorzustoßen. Dort sollten die Kreuzler ihren Stützpunkt haben. Zu denen hatte sich Kino angeblich geflüchtet. Und dorthin hatte er Engel verschleppt.

Lange hatte Helm gegrübelt, wie Kino das überhaupt hatte gelingen können. Engel zu etwas zu zwingen, das sie nicht wollte, war doch praktisch unmöglich! Dennoch war es geschehen. Zweierlei war Helm dazu eingefallen. Zum einen, wie Kinos Geist geartet war: Intelligent, gewitzt, niemals völlig ernst, stets zu Scherzen und Verdrehungen aufgelegt. So musste es ihm gelungen sein, Engel über seine wahren Absichten zu täuschen, obwohl sie tiefer in ihn hineinschauen konnte als jeder andere Mensch. Und zum zweiten: Loog. Kino war des öfteren zu Gast gewesen bei den Traumverlorenen vor den Toren ihrer Stadt. Von dort musste er etwas mitgebracht haben, irgendeine Substanz, die er Engel eingeflößt und die ihre Hellsichtigkeit getrübt hatte. Allein der Gedanke daran ließ Helm erschauern.

Unvermittelt blieb Gander stehen. »Da ist was«, wisperte der Junge. »Irgendein Geräusch. Eine Bewegung.«

Helm musste an den Schergen mit dem zugewucherten Gesicht denken. »In Wilmshaven soll es jetzt Eisbären geben!« Es lief ihm kalt den Rücken herunter.

Dann aber hörten sie Stimmen. Menschliche Stimmen, wenn auch unverständlich. Die Akbars benutzten ein eigenes Idiom, auch die Nachfahren derjenigen, die sich längst die Sprache des Landes oder sogar der Region angeeignet hatten. »Eine Mischung aus Arabisch, Türkisch und Fickdisch«, hatte der Onkel dieses Kauderwelsch genannt und den Kopf geschüttelt: »Die einzige Chance der letzten Menschen besteht darin, alles Trennende beiseite zu lassen und gemeinsame Sache zu machen. Und was machen die? Vertiefen erst mal die alten Gräben!«

Recht hatte er gehabt, der Onkel – und nach seinem Tod war alles nur noch schlimmer geworden. Nicht nur wegen der Akbars; sämtliche Gruppen und Fraktionen hatten nichts unversucht gelassen, sich gegenseitig das Leben schwer zu machen.

Wenn die Menschen also derart dumm waren, vielleicht verdienten sie es ja, vom Antlitz der Erde getilgt zu werden? Beziehungsweise sich selbst auszulöschen?

Die Stimmen näherten sich, zogen aber zugleich an ihnen vorbei. Ihre Routen schnitten sich also. Der Trupp der Akbars war anscheinend groß und entsprechend schnell und unvorsichtig unterwegs. Die Männer – man hörte nur Männerstimmen, und Helm war sich sicher, dass es ausschließlich Männer waren, denn die Akbars glaubten an Geschlechter-Apartheid – zogen in Richtung Stadtzentrum, jedenfalls dorthin, wo früher das Zentrum der Stadt Wilmshaven gewesen war. Ihre Wege, die sich so unvermutet gekreuzt hatten, würden sich also schon bald wieder trennen. Helm atmete auf. Probleme, die sich von alleine erledigten, waren die besten.

»Da vorne brennt es«, flüsterte Gander.

Helm zuckte die Achseln. »Was glaubst du, woher diese ganzen Brandruinen kommen«, gab er leise zurück. »Mich wundert daran höchstens, dass es in Städten wie dieser überhaupt noch etwas zum Verbrennen gibt.«

»Es riecht nach Holz. Ein großes Holzfeuer. Geschlagenes Holz, kein brennender Schutt. Viele frische Zweige dabei.«

Helm schnupperte; der Brandgeruch war deutlich, aber irgendwelche besonderen Duftnoten konnte er nicht unterscheiden. Also war auch Ganders Geruchssinn ungewöhnlich hoch entwickelt. Na klar, warum ausgerechnet der denn auch nicht?

Sie gingen noch paar Schritte, dann öffnete sich eine diagonale Sichtachse, und sie konnten das Feuer sehen. Es brannte mitten auf einem Platz, dort, wo kein Haus stand oder irgendetwas anderes, das hätte brennen können. Ein hoher Stapel Holz, eindeutig mit Bedacht so aufgetürmt, stand in Flammen. Lange konnte es noch nicht her sein, dass man ihn angezündet hatte, denn das Feuer züngelte noch an den Seiten herum und schickte sich gerade erst an, richtig zu lodern. Menschen standen darum herum, eine ganze Menge Menschen, und wie es sich anhörte, sangen sie irgendetwas. Jedenfalls die meisten. Eine der Stimmen klang anders.

Es war die Stimme der Frau, die oben auf dem Scheiterhaufen stand, angebunden an einen Pfosten. Sie schrie in Todesangst, immer wieder unterbrochen von Hustenanfällen, denn die aufsteigenden Rauchschwaden hüllten sie zeitweise ein. Je höher sich die Flammen fraßen, desto schmerzerfüllter wurde das Schreien, bis es zu einem einzigen, durchgehenden Brüllen verschmolz.

Die Umstehenden sangen lauter. Sie schienen Übung mit solchen Anlässen zu haben.

»Das sind Kreuzler!«, rief Helm angewidert.

Gander starrte ihn an. »Kreuzler? Dann ... meinst du, die Frau da oben ist – Engel?«

Helm antwortete nicht. Er fluchte nur lästerlich und stürmte los. Schon nach wenigen Schritten hatte Gander ihn überholt. Natürlich konnte er auch schneller rennen als er.

Trotzdem waren die Akbars vor ihm da. Durch noch passierbare Seitenstraßen hatten sie den Platz direkt angesteuert, bis zuletzt gut gedeckt. Ohne lange zu fackeln, stürzten sie sich auf die versammelten Kreuzler. Deren Gesang brach ab und ging in teils ängstliches, teils wildes Geschrei über, das die Schreie der Frau im Feuer übertönte.

Die Akbars schienen gut bewaffnet zu sein. Sie hatten das Überraschungsmoment auf ihrer Seite und nutzten es weidlich aus. Die Kreuzler jedoch waren in der Überzahl, und auch sie waren nicht mit leeren Händen gekommen. Klingen flogen unter Kutten hervor, große Kreuze wurden umgedreht und als Keulen benutzt, Gefäße mit glühenden Substanzen darin wurden an Ketten herumgeschleudert und gegen Köpfe geschmettert. Binnen Sekunden war ein unglaubliches Hauen und Stechen im Gange. Beide Seiten fielen mit Hass und Verbitterung übereinander her, als hätten sie nur auf diese Gelegenheit gewartet.

Wo war Gander? Helm hetzte hinter seinem jungen Begleiter her – jedenfalls hoffte er das, denn er hatte ihn längst aus den Augen verloren. Schon hatte er den Rand des Getümmels erreicht. Er stolperte über blutende Körper, die sich am Boden wanden oder schon reglos dalagen. Ein paar Schläge, die mehr zufällig in seine Richtung gingen, parierte er mit seiner Armschiene. Noch griff ihn niemand direkt an, aber das konnte sich jeden Augenblick ändern. Er zog den Kopf zwischen die Schultern und rannte weiter, alles aus dem Weg rempelnd und stoßend, was ihm in die Quere kam.

Sein Weg führte ihn geradewegs auf den lodernden Scheiterhaufen zu. Und da war Gander.

Nicht etwa am Feuer, sondern mitten darin. Mit kraftvollen Sprüngen bahnte er sich seinen Weg durch die Flammen bis ganz nach oben auf die Todespyramide. Seine Kleidung begann zu brennen, seine Haare kräuselten sich in der Hitze. Helm fragte sich, wie es sich anfühlen mochte, dort oben zu atmen. Gab es da überhaupt noch Sauerstoff, oder sog man sich das pure Feuer direkt in die Lungen? Kein normaler Mensch konnte das überleben.

Gander jedoch erreichte die Spitze des Scheiterhaufens, drückte den inzwischen ebenfalls brennenden Pfosten beiseite, nahm die gefesselte Frau und warf sie sich über die Schulter. Dann ging er kurz in die Knie und sprang ab.

Ein kollektives Ächzen hing über dem Schlachtplatz, wo die Wahnsinnigen beider Lager für ein paar Augenblicke im Morden inne hielten. Niemand hatte jemals zuvor so etwas wie diesen Satz gesehen, auch Helm nicht. Der Absprung war so kraftvoll gewesen, dass die Spitze des Scheiterhaufens unter Ganders Fuß nachgab und brennende Hölzer in sprühenden Funkenkaskaden seitlich davonflogen. Der Junge mit seiner Last auf der Schulter schien förmlich in der Luft zu stehen – bis Helm begriff, dass Gander auf ihn zugeflogen kam. Helm streckte die Arme aus in dem hilflosen Versuch, den beiden bei der Landung hilfreich zu sein, denn diese Landung konnte nur mit dem Tod von Retter und Geretteter enden, so unfehlbar musste die Wucht der Schwerkraft beide auf dem Pflaster zerschmettern.

Aber auch das geschah nicht. Gander landete auf den Füßen, federnd und ohne auch nur zu straucheln, ließ sich noch ein paar Schritte vorwärts tragen und blieb direkt vor Helm stehen. Seine versengte Kleidung rauchte nur noch, weil die Wucht der Beschleunigung alle Flammen gelöscht hatte. Sein Gesicht war von Ruß geschwärzt, aber sein Atem schien kaum beschleunigt zu sein. Dass die verbrannte Haut von Ganders Armen fürchterlich aussehende Blasen warf, kümmerte Helm kaum; der Junge hatte seine übernatürliche Überlebensfähigkeit schon oft genug unter Beweis gestellt, er würde auch diese Verletzungen schadlos überstehen.

Immer vorausgesetzt, sie kamen von diesem Platz herunter, ohne dass man ihnen die Köpfe von den Rümpfen schlug. Die Kämpfer beider Lager nämlich begannen sich aus ihrer Erstarrung zu lösen. Und ihrer aller Aufmerksamkeit gehörte Gander, Helm und der geretteten Frau.

Wirklich gerettet? Konnte sie dieses kurze, aber heftige Inferno oben auf der Spitze dieser Folterstätte überlebt haben? Helm musterte das Gesicht der Geschundenen, deren Kopf haltlos und rücklings herabhing und baumelte. Dieses Gesicht war ebenso rußgeschwärzt wie das von Gander, und ebenso wie jenes war es von versengten und in der Hitze gekräuselten, nur noch kurzen Haaren umrahmt. Irgendwie kam Helm ihre Haut noch dunkler vor als die des Jungen. Und ihr versengtes Haar noch krauser.

Eins war klar: Engel war das nicht.

Zu seiner großen Erleichterung bemerkte Helm, dass sich die Brust der jungen Frau ein wenig hob. Sie lebte also! Warum auch immer diese Verblendeten sie in den Feuertod geschickt hatten, ob zur Strafe für irgendeine blödsinnige Blasphemie oder als Opfergabe für eine obskure Gottheit, die mit Jesus Christus und dessen einstigem Sühnetod am

Kreuz aber auch gar nichts mehr zu tun haben konnte – sie hatten ihr Ziel verfehlt. Geschah ihnen recht, fand Helm. Nach den Kategorien ihres verballhornten Glaubens, mit dem sie vor allem ihr fehlendes Wissen zu kompensieren versuchten, mochte ihnen das vielleicht sogar eine Lehre sein. Obwohl: Bestimmt würde sich ein klerikaler Würdenträger finden, der solch eine Lehre eilig ins Mörderische umdeutete. Seinem eigenen fetten Wanst zuliebe.

Der Kopf der Bewusstlosen zuckte, ihre Muskeln verkrampften sich, ihr Mund klaffte auf. Röchelnder Husten ertönte und machte die Tatsache, dass sie überlebt hatte, allen offenkundig. Wutgeheul erklang ebenso wie erleichtertes Geschrei. Helm kam es vor, als überwiege diese Erleichterung zu seiner Linken. Er streckte den Arm aus. »Dorthin!«, rief er Gander zu.

Wenige Augenblicke später waren sie von brüllenden Akbars umgeben. Hände streckten sich ihnen entgegen, offene, waffenlose Hände, um sie zu stützen und zu leiten, um Gander die immer noch hilflose Frau aus den Armen zu nehmen, die dieser aber nicht hergeben wollte.

Eine Kette von Schwertträgern formierte sich hinter ihnen, um ihren Rückzug zu decken. Wütend drängten die Kreuzler nach, doch ihr Elan begann zu erlahmen, als die Verfolgten den Schutz dunkler Seitenstraßen und zahlloser Ruinen erreicht hatten. Überschnappendes Gebrüll im Rücken der Kreuzler zeigte an, dass deren Anführer der Meinung waren, in dieser Nacht sei noch nicht genügend Blut geflossen. Vermutlich fürchteten sie angesichts ihres entführten Brandopfers um ihren Einfluss auf ihre Anhänger. Oder den Zorn ihres Gottes? Ach nein, das wohl nicht, dachte Helm. Solche Leute glaubten gewöhnlich an gar nichts.

Ein langbärtiger Mann baute sich vor Helm auf, kaum jünger als er, die Handflächen als Zeichen der Friedfertigkeit erhoben. »Das da ist Rina«, stieß er atemlos hervor. »Sie gehört zu uns. Wir sind deinem jungen Freund sehr dankbar, dass er sie aus dem Feuer gerettet hat. Unter uns ist ein Hakim. Ein Heilkundiger. Rina muss behandelt werden. Kannst du das deinem jungen Freund verständlich machen?«

Helm schaute zu Gander, der nach wie vor alle Versuche, ihm die junge Frau aus den Armen zu nehmen, durch knappe Drehungen seines Oberkörpers vereitelte. Harmlos sahen seine Abwehrbewegungen aus, wie beiläufig, aber sie schienen unwiderstehlich zu sein. Keiner, der versuchte, Hand an ihn oder die Gerettete zu legen, probierte das ein zweites Mal. Natürlich war den Akbars nicht verborgen geblieben, dass sie hier keinen gewöhnlichen Jungen vor sich hatten. Außerdem hatten sie ja Ganders Rettungstat und seinen unglaublichen Sprung mit angesehen.

Kein Zweifel, Gander befand sich in seinem besonderen Modus. Wer jedoch hatte den aktiviert? Helm war sich sicher, das Signalwort nicht gesprochen zu haben.

Hatte der Junge jetzt etwa selbst die Kontrolle über sein anderes Ich?

»Halt, Gander«, rief Helm. Der Junge schaute ihn an. Nichts an seiner Haltung veränderte sich. Wohl aber sein Blick.

»Übergib ihnen die Frau«, sagte Helm. »Der Heiler sieht sie sich an. Das ist in Ordnung. Hast du verstanden?«

Kein Wort, kein Nicken. Aber auch kein Widerstand mehr, als viele Hände sich der jungen Frau bemächtigten und sie in den Schutz einer seitlich offenen, aber noch überdachten Ruine trugen.

Helm warf einen sichernden Blick nach hinten. Noch tobte der Kampf, aber er schien zum Stillstand gekommen zu sein. Jedenfalls rückten die Kreuzler im Augenblick nicht weiter vor.

Entschlossen griff Helm nach dem Arm des Langbärtigen,

zog ihn zu sich heran. »Kümmert euch um die Frau«, sagte er. »Aber danach wollen wir noch mit ihr reden. Verstanden? Geht das in Ordnung?«

Obwohl er von Dutzenden bewaffneter und kampferprobter Glaubensgenossen umgeben war, schnappte der Langbärtige erschrocken nach Luft. »Ja, in Ordnung«, stieß er hervor. »Das könnt ihr. Sobald sie aufwacht, bringe ich euch zu ihr.«

Helm ließ los. Wirkte er tatsächlich so furchterregend? Oder hatte er härter zugepackt, als er eigentlich wollte?

Nichts davon. Der Mann hatte Angst vor Gander. Und jetzt, da der Junge anscheinend selber über seine Kräfte verfügen konnte, war diese Angst auch angebrachter denn je. Vielleicht, überlegte Helm, war es auch für ihn selber an der Zeit, sich vor Gander zu fürchten.

Er nickte dem Langbärtigen zu. Nahm Gander an der Hand und führte ihn zu der Ruine, die zu einem improvisierten Feldlazarett umfunktioniert worden war. Der Junge ging mit, folgsam wie immer. Noch hatte sich also nicht allzu viel verändert. Bis auf das Entscheidende.

Außer der bewusstlosen jungen Frau gab es hier nur Männer, verwundete überwiegend und einige, die ihnen Verbände anlegten. Ein kleiner, dicker Mann, der sich ein Tuch um den Kopf gewickelt hatte, eilte von einem Verbandsplatz zum nächsten und bramarbasierte dabei in einer Sprache vor sich hin, die Helm unbekannt war. Am längsten verweilte er bei denjenigen, denen anscheinend nicht mehr zu helfen war. Etwa bei einem älteren Mann, dem der gesamte Unterkiefer fehlte. Oder bei dem Jungen, der jünger aussah als Gander und der versuchte, mit beiden Händen seine Eingeweide in den aufgeschlitzten Bauch zurückzudrücken.

Angewidert verzog Helm den Mund. Totbeter! Seelensammler! Paradiesverkäufer! Wie er diese Sorte Mensch hasste, alle, wie sie da waren, ganz egal, welcher der konkurrierenden Fraktionen sie angehörten. Wenn es etwas gab, was den Menschen in ihrer verzweifelten Lage in diesen Zeiten gerade noch gefehlt hatte, dann waren es diese Gestalten, die aus ihrer Unwissenheit und Verwirrung Kapital schlugen, die alle alten Gräben noch vertieften und fleißig neue aushoben, weil es ihnen nützte, die Leute schwach und dumm und voneinander isoliert zu halten! Wann würde es endlich gelingen, dieser Pest beizukommen? So bald sicher nicht, denn diese Epidemie wurde keineswegs eingedämmt, im Gegenteil, sie wurde lustig und lustvoll verbreitet.

Der kleine, dicke Mann hatte Helms hasserfüllten Blick bemerkt. Für einen Augenblick sah er noch erschrockener aus als zuvor der Langbärtige. Allerdings hatte er wohl nichts von Gander mitbekommen, denn schon im nächsten Augenblick ging er in die Offensive. Laut zeternd und gestikulierend lief er auf Helm zu, vermutlich alle Geister und Dämonen des Himmels und der Erde beschwörend, ihm diesen Eindringling vom Hals zu schaffen. Helm straffte sich und hob seinen schienenbewehrten Arm zur Abwehr.

Dazu aber kam es nicht. Gander machte einen Ausfallschritt und wischte den kleinen, dicken Mann mit einer Handbewegung beiseite. Der Turbanträger flog förmlich von den Füßen, beschrieb eine Luftschraube, prallte halbwegs glimpflich mit Schulter und Hüfte auf den Boden und rollte bis zur Wand, wo er aufstöhnend liegen blieb.

Helm griff nach seinem Teleskopschwert, denn etwas anderes als tödlichen Ärger konnte er sich als Konsequenz dieser Aktion unmöglich vorstellen. Stattdessen jedoch hallte schadenfrohes Gelächter durch den halboffenen Raum, von Helfern wie Verwundeten gleichermaßen. Selbst der Junge mit den Händen voller Därme lachte kurz auf, um danach umso lauter weiterzubrüllen.

Helm spürte ein Prickeln in seinen Augenwinkeln. Sollte es etwa doch noch Hoffnung geben, wenigstens in diesem einen Punkt?

Die gerettete Frau war leicht zu finden; sie war die einzige weibliche Person in diesem Behelfslazarett. Zuerst dachte Helm, die Akbars hätten nichts Eiligeres zu tun gehabt, als der armen Person ein Kopftuch aufzuzwingen, aber dann erkannte er, dass es sich um einen Kopfverband aus dunklem Stoff handelte. Sie musste sich einen Teil der Kopfhaut verbrannt haben, als ihr Haar Feuer gefangen hatte.

Der Heilkundige, der gerade die Arme der Frau mit einer unappetitlich aussehenden Paste bestrich, musterte die beiden abweisend, zog sich dann aber ein paar Schritte zurück. Die Frau war bei Bewusstsein, auch wenn ihr Blick glasig war; man hatte ihr wohl etwas gegen die Schmerzen gegeben, vermutlich irgend ein Opiat, die Akbars sollten sich ja gut auf die Herstellung solcher Mittel verstehen. Die Frau war jung, fast noch ein Mädchen, mit dunklem Teint und dunklen Augen. Als sie Gander erblickte, lächelte sie mühevoll. Helms Magen rebellierte, als er sah, wie dabei die versengte Haut um ihren Mund aufplatzte.

»Warum?«, fragte er. »Warum wollten die Kreuzler dich verbrennen?«

Die junge Frau versuchte ihn anzuschauen, schaffte es aber nicht, ihren Blick zu fokussieren. Kaum merklich schüttelte sie den Kopf. Auch diese Bewegung bereitete ihr eindeutig Schmerzen.

»Haben sie dich verurteilt?«, insistierte Helm. »Weswegen? Was sollst du ihnen denn getan haben, dass sie dich dafür hinrichten wollten?«

Das Kopfschütteln wurde energischer, begleitet von einem Stöhnen. »Nichts«, hauchte das Mädchen. »Gar nichts! Keinen von denen hab ich je zuvor gesehen. Sie haben mich – einfach gestohlen.« Sie rang nach Worten. Dabei sprach sie vollkommen akzentfrei, registrierte Helm, genau wie der Langbärtige. Bestimmt hatten schon ihre Großeltern in diesem Landstrich gelebt. Warum der Turbanträger immer noch ein fremdes Idiom vorzog, musste wohl sein Geheimnis sein.

»Sie haben dich entführt?«, vergewisserte er sich; das Mädchen nickte. »Zu welchem Zweck? Haben sie dir das gesagt?«

Das verwundete Gesicht der jungen Frau nahm einen ungläubigen Ausdruck an. »Um mich zu verbrennen, was fragt du denn?«, erwiderte sie rau. »Sie brauchten ein Opfer, und sie hatten keins, das war ihnen geklaut worden. Also holten sie sich ein neues. Von uns. Erwischt haben sie mich.«

Helm sah keinen Grund, an diesen Worten zu zweifeln. Gib der Religion Macht, dachte er, und sie wird nicht nur ihren Gott über den Menschen stellen, sondern auch sich selbst. Wer sich dagegen wehrt, der brennt. Und am Ende brennen Menschen dann einfach nur so. Wenn das überhaupt schon das Ende ist.

»Wer sollte denn das Opfer sein, eigentlich?«, fragte Gander. »Weißt du das auch?«

»Ja«, hauchte die junge Frau. Sie wollte die Blickrichtung ändern, aber ihre Augen schienen in unterschiedliche Richtungen zu schwimmen. So lächelte sie nur. »Ein Mädchen von den Ungläubigen, hieß es. Eine Hexe soll sie auch sein. Ich habe sie kurz gesehen, als man sie in die Stadt gebracht hat. Sie sah ein bisschen so aus wie du.«

»Engel?«, stieß Gander hervor.

»Kann sein.« Ihr Lächeln verklärte sich. »Du hast mich aus dem Feuer gerettet. Du bist mein Engel.«

»Was wurde aus diesem Mädchen?«, fragte Helm schnell, da die Verletzte endgültig in den Drogen-Schlaf zu fallen drohte.

»Die Weiber.« Jetzt strahlte die junge Frau über ihr ganzes verbranntes Gesicht. Ihre Wunden begannen erneut zu bluten. »Die Weiber haben sie geholt. Sie lassen nicht zu …« Ihre Worte flossen ineinander, dann schloss sie die Augen.

»Was für Weiber?« Gander schaute Helm ratlos an.

Der kam nicht zum Antworten. Hinter ihm, wo die ganze Zeit über der Lärm der Schlacht getost hatte, erhob sich plötzlich ein markerschütterndes Gebrüll, das für den Moment jedes andere Geräusch verschluckte. Dann brandete ein Chor von Hunderten Entsetzensschreien auf wie ein Echo, aus dem ein einzelnes Wort herausstach: »Eisbär! Eisbär!«

Helm sah die Akbar-Krieger, die bis dahin so bravourös standgehalten hatten, draußen in Scharen vorbeihasten, laut schreiend und ihre Waffen fallen lassend. Er selbst fühlte sich wie gelähmt, seiner jahrzehntelangen Erfahrung mit lebensbedrohlichen Situationen aller Art zum Trotz. Sollte er ebenfalls fliehen? Vollkommen aussichtslos; schon normale Bären rannten doppelt so schnell wie jeder trainierte Sprinter, und ein guter Sprinter war Helm nie gewesen. Sich verstecken? Keine Chance vor Bärennasen. Kämpfen? Lächerlich.

Was blieb? Gander aktivieren? Das konnte das letzte Mal sein. Wenn der sich überhaupt noch aktivieren ließ, jetzt, da er eigenständig …

»Sie jagen die anderen! Sie jagen die anderen!«

Neue Rufe drangen an Helms Ohren, Rufe voller Erleichterung, gepaart mit Schadenfreude. »Sie fressen die verfluchten Kreuzler! Huakbar, Huakbar!«

Er löste sich aus seiner Erstarrung. Ob diese Schwachköpfe überhaupt noch wussten, was sie da schrien, diese verballhornte Lobpreisung eines imaginären Gottes, der nichts, aber auch gar nichts getan hatte, als die Not seiner Verehrer am größten war?

»Huakbar! Huakbar!«

Ach so, ja. Außer natürlich, man hielt es diesem Gott zugute, dass die Bestien jetzt gerade die Menschen einer anderen Glaubens-Fraktion fraßen statt die der eigenen. Na klar, für das Fressen anderer Menschen musste einem Gott natürlich gedankt werden!

Draußen machten die Krieger kehrt, sammelten Waffen auf, fielen in die Jubelrufe ein. Ja, jubelt nur, dachte Helm. Einen Grund habt ihr ja dafür. Die Bescheuerten der anderen Seite wollten eine von euch töten, und ihr habt gekämpft, um das zu verhindern. Nicht der schlechteste Anlass für einen Kampf. Und zum Jubel über den Erfolg, unter welchen Umständen auch immer.

Helm wandte sich zu Gander um, der sich ebenso wenig vom Fleck bewegt hatte wie er selbst. »Komm«, sagte er im Befehlston. »Weg hier. Lass uns gehen, solange sie uns noch gehen lassen.«

Gander schaute ihm fest in die Augen. »Nein«, sagte er.

8. Akbars

Als der Tee eingeschenkt wurde, schoss Helm das Wasser förmlich in den Mund. Dunkler, rötlich-brauner Tee! Dazu das Knistern von Kluntjes. Himmel, wie lange hatte er diese Musik nicht mehr vernommen! Seine Hand zitterte, als er nach der flachen, dünnwandigen Tasse griff, die mit dem klassischen Rosenmotiv verziert war, in das sich die vielen Sprünge einfügten, als wäre es so gedacht. Vorsichtig führte er den Tee zum Mund, natürlich ohne vorher umzurühren, und zog gierig den Duft ein.

Nun, das hätte ich besser lassen sollen, dachte Helm. Was immer das hier darstellen sollte, die gute alte Ostfriesenmischung auf Assam-Basis war es sicher nicht. Der Geruch des Gebräus erinnerte ein wenig an nasses Heu.

Helm musste sehr entgeistert geguckt haben, denn der Langbärtige lachte gutmütig. »Nimm lieber etwas Sahne dazu«, schlug er vor. »Dann hält die Illusion vielleicht ein paar Schlucke lang.«

Jetzt musste auch Helm lachen. »Sahne in den Tee! Was seid ihr denn für welche – Ur-Ostfriesen?«

»Wenn du so willst.« Der langbärtige Akbar breitete die Arme aus. Sein Name war Meemee, das wusste Helm inzwischen. Ob das aber nun von Mehmed hergeleitet war oder etwa vom friesischen Menard, hatte er noch nicht in Erfahrung gebracht.

»Wir leben seit Generationen hier«, fuhr Meemee fort. »Schon unsere Vorfahren liebten das Teetrinken, und sie waren sehr glücklich, als sie feststellten, dass die Einheimischen hier das auch taten.«

»Ja, das taten sie«, bestätigte Helm und nahm einen Probierschluck aus seiner Tasse. In der Tat, mit etwas Sahne konnte das Gebräu beinahe als Tee durchgehen. »Allerdings liebten sie auch Köm und Bier. In diesem Punkt gab es wohl nicht so viele Gemeinsamkeiten, was?«

»Ach, vielleicht mehr, als du denkst.« Meemee schüttelte versonnen den Kopf. »Eine Weile wurde das ziemlich locker gehandhabt bei uns. Der eine passte sich stärker an, der andere weniger. Man sah über vieles hinweg, solange die Fassade aufrecht erhalten wurde. Weißt du, Spießertum ist nicht unbedingt eine christliche Erfindung.«

»Will ich wohl glauben«, sagte Helm. Mit einem weiteren Schluck hatte er den dicken Kluntje in seiner kleinen Tasse halb freigelegt. Die Enden eines Wollfadens ragten an beiden Seiten heraus. Aha, selbst gezüchtete Kristalle! Die Tee-Zeremonie musste den Akbars in der Tat einiges bedeuten. »Aber in den Jahren direkt vor dem Chaos wurde das nicht mehr so locker gesehen, wenn ich mich recht entsinne, was? Und seitdem sowieso nicht.«

Meemee seufzte leise; seine Miene verhärtete sich. »Die Gesellschaft, wie wir sie kannten, ist uns schneller um die Ohren geflogen, als wir gucken konnten«, sagte er. »Alles individualisierte sich, jeder war sich selbst der Nächste, Meinnutz ging vor Deinnutz, der Ellbogen war der wichtigste Körperteil … na ja, das waren so die Sprüche, aber du weißt ja selber, dass es in Wahrheit noch viel schlimmer war. Das Einzige, was man tun konnte, um zu überleben, war, sich zu überschaubaren Gemeinschaften zusammenzuschließen. Hilfsgemeinschaften auf Gegenseitigkeit. Dazu brauchte man aber eine Klammer, die alles zusammenhielt. Tja, und auf einmal waren die alten Werte wieder wichtig.«

Helm nickte und nahm schnell den letzten Schluck Tee, um nicht antworten zu müssen. Oh ja, dachte er, die alten Werte und die alten Wichtigtuer! Und weil es die Not war, die ihnen so schön in die Karten spielte, dachten diese Wichte natürlich auch nicht daran, irgendetwas zum Besseren zu wenden. Je mehr Not, desto mehr Macht. Je weniger Bildung, desto mehr Religion. Dieser Weg führte immer nur abwärts.

Er schaute sich ein weiteres Mal in dem Raum um, in dem der Anführer der Akbar-Gemeinschaft ihn so freundlich bewirtete. Eine kleine Stube mir ur-ostfriesischen Möbeln, aber auf orientalische Weise aufgestellt: alle Sitzgelegenheiten entlang der Wände, mehrere Teppiche übereinander, niedrige Tischchen. Dieses Multi-Kulti-Zimmer befand sich in einem alten Bauernhaus in einem kleinen Dorf nördlich von Wilmshaven, dicht hinter dem Deich, der vorschriftsmäßig von Schafen beweidet wurde und immer noch einen intakten und widerstandsfähigen Eindruck machte. Die Akbars hatten den Ort zu einem Wehrdorf umfunktioniert; die Häuser des Zentrums, auf einer alten Warft gelegen, waren befestigt, die Fenster zu Schießscharten vermauert, alle ungenutzten Gebäude niedergerissen und aus dem Schutt Wälle gebaut, die alle äußeren Häuser miteinander verbanden. Helm hatte sich spontan an das legendäre Dorf der unbeugsamen Gallier erinnert gefühlt, an bunte Bilderbücher aus vergangener Zeit. Dies hier jedoch war keine Fiktion, dies war die Wirklichkeit, und wie es schien, funktionierte sie.

»Sprechen wir doch über das Mädchen, das ihr sucht.« Meemee schenkte sich neuen Tee ein. »Deswegen seid ihr ja überhaupt hier. Eine Tatsache, der Rina ihr Leben verdankt, wenn man so will.«

Tja, wenn man so wollte; man könnte allerdings auch sagen, dass sie ohne Engel und uns überhaupt nicht in Lebensgefahr geraten wäre, dachte Helm. Statt einer Replik hielt er seinem Gastgeber lieber die Teetasse zum Nachfüllen hin.

»Du sagtest, sie sei entführt worden«, fuhr Meemee fort und schob Helm das kleine Tablett mit Sahne und Kluntjes zu. »Durch einen von den Kreuzlern? Wie kam es dazu?«

Helm hob die Schultern. »Wir dachten, er wäre einer

von uns«, erwiderte er. »Ob er seine wahre Einstellung vor uns verborgen oder ob er sie erst im Nachhinein erworben hat, vermag ich bis heute nicht genau zu sagen. Allerdings tendiere ich dazu, dass er sich unter falschen Vorzeichen bei uns eingeschlichen hat. Wegen der Frau.«

»Engel?« Meemee hob die Augenbrauen. »Nennt ihr sie so, weil sie überirdisch schön ist?«

»Eigentlich nicht; Engeline oder Engelina sind althergebrachte Frauennamen bei uns. Bei den Männern heißt es Engelbert, Engelbrecht oder ähnlich. Engel ist nur die Abkürzung. Es wird ja viel abgekürzt heutzutage.« Er schaute Meemee vielsagend an. Der Akbar jedoch reagierte nicht darauf.

»Dass Engel tatsächlich wunderschön ist, ist also bloß ein Zufall«, fuhr Helm fort. »Aber wie das so ist: Der süßeste Honig lockt die ekligsten Schmeißfliegen an. Das hätte uns klar sein müssen.«

»Und von woher kam diese Schmeißfliege angeschwirrt?«

»Greetland«, antwortete Helm. »Dort hat es ihm nicht mehr gefallen, seit Franko sich Häuptling nennt und große Töne spuckt. Dabei hatte Kino sich extra von Nörn dorthin geflüchtet, um dem größenwahnsinnigen Onno zu entgehen.«

»Kino, ja? Merkwürdiger Name.« Meemee wiegte seinen Kopf. »Ich kenne wohl Keno. Aber Kino? Nee.«

Helm verbiss sich das Lachen. Merkwürdig? Der hatte es nötig! »Kino hat tatsächlich mal Keno geheißen«, erklärte er. »Als Junge wäre er aber mal mit ein paar Brits zusammengetroffen, hat er erzählt. Einer von denen konnte lesen und schreiben, da wollte der kleine Keno angeben und hat seinen Namen mit einem Stück Holzkohle an eine Wand gekrickelt.« Helm grinste breit: »Wie sich herausstellte, konnte der Brit wirklich lesen, und so wurde aus Keno Kino. Hat ihm gefallen, also ist er einfach dabei geblieben.«

»Spinner.« Meemee verzog den Mund. »Und wohl auch ein Lügner. Wo sollten wohl Brits hergekommen sein? Falls es die überhaupt noch gibt.«

»Ein Lügner ist er auf jeden Fall«, bestätigte Helm. »Er hätte wohl alles behauptet, nur um sich an Engel heranzumachen! Aber das mit den Brits? Es wäre nicht nötig gewesen, sich das auszudenken. Ich denke, dass jenseits des Wassers noch allerhand Menschen leben. Und mit Schiffen und Booten sollen sich die Brits immer schon gut ausgekannt haben.«

»Die einzigen großen Schiffe, die wir hier zu Gesicht bekommen haben in all den Jahren, waren führerlose Wracks«, berichtete Meemee. »Einige davon mit Blechkisten beladen, die brauchbare Sachen enthielten. Kleidung und Schuhe zum Beispiel. Es war aber auch viel sinnloses Zeug dabei. Wer braucht denn glitzernde Kugeln, die schon zerbrechen, wenn man sie nur scharf ansieht?«

Christbaumschmuck aus China, dachte Helm. Der Onkel hatte oft über solcherlei Unsinn geschimpft. Verfluchte Globalisierung, riesige ökologische Fußabdrücke, Verzehnfachung des Seetransports, Dreckschleudern, Klima-Killer. Helm hatte erst verstanden, was das alles bedeuten sollte, als es schon niemanden mehr interessierte.

»Kino, der Lügner.« Als Meemee feststellte, dass Helm nicht weiter auf das neue Thema einging, nahm er den alten Gesprächsfaden wieder auf. »Hat er denn um Engels Hand angehalten? Oder hat er sie gleich entführt?«

»Angehalten. Ja, das hat er in der Tat.« Helm musste lachen. »Bei euch ist das ganz normal, stimmt's? Bei den Kreuzlern übrigens auch. In diesem Punkt seid ihr euch verdammt ähnlich! Und wie es aussieht, kehrt man unter den neuen Häuptlingen ebenfalls zu dieser alten Tradition zurück. Frauen unterstehen den Männern, Mädchen gehen von Hand zu Hand wie ein Pferd oder ein guter Pflug. Erst gehören sie dem Vater, dann dem Ehemann. Zwischendurch auch mal dem Bruder, wenn der Vater zu jung stirbt.«

»Ihr seht das also anders?« Meemee blieb freundlich, seine Haltung aber ließ eine deutliche Reserve erkennen.

»Ja, das tun wir«, erklärte Helm nachdrücklich. »Jeder Mensch ist ein Mensch und hat Rechte wie ein Mensch, egal ob Mann oder Frau. Übrigens auch ein Prinzip mit Tradition, wenn auch mit einer ganz anderen.« Er winkte ab. »Wie auch immer, Kino wollte Engel, und zwar auf die alte Art, die auch die eure ist. Nun hat das Mädchen aber keine Eltern mehr, und ihr Bruder – na ja, den würde man so etwas nicht entscheiden lassen, oder? Jedenfalls verfiel Kino auf die Idee, mich zu fragen. Weil ich in seinen Augen derjenige war, der sich am meisten um die beiden jungen Leute kümmerte.«

»Und du hast nein gesagt?« Meemee hob fragend die Augenbrauen.

»Eigentlich nicht. Jedenfalls nicht direkt.« Helm atmete tief durch. »Ich habe versucht, ihm klarzumachen, dass er das mit Engel selbst besprechen muss.« Er schwieg einen Moment, dann fügte er hinzu: »Allerdings habe ich die Gelegenheit benutzt, um ihm noch ein paar Bedingungen zu nennen. Weil wir ja gerade im Gespräch waren.«

Meemee lachte schallend los. »Ach nee, der freigeistige Gleichheitsfanatiker stellt Bedingungen! Was war es denn, zwanzig Deichschafe, drei Bündel Jagdpfeile und eine Schiefertafel?« Er feixte halb höhnisch, halb verständnisvoll, und Helm wusste nicht, über welche Hälfte er sich mehr ärgern sollte.

»Quatsch!«, schimpfte er. »Nun schließ mal nicht von euch auf andere! Meine Bedingungen waren, dass er sich richtig integrieren sollte! Dass er ein Handwerk erlernen, seine Rolle als regelmäßiger Saat- und Erntehelfer annehmen und darüber hinaus eine soziale Aufgabe übernehmen müsste, wenn er auf Dauer in Nesserland bleiben und dort heiraten wollte. Außerdem sollte er mir bei der Archivarbeit helfen. Er hatte ja den Kopf dazu, konnte lesen und schreiben und all das.«

»Ach, so war das.« Meemee verschränkte seine Finger unter dem Kinn. »Mehr nicht? Vier Lebensaufgaben bloß, dann sollte er das Mädchen bekommen? Na, wenn es weiter nichts war! Sollte er sich selber vierteilen, oder wolltest du ihm großzügig dabei helfen?«

Helm schüttelte unwillig den Kopf. »Du kapierst nicht! Natürlich wollte ich ihm das Mädchen nicht geben, weil ich sie nicht zu vergeben hatte! Die Entscheidung lag ganz allein bei ihr. Die Aufgaben aber hätten es Kino sehr erleichtert, sich eine Position als angesehenes Mitglied der Gemeinschaft zu erarbeiten – und als solches dann auch einmal Herz und Verstand einer Frau zu gewinnen. Denn Engel wollte ihn nicht.«

»Engel wollte ihn nicht.« Meemee wiederholte die Worte, als entstammten sie einer fremdartigen Sprache. »Und das wusstest du, ja? Vorher?«

»Natürlich! Ich fang doch nicht solch ein Gespräch an, ohne mich vorher bei der Person zu vergewissern, um die es geht.«

»Sehr kluge Strategie.« Meemees anerkennendes Nicken war einen Tick übertrieben. »Und so erfolgreich! Ich muss schon sagen.«

Helm zog es vor, zu schweigen.

»Dieser Weg war Kino also zu mühsam«, fuhr Meemee fort. »Also wählte er einen einfacheren. Schnappte sich Engel und verschleppte sie mit Gewalt. Natürlich zu den Kreuzlern. Die finden so was ja normal.«

Helm schwieg immer noch, aber sein Gesicht musste Bände sprechen, denn Meemee starrte ihn verblüfft an. Dann stieg ihm die Röte ins Gesicht. »Du irrst dich, wenn du denkst, wir würden es gutheißen, Frauen Gewalt anzutun«, sprudelte er hervor. »Man darf unsere Traditionen da nicht missverstehen! Wir Männer sind nun einmal für die Frauen verantwortlich, da ist es unumgänglich, dass wir …« Seine Stimme verebbte.

»Dass ihr keine Frauen verbrennt, weiß ich«, sagte Helm. »Das ist schon mal etwas. Alles andere, was du sagst, überzeugt mich nicht. Die Erfahrung lehrt mich aber, dass die Menschen niemals alle gleich sind. Nirgendwo. Also müssen wir uns jetzt auch nicht streiten. Hast du noch einen Schluck Tee für mich?«

Meemee beeilte sich, seinen Gastgeberpflichten nachzukommen. Sein Gesicht blieb noch eine ganze Weile gerötet.

»Kino hat Engel also zu den Kreuzlern nach Wilmshaven verschleppt«, fuhr Helm fort, während er über seinen heißen Tee pustete. »So viel ist bis zu uns durchgedrungen. Daraufhin hat die Große Versammlung Gander und mich ausgesandt, die junge Frau zu befreien und den Täter zu bestrafen. Beziehungsweise ihn einer offiziellen Bestrafung zuzuführen, sofern das möglich ist. Unsere Reise hat einige Zeit gedauert, und auch die Nachricht über Engels Aufenthalt wird eine gute Weile gebraucht haben, um zu uns zu gelangen. Weißt du, was in der Zwischenzeit geschehen ist?«

Meemee schüttelte den Kopf. »Längst nicht alles. Gewöhnlich machen wir einen Bogen um die Kreuzler, solange die uns auch in Ruhe lassen. Aber als der Kardi sie verflucht und zum Feuertod verurteilt hatte, ist das natürlich auch bis zu uns durchgedrungen.«

»Der Kadi?«

»Nein, Kardi.« Meemee schmunzelte. »Hieß früher wohl Kardinal. Das ist bei denen so ein Glaubensführer …«

Ungeduldig winkte Helm ab. »Ich weiß, ich weiß. Und der hat Engel auf den Scheiterhaufen geschickt? Warum?«

»Hexerei.« Meemees Stimme klang dumpf. »Man hatte sie schrecklicher Dinge bezichtigt. Kontakt mit Dämonen, Kopulation mit dem Teufel, Anmaßung von Göttlichkeit ...« Der Vollbärtige schüttelte sich.

Helm, der wusste, dass die heilige Schrift der Akbars seitenlang von Dämonen handelte, hütete sich, darauf näher einzugehen. Zumal er, was die angemaßte Göttlichkeit anging, bereits Erfahrungen mit Ganders Schwester gemacht hatte. »Wie hat sich Kino dazu verhalten?«, fragte er stattdessen. »Hat er wenigstens protestiert, oder hat er die Dinge einfach laufen lassen?«

»Das kann ich dir nicht sagen«, erwiderte Meemee. »Höchstens, dass ich von etwaigen Prosteten nichts mitbekommen habe. Die gesamte Kreuzler-Gemeinschaft stand hinter dem Urteil – jedenfalls schien es so. Also auch Kino. Glaube mir, wenn er auf Dauer unter diesen Leuten leben will, dann wäre er auch nicht gut beraten, sich gegen eine Entscheidung des Kardi zu stellen.«

Helm musste an den Turbanträger denken. Wie würde es einem Akbar wohl bekommen, sich gegen den zu stellen? Auf den ersten Blick schien dessen Autorität nicht so groß zu sein, aber diese Religiösen hatten ihre Möglichkeiten, ganz egal, welcher Fraktion sie angehörten. Sie versprühten ihr Gift tröpfchenweise; irgendwann tat es seine Wirkung, und dann war kein Halten mehr.

»Vermutlich hat Kino also keinen Finger gerührt«, resümierte Helm. »Und was passierte dann?«

»Dann«, sagte Meemee, »dann kamen die Weiber.«

»Die Weiber.« Auch der Professor hatten von denen gesprochen, erinnerte sich Helm. Zu näheren Erklärungen aber war er nicht gekommen. »Was hat es denn mit denen auf sich?«

»Eine neue Gruppe.« Meemees Gesicht wurde abweisend. »Alles Frauen, die meinen, sie wären von den Männern unterdrückt worden. Haben sich aus allen möglichen

Gemeinschaften abgesetzt und hausen jetzt irgendwo da oben.« Er machte eine unbestimmte Bewegung mit dem Daumen, die Helm als vage nördlich identifizierte. »Aber einige von denen tauchen auch immer wieder hier oder in Wilmshaven auf und stiften Unruhe.« Er schüttelte den Kopf. »Unnatürlich ist das.«

Frauen, die ihren Männern weggelaufen waren. Helm erinnerte sich vage an den Begriff *Frauenhaus*. Damals, vor dem Chaos, hatte es solche Zufluchtsstätten für misshandelte Frauen gegeben, wo sie vor ihren Kerlen einigermaßen sicher gewesen waren. Die Adressen hatte man geheimgehalten, und war doch mal ein Prügelgatte dort aufgetaucht, hatte man die Polizei gerufen. Tja, andere Zeiten. Ob Meemee sie noch erlebt hatte? Helm schätzte ihn etwa zehn Jahre jünger als sich selbst. Nein, entschied er, der kannte nichts als das Chaos. Und die Folgen.

»Unternehmen die Männer nichts dagegen?«, fragte Helm. »Ich meine, wenn man weiß, wo diese Frauen sich verstecken ...«

Meemee lachte auf. »Von wegen verstecken! Die haben sich eine Burg gebaut, dagegen ist unsere hier ein Witz! Glaube mir, schon mehrfach haben Männer versucht, dort einzudringen und sich wiederzuholen, was ihr ... äh, was ihr Recht ist. Einmal gab es sogar eine richtige Koalition, über alle Grenzen hinweg. Die haben sich aber alle nur blutige Nasen geholt. Diese Frauen haben Waffen, und sie wissen auch damit umzugehen.«

»Darum nennt ihr sie Weiber, was?«, mutmaßte Helm.

»Nein«, erwiderte Meemee. »So nennen sie sich selbst.«

»Und die haben also Engel entführt?«

»Das muss ein richtiges Stoßtrupp-Unternehmen gewesen sein.« Meemee nickte widerwillig anerkennend. »Mitgekriegt haben wir nichts davon, nur gehört, hinterher. Die Kreuzler sollen das Mädchen eingekerkert und an die

Wand gekettet haben. In einem Verlies unter ihrer Kirche!« Der Vollbärtige deutete gestisch ein gewaltiges, trutziges Gebäude an; die einstige St.-Willehad-Kirche, wie Helm wusste. »Vier Mann Wache Tag und Nacht. Dazu die ganzen Befestigungen drum herum. Und trotzdem sind die Weiber da durch wie ein Pfeil durch Wolle! Man kann verstehen, dass die Kreuzler von Hexerei sprachen.«

Ja, das taten sie gerne, wenn ihr Verstand nicht weit genug reichte, dachte Helm. Also sehr oft.

»Bei uns war die Schadenfreude groß«, fuhr Meemee fort. »Aber nicht lange. Denn dann kamen die Kreuzler zu uns und holten sich Rina.«

»Hier aus der Festung?« Seit dem Rückzug nach der Feuerplatz-Schlacht in Wilmshaven, die durch den Angriff der Monster-Eisbären so ein überraschendes Ende gefunden hatte, hatte Helm reichlich Gelegenheit gehabt, sich in der Burg der Akbars umzuschauen. Es gab keinerlei Beschädigungen oder frische Brandspuren; nichts deutete auf ein Gefecht in jüngster Vergangenheit hin.

»Nein, nicht aus der Festung.« Meemee seufzte. »Rina war draußen, bei der Feldarbeit. Natürlich nicht alleine, und natürlich gab es auch bewaffneten Schutz. Die Kreuzler aber waren schlicht in der Überzahl.«

»Warum Rina?«

Meemee zuckte mit den Schultern. »Sie war die erste, die sie zu fassen bekamen. Es waren zwei Priester dabei, natürlich hinter den Eisenmännern, die brüllten die ganze Zeit etwas von ›ungläubigen Hexen‹. Aus ihrer Sicht war es wohl egal, welche von unseren Frauen sie auf den Scheiterhaufen stellten.«

»Ach ja, für Andersgläubige sind andere Andersgläubige ja immer erst einmal Ungläubige. Und damit vom Übel.« Helm biss sich auf die Lippen; konnte er nicht wenigstens gelegentlich mal diplomatisch sein?

Meemee blieb erstaunlich ruhig. »Findest du, dass wir das von dir verdient haben?«, fragte er leise. »Wo wir doch genau wissen, wer du bist, woher du kommst und wie du denkst?«

Jetzt war es an Helm, zu erröten. »Du hast recht. Bitte verzeih«, erwiderte er mit heiserer Stimme.

Meemee nickte nur. »Noch eine Tasse Tee?«, fragte er. »Dreimal ist Friesenrecht, nicht wahr?«

Helm Tasse klapperte ein wenig auf der Untertasse, als er sie ihm hinhielt.

Nach der Audienz eilte Helm sofort zu ihrer gemeinsamen Unterkunft. »Mach dich fertig«, raunte er Gander zu, der auf seiner Pritsche fläzte und am Kerngehäuse eines längst dahingeschiedenen Apfels nagte. »Heute Nacht geht es wieder los. Ich weiß jetzt, wohin wir müssen.«

»In Ordnung«, sagte Gander, ohne sich zu rühren. »Ich bin bereit.«

»Gut.« Helm nickte beiläufig und begann, den Inhalt der vielen Taschen seiner Weste durchzumustern.

»Ich habe aber eine Bedingung«, fügte der Junge hinzu.

Helm erstarrte. »Ein Bedingung?« Das war neu.

»Ja.« Gander richtete sich zum Sitzen auf und rollte mit den Schultern. In den vergangenen Tagen schien er schon wieder ein Stückchen gewachsen zu sein.

»Was denn?«

»Wir nehmen Rina mit.«

»Bist du wahnsinnig?«, entfuhr es Helm. »Wir suchen einen Mädchenräuber und eine Geraubte, und da willst du selber eine Frau rauben?«

»Quatsch.« Gander verzog sein Gesicht, das plötzlich viel zu kindlich für seinen machtvollen Körper erschien. »Nix mit rauben. Sie will selber mit. Unbedingt.«

»Aber sie kann doch nicht! Ihre Verletzungen sind noch

lange nicht ausgeheilt. Außerdem« – Helm hielt kurz inne, dachte an den Tee mit selbstgezüchteten Kluntjes bei Meme – »außerdem darf sie doch nicht. Ihre Leute lassen sie nicht fort!«

»Na und?«, erwiderte Gander halsstarrig. »Was geht die das denn an, was Rina will? Sie ist doch keine Gefangene.«

Schön wär's, dachte Helm. »Reichen dir denn die Eisenmänner der Häuptlinge, die Drübener und die Kampfschweine nicht?«, fragte er. »Musst du uns auch noch die Akbars auf den Hals holen? Jetzt, da wir uns gerade ein bisschen angenähert haben?«

Der Junge schnaubte verächtlich. »Rina sagt, sie behandeln ihre Frauen wie Dreck«, sagte er. »Die müssen die ganze schwere Arbeit machen und dürfen keinen Schritt tun, ohne dass irgendein Mann es ihnen erlaubt. Und wenn sie verheiratet sind, werden sie zur Gebärmaschine, zwangsweise! Beine breit und alle zwei Jahre abferkeln, wenn nicht öfter.«

Helm schnappte nach Luft. Er war schockiert. Nicht über die Zustände, von denen Gander sprach; die waren bekannt. Außer in Nesserland ging es nirgendwo viel anders zu. Vermutlich nicht einmal in Jewa. Was ihn wirklich schockierte, war Ganders Ausdrucksweise. War das alles auf seinem eigenen Mist gewachsen? Offenbar hatte der Junge aufgehört, ein Junge zu sein.

»Darum will Rina zu den Weibern«, verkündete Gander. »Und ich hab ihr versprochen, dass wir sie mitnehmen.«

»Du kannst ihr gar nichts versprechen«, knurrte Helm. »Ich bin immer noch derjenige, der hier sagt, wo es langgeht, klar?«

»Dann sag's doch«, antwortete Gander patzig. »Soll ich dich denn ab jetzt auch Häuptling nennen? Häuptling Helm? Groß Helm?«

Verflucht, dachte Helm, das habe ich nun von meinen Erziehungsprinzipien! Selbstbestimmung war ein Pflänzchen, das gründlich wurzelte, kein Unkraut, das sich jederzeit zupfen ließ, wenn es einem nicht passte. Da hatte er sich ja ein schönes Ei ins Nest gelegt! Ein Anführer, der seine Leute erst überzeugen musste, hatte es wahrlich schwerer als so ein neuer Häuptling oder ein Religions-Boss.

Häuptling Helm. Was für eine absurde Vorstellung!

Er schaute Gander in die Augen. Dessen Miene war verkniffen, trotzig und abwehrbereit, aber als Helm ihm laut ins Gesicht lachte, hellte auch sie sich auf.

9. Pulverdampf

Sie blieben noch volle neun Tage. Nie zuvor hatte sich Helm so mies gefühlt wie in dieser Zeit.

Helm gab vor, sich noch erholen zu müssen, und beide boten an, sich zum Ausgleich für Unterkunft und Verpflegung an der allgemeinen Arbeit zu beteiligen. Eigentlich war Meemee zu stolz, um darauf einzugehen, wollte andererseits aber auch seine Gäste nicht brüskieren. Also wies man ihnen leichte Tätigkeiten zu, die zudem mit einer altmodischen Vorstellung von Mannesehre vereinbar waren – was letztlich auf die Bewachung und den Schutz der eigentlichen Arbeitskommandos hinauslief. So zogen Helm und Gander denn mit wechselnden Gruppen von Akbars hinaus, um gut getarnte Felder abzuernten, in den Kanälen und vor dem Deich unmarkierte Stellnetze zu leeren und versteckte alte Fischerboote zu reparieren und zu warten.

Genau darauf hatte Helm spekuliert.

In der Nacht vor dem zehnten Tag brachen sie auf. Gander war schwer bepackt mit den Vorräten, die sie gehortet hatten; Rina trug ihre wenigen Habseligkeiten in einem Beutel. Helm, der den Inhalt der ungezählten Taschen seiner Weste durchgesehen und nach Möglichkeit ergänzt hatte, behielt seine Hände frei; man konnte nie wissen. Auf dem Rücken trug er seinen neuen Langbogen, ein persönliches Geschenk von Meemee, und einen Köcher mit einem großzügigen Vorrat an Pfeilen. Der Augenblick, als er dieses wunderschön gearbeitete Präsent entgegengenommen hatte, würde für immer in sein Gedächtnis eingebrannt bleiben.

Judas! Genau, das war das Wort, das ihm zuerst nicht hatte einfallen wollen.

Eins der Häuser, die Bestandteil des Festungswalls waren, besaß eine Tür nach draußen, die nicht zugemauert, sondern nur mit Balken verstärkt worden war; vermutlich sollte sie im Fall der Fälle als Ausfallpforte dienen. Helm hatte die Angeln am Abend zuvor geölt. Zwar waren die Wachen ihnen gegenüber längst nachlässig geworden, weil sie wussten, dass Helm Meemees Vertrauen besaß, trotzdem war es besser, jedes Geräusch zu vermeiden. Je später ihre Verfolgung einsetzte, desto besser. Und verfolgen würde man sie, das stand außer Frage.

Judas!

Kurz bevor sie die Deichkrone überquerten, schob sich eine Wolkenbank vor die Mondsichel und erzeugte eine nahezu totale Finsternis. Selbst Helm fiel es schwer, nicht an ein gutes Omen zu glauben. Rina murmelte Unverständliches vor sich hin.

Im Deichvorland fiel die Orientierung im Dunkeln schwer. Einmal kam Helm nicht umhin, eines der geheimnisvollen Geschenke des Professors zum Einsatz zu bringen. Es surrte, als er die kleine Kurbel drehte; gleich darauf erstrahlte das Licht der kleinen Dynamo-Lampe mit erschreckender Helligkeit. Er sah, wie Rina sich entsetzt an Gander klammerte, der unter dieser doppelten Last nicht einmal wankte und dabei dümmlich grinste. Der Trampelpfad, den sie beinahe verfehlt hätten, führte nur wenige Meter entfernt ins Gestrüpp. Schnell verdeckte Helm die Lampe mit seiner Hand. War der unnatürliche Schein bemerkt worden? Zu hören war jedenfalls nichts.

Das Boot lag immer noch dort vertäut, wo sie es vor einigen Tagen entdeckt hatten, mit dem bauchigen Rumpf im Schlickbett, bei auflaufender Flut kurz vor dem Aufschwimmen. Helms Berechnungen hatten also gestimmt. Gander ging als Erster an Bord und half Helm und Rina die Bordwand hoch.

Von wegen Boot, dachte Helm, als er auf dem Seitendeck stand. Das war ein Schiff! Über zehn Meter lang, bestimmt dreieinhalb breit, mit hohem Bug und langen Seitenschwertern. Der Mast, unten dick wie ein Baum, war geklappt, seine Spitze ragte weit über das Heck hinaus, von losen Wanten und Stagen umrankt wie von Schlingpflanzen.

Der Segler musste weit über hundert Jahre alt sein. Rumpf, Deck und Kajüte waren aus Stahl, beulig und von rostbraunen Tränen gezeichnet, aber allem Anschein nach immer noch stabil und vor allem wasserdicht. Cockpit, Schott und Lukendeckel bestanden aus Holz, aus grauem, verwittertem, narbigem, von Fischschuppen übersätem Hartholz, von dem der letzte Lack schon vor Jahrzehnten abgeplatzt sein musste, das aber immer noch jeder Witterung zu trotzen vermochte. Helm spürte wieder den wehmütigen Stolz, der ihn schon das erste Mal gepackt hatte, als sein Blick auf dieses dreckige Juwel gefallen war. Als hätte er in einen Spiegel geschaut.

Das Schott war unverschlossen. Gander stieg in die Kajüte hinab, aus der ein modrig-pilziger Geruch hervorquoll, und verstaute sein und Rinas Gepäck. Helm löste die Ruderpinne aus ihrer Arretierung. Schon gluckerte graubraunes Schlickwasser rund um Ruderblatt und Heck. Der entscheidende Augenblick war nahe.

Wortlos beorderte er die jungen Leute an die mehrere Meter langen Staken. Die Akbars benutzten dieses Fahrzeug zur Kontrolle der äußeren Stellnetze; dort konnte das Wasser, je nach Tide, schon einige Meter tief sein. Entsprechend lang waren die Stangen bemessen. Gander rammte das klauenförmige Ende seiner Stange in das federnde Wurzelwerk einer Schilfinsel und schaute Helm fragend an. Als der nickte, begann er mit aller Kraft zu schieben, die Füße gegen die vordere Wand des Kajütaufbaus gestemmt. Rina unterstützte ihn, so gut sie es mit ihren immer noch bandagierten Händen konnte.

Ein langgezogenes Schmatzen, dann ein Schlürfen. Der

Bootsbauch hatte sich aus seinem Bett gelöst, dessen Konsistenz inzwischen die von warmem Pudding angenommen hatte, und bewegte sich träge schleifend auf den Priel zu. Helm senkte das Ruderblatt, so weit es schon ging, und verhinderte durch weite Ruderausschläge, dass sich das Boot sofort wieder in der nächsten Schlickbank festfuhr. Mit jedem Stakstangen-Schub jedoch wurde die Bewegung stetiger, das Fahrtmoment beständiger. Jetzt würde uns auch eine kleine Bodenberührung schon nicht mehr stoppen, dachte Helm zufrieden. Außerdem lief die Flut immer noch leicht auf. Die erste Etappe ihrer Flucht war geschafft.

Als das Boot den Priel erreicht hatte, begann es zu atmen. Jedenfalls fühlte es sich so an. Der Rumpf unter Helms Füßen hob und senkte sich langsam und gerade eben merklich wie die Brust eines schlafenden Riesen. Helms Pulsschlag beschleunigte sich. Fahren! Segeln! Die Weite gewinnen! Hol mir den Horizont!

So weit waren sie aber noch nicht. Jetzt galt es erst einmal, den Mast aufzurichten, das stehende Gut zu klarieren und zu hoffen, dass die lappigen braunen Segel nicht beim ersten Windstoß in Fetzen gingen.

Gander hatte den Stakstock schon weggelegt und den Jüttbaum klargemacht. Helm kannte gabelförmige Jüttbäume, die den Mast beim Aufrichten nach Backbord und Steuerbord abstützten; dieser hier aber bestand lediglich aus einer oben eingekerbten Stange, deren unteres Ende genau in eine Aussparung im Mastfuß passte. Bei liegendem Mast stand sie rechtwinklig hoch. Helm suchte das Vorstag aus dem Gewirr rostiger Drahtseile heraus, zog es straff und führte es über die Jüttbaumkerbe nach vorne. Das Ende drückte er Gander in die Hand. Der schäkelte es mit dem Ende des Seils zusammen, das von der Winsch auf dem Vordeck kam.

»So, vorsichtig kurbeln!«, zischte Helm. Man konnte nicht

wissen, wie viel Zug das rostige Drahtseil noch aushielt. Außerdem galt es immer noch, jeden Lärm zu vermeiden.

Tatsächlich ertönte kein Laut. Allerdings bewegte sich auch nichts. »Die Winsch sitzt fest!«, fluchte Gander leise. »Total festgerostet. Da rührt sich überhaupt nichts.«

»Verdammter Mist.« Ohne Mast keine Segel, ohne Segel keine Flucht. Im Gegenteil, noch dümpelten sie mit den letzten Ausläufern der Flut sogar immer weiter hinein in die Jade. Ohne eigenen Antrieb waren sie zudem manövrierunfähig. Früher oder später würden sie auflaufen, auf Sand oder Schlick, und sobald die Ebbe einsetzte, würden sie sich auch durch Staken nicht mehr befreien können. Dann saßen sie fest, buchstäblich und wie auf dem Präsentierteller. Die Akbars mussten sie nur noch einsammeln. Und Meemees Zorn dürfte nicht von schlechten Eltern sein.

»Ich guck mal, ob es unten irgendwo Kriechöl gibt!«, sagte er in seiner Verzweiflung. Denn die Wahrscheinlichkeit, hier an Bord Restbestände dieses begehrten Stoffes zu finden, war weit geringer als die, dort unten auf ein Fischballet zu stoßen. Außerdem würde selbst gutes Kriechöl eine Menge Zeit brauchen, um den Rost von fünfzig Jahren zu lösen. Aber was hätte er sonst tun sollen?

»Lass!«, rief Gander von vorne. Er löste das Vorstag wieder von der blockierten Winsch und holte das Drahtseil Hand über Hand ein. Mit einem Ruck hob sich der Mast von seiner algengrünen Halterung; wippend und bebend, aber gleichmäßig und schnell hob er seine Spitze. Schon waren fünfundvierzig der neunzig Grad geschafft, und der Mast, dessen Länge die des Bootes klar übertraf, begann unter den leichten Dünungsbewegungen seitlich pendelnd auszuschwingen. Gander aber zog unbeirrt und gleichmäßig weiter. Schon begann sich der Mastfuß zwischen die Eisenträger der Halterung zu zwängen; das aufgequollene Holz protestierte leise kreischend, musste sich jedoch dem unwiderstehlichen Zug fügen. Augenblicke später stand der Mast nachzitternd in seiner aufrechten Position.

Ach ja, das. So geht es natürlich auch, dachte Helm.

Er eilte nach vorne, um Gander beim Anschäkeln und Spannen des Vorstags zu helfen. Dann ein Blick rundherum: Sämtliche Wanten waren vorhanden und schienen zu halten. Der Großbaum hing fest an seiner Dirk. Wenn jetzt noch die Segel und das laufende Gut intakt waren, dachte Helm, dann war er bereit, von einer gelungenen Aktion zu sprechen. Mit unverschämt viel Glück. Und ohne Skrupel.

Minuten später waren das Großsegel gesetzt, die Schot angeholt, das Lee-Schwert gegen die Abdrift abgesenkt und das Ruder gelegt. Unter dem leichten Druck einer kaum wahrnehmbaren, aber günstigen Landbrise begann das Boot, das eigentlich ein Schiff war, seine platte Nase träge gegen Norden zu drehen. Richtung offene See.

Als sie die Stelle passierten, von der sie aufgebrochen waren, spürten sie schon den hilfreichen Schub des Ebbstroms, der soeben eingesetzt hatte. Der leichte Wind ließ die Wolkendecke aufreißen. Im fahlen Licht der Mondsichel und der bestürzend zahlreich sichtbaren Sterne glaubte Helm menschliche Gestalten auf der Deichkrone zu sichten. Akbars? Oder hatte er sich getäuscht, und es waren doch Schafe? Wie auch immer, beide konnten ihnen jetzt nichts anhaben.

Trotzdem behielt er einen faden Nachgeschmack im Mund zurück.

Bei Sonnenaufgang passierten sie die ehemalige Hafeneinfahrt von Hooksiel, längst versandet und außer bei Hochwasser unpassierbar. Der Wind drehte auf West-Nordwest und frischte ein wenig auf, so dass sie wenig später bereits die Insel Alte Mellum an Steuerbord in Sicht bekamen. Vielmehr die Silhouetten zweier großer Schiffe, die dort gestrandet waren. Eins davon schien ein Supertanker zu sein, mit dem wulstigen Bug auf den Sand gelaufen und halb gesunken; das Deck ragte aus dem Wasser wie eine gigantische, flache Rampe, deren wirkliche Ausmaße erst durch die Heckaufbauten deutlich wurde, die viel weiter hinten wie eine kleine Insel aus den Wellen lugten. Helm konnte nur hoffen, dass die überspülten Öltanks dieses Riesen, die nicht gleich bei der Strandung geborsten waren, noch eine Weile dicht hielten. Das zweite Schiff war ein kleiner Frachter. Es lag halb auf der Seite, so dass man die aufgebrochenen Ladeluken erkennen konnte.

Unter dem gleichmäßigen Druck von Groß- und Focksegel, das sie inzwischen ebenfalls hatten setzen können, schob ihr Boot ein wenig Lage, und das Rauschen der Bugwelle klang kraftvoll und energisch. Helm fühlte sich beinahe glücklich.

Ihr Boot hieß übrigens *Johanna*. Die Holztafeln mit dem Namen an beiden Rumpfseiten waren zwar ebenso verwittert und farblos wie alles Holz an Bord, die Buchstaben waren jedoch geschnitzt und ließen sich bei Tageslicht gut entziffern. *Johanna*! Das klang wie eine Nachricht aus guten alten Zeiten.

Unten in der Kajüte hatten Rina und Gander inzwischen ein wenig Ordnung geschaffen, saubergemacht und ihr Gepäck und die hinderlichen Waffen verstaut. Genau genommen hatte Gander das besorgt, angeleitet von der jungen Frau, die immer noch durch ihre vielen Brandwunden behindert, aber ansonsten bester Dinge war. Mit jeder Seemeile, die sie sich von ihrem Heimatdorf entfernte, wurde sie lebhafter und fröhlicher.

Auch den Motorraum hatten sie mittlerweile inspiziert. Der Anblick war ernüchternd; nicht nur, dass der Motorblock völlig verdreckt und verrostet war, es fehlten auch sämtlich Aggregate, Rohre und Schläuche, die sich hatten abschrauben lassen. Diese Maschine würde so schnell nicht wieder laufen, so viel stand fest.

Eine tiefdunkle, ölige und stinkende Flüssigkeit schwappte unter dem Motor hin und her. Helm beäugte den schwappenden Spiegel voller Argwohn, denn der eingebauten Lenzpumpe fehlten nicht nur die Schläuche, auch sämtliche Dichtungen waren verrottet. Die Brühe aber schien wenigstens nicht mehr zu werden. Immerhin eine gute Nachricht.

Gander steckte seinen Kopf aus dem Luk; unten roch es immer noch modrig, was sich auch nicht ändern würde, solange sie die Polster nicht gründlich geklopft und gereinigt hatten. Das war aber keine Arbeit, die sich auf See erledigen ließ. Also schnappten die jungen Leute immer mal wieder frische Luft.

»Schau mal«, sagte Gander. »Da drüben ist ein Segel.«

Unsinn, dachte Helm. Eine Schaumkrone vielleicht oder eine tief fliegende Stachelmöwe. Aber es ließ sich nicht verleugnen, dass der Junge recht hatte. Sie waren an diesem Morgen also nicht der einzige Segler in der Jademündung.

Die Segel des anderen waren weiß. Sie kamen schnell näher, wurden größer – und zahlreicher. Ein Zweimaster also, mit Großsegel, Besan, Fock und Klüver. Das erforderte eine mehrköpfige Besatzung. Helm zerkaute einen lautlosen Fluch.

»Vielleicht ein Fischer«, mutmaßte Gander. Aber man konnte hören, dass er selbst nicht daran glaubte.

Das andere Schiff näherte sich von Nordwest her, kam vielleicht von Mins Oog, von Wanger Oog oder Haasiel – oder von weiter her. Jedenfalls hatte es die Luvposition inne und kam vor dem Wind herangerauscht wie ein Raubvogel, der sich auf seine Beute stürzt.

Beute! Unwillkürlich hielt Helm Ausschau nach einer Flagge, nach dem fröhlichen Rot der Freibeuter, aus dem einst der *Jolly Roger* geworden war, nach dem Schädel mit den gekreuzten Knochen. Aber natürlich gab es weder das eine noch das andere. Wer führte denn auch heute noch Flaggen?

Moment. Hatte es da hinter der Besan-Gaffel des Zweimasters nicht doch rot aufgeblitzt? Tatsächlich, da hingen sie und flatterten, die ausgefransten Überreste einer Flagge, die einmal mehr als doppelt so lang gewesen war. Rot war dabei, aber nicht nur. War das blau? Und dieser schräge Balken, war das womöglich doch ein Knochen?

Dann kam die Erinnerung. Blödsinn! Was da flatterte, war mal ein *Union Jack* gewesen, die Flagge des Vereinigten Königreichs. »Großbritannien«, murmelte Helm vor sich hin.

»Ach.« Gander drehte sich zu ihm um. »Das sind Brits?«

Brits! Dann mochte also doch etwas dran sein an den Erzählungen, in denen Keno zu Kino geworden war! Tja, warum auch nicht; an den Küsten gab es eine Menge zu holen in diesen Zeiten. Zu holen und zu plündern. Nicht nur die Ladung verlassener und gestrandeter Schiffe, sondern auch die Habseligkeiten von Siedlern, die sich wie früher an Küsten und Wasserwegen niedergelassen hatten. Nicht alle waren so wehrhaft wie die Akbars in ihrem Festungsdorf.

Wie wehrhaft mochte die kleine Besatzung der *Johanna* sein, verglichen mit dem, was da auf sie zu rauschte?

Helm gab etwas Steuerbordruder und ließ das Schiff ein wenig abfallen. Viel Lee-Raum hatten sie nicht, sonst drohten auch ihnen die Untiefen; die Ebbe war schon weit fortgeschritten, lief aber noch, und wenn sie jetzt auf Grund gerieten, saßen sie für eine Weile fest. Das durfte auf keinen Fall geschehen, denn wenn sie eine Chance hatten, dann lag die in ihrer Beweglichkeit.

Helm fierte die Schoten von Großsegel und Fock. Bei halbem Wind gab die *Johanna* ihr Bestes, trotz des scheinbar verminderten Segeldrucks. Am Bug schäumte das

Wasser, Gischt spritzte über die gesamte Länge des Decks und prickelte auf der Haut. Helm leckte sich die salzigen Lippen. Schneller konnten sie nicht mehr werden. Waren sie schnell genug?

Nein, waren sie nicht. Der Zweimaster brauchte nur leicht seine Fahrrichtung zu ändern, um weiterhin auf Abfangkurs zu bleiben, und genau das tat er. Damit waren immerhin seine Absichten enthüllt, denn hätte er einfach nur seiner Wege ziehen wollen, wäre er auf seinem alten Kurs geblieben und hinter dem Heck der *Johanna* vorbeigesegelt. Wer auch immer das Ruder des Zweimasters führte, dachte aber überhaupt nicht daran.

»Da, schau!« Wieder bemerkte Gander die Veränderung zuerst. Das Klüversegel des anderen Schiffes begann erst zu flattern und dann zu schrumpfen; das obere Segelhorn wanderte abwärts, bis es auf die Spitze des weit über den Bug hinausragenden Klüverbaums traf. Irgendwer hockte dort im Sicherungsnetz und barg das widerspenstige Segel. Bestimmt eine nasse Angelegenheit bei voller Fahrt und mitten in einer Verfolgung.

Warum aber tat er das? Wer verminderte denn in solch einer Situation freiwillig seinen Vortrieb?

Ein Wort drängt sich aus Helms Gedächtnis heraus nach vorne, ein Wort, das er aus Büchern kannte, die er sich einst aus der Stadtbücherei geholt und zu Hause mit vor Aufregung brennenden Ohren verschlugen hatte. Bücher über den Krieg zur See, den Seekrieg mit Segelschiffen. Das Wort hieß: Gefechtsbesegelung.

»Rina!«, rief Helm in Richtung Kajütschott. »Bring mir den Bogen! Und vergiss den Köcher nicht!«

Sekunden später war die junge Frau an Deck, die verlangten Dinge in den verletzten Händen. Ihr Blick war fragend und voller Sorge, zeigte jedoch keine Spur von Panik. Kampfsituationen waren für sie nichts Neues.

Auch das Focksegel, neben dem Klüver das zweite Segel vor dem Großmast des britischen Schiffes, veränderte sich jetzt. Es rutschte ein Stück nach unten und verkleinerte sich wie von Geisterhand. Sie reffen, dachte Helm. Als ob sie freies Schussfeld bräuchten. Aber wofür?

Eine Rauchwolke bauschte sich auf dem Vordeck des Zweimasters, löste sich von einem eigenartigen Gestell, das dort stand, und eilte dem Schiff voraus wie ein Fahnenjunker, ehe sie sich ausbreitete und zu einem Nichts zerstob. Über den Köpfen der drei ertönte ein jaulender Heulton, der sie alle zusammenzucken ließ. Weit jenseits von *Johannas* Steuerbordseite stieg eine Säule auf wie ein neugieriger Wassergeist, stand einen Augenblick wie ein mahnender Finger und stürzte wieder in sich zusammen. Zugleich rollte ein krachender Donner über sie hinweg.

Rina stieß einen hellen Schrei aus, fasste sich aber schnell. Gander guckte überrascht: »Womit schießen die denn?«

Gute Frage, dachte Helm. Mit keinem Gewehr, keiner Kanone und vor allem keiner Munition aus der Vor-Chaos-Zeit. Für ihn hatte das nach Schwarzpulver ausgesehen, und wenn er sich nicht täuschte, zog ihm gerade eben sogar ein Hauch des typischen Pulverdampfs an der Nase vorbei. Das Schießgerät sah aus der Distanz wie ein gewöhnliches Stück Rohr aus, drehbar verschraubt mit einer festen Halterung; vielleicht war es das auch. Clever, sich das Pulver selber zu mischen! Es war zwar nicht so leistungsfähig wie modernere Treibladungen, dafür konnte man es unbegrenzt nachproduzieren und musste nicht ständig mit Zündfehlern rechnen. Und was die Treffgenauigkeit anging – nun, nach dem nächsten Schuss würde man mehr wissen.

»Wie weit sind sie noch weg?«, fragte er.

Gander zog die Nase kraus. »Einen halben Klommer vielleicht?«

Helm winkte Rina: »Schnell, gib mir Bogen und Köcher! Gander, nimmt das Ruder!«

»Auf die Entfernung willst du schießen?« Der Junge schüttelte den Kopf, griff aber gehorsam nach der Pinne. »Und dann noch gegen den Wind?«

»Um die Distanz musst du dir keine Sorgen machen«, knurrte Helm. »Die schmilzt wie Butter in der Sonne! Fall lieber noch etwas ab, sonst haben wir die Brits gleich längsseits liegen.«

Alle Schoten waren in der Plicht belegt, so konnte Gander noch mehr Lose geben, während er mit der anderen Hand das Ruder hielt. Nach der erneuten Kursänderung segelte die *Johanna* fast vor dem Wind und damit auf annähernd gleichem Kurs wie der Verfolger. Aus dem Katz-und-Maus-Spiel war damit endgültig eine Flucht geworden.

Wieder quoll Pulverdampf über das Vordeck des Briten, wieder heulte es über den Köpfen der Gejagten. Die Wassersäule stieg dicht vor ihrem Bug auf – ein Schuss mit Symbolkraft. Wenn sie jetzt nicht beidrehten, konnte es ab der nächsten Kugel Kleinholz geben. Und Blutvergießen.

Der Gedanke an Kapitulation aber verflog schneller als Pulverqualm im Wind. Helm hatte läuten hören, dass es seit einiger Zeit wieder Sklaven zu kaufen gab. Wer konnte ausschließen, dass sie es hier mit Menschenjägern zu tun hatten?

Danke, aber nein danke.

Helm zog einen Pfeil aus dem Köcher und nockte ihn an der Bogensehne ein. Der Bogen war wirklich ein Prachtstück, aus makellosem Eiben-Kernholz gefertigt, mit feinster Ornamentschnitzerei verziert und mit einer geflochtenen Wicklung versehen, die gut in der Hand lag. Von welcher Pflanze die gezwirbelten Fasern der Sehne stammten, hatte Helm noch nicht herausbekommen; Meemee hatte auf seine Frage hin nur vielsagend gegrinst und den Kopf geschüttelt.

Die hölzernen Pfeile waren vollkommen glatt und gerade und sorgfältig befiedert. Die Spitzen waren aus Stahlblech geschnitten; Partikel von Lackresten ließen erkennen, dass sie von einem ehemaligen Motorwagen stammten.

Er taxierte die Entfernung. Konnte *Johanna* auf ihrem neuen Kurs den Verfolger auf Distanz halten? Nein, leider nicht. Die Entfernung schrumpfte zusehends.

Also dann. Füße parallel, linke Schulter Richtung Ziel, Bogenarm erhoben. Und noch weiter erhoben, denn dies war ein Schuss auf maximale Distanz. Sehne ausziehen, Pfeilnocke dabei nicht zwischen den Fingern einklemmen. Wind einkalkulieren – das geschah schon ganz automatisch. Ziehen, bis die rechte Hand unterm Kinn lag und die Sehne Lippen und Nase berührte. Einen Moment lang ankern, Ruhe in die Spannung bringen. Dann lösten sich die Finger seiner rechten Hand wie von selbst, als hätten sie niemals Muskeln besessen.

Die zurückschnellende Sehne ließ den Bogen kraftvoll erdröhnen. Der abgeschossene Pfeil war viel zu schnell, um ihn im Blick zu behalten; erst auf dem Scheitelpunkt seiner Flugkurve konnte Helm ihn wieder erkennen, einen winzigen Strich vor strahlend blauem Himmel. Schon senkte sich die Pfeilspitze abwärts. Wie weit war das Ziel noch entfernt?

Auch während der Abgabe des Schusses hatte die Distanz weiter abgenommen. Sie mochte noch dreihundert Meter betragen, wenn überhaupt. Wie weit mochte der neue Bogen den Pfeil katapultiert haben?

Dreihundert Meter weit, wie sich herausstellte. Sogar noch ein bisschen weiter, denn die stählerne Pfeilspitze senste durch das Großsegel des Zweimasters, knapp über dem Großbaum. Gander johlte los. »Jau! Denen hast du es aber gezeigt, Helm! Die werden sich hüten, uns noch näher auf den Pelz zu rücken!«

Helm bezweifelte das stark. Sicher, die Brits dürften wahrgenommen haben, dass ihre Beute sich zu wehren beabsichtigte. Was aber war so ein Nadelstich gegen einen Treffer mit der Rohrkanone? Schon bald würde das Heulen wieder ertönen, und mit abnehmender Entfernung wuchs die Trefferwahrscheinlichkeit.

Er griff nach dem nächsten Pfeil. Was für Kugeln galt, das galt auch für Pfeile.

Kaum hatte er eingenockt, als ein lautes Rumpeln die *Johanna* erschütterte. Helm kam ins Straucheln, suchte Halt am Kajütschott. »Was, zum Teufel …«

»Nur das Seitenschwert.« Gander zerrte bereits am entsprechenden Fall-Tau; der Scheibenblock kreischte empört, als sich das Schwert zur Hälfte aus dem Wasser hob. Das Rumpeln hörte auf.

Verflucht! Wie war ihre Position? Helm schaute sich um. Die letzte Kursänderung hatte sie in flacheres Wasser geführt; zwar hatten sie die Insel Alte Mellum inzwischen passiert, nicht aber den Ausläufer des Hohe-Weg-Sandes, der noch ein ganzes Stück nördlich und ein wenig westlich über die Insel hinausragte. Anscheinend hielten sie gerade direkt auf den Rücken dieses Sandes zu. Was tun? Ruder Backbord, weg von den Untiefen?

Gander schien auf den gleichen Gedanken gekommen zu sein, machte sich bereit, die Ruderpinne umzulegen. Den Blick an Helms Gesicht geheftet, wartete er nur noch das Kommando.

Das aber kam nicht. Helm zögerte kurz, dann rief er: »Kurs halten! Recht so!«

Sein nächster Pfeil landete deutlich rechts vom Zweimaster im Wasser. Die dritte Kugel flog postwendend; diesmal konnte Helm den Luftzug spüren, als sie den Mastfuß der *Johanna* knapp verfehlte. Die Wassersäule türmte sich dicht vor und neben ihnen auf und durchnässte sie mit Gischt.

Im nächsten Moment rumpelte es schon wieder. »Es wird immer flacher!«, schrie Gander. »Das Schwert taucht kaum noch tiefer ein als unser Kiel! Wenn wir weiter diesen Kurs steuern, sitzen wir fest, und dann haben sie uns!«

»Halten!«, schrie Helm trotzdem und nockte den dritten Pfeil ein. Die Entfernung war weiter geschrumpft, der Jäger befand sich fast schon in Jagdweite. Er nahm das Geschütz ins Visier. Weniger Höhe, ein bisschen links. Der Bogen brummte, ehe Helm ein zweites Mal über diesen Schuss nachgedacht hatte.

Drüben beugte sich gerade ein Mann vor die Geschützmündung, bereitete wohl die nächste Ladung vor. Im nächsten Moment krümmte er sich an Deck. Treffer! Das würde den nächsten Kanonenschuss ein wenig verzögern.

Das Steuerbord-Seitenschwert begann stärker zu vibrieren, dann in seiner Aufhängung zu tanzen. Man konnte merken, wie die *Johanna* aus dem Kurs geriet, einseitig gebremst von Schlick und Sand. Gander stemmte seine Hüfte gegen die Pinne und gab Gegendruck. Sein Blick hing flehend an seinem erfahrenen Begleiter. Wann endlich kam das Kommando zur Kursänderung?

Helm aber hatte sich den Verfolger genau angeschaut. Ein scharf geschnittenes Schiff, länger und schneller als die *Johanna,* selbst unter gekürzten Segeln. Und mit deutlich mehr Tiefgang, das verrieten die Linien eindeutig. Bestimmt hatte es einen vollen Meter mehr unter Wasser als ihr Plattbodenschiff, wenn nicht noch mehr. Mit etwas Glück würde *Johanna* gerade eben so über die Sandbank hinwegrutschen, während der Zweimaster …

Da war es schon passiert. Der Verfolger lief mit solcher Wucht auf Grund, dass der Topp des Fockmastes abknickte und in einem Gewirr loser Wanten, Fallen und Stage nach vorne sackte. Die Kanone ging im selben Augenblick los, als der Bug buchstäblich einen Satz machte und das ganze

Deck sich nach links neigte; das Geschoss jaulte irgendwo weit weg und harmlos an der *Johanna* vorbei. Das Großsegel, immer noch prall unter dem Druck der Windes, riss in zwei Hälften, die umherflappten und nach den Männern schlugen, die ziellos und panisch an Deck umherwimmelten.

Sekunden später ließ auch das Rumpeln nach. Die *Johanna* hatte den Rücken der Untiefe überquert, die Wassertiefe nahm wieder zu. Helm schickte noch einen Pfeil in das Getümmel an Bord ihres Verfolgers, dann löste er Gander am Ruder ab. Nach und nach nahm er den alten Kurs wieder auf. Etwas Seeraum gewinnen, das war bei ruhiger Wetterlage auch mit einem Plattbodenschiff kein Problem.

Dann nördlich der Inseln entlang Richtung Westen, trotz des nicht sehr günstigen Windes sollte das mit zwei langen Schlägen zu machen sein. Schließlich hinter Lang Oog durchs Seegatt wieder ins Wattengebiet, um mit der Flut die Hafeneinfahrt von Bensa zu erreichen. Die Wattfahrt würde noch schwierig werden, denn der Verlauf der Priele änderte sich jedes Jahr und natürlich fühlte sich niemand mehr dafür zuständig, die Fahrwasser-Verläufe durch Pricken zu kennzeichnen. Aber selbst wenn sie Grundberührung haben sollten, machte das nichts, solange die Flut sie schob und immer wieder aufschwimmen ließ.

Tja, so günstig hatten es die Brits nicht erwischt. Noch sank der Wasserspiegel; der Zweimaster würde noch für einige Stunden feststecken wie eine Axt im Hauklotz. Selbst wenn sie die Zeit nutzten, um alle Schäden zu klarieren – wenn sie sich endlich erneut auf die Verfolgung machen konnten, hatten sie keine Chance mehr, die *Johanna* zu erreichen. Die würde sich dann schon halbwegs in Bensa befinden.

Was sie allerdings dort erwartete, stand in den Sternen. Oder nicht einmal dort.

»Hast du gesehen?« Gander strahlte immer noch; er

konnte sich über Helms geschickten Schachzug gar nicht beruhigen. »Deren Großsegel ist genau an der Stelle gerissen, wo dein erster Pfeil es durchbohrt hat! Wahnsinn, ein Treffer auf diese Entfernung, und dann noch mit solchem Erfolg!«

Helm wollte abwehren, denn er wusste genau, wie viel Glück und Zufall dabei im Spiel gewesen war. Aber dann schwieg er doch und schmunzelte nur. Sollte Gander ihn ruhig vergöttern, das konnte nicht schaden.

Solange er noch Grund dazu hatte.

10. Weiber

Dass die Hauptschifffahrtsroute zu den Mündungen von Jade, Weser und Elbe einst entlang der Ostfriesischen Inseln geführt hatte, war Helm natürlich bekannt. Trotzdem verwunderte ihn die große Anzahl an Wracks in den unterschiedlichsten Stadien der Zerstörung und des Verfalls an den Stränden und auf den vorgelagerten Sandbänken. Vor allem Wanger Oog schien wie ein Magnet auf Wasserfahrzeuge aller Größen gewirkt zu haben.

»Schau mal, die großen Blechbüchsen!« Gander zeigte auf die aufgebrochenen Stahlbehälter, die den Strand sprenkelten. In seinen Augen glitzerten Gier und Lust auf Beute. Wäre der Junge auf einer Insel groß geworden, dachte Helm, wäre er wohl einer der ersten gewesen, die falsche Leuchtfeuer entzündeten, um Schiffe in die Irre zu führen. Und die Besatzungen in den Tod. Denn überlebende Zeugen waren das Letzte, was Strandräuber duldeten. Darin waren sie ebenfalls alten Traditionen verpflichtet.

Nicht immer jedoch schien den Fallenstellern die erhoffte Beute ins Netz gegangen zu sein; davon zeugte die westliche Hälfte des Wanger Ooger Strandes, die von einem zähen, schwarzen Überzug bedeckt war, gefleckt von den verwesenden Kadavern toter Tiere. Der zerborstene Tanker, dem die tödliche Substanz entstammte, war kaum noch zu sehen, so tief war er in sein nasses Grab gesunken.

Heutzutage war aktive Strandräuberei längst kein einträglicher Erwerbszweig mehr; der Schiffsverkehr war schlicht zum Erliegen gekommen. Hin und wieder trieb noch ein Wrack oder ein einzelner Behälter an, aber das war reiner Zufall, nicht steuerbar. Aus den meisten Räubern von einst waren elende Sucher geworden, Kreaturen, die von der Resteverwertung lebten wie einst ihre Vorgänger auf den

Müllhalden. Wem das nicht passte, der hatte sich längst andere Betätigungsfelder gesucht.

Der Wind nahm stetig zu und drehte auf Nord. Günstig für die *Johanna*, die am Wind munter dahin schnaubte, das Leeschwert tief eingetaucht und einen dicken Schnurrbart aus Gischt vor dem Bug. So ließ es sich segeln, dachte Helm, so ließ es sich leben. Vor allem, solange ihr Schiff das einzige weit und breit war, das sich bewegte.

Spieker Oog zog vorbei wie eine Erinnerung aus vergangenen Tagen, ein Idyll im Dornröschenschlaf, kaum getrübt durch die wenigen Wracks am Strand. Wenn man wollte, konnte man sie für Riffe oder Buhnen halten, dann war die Illusion perfekt. Helm aber schlug sich solche Insel-Träume aus dem Kopf. Wer hatte heute noch Zeit für Schönheit um ihrer selbst willen?

Am Strand von Lang Oog sahen sie Bewegung. Zuerst war sich Helm nicht sicher, aber Gander und Rina hatten es ebenfalls bemerkt. »Da waren Leute, eindeutig«, sagte der Junge. »Jetzt sind sie weg, vermutlich in die Dünen.« Die sandigen Hügel waren nicht nur von Winterstürmen viel zerklüfteter als früher, sie waren auch stärker bewachsen; zwischen den Büschen hätten sich Hundertschaften verstecken können.

Aber warum sollten sie?

Nachdem sie die Insel der Länge nach passiert hatten, brachten sie die *Johanna* auf Südkurs. Die Nordsee-Dünung kam jetzt von hinten und ließ ihr Boot, dem vor dem Wind die seitliche Stütze der Besegelung fehlte, unangenehm rollen. Rina wurde erst blass und dann grünlich im Gesicht. Gander kümmerte sich rührend um sie, auch noch, als sie sich röchelnd übergab und dabei das Deck besudelte. »Schau nicht nach unten, schau auf den Horizont!«, riet er ihr.

Im Seegatt zwischen den Inseln kamen die Wogen unter seitlichen Druck, stauten sich auf, lief quer und wurden unberechenbar. Helm hatte an Pinne und Schoten alle Hände voll zu tun. Gander wiederholte seinen Horizont-Rat ein ums andere Mal, bis er sich schließlich selbst explosionsartig erleichtern musste. Rina kniete neben ihm und achtete darauf, dass er sich nicht zu weit über Bord beugte.

Helm war heilfroh, als sie endlich die Flinthörndünen passiert hatten und das kabbelige Wasser sich zu beruhigen begann. Musste sich linker Hand nicht früher der Lang Ooger Hafen befunden haben? Richtig, da lag eines der Fährschiffe halb versunken im Watt wie ein vorgelagertes Fort, gerade so weit von den Molen entfernt, dass es die Einfahrt nicht vollständig blockierte. Und dort im Hafenbecken – waren das Masten? Konnten natürlich zu aufgelaufenen oder im Hafen gesunkenen Schiffen gehören, dachte Helm. Dafür standen sie allerdings ziemlich gerade und ragten zu hoch.

Ein gewaltiger diagonaler Roller schob sich schräg unter das Heck der *Johanna.* Helm musste sein ganzes Können aufbieten, um das Schiff auf Kurs zu halten.

In Ufernähe flaute der Wind ab. Bald krochen sie zwischen den schwarzen Leitdämmen des Außentiefs dahin; den Wällen aus Basaltsteinen hatten die letzten Jahrzehnte kaum etwas anhaben können. Voraus dominierten die Toten Riesen das Bild der Küste, ihre Türme so unglaublich hoch, dass man sich ihre Erbauer nur als Übermenschen vorstellen konnte, sofern man es nicht – wie Helm – besser wusste. Kein einziger der gigantischen Rotoren drehte sich noch, die meisten waren unvollständig, verstümmelt oder gar nicht mehr vorhanden. Auch einige der Generatorgondeln fehlten, andere waren schwarz von Ruß. Eine Armee titanengleicher Invaliden auf verlorenem Posten.

Der Hafen bot ein Bild des Jammers. Wo einst die Yachtanleger gewesen waren, bildeten geknickte Dalben und halb versunkene Schwimmstege todbringende Sperren, zwischen die zu segeln Helm sich nicht traute. Untergegangene Schiffe, von denen teils nur noch die Aufbauten aus dem Wasser ragten, blockierten die meisten anderen Anlegestellen. Helm musterte die Reling einer abgesoffenen Fähre; nicht schlecht, das Oberdeck war begehbar und die Brückenaufbauten boten Deckung. Aber das Wasser war noch im Steigen begriffen, sie würden die Leinen also umstecken müssen – und bei Ebbe wieder. Nein, besser, sie suchten weiter.

»Was ist da vorne?« Gander zeigte auf ein gutes Dutzend treibender Baumstämme, die, zu einem Floß zusammengebunden, an der Kaimauer festgemacht waren. Ein Stück weiter hinten lag noch ein weiteres Floß dieser Art. Woher stammte dieses Langholz, etwa noch von den letzten Rammarbeiten vor dem Chaos? Dann hatte es sich aber gut gehalten.

Helm erwog Ganders Idee. Sicher, die Stämme machten alle Bewegungen der Tide mit und ersetzten damit quasi einen Schwimmsteg. Andererseits waren sie völlig glatt, es gab keine Möglichkeit, eine Leine sicher daran festzumachen. Also doch lieber an die Kaimauer zwischen den Flößen, dort gab es Poller mit Rutschern zum Höhenausgleich, die sahen noch intakt aus. Er streckte die Hand aus: »Dorthin!«

Dafür, dass sie das Manöver noch niemals geübt hatten, lief es perfekt. Helm legte Ruder und drehte das Boot in einer genau bemessenen Wende in den Wind, Gander löste das Fockfall, barg eilig das Segel und stand mit dem Festmacher bereit, als sich die Bordwand der Kaimauer näherte. Mit einem sanften Knarren der gedehnten Leine holte er den Rest Fahrt aus dem Schiff. Rina reichte ihm die Spring an.

Das gedämpfte Wiehern eines Pferdes wäre ihnen fast entgangen.

Dann Hufgetrappel, Kettengerassel, das Rauschen von Wellen – all diese Geräusche erreichten sie gleichzeitig.

Zwei der treibenden Baumstämme waren plötzlich zum Leben erwacht und preschten wie Rammböcke auf die *Johanna* zu, Schaum vor den Kopfenden wie tollwütige Wasserschlangen. Helm stand da wie gelähmt. Konnten hölzerne Stämme Eisenplatten brechen? Hundert Jahre alte, rostig und brüchig gewordene Bordwände? Auf jeden Fall würde das Seitenschwert dran glauben müssen.

Die befürchteten Rammstöße aber blieben aus. Stattdessen schoben sich die schwimmenden Stämme längsseits der *Johanna* und schlossen damit die Lücke zwischen den beiden Flößen. In dieser Position blieben sie liegen, gehalten offenbar von Ketten und Umlenkrollen unterhalb des Wasserspiegels. Damit war ihr Schiff quasi eingesperrt, an Flucht nicht zu denken. Wer, zum Henker, hatte sich denn so etwas einfallen lassen?

»Die Weiber«, wisperte Gander. Es klang erschrocken, fast ehrfürchtig.

Auf dem Kai war eine Gruppe Frauen erschienen, die sie feindselig musterten. Vielleicht sah das auch nur so aus, denn alle trugen sie aufgeschminkte Masken, die vor allem aus dicken schwarzen Balken bestanden, welche von Schläfe zu Schläfe reichten und aus denen die Augen grell hervorleuchteten. Die rotblonde Frau ganz vorne trug Camouflage, eindeutig Teile eines Kampfanzugs aus Armee-Beständen. Eine rote Schärpe stach leuchtend davon ob und sollte vermutlich ihren Rang unterstreichen. Die Frau schien unbewaffnet zu sein – ganz im Gegensatz zu den beiden Weibern rechts und links hinter ihr.

Die beiden waren es auch, die Gander den Atem verschlagen hatten. Sie überragten ihre Anführerin um mehr als einen Kopf; aus ihren ärmellosen Kampfjacken ragten muskulöse Arme. An den Gürteln trugen sie Wehrgehänge mit langen Schwertern, in den Händen hielten sie Speere mit gezackten Klingen an den Spitzen. Helm konnte sich an Amazonen-Comics erinnern, in denen ähnliche Frauen vorgekommen waren, nur mit tieferen Dekolletees. Diese realen Frauen erzeugten in ihm keinerlei Begehrlichkeiten, sondern Sorge. In wessen Hände hatten sie sich hier begeben?

Die drei Frauen hatten weitere Verstärkung mitgebracht, die zusehends anwuchs; mehr und mehr Kriegerinnen strömten herbei. Drei oder vier Dutzend inzwischen, schätzte Helm. Eine ernstzunehmende Streitmacht. Die allermeisten wirkten vollkommen unmilitärisch, aber entschlossen. Und bewaffnet waren sie alle, einige mit Armbrüsten, die allesamt gespannt und auf die Männer gerichtet waren.

»Du!«, rief die Anführerin. »Komm her!«

Gander und Helm wechselten ratlose Blicke. Dann merkten sie, dass sie gar nicht gemeint waren. Sondern Rina.

»Komm zu uns«, wiederholte die Frau in Camouflage. »Du brauchst keine Angst zu haben.«

Rina zögerte, schaute zu Helm, umklammerte Ganders Hand. Der drückte wohl etwas zu stark zurück; mit einem leisen Schmerzensruf zog die junge Frau ihre bandagierte Hand weg.

Ein unterdrücktes Murmeln waberte durch die Reihen der Frauen, drohend wie ein heraufziehendes Gewitter. Die beiden Riesinnen – Helm schätzte sie als Leibgarde der Chefin ein – traten einen Schritt vor. Wortlos erhob die Rotblonde die Hand; die Muskelfrauen hielten inne. Ihre Blicke jedoch trieben Helm kalte Schauer über den Rücken.

»Geh nur«, flüsterte er Rina zu. »Mit dir werden sie reden.«

»Ich?« Die junge Frau zitterte. »Reden? Worüber denn?«

»Darüber, dass du genau hierher gewollt hast«, sagte Helm. »War es nicht so?«

»Ich wollte vor allem weg«, erwiderte Rina kleinlaut.

»Weil ich es zu Hause nicht mehr ausgehalten hab. Aber die hier … so hatte ich sie mir nicht vorgestellt.«

»Sie tun dir sicher nichts«, versuchte Gander sie zu beruhigen. »Dir nicht.«

»Sag ihnen doch genau das, was du gerade eben gesagt hast«, schlug Helm vor. »Manchmal ist die Wahrheit das Beste, was man sagen kann.« Noch während er sprach, fielen ihm hundert Situationen ein, in denen die Wahrheit schädlich war – oder tödlich. Aber vielleicht behielt er ja recht, und dies war eine der Ausnahmen.

Rina gab sich einen Ruck. Es bereitete ihr Mühe, die Kaimauer zu erklimmen, obwohl deren Kante sie wegen der fast vollständig aufgelaufenen Flut nur noch wenig überragte; als Gander ihr zu Hilfe kam und sie dabei anfasste, war wieder das gewittrige Murmeln zu hören, wenn auch leiser. Helm versuchte sich vorzustellen, wie es sich für diese Frauen anfühlen mochte, ganz ohne das andere Geschlecht zu leben. Und was sie dazu getrieben hatte. So richtig vermochte er das nicht.

Helm beobachtete, wie Rina auf die Anführerin zuging. Was sie sprachen, konnte er nicht hören, aber er sah, wie die Rotblonde nach kurzem Wortwechsel die junge Frau umarmte. Dabei gab sie den Riesinnen mit dem Kopf ein Zeichen. Die beiden traten vor, bis sie den Rand der Kaimauer erreichten, bückten sich und streckten Helm und Gander die Hände entgegen. Als Helm zugriff, fühlte er sich angehoben und an Land abgestellt wie ein Kleinkind. Seinem Begleiter erging es nicht viel anders.

Mal gespannt, wie das hier weitergeht, dachte Helm.

Es ging damit weiter, dass die eine Riesin Gander den linken Arm von hinten um Oberkörper und Arme schlang und ihm mit der rechten ein kleines Instrument in die Halsbeuge rammte. Als Helm das bemerkte, konnte er schon nicht mehr reagieren, da es ihm genauso ergangen war. Dem stechenden Schmerz am Hals folgte ein gemeines Brennen.

Er hörte Rina schreien, sah sie die Arme nach ihnen ausstrecken, aber auch sie steckte in einer Umklammerung, nämlich der Begrüßungs-Umarmung der Anführerin. Dieses Bild prägte sich Helm ein, während es unscharf wurde und zur Seite kippte. Schließlich wurde es dunkel vor seinen Augen.

Weiber, dachte Helm, und das war das Letzte, was er dachte: Weiber sind genau solche Scheißkerle wie … wie … Scheißkerle eben.

Als er wieder zu sich kam, stand sein Körper in Flammen. Die Schmerzen waren grausam, so unvorstellbar grausam, dass er sein Schreien nicht unterdrücken konnte, obwohl jeder Ton, den er hervorstieß, neue Pein in seiner ausgedörrten Kehle verursachte. Trotz allem versuchte er seine Augen zu öffnen, beließ es jedoch bei dem Versuch; das Feuer um ihn herum blendete ihn dermaßen, dass sofort neue Schmerzschübe durch seinen Kopf rasten.

Hatten ihn diese Weiber tatsächlich zum Tod auf dem Scheiterhaufen verurteilt? Musste er hier und jetzt dafür büßen, was andere Männer Rina und vielen anderen Frauen angetan hatten?

Helm musste zugeben, dass er sich den Feuertod genau so vorgestellt hatte: Ganz und gar ausgeliefert dem Vater allen Schmerzes, hilf- und wehrlos, total und komplett und unausweichlich. Eine maximale Folter bis zum Ende. Ja, so fühlte sich das an.

Nur hatte er geglaubt, dass auch die Qual in den Flammen irgendwann zu Ende gehen würde. Schließlich war man irgendwann einmal verbrannt. Oder erstickt, oder der Organismus kollabierte unter derartigen Zumutungen. Nichts davon geschah jedoch. Die Pein hielt einfach unvermindert an.

Also versuchte er es doch noch einmal mit den Augenlidern. Tatsächlich nahm der Schmerz auch diesmal wieder zu, Helm erkannte jedoch, dass es keineswegs Flammen waren, die ihn so grausam blendeten, während sie ihn verzehrten, sondern die Sonne, deren Strahlen durch ein schmales Fenster knapp unterhalb der Decke fielen. So stark hatte die Sonne noch nie gebrannt, fand Helm. Stürzte der große Lebensspender etwa gerade auf die Erde herab, oder lag es an ihm?

Sicherlich lag es an ihm. Beziehungsweise an der verfluchten Spitze, die ihm dieses Monsterweib in den Hals gerammt hatte!

Er war nicht sicher, ob der Schmerz tatsächlich ein klein wenig nachließ oder ob er sich nur daran gewöhnte. Tatsächlich schaffte er es nach einiger Zeit, die Augen einen Spalt weit offen zu halten und seine Umgebung zu mustern. Sie hatten ihn in einen kahlen Raum gesperrt, der nur die Rudimente einer Einrichtung enthielt; die schmalen Fenster unter der Decke waren die einzigen, und die Tür schien aus Metall zu sein. Die vordere Wand des Raums sah merkwürdig aus, schien aus langen, waagerechten Streifen zu bestehen, die auf einem niedrigen, breiten und glatten Tisch gestapelt waren, hoch bis unter die Decke. Ach ja, erinnerte er sich, eine Jalousie! Auch aus Metall. Warum die wohl nicht längst von Suchern zerlegt und stückweise verhökert worden war?

Schlagartig wusste er, wo er sich befand. Die Gepäckannahme in der alten Fährstation von Bensa! Sie war noch fast neu gewesen, als seine Eltern ihn einmal auf einen Tagesausflug nach Lang Oog mitgenommen hatten. Ihre letzte gemeinsame Unternehmung. Das hatte er seinerzeit natürlich nicht gewusst.

Rechts von ihm ertönte ein krampfhaftes Keuchen. Als Helm sich dorthin herumzudrehen versuchte, rasselte es vernehmlich, und etwas Hartes drückte ihn an der Kehle. Ein Ring, konstatierte er, ein dicker eiserner Halsring. Mit einer Kette dran. Die Weiber hatten ihn angekettet!

Das Keuchen kam von Gander, wie vermutet. Der Junge war ohne Bewusstsein, und seine Atemgeräusche klangen besorgniserregend, so als könnte seine Lunge jeden Augenblick aufgeben. Was haben die uns nur für ein Zeug gespritzt, fragte sich Helm, und wie viel davon?

Gander offensichtlich mehr als ihm, sonst wäre er selbst jetzt wohl noch nicht wieder wach. Anscheinend wollten die Frauen sichergehen, dass der junge Mann außer Gefecht gesetzt blieb. Was wussten sie über ihn? Und von wem wussten sie das?

Von Rina? Oder von Engel?

Engel. Als er gehört hatte, dass Ganders Schwester von den Weibern aus den Händen der Kreuzler gerissen worden war, hatte er automatisch angenommen, man habe sie gerettet, um sie vor dem Feuertod zu bewahren. Was, wenn diese Annahme nicht den Tatsachen entsprach? Mit ihren besonderen Fähigkeiten stellte Engel einen Machtfaktor dar, der nicht zu unterschätzen war. Und so, wie Helm diese Weiber kennengelernt hatte, wussten sie Macht durchaus zu schätzen.

Mindestens ebenso sehr wie Männer. Aber das war wohl nur natürlich.

Der Schmerz zog sich zurück wie die Nordsee aus dem Watt – langsam und kaum merklich, aber stetig. Was gerade noch eine endlose Schmerzwüste gewesen war, begann sich in einzelne Zonen, Ströme und Untiefen von Schmerz zu zergliedern. Helm stellte fest, dass er um jeden seiner Atemzüge kämpfen musste, dass seine Brust sich anfühlte wie unter einer Walze zerquetscht und dass sein Herz raste wie ein durchgehendes Pferd, dessen Hufgetrommel jederzeit für immer verstummen konnte. Was immer das für ein Zeug war, das diese Riesin ihm gespritzt hatte, seine Hauptzutat musste der Tod gewesen sein. Dieser Tod kreiste immer noch durch seine Adern und war noch lange nicht fertig mit ihm.

Mit Gander auch nicht. Aber an dem hatte sich der Sensenmann ja schon öfter erfolglos versucht. Der Junge war nicht totzukriegen, dachte Helm neidvoll. Und das lag sicher nicht an der Widerstandsfähigkeit seiner Jugend. Machte ihn diese besondere Kraft auch unempfindlich gegen chemische Gifte? Nun, die Weiber schienen entschlossen zu sein, das herauszufinden.

Helm konzentrierte sich auf seine Atmung. Die Brust tat furchtbar weh beim Dehnen, aber immerhin klappte es. Und es schien von Atemzug zu Atemzug besser zu werden. Je mehr Sauerstoff in seine Lunge und damit in sein Blut gelangte, desto mehr normalisierte sich seine Herzfrequenz. Nicht mehr lange, und er konnte seine Gliedmaßen bewegen und sich aufrichten, ohne erneut das Bewusstsein zu verlieren.

Und jetzt? Seine Kette war zu kurz, um zu Gander zu gelangen, ebenso wenig wie zur Tür oder zur metallenen Jalousie. Ob sich die wohl hochstemmen ließ? Von innen konnte er keinen Schließmechanismus erkennen; das Gewicht alleine hielt dieses Ding wohl unten, es sei denn, man hatte geeignetes Werkzeug, um es hochzuhebeln. Ach, müßige Gedanken, solange er nicht von seiner Kette loskam!

Er befingerte sein Halseisen. Ein primitives Ding, so wie es sich anfühlte, zwei Halbringe mit stumpfer Oberfläche, an der einen Seite eingeklinkt, auf der anderen verschraubt. Tatsächlich verschraubt! Zwei gekonterte Schraubenmuttern hielten seine Halsfessel zusammen und verbanden sie gleichzeitig mit der Kette. Er benötigte also lediglich zwei Maulschlüssel der passenden Größe, notfalls auch nur einen und eine Zange, oder auch zwei Zangen … und schon wäre er frei!

Tja, schön wär's, dachte er. Nichts davon war in seiner Reichweite. In dem gesamten Raum befand sich nicht das kleinste Stückchen Werkzeug. Aus nachvollziehbaren Gründen.

Selten in den letzten Jahren hatte Helm sich so hilflos gefühlt. In ohnmächtiger Wut zerrte er an seiner Kette. Sie klirrte, spannte sich und vibrierte in der Luft. Losreißen ließ sie sich nicht. Natürlich nicht! Sie saß hübsch fest an der Wand, sorgfältig befestigt, damit sich die Beute nicht vor der Zeit von ihr befreien konnte.

Befestigt. Woran eigentlich? Dies hier war schließlich einmal als Gepäckannahme gebaut worden und nicht als Verlies. Helm schleppte sich näher zur Wand und schaute genauer hin.

Dann musste er lachen. Er bereute es sofort, weil es scheußlich weh tat, aber ganz verhindern ließ es sich nicht. Denn die Öse, an der die Kette befestigt war, war an der Wand festgeschraubt.

Festgeschraubt! Mit einem einfachen Schraubgewinde! In einem improvisierten hölzernen Dübel!

Helm sparte sich alle Bemerkungen über Frauen und Handwerk. Weder hatte er die Puste dazu noch das Publikum. Stattdessen wickelte er die Kette dreimal entgegen dem Uhrzeigersinn um die Öse, bis er ein Bündel hatte, das gut in der Hand lag, dann packte er zu und drehte. Sofort wurde ihm schwindelig; schon diese geringfügige Anstrengung war zu viel für seinen geschwächten Körper. Er machte ein paar tiefe Atemzüge, dehnte seine Brust so weit, wie es die Schmerzen in der Muskulatur zuließen, schöpfte neue Kraft. Dann versuchte er es noch mal. Der Holzdübel war hart und die Schraube saß fester als gedacht. Schließlich aber gelang ihm doch die erste Vierteldrehung.

Der Rest war ein Kinderspiel. Als erstes nutzte er sein wiedergewonnenes bisschen Bewegungsfreiheit, um sich in einer Ecke zu erleichtern; es widerstrebte ihm, ging aber nicht anders. Anscheinend hatte seine Gefangenschaft schon ein Weilchen gedauert. Das Halseisen allerdings bekam er nicht los. Das aber hatte auch Vorteile, erkannte er; die Weiber hatten ihm sämtliche Waffen abgenommen, einschließlich der Armschiene, und auch seine Weste mit den vielen Kleinteilen, von denen einige ebenfalls als Waffe dienen konnten. Jetzt aber hatte er immerhin die Kette, die als Schlaginstrument nicht zu unterschätzen war. Und die würde er so schnell nicht verlieren.

Gander war ebenso angekettet worden wie er und ebenso problemlos zu befreien. Seine Stirn fühlte sich heiß an; Helms Versuche, ihn wachzurütteln, schlugen fehl. Das brachte ihn in eine Zwickmühle. Was nützte es, aus diesem Raum auszubrechen, wenn er Gander tragen musste, was ihm ziemlich schwer fallen würde? Zumal am hellen Tag. Warten wiederum war auch keine Lösung. Irgendwann würde irgendwer kommen, um nach ihnen zu sehen und ihnen neue Spritzen zu setzen. Ob eine Kette als einzige Waffe dann reichte?

Von der Tür her drangen leise Geräusche an sein Ohr. Wurde da tatsächlich ein Schlüssel in einem Schloss gedreht? Dazu noch in einem geölten – das hatte er lange nicht mehr gehört. Na gut, damit waren alle weiteren Überlegungen gegenstandslos. Er fasste die Kette einen guten Meter hinter dem Ende und schaute, was da kam.

Durch die Tür kam Engel.

Helm wusste gut, wie Engel aussah; er kannte sie von klein auf. Mittelgroß, schlank, aber mit kräftigen Armen und Beinen, mit leicht gewellten, etwas mehr als schulterlangen Haaren, mal dunkelblond, mal heller, je nach Jahreszeit. Ihr Gesicht mit den geraden Augenbrauen, der leicht gebogenen Nase, den üppig bewimperten Augen, von denen eins blau leuchtete und eins grün, und dem kräftigen Kinn konnte Gefühle zeigen wie kein zweites und Engels Inneres widerspiegeln, wie Helm es noch bei keiner anderen Person wahrgenommen hatte. Kaum jemand konnte diese junge Frau anschauen, ohne Sympathie für sie zu empfinden. Dazu kam noch der weibliche Liebreiz ihrer Jugend; der rief in Helm Erinnerungen an frühere Zeiten wach und ein nachsichtiges Lächeln auf seine Lippen. Die hohe Zahl der Winter, die er bereits überstanden hatte, machte ihn diesbezüglich unanfechtbar. Anders als jüngere Männer. Wie zum Beispiel Kino.

Ja, so war die wahre Engel. Aber da gab es auch noch die andere. Eine strahlende Erscheinung, die jeden blendete und erschauern ließ, der ihrer ansichtig wurde. Eine überirdische Schönheit, die all das hervorrief, was in den Kerkern des menschlichen Unterbewusstseins schlummerte: Begehren, Gier, Verehrung, den Wunsch, sich ihr vollkommen zu unterwerfen. Eine Göttin, herabgestiegen auf die Erde, um die Menschen zu führen, um sie zu verführen. Zu jedwedem Ziel und Ende.

Das war die Engel, die da durch die Tür trat. Helm aber kannte auch sie zu gut, um ihr widerstandslos zu verfallen, und so gelang es ihm, die eine, die wahre junge Frau in der Erscheinung zu sehen.

Engel lächelte mild, so mild, dass es ihm durchs Gekröse fuhr wie heißer Wein. Sie schaute auf ihren Bruder, der immer noch am Boden lag, röchelnd und stöhnend, und runzelte kurz die Stirn. Im nächsten Augenblick lag Gander ruhig und entspannt wie im tiefsten Schlaf. Sein Atem ging gleichmäßig und mühelos.

Als Engels Blick wieder zu ihm herüberglitt, konnte Helm spüren, wie alle Last von ihm abfiel. Seine Schmerzen waren wie weggeblasen und mit ihnen die Angst vor dem in ihm kreisenden Tod. Die Schelle um seinen Hals und die Ketten fühlten sich an wie schmückendes Geschmeide. Er konnte nicht anders, als Engel aus tiefstem Herzen anzustrahlen.

»Helm«, hauchte Engel wie abwesend. »Wie kommst du hierher? Schön, dich mal wieder zu treffen.« Sie machte einen Schritt auf ihn zu, schien aber schon beim zweiten ihre Absicht zu ändern. Auch die ausgestreckte Hand begann sich ziellos zu drehen und zu wenden. Engels Blick heftete sich an die Decke.

Helm hatte seine inneren Mauern schon hochgezogen. Aber da gab es nichts auszusperren, wie er feststellte, keine mentalen Zugriffe von außen. Außer Engels unglaublicher Macht natürlich, die so süß und bezaubernd war, dass sich kein Mensch, der seine Sinne beisammen hatte, dagegen …

Pass auf, mahnte sich Helm. Pass auf deine Sinne auf. Bleib bei Sinnen. Denn dieses Mädchen hier ist es offensichtlich nicht.

Wer aber konnte einer wie Engel die Sinne rauben? Einer Einzigartigen wie Engel? Ein Drübener möglicherweise. Von einem von denen stammte sie schließlich ab.

Aber längst nicht jeder Drübener verfügte über Fähigkeiten, die sich mit Engels messen konnte. Dieser kleine Apfeldieb zum Beispiel, der die elenden Sucher um sich geschart hatte, der kam auf keinen Fall an Engels Potential heran. Der andere, dieser Weiße, der den Kampfschweinen irgendwie entkommen war und den er zuletzt gesehen hatte, kurz bevor der Professor das Höllenfeuer auf dessen Leute losgelassen hatte – der vielleicht. Nur vielleicht. Aber von dem war hier nichts zu spüren, auch von keinem anderen Drübener seines Kalibers. Wie also hatten es die Weiber geschafft, Engel derart zu neutralisieren?

Die junge Frau starrte weiterhin an die Decke; die Wirkung ihres Zaubers ließ ein bisschen nach. Ganders Atem ging wieder lauter, und Helm konnte eine Ahnung des Schmerzes verspüren, der ihn fast wahnsinnig gemacht hatte und der vom Inhalt der Spritze stammte.

Die Spritze, na klar. Die Weiber mussten über Medikamente verfügen. Beziehungsweise über Chemikalien. Reste vielleicht, trübe Flüssigkeiten aus längst abgelaufenen Flaschen und Ampullen. Oder Fässern. Helm wurde ganz anders bei dem Gedanken daran, was ihm wirklich durch die Adern kreiste. Wenn Engel ihn auch vom Schmerz zeitweise befreit hatte, so tat das Teufelszeug doch immer noch seine Wirkung.

Dabei konnte Engel auch heilen, das wusste Helm. Sehr gut sogar. Hatte sie das bei den Kreuzlern auf den Scheiterhaufen gebracht? In alter Tradition, quasi. Zum Heilen jedoch brauchte Engel ihre ganze Konzentration, und die brachte sie in ihrem derzeitigen Zustand eindeutig nicht auf. Nur die Gefühle, die erzeugte sie auch unbewusst und beiläufig. Auf jetzt und hier bezogen hieß das wohl: Sie konnte Sterbenden einen angenehmen Tod bereiten. Mit dem Schmerz aber nahm sie ihnen zugleich den Willen, um ihr Leben zu kämpfen. War das nicht auch eine Art von Töten?

Er hatte Engel so lange angestarrt, dass ihr das nicht entgehen konnte, selbst bei aller Tranigkeit nicht. Sie warf ihm ein flüchtiges Lächeln zu. Die Woge der Glückseligkeit, die daraufhin über ihn hinwegschwappte, hätte ihn beinahe um den Verstand gebracht. Was hieß hier töten, schrie es in ihm – das war erlösen! Und Erlösung war Lust!

Sitzend fand er sich wieder, auf der ehemaligen Gepäckdurchreiche, den Rücken an die geschlossene Jalousie gelehnt. Engels Ausstrahlung hatte ihn um den Verstand gebracht – buchstäblich. Helm wusste nicht, wie lange er mental ausgeknockt gewesen war; auf jeden Fall war Gander in der Zwischenzeit erwacht. Er lag immer noch auf dem Boden, hatte sich jedoch auf die Ellenbogen hochgestemmt und unterhielt sich leise mit seiner Schwester.

Und mit einer weiteren Person. Rina!

Hoffentlich hat sie keine Eskorte im Schlepptau, dachte

Helm und kam ächzend auf die Beine. Die junge Frau aber schien allein hergekommen zu sein. Sie winkte ihn zu sich heran. »Ich hab Suppe für euch«, rief sie mit gedämpfter Stimme.

Helm roch Fleischbrühe, und sofort begann es in seinen Därmen zu rumpeln. Er riss Rina den hölzernen Napf, den sie ihm reichte, förmlich aus den Händen, verzichtete auf einen Löffel und begann gierig zu schlürfen. Rinas Hände waren nicht mehr verbunden, registrierte er. Narbig und schorfig, aber sie schienen gut zu heilen. Hatte Engel das bewirkt? Oder hatten die Weiber eine kundige Heilerin in ihren Reihen?

Vielleicht sogar eine Ärztin. Eine Wissenschaftlerin. Eine, die dem Netzwerk des alten Professors angehörte. Die sich mit Chemikalien auskannte. Die skrupellos genug war, Tod und Schmerzen in Spritzen zu füllen.

Rina nahm ihm den leeren Napf ab und füllte aus einer Art Kanne nach. Dafür, dass ihr Besuch hier anscheinend heimlich erfolgte, hatte sie einen ganz hübschen Vorrat mitgebracht.

Helm wies auf Engel, die wieder wie abwesend an die Decke starrte. »Hat sie schon etwas von der Suppe gehabt?«, fragte er, und als Rina verneinte, nahm er den vollen Napf und ging langsam auf Engel zu.

Er war auf die Glückswoge gefasst, die ihn ergriff, sobald sie seiner gewahr wurde. »Iss etwas«, forderte er sie auf, ohne in die Knie zu brechen, und hielt ihr das Gefäß hin. »Das wird dir gut tun. Nimm nur, die Suppe ist in Ordnung. Ich hatte auch schon davon.«

Ohne weitere Umstände nahm sie ihm den Napf ab und setzte ihn an die Lippen. Er hatte kaum darauf zu hoffen gewagt, aber auch Engel machte einen ausgehungerten Eindruck. Was immer die Weiber ihr an Drogen verabreicht hatten, anscheinend minderten sie unter anderem auch das

Hungergefühl. Auf Dauer führte das natürlich zu einer Schwächung. Und das, vermutete Helm, war Absicht.

»Kannst du schon aufstehen?« Helm streckte Gander die Hand hin. Mit Sicherheit hatten sie keine Zeit zu verlieren. Der Junge sah das wohl auch so, denn er griff zu und quälte sich stöhnend auf die Beine. Schwer ist er geworden, staunte Helm, als er um sein Gleichgewicht kämpfen musste. Oder liegt es an mir? Bin ich derart entkräftet?

»Und du?«, wandte er sich Rina zu. »Wie ist es dir ergangen? Haben sie wenigstens dich anständig behandelt?«

Die junge Frau errötete. Auch ihr Kopf war jetzt frei von Verbänden, und die vielen verschorften Wunden traten umso stärker hervor. »Jaa ...«, erwiderte sie unschlüssig. »Aber sie sind eigenartig. Sehr eigenartig. Ganz anders, als ich erwartet hatte.«

Helm verzog das Gesicht. »Frauen sind wie Männer«, sagte er. »Es gibt solche, und es gibt solche. Wer glaubt, die eine Sorte Mensch wäre besser als die andere, der macht denselben Fehler, den alle machen.« Er schüttelte den Kopf über seine eigenen Worte. Wenn er wirklich so dachte, warum gab er dann nicht einfach auf? Es hatte ja doch alles keinen Zweck.

Rina aber nickte. »Ja, du hast wohl recht. Maga ist wie die Männer bei uns zu Hause, und alle, die etwas zu sagen haben, sind auch so. Nur hassen sie anders herum. Verstehst du?«

»Absolut«, sagte Helm. Maga, das musste die rotblonde Anführerin sein, dachte er.

»Und diese Riesenweiber – die sind wie bei uns der Imam! Genauso kleinlich und verbissen, wie sie groß sind! Ich könnte lachen, wenn sie nicht so grausam wären.« Rinas Miene sah ganz und gar nicht nach Lachen aus.

»Was meinst du?«, fragte Helm.

Rina erschauerte. »Sie halten sich Männer«, flüsterte sie. »Und zwar nicht nur zum ...«

Die metallene Jalousie knackte und knarrte. Dann flog sie förmlich nach oben, so sehr die verrostete Mechanik auch protestierte. Draußen stand Maga, die rotblonde Anführerin, mit verschränkten Armen, flankiert von den beiden Riesinnen, die Rina ebenso hasserfüllt anblickten wie die beiden Männer. Hinter den dreien hatten sich ein Dutzend Kriegerinnen aufgebaut, die Armbrüste gespannt und schussbereit.

Engel ließ den hölzernen Napf fallen und wischte sich mit dem Handrücken über den Mund. Im nächsten Moment lagen sämtliche Kriegerinnen platt auf dem Bauch, die Riesinnen eingeschlossen. Auch Helm konnte den Nachhall der Emotio-Woge deutlich spüren. Diese Frau, schoss es ihm durch den Kopf, ist die Atombombe unserer Zeit. Wer sie beherrscht, kann alles und jeden beherrschen!

Engel sah jetzt deutlich wacher aus. Sie warf ihm einen Seitenblick zu. Vermutlich las sie seine Gedanken wie ein offenes Buch. Was konnte er tun? Gegen Engel nützten keine mentalen Mauern. Da half nur Lauterkeit. Helm hatte nicht vor, Engel für irgendetwas zu benutzen, das auf Machtausübung hinauslief. Das glaubte er jedenfalls fest, und er konnte nur hoffen, dass seine geheimen Wünsche nichts anderes verrieten.

Die Rotblonde war stehen geblieben. Besaß sie etwa einen Schutz gegen Engels Einfluss, oder hatte die Woge sie nur ausgespart? Jedenfalls sah sie erstaunlich unbeeindruckt aus, fand Helm.

»So geht das nicht«, sagte Engel – so ruhig und nachsichtig, dass er es kaum glauben konnte. »So machst du alles nur noch schlimmer.«

Die Anführerin schnaubte verächtlich. »Wovon träumst du nachts? Vom Weltfrieden? Menschenskind, weißt du denn immer noch nicht, mit wem wir es zu tun haben? Wenn wir nicht untergehen wollen, dürfen wir die alten Fehler nicht noch einmal machen. Und der schlimmste davon ist Mitleid!«

Engel schüttelte den Kopf. »Deine Worte verraten dich«, sagte sie. »Menschenskind! Menschen sind wir doch alle. Die Kinder von Menschen.«

»Ja, so wollen sie dich haben!«, höhnte die Rotblonde. »Reicht es dir nicht, was die Kerle mit dir vorhatten? Verbrennen wollten sie dich, bei lebendigem Leibe! Qualvoll töten aus lauter Angst vor deinen Fähigkeiten, die sie so sehr hassen, weil sie völlig außerhalb ihrer Möglichkeiten liegen und doch ihre ganze Existenz darauf beruht! Und so machen sie es schon seit Jahrhunderten, ach was: seit Jahrtausenden! Guck dir die hier an.« Ihr Kopf ruckte in Richtung Rina. »Ihr ist das passiert, was sie dir zugedacht hatten. Sie wäre beinahe gestorben! Reicht dir das immer noch nicht? Behauptest du immer noch, das wären auch Menschen?«

»Diese beiden Männer haben sie gerettet«, sagte Engel.

»Träumer!«, schnauzte die Anführerin. »Heute so, morgen so. Diese Kerle haben das Mädchen doch nur vor dem Feuer bewahrt, weil der große Junge hier scharf auf sie ist. Und wer weiß, vielleicht will der alte Bock auch noch ein bisschen mitmischen! Mach dir nichts vor, mein Engel. Für Kerle sind wir doch nicht mehr als brauchbares Fleisch.«

»Und umgekehrt?«, fragte Engel. »Du weißt genau, was deine Weiber mit den Männern treiben, die sie eingefangen haben. Wollt ihr damit etwa beweisen, dass ihr die besseren Menschen seid?«

»Quatsch. Besser!« Die Rotblonde spuckte aus. »Stärker sind wir. Nichts anderes wollen wir beweisen.«

Engel schüttelte den Kopf. Sie wandte sich Rina zu. »Da siehst du, was passiert, wenn Menschen zu viel Macht über andere Menschen bekommen«, sagte sie. »Willst du immer noch bei denen bleiben?«

Rina bewegte die Lippen, tonlos zuerst, wie ein Fisch auf dem Trockenen. »Aber wo soll ich denn hin?«, stammelte sie dann. »Zurück auf keinen Fall.«

Was muss sie in ihrem jungen Leben schon alles erduldet haben, dachte Helm, das ihr alles lieber ist als ihr Zuhause! Er jedenfalls schämte sich seines Mitleids nicht.

Etwas schlug hart auf dem Steinboden der Gepäckannahme auf. Helm sah einen faustgroßen Gegenstand über die Platten schlittern, gleich darauf einen zweiten. Aus den Augenwinkeln nahm er Gestalten wahr, die zwar menschliche Körper besaßen, aber die Köpfe von Monstern. Gleich darauf knallte es, und ein Blitz löschte seine Sehkraft aus. Ein zweiter Knall hüllte ihn in eine Wolke. Dann schlug etwas gegen seinen Kopf. Wie kommen die Steinplatten hierher, dachte er noch, ehe er aufhörte zu denken.

Dieses Mal hatten sie ihn an einen Stuhl gefesselt. Und zwar gründlich. Als Helm erwachte, weil ihm jemand eine Pütz kaltes Wasser ins Gesicht klatschte, stellte er fest, dass er gerade noch Finger und Zehen bewegen konnte. Auch den Kopf, aber nicht viel; eine gemeine Drahtschlinge, die sich beängstigend schnell zuzog, hinderte ihn daran.

Sein Stuhl stand vor einem verschrammten Schreibtisch, der so aussah, als wäre er schon mal Teil einer Barrikade gewesen. Auf der Tischplatte lag nichts als eine monströse Gasmaske. Hinter dem Schreibtisch saß eine Frau, deren faltiges Gesicht von fleckigen, geschwollenen Tränensäcken beherrscht wurde. Die Frau war alt, uralt, wie es schien, außerdem klein und dürr, aber Helms Instinkt läutete sofort die Alarmglocken. Nicht nur, weil rechts und links der alten Frau zwei der allgegenwärtigen Armbrustschützinnen standen.

Wer immer die Rotblonde sein mochte – dies hier war die wahre Anführerin der Weiber.

Hinter sich hörte Helm Atemgeräusche. Als er sich umdrehen wollte, vorsichtig, um die Drahtschlingenfalle nicht auszulösen, belehrte ihn eine schallende Ohrfeige eines Besseren. Drei Wachen also, dachte er, wenn nicht mehr. Ziemlich viel für einen unbewaffneten, gefesselten alten Mann. Sollte er vielleicht stolz darauf sein?

Die alte Frau grinste böse. »Wenn du deine Freunde suchst, die sind nicht hier«, sagte sie mit rauer, knarrender Stimme. »Wir pflegen Fehler nicht zweimal zu machen. Dein Mutant und seine Schwester sind wohlverwahrt. Ebenso wie die kleine Akbar-Mieze.« Sie beugte sich ein wenig vor, so dass ihr Kinn fast auf die Tischplatte stieß: »Stimmt es, dass du scharf auf sie bist, du geiler alter Bock?«

Helm würdigte sie keiner Antwort. Das ist sie also, dachte er. Die Wissenschaftlerin. Vermutlich Ärztin. Auf jeden Fall Giftmischerin.

Er zwinkerte, um das Wasser aus den Augen zu bekommen. »Schöne Grüße vom Professor«, sagte er.

»Von welchem Professor? Etwa dem Trockenfurz aus Wilmshaven?« Ihre Stimme troff vor Hohn. »Dieser Blindgänger mit seiner Rückwärts-Forschung! Als ob der mich grüßen lassen würde. Wenn wir so weit sind, gehört er zu den ersten, die an der Wand stehen, das weiß er genau.« Sie kniff die Augen zusammen, dass sie hinter ihren Tränensäcken beinahe verschwanden. »Und ich weiß genau, dass du ein Lügenmaul bist.« Sie gab der Wache hinter Helm einen kleinen Fingerzeig.

Klatsch! Der Schmerz war unbeschreiblich. Helm fürchtete um sein Trommelfell. Flache Hand direkt aufs Ohr, das konnte zu Taubheit führen. Fürs Erste schien es beim Schmerz zu bleiben, stellte er fest. Aber er musste vorsichtig sein.

»Lassen wir doch die Faxen.« Die alte Ärztin lehnte sich zurück. »Du sollst etwas für mich tun. Machen wir einen

Deal. Wenn du einwilligst, lassen wir dich zunächst einmal am Leben. Wenn du erfolgreich bist, kommt einer von den anderen ebenfalls lebend davon. Na, wie wär's?« Sie grinste wie eine alte Katze, und Helm wunderte sich, dass sie noch die Hälfte ihrer eigenen Zähne besaß. »Du darfst dir sogar selber aussuchen, wer das sein soll. Als kleiner Bonus.«

»Und die anderen?«, fragte Helm. »Was macht ihr mit denen?« Er wappnete sich für den nächsten Schlag.

Der Fingerzeig aber blieb aus. »Wer weiß«, sagte die Alte. »Mit deinen Mutanten-Freunden kann man so allerhand anstellen. Ist immer gut, wenn man einen davon gebunkert hat. Oder zwei.«

»Bunkern reicht aber nicht.« Helm wurde wieder mutiger. »Man muss sie auch kontrollieren können.«

»Da sagst du was.« Die Alte nickte. »Ruhigstellen können wir sie, klar. Und ich dachte auch, ich hätte einen Weg gefunden, wie man zumindest einen Teil von Engels Kräften gezielt einsetzen kann. Aber eben nur einen Teil. Außerdem hast du uns ja deutlich vor Augen geführt, wie riskant diese Methode ist. Also müssen wir etwas anderes versuchen.« Sie verschränkte die dürren Ärmchen. »Genau darum geht es bei dem Deal mit dir.«

Deal! Diese Schrumpeltante redet ja noch so wie vor über fünfzig Jahren, dachte Helm. Er war weit entfernt davon, das anheimelnd zu finden. So, wie sich die Wissenschaftlerin gab, verkörperte sie eine Haltung, deren Blütezeit noch deutlich länger zurücklag. Was ihr fehlte, war eine schwarze Uniform mit Totenköpfen. Weiblichen Totenköpfen natürlich.

»Da gibt es nichts zu grinsen!«, keifte die Ärztin. »Die Tatsache, dass ich etwas von dir will, verschafft dir noch lange keine starke Position. Falls es das ist, was du glaubst. Was du von mir willst, wiegt immer noch schwerer! Nämlich die Leben dreier Menschen. Und nichts zuletzt dein eigenes.«

»Komm zum Punkt«, sagte Helm schroff. »Was soll ich tun?«

»Du sollst mir den Weißen bringen«, sagte die Alte. »Lebend natürlich. Und am besten unverletzt, aber das ist keine Bedingung. Lebend und mit seinem funktionierenden Kopf auf den Schultern reicht.«

Der Weiße? Helm verstand nicht. Der einzige auffallend Weiße, der ihm einfiel, war der Drübener, dem er nur mit viel Glück entkommen war.

»Was ist?«, drängte die Wissenschaftlerin. »Kannst du das? Machst du das? Oder sind dir deine Freunde nichts wert?«

Sie musste den Drübener meinen! Helm war fassungslos. »Wie stellst du dir das vor?«, sprudelte er heraus. »Der Kerl spürt mich schon, ehe ich ihn überhaupt sehen kann, und wenn er will, lässt er mich tanzen wie eine Marionette! Wie soll ich dir den denn bringen?«

»Der Weiße ist mächtig, das stimmt.« Die Ärztin nickte gönnerhaft. »Aber ich weiß aus sicherer Quelle, dass es einen Menschen gibt, der eine Technik beherrscht, die mentale Energie dieser Missgeburt abzublocken. Zumindest teilweise und für einige Zeit. Was ja reichen könnte. Und dieser Mensch bist du.«

Aus sicherer Quelle? Von wem sprach diese Giftnatter? Außer Gander wusste kaum jemand solche Dinge über ihn, und Helm war sich nie ganz sicher, was der Junge verstand und was nicht. Außerdem war Gander momentan ausgeschaltet, lahmgelegt, stand unter Drogen. Wer also … ?

»Bist du sicher, dass der Professor dich nicht grüßen lässt?«, fragte Helm aufs Geratewohl.

Die Wissenschaftlerin grinste, ihr Finger zuckte, es klatschte wieder an Helms Ohr. Diesmal schien der Nachhall kein Ende nehmen zu wollen.

»Bist ein cleverer Kerl«, sagte die Ärztin. »Clever und frech. Aber nein, nicht der Professor. Nicht direkt jedenfalls.

Der Professor hat ein Netzwerk aufgebaut, wie du weißt, und bei so einem Netzwerk weiß man nie genau, wer da wen andocken lässt. Na, siehst du? Ich bin drin, hätte man früher gesagt. Daher weiß ich einiges über dich. Wenn mir einer den Weißen holen kann, dann du. Also, wirst du es machen? Oder sagst du mir, wen ich zuerst in Scheiben schneiden lassen soll?«

Es ruckte an der Drahtschlinge um seinen Hals. Da schien es jemand nicht abwarten zu können.

Helm wartete ab, bis er wieder ungehindert atmen konnte. »Den Drübener also«, sagte er. »Ich kann es versuchen. Aber dazu brauche ich Gander.«

Die Alte lachte schrill. »Das könnte dir so passen! Ich gebe dir deinen Wunderbubi, und dann ...« Sie unterbrach sich, und Helm fragte sich, warum. Wusste sie etwas über den Jungen, das er nicht wusste? Ausgeschlossen war es nicht, so gut, wie diese Giftmischerin vernetzt und informiert war.

»Kommt nicht in Frage«, fuhr die Frau fort. »Gander und Engel bleiben, wo sie sind, und sie wachen nicht eher aus dem Koma auf, bis du den Weißen angeschleppt hast. Ich will sie schließlich kontrollieren können.«

»Du willst den Weißen – benutzen?!« Helm schüttelte den Kopf, ohne auf die Drahtschlinge zu achten, die ihm sofort in die Haut schnitt. »Wie stellst du dir das vor?«

Die Wissenschaftlerin machte eine entschiedene Bewegung mit der flachen Hand. »Genug geschwätzt. Du hast die Wahl. Nimm den Auftrag an, dann kann es durchaus sein, dass du stirbst, klar. Lehne ihn ab – und du stirbst auf jeden Fall. Und deine geliebten Missgeburten sterben mit dir.« Sie starrte ihn auffordernd an.

»Was ist mit Rina?«, fragte Helm.

»Was soll mit der sein?«, fragte die Alte ungeduldig zurück. »Die stirbt natürlich auch. Oder sie überlebt. Das hast du in der Hand.«

»Ich will, dass sie mich begleitet«, sagte Helm.

Die Ärztin prustete. »Ach nee, dann stimmt es also doch? Willst unterwegs was zum Nöken haben? Was seid ihr Kerle doch für Schweinigel!« Dabei schaute sie ihn belustigt an.

»Blödsinn«, erwiderte Helm. »Ich brauche jemanden als Begleitung, irgendwen, der mich unterstützt. Und wenn du mir Gander nicht gibst, und Engel sowieso nicht, wie ich annehme, dann gib mir wenigstens das Mädchen mit. Und natürlich meine Ausrüstung. Komplett, mit Bogen und Pfeilen und den anderen Waffen. Und meine Weste mit allem, was in den Taschen war.«

»Die Ausrüstung kriegst du«, sagte die Alte und musterte ihn kritisch. »Und noch ein bisschen mehr. Wir schicken dich ja nicht nackig in die Löwengrube. Aber die Frau? Was soll sie dir nützen?«

»Jetzt weiß ich das auch noch nicht«, sagte Helm. »Aber ich habe immer einen Begleiter, und das hat sich immer irgendwie bewährt.« Er schluckte und ergänzte: »Ohne Rina gehe ich nicht.«

Die Schlinge um seinen Hals zog sich zu, ganz langsam. Das Weib hinter ihm schien geübt zu sein; wenn sie stärker zog, klemmte sie die Halsschlagader ab, und der Delinquent wurde ohnmächtig, ehe er starb. So aber würde er ersticken, schön langsam, so dass alle etwas davon hatten.

»Lass gut sein, mein Kind«, sagte die alte Wissenschaftlerin; Helm bekam wieder Luft. »Nimm sie mit, wenn deine Seligkeit davon abhängt«, fuhr sie fort. »Vorausgesetzt, sie will überhaupt. Das ist hier Gesetz, dass keine Frau sich einem Mann unterordnen muss. Frauen sind selbstbestimmt. Und bald nicht nur hier.« Sie nickte grimmig.

»Gilt das auch für Engel?«, fragte Helm. Er verfluchte sich dafür und sog noch einmal tief Luft ein.

»Schnauze«, sagte die Ärztin in gleichmütigem Ton. »Wenn es um das große Ziel geht, kann man auf Einzelschicksale manchmal keine Rücksicht nehmen. Außerdem – kannst du mir garantieren, dass Engel wirklich eine Frau ist? Ein echter Mensch weiblichen Geschlechts? Ich habe da meine Zweifel. Für mich ist sie eher ein Produkt, geschaffen durch katastrophale Umstände, die auf den Wahnsinn von euch Kerlen zurückgehen.«

Helm hielt den Mund. Erst Anzweiflung, dann Aberkennung des Menschlichkeits-Status – so fing es immer an, wenn Diktatoren jemanden zum Abschuss freigeben wollten. Das sprach er jedoch nicht aus. Er war froh, weiter atmen zu können, und war auf fruchtlose Diskussionen nicht versessen. »Wann soll es losgehen?«, fragte er stattdessen. »Oder muss das alles erst noch beraten und beschlossen werden?«

Wieder lachte die Alte ihr gehässiges Lachen. »Du bist mir ja ein kleiner Romantiker«, höhnte sie. »Demokratie ist die Herrschaft der vielen Dummen über die wenigen Klugen, weißt du das etwa nicht? So was können wir uns nicht leisten. Bei uns sagen die Klugen, wo es langgeht. Und die Klügste bin ich.«

Helm nickte. Er sah keinen Grund, die Worte der Alten zu bezweifeln. »Wo ist denn eigentlich diese Löwengrube?«, fragte er. »Wo muss ich hin?«

»Nach Nörn«, sagte die alte Wissenschaftlerin.

»Zu Groß Onno also.« Helm konnte einen Seufzer nicht unterdrücken. »Löwengrube war nicht übertrieben.«

Jetzt lachten sämtliche Frauen im Raum. Helm bekam eine Gänsehaut.

11. Räuber und Wölfe

»Kannst du noch?«, fragte Helm keuchend.

»Klar«, antwortete Rina, »ich kann noch.« Ihr Atem ging beschleunigt. Ihr Gesicht war von einem feinen Schweißfilm überzogen. Rhythmisch pendelte es vor Helm auf und ab.

»Kannst ruhig sagen, wenn es dir zu viel wird.«

»Nee, alles gut.« Unverdrossen pumpte sie weiter.

»Also, wenn du nicht mehr kannst, können wir ruhig etwas langsamer machen.«

»Verdammt, Alter, du nervst!«, platzte Rina heraus. Sie ließ die Handgriffe los, richtete sich auf und wischte sich über die Stirn. »Wenn ich nicht mehr kann, dann sag ich das schon von alleine! Wofür hältst du mich denn? Für ein kleines Kind?«

»Nein, natürlich nicht«, erwiderte Helm zerknirscht. »Tut mir leid. Ich versuch mich zu bessern.«

Sofort hellte sich Rinas Miene wieder auf. »Ich weiß ja, dass du es gut gemeint hast. Mir tut es auch leid.«

»Dir? Was denn?«

»Na ja – das ›Alter‹ gerade.« Die junge Frau sah richtig verlegen aus.

Helm lachte. »Das muss dir nicht leid tun. Der Wahrheit eine Gasse!« Er wischte sich die Stirn mit seinem Ärmel ab – mit dem rechten, denn unter dem linken steckte wieder seine Metallschiene. »So, was meinst du, wollen wir wieder?«

»Geht los!« Rina stemmte sich mit all ihrem Gewicht auf ihre Seite des Pumpenhebels. Knirschend rollte die Draisine wieder an.

Sie ist wirklich kein Kind mehr, dachte Helm. Das konnte man leicht sehen, vor allem, wenn man ihr auf einem handgetriebenen Schienenfahrzeug gegenüberstand und sie ihre

Kleidung gelockert hatte, weil ihr warm geworden war. Helm gab sich alle Mühe, ihr nicht bei jeden Auf und Nieder der Antriebsschwengel auf die wohlgeformten Brüste zu starren. Meistens gelang es ihm nicht. Was hatte ihm diese verschrumpelte Wissenschafts-Diktatorin da bloß für einen Floh ins Ohr gesetzt!

Alles Quatsch natürlich. Rina mochte erwachsen sein, trotzdem war sie altersmäßig fast zwei Generationen von ihm entfernt und damit irgendwie doch noch ein Kind. Für ihn. Außerdem war er ziemlich sicher gewesen, dass sich zwischen ihr und Gander etwas angesponnen hatte. Vielleicht aber hatte er das auch falsch eingeschätzt; sie war ihm schlicht sehr dankbar gewesen und er einfach nur spitz auf sie. Ganz normal für Jungs in Ganders Alter. Zwar war die junge Frau immer noch durch ihre Brandwunden am Kopf und im Gesicht, an Armen und Beinen entstellt, aber diese Wunden heilten. Und dass ihr Körper weitgehend vom Feuer verschont geblieben war, bekam Helm immer mal wieder unfreiwillig vorgeführt.

Wie hieß das noch: »Vor Sklaven und Eunuchen zeigt sich die Königin auch nackt.« Oder? Na ja, so weit ging Rina natürlich nicht. Aber eine gewisse Unbefangenheit zeigte auf, wo sie Helm einordnete. Sollte mir eigentlich recht sein, dachte er, das erspart Komplikationen. Aber der Stachel des Stolzes piekte ihn doch.

Rina richtete sich auf; jetzt keuchte sie richtig. »Hast du noch Wasser?«, fragte sie außer Atem.

»Na klar.« Auch Helm hörte auf zu pumpen und reichte den Fellbeutel hinüber. Die Draisine kam knirschend zum Stillstand. Ringsherum Bäume, das war gut als Deckung. Ohne noch einmal zu fragen, stieg er ab und setzte sich ins Gras neben den Schienen. Rina ließ sich ebenfalls nieder und streckte sich sofort lang aus.

Die Draisinen-Option hatte Helm völlig überrascht. Zuerst hatte er daran gedacht, mit der *Johanna* nach Nördiek zu segeln, um von dort aus in die Stadt Nörn vorzustoßen, aber das hatte ihm die Rotblonde – die sich übrigens als Enkelin der Spritzen-Ärztin entpuppte – schnell ausgeredet. »Die Brit-Piraten lauern Tag und Nacht vor unserer Einfahrt«, hatte sie berichtet und ihn dabei vorwurfsvoll angeschaut: »Ihr habt sie anscheinend ziemlich wütend gemacht. Jetzt haben wir sie auf dem Hals – vielen Dank auch!«

Ein mindestens ebenso starkes Gegenargument war, dass Groß Onno den Hafen seiner Häuptlingsstadt mindestens ebenso stark hatte befestigen und bewachen lassen wie die Weiber den Hafen von Bensa. »Nicht so ausgefuchst wie wir, aber ziemlich effizient«, musste die formelle Anführerin der Weiber zugeben: »Sowas Geiles wie unsere Baumstamm-Schiffsfalle mit Pferdeantrieb haben die natürlich nicht.«

Helm registrierte, dass selbst bei der Rotblonden noch der Slang aus der Jugend ihrer Großmutter durchschlug. Die Baumstamm-Falle war natürlich auch auf deren Mist gewachsen.

Wie also dann nach Nörn vorstoßen? Helm hatte an Pferde gedacht, aber auch dazu hatte die Rotblonde energisch den Kopf geschüttelt: »Groß Onnos berittene Patrouillen streifen überall durchs Land, selbst bis vor unsere Tore, und je näher du an Nörn heran kommst, desto öfter triffst du sie an. Die folgen jeder Pferdespur, die sie finden. Das können wir gar nicht gebrauchen.«

Blieb also nur die mühsamste Alternative, hatte Helm gedacht, der lange Marsch zu Fuß, unauffällig, aber allein schon durch seine Dauer kaum weniger gefährlich. Vor allem war man so höllisch verwundbar, falls die Reiter doch auf einen stießen.

Da hatte die Rotblonde dann von der Draisine erzählt. »Sie steht in einem überwachsenen Schuppen, dort, wo früher Holgafeld war«, berichtete sie. »Angeblich gab es da mal eine Haltestelle der Bahn. Meine Frauen haben das Ding vor einem halben Jahr bei einer Erkundungsmission entdeckt, konnten aber nichts damit anfangen. Die Beschreibung, die sie mir davon gegeben haben, sagte mir überhaupt nichts. Aber meine Oma, die konnte natürlich was damit anfangen.« Die Anführerin lächelte stolz. Helm wurde es eng um den Hals.

Er musste sich eingestehen, dass er sich über die ehemaligen Bahnlinien nie groß Gedanken gemacht hatte. Seine Nesserlander hatten einst versucht, einzelne Schienen zu demontieren und zur Verstärkung der Befestigungsanlagen zu verwenden; das erwies sich jedoch als viel zu aufwendig, und so ließen sie es sein. Auch als Rohstoff für die Produktion von Waffen und Werkzeugen waren Schienen nicht sehr gut geeignet. Die kleinen Schmieden von heute waren gar nicht in der Lage, solche Metallmassen auf Temperatur zu bringen und damit verarbeitungsfähig zu machen. Außerdem hätte man die Schienen vorher in handliche Stücke zerschneiden müssen. Wie sollte man das ohne Trennscheibe oder Schneidbrenner bewerkstelligen?

Trotzdem war er mehr als erstaunt, als die Rotblonde ihm versicherte, die Bahngeleise seien nach wie vor intakt: »Hier und da etwas versackt, aber das macht nichts, ihr werdet ja so schnell nicht seekrank.« Der Bahndamm sei nicht einmal sonderlich überwachsen, weil diverse Tiere ihn als Wildwechsel benutzten und dabei alles abweideten, was dort spross – vor allem die jungen Bäume, die sich zwischen den Schwellen ansiedelten und ansonsten ernsthafte Hindernisse hätten darstellen können.

Helm war nicht sehr wohl bei dem Gedanken, dort womöglich Herden wildlebender Tiere zu begegnen, insbesondere den mörderischen Kampfschweinen. Er musste aber zugeben, dass die alten Bahnstrecken tatsächlich in

Vergessenheit geraten waren; er selbst war das beste Beispiel dafür. Für improvisierte Fahrzeuge waren Schienen nun einmal nicht geeignet, die kamen auf Straßen besser voran. Am besten natürlich auf den Alten Straßen, die so breit waren und einen so festen Unterbau hatten, dass sie bis zum heutigen Tagen nur teilweise überwachsen waren. Das allerdings wussten alle, vom Handelsmann über den Sucher bis hin zu den Schergen und Wegelagerern. Wer sich mit denen nicht auseinandersetzen wollte oder konnte, musste auf kleinere, schlechtere Wege ausweichen. Oder gleich querfeldein pilgern.

Genau so hatten Rina und Helm ihre Reise begonnen. Nachts natürlich, stolpernd und fluchend und ächzend unter schwerem Gepäck. Helm war von Rinas Durchhaltevermögen beeindruckt gewesen, hatte allerdings Sorge gehabt, sie könnte aus Stolz Raubbau an ihren Kräften betreiben. Das hatte ihn zu der väterlich-behütenden Haltung gebracht, für die er vorhin die Quittung erhalten hatte.

»Wollen wir weiter?«, fragte Rina und erhob sich.

»Lass uns erst etwas essen.« Helm angelte nach dem Proviantbeutel. »Ich möchte nicht gerne bei Tageslicht an Dorn vorbei. Danach fahren wir dann so weit, wie wir es schaffen, möglichst bis nach Haach. Dafür werden wir Kraft brauchen.«

Rina widersprach nicht, sondern langte in den Beutel. Roggenbrotscheiben mit eingelegtem Hering und Weißkohlstreifen, fast wie früher, dachte Helm und griff ebenfalls zu.

Den besagten Schuppen hatten sie erst nach mehreren vergeblichen Versuchen gefunden; zu vage war die Beschreibung gewesen, zu gut war das Ding durch seinen natürlichen Bewuchs getarnt. Außerdem stand es längst nicht so dicht an der Bahnstrecke, wie Helm gedacht und erhofft hatte.

Die Draisine selbst aber war ein wahres Prachtstück. War so etwas eigentlich wirklich einmal in Ostfriesland benutzt worden? Helm konnte sich nicht daran erinnern, bezweifelte es jedoch, zumal das Fahrzeug ein Typenschild in englischer Sprache trug. Demnach war es einst in Detroit, USA, gebaut worden. Also vermutlich ein Museumsstück, das irgendein Sammler einst gekauft und hier zwischengelagert hatte. Was immer seine Pläne damit gewesen sein mochten, sie waren nicht mehr zur Ausführung gekommen.

Das schwere Ding auf die Schienen zu schaffen, war ein gewaltiger Kraftakt gewesen – ohne Gander. Helm und Rina hätten es auch bestimmt nicht geschafft, hätten sich in dem Schuppen nicht ein langes, halbwegs erhaltenes Seil und ein Flaschenzug befunden, beides gut in Planen eingewickelt und unter einer Werkbank verstaut. Frühere Besucher des Schuppens, die alles an Werkzeug und nutzbaren Kleinteilen mitgenommen hatten, was dagewesen war, hatten diese Schätze übersehen. Zum Glück für Helm und seine Begleiterin.

»Also dann.« Helm verschloss den Proviantbeutel sorgfältig, reichte Rina noch einmal den Wassersack und verstaute alles auf ihrem Gefährt. Nichts durfte liegen bleiben, nichts von ihrer Anwesenheit zeugen. Das niedergedrückte Gras würde sich schon bald wieder aufgerichtet haben.

Rina stemmte sich mit vollem Gewicht auf ihre Seite des Antriebshebels, neigte sich vor und stützte das Becken auf, so dass ihre Füße beim nächsten Arbeitstakt in der Luft baumelten. Sie lachte, als Helm wieder einmal zur Seite blickte. Die Abenddämmerung war zwar schon weit fortgeschritten, der Tag aber immer noch warm; Rina schien es zu genießen, nicht mehr der strengen Kleiderordnung ihrer Glaubensgemeinschaft zu unterliegen. Helm war geneigt, flugs neue Regeln aufzustellen, besann sich jedoch und schwieg. Nicht nur, weil sie gerade andere Sorgen hatten.

Die nächste Sorge hieß Dorn und war ein wahres Räubernest.

Über Dorn hörte man die wildesten Geschichten. Wenn nur die Hälfte davon zutraf, dann war dieser Ort so etwas wie der Sammelpunkt aller Gesetzlosen. Nicht, dass es so etwas wie Gesetze heute noch gab – jedenfalls nicht außerhalb der hermetischen Gemeinschaften, die jeweils ihre eigenen hatten. Aber ein gewisses Grundverständnis davon, was man einem anderen Menschen gerade noch antun durfte und was eher nicht, gab es schon noch. Natürlich reichte den meisten der geringste Anlass, um sich darüber hinwegzusetzen. Einige taten dies immer. Und die rotteten sich in Dorn zusammen, um von hier aus raubend und brennend ihre Schneisen durch den vor sich hin rottenden Kadaver Frieslands zu ziehen.

Helm erinnerte sich an Geschichten. Tortuga, Rückzugsort der karibischen Piraten, wo Kaperkapitäne ihre Beute versoffen und verhurten. Tombstone im Wilden Westen, wo Shoot-outs an der Tagesordnung waren und selbsternannte Richter Todesurteile im Minutentakt verhängten. Die Mattisburg, wo Ronjas Räuber wilde Lieder grölten …

Nein, wie die Mattisburg war Dorn sicher nicht, so frisch geschrubbt und kindgerecht. Kinder, so hörte man, waren in Dorn Handelsware. Vor allem die neuen Häuptlinge kauften Kinder. Helm konnte sich vorstellen, zu welchem Zweck. Tortuga und Tombstone jedoch, das konnte hinkommen. Besser, sie kamen schnell daran vorbei, ohne entdeckt zu werden. Am besten bei Dunkelheit.

Sie pumpten schweigend, mit zunehmender Routine, und kamen gut voran. Die Strecke war erstaunlich frei; nur selten klatschte ein höheres Gewächs gegen die Vorderseite der Draisine und wurde vom Fahrtmoment der Maschine einfach heruntergedrückt, und die Schienen waren überwiegend eben. Die wenigen Male, die ihr Gefährt durch einseitige Versackungen ins Schwanken gebracht wurde, glichen sie automatisch aus wie erfahrene Matrosen die Wogen der Nordsee.

Helm arbeitete mit dem Rücken zur Fahrtrichtung und behielt das Gelände hinter ihnen im Auge; Rina war zugleich der Ausguck nach vorne. Das bereitete ihr zwar einige Probleme, weil sie kleiner war als er und immer an ihm vorbeischauen musste. Ihre Augen aber waren eindeutig besser als seine, die gerade im Zwielicht immer unzuverlässiger wurden. Bald würde es ohnehin ganz dunkel sein. Dann war es vollkommen egal, wer wohin schaute.

»Da vorne ist ein Licht«, sagte Rina leise.

Er fuhr herum. Ja, da war ein Licht; anscheinend eine Laterne, keine flackernde Fackel. Irgendjemand stand dort am Rand der Strecke. Und dieser Jemand war nicht allein, denn schon konnte man raue Stimmen vernehmen.

Helm versuchte die Draisine abzubremsen, aber das war nicht so leicht. Der große, schwingende Pumpenschwengel mit seinen beiden Doppelgriffen besaß keinen Freilauf und ließ sich nicht bändigen, und die Massenträgheit schob das Schienenfahrzeug immer weiter voran. Das metallische Poltern der Eisenräder auf den Schienen kam Helm plötzlich unglaublich laut vor.

Endlich wurden sie doch langsamer, und die Draisine rollte aus. Helm atmete erleichtert auf. Das war ja noch mal gutgegangen. Jetzt mussten sie nur noch abwarten ...

»He! Wer kommt da?« Der Laternenträger riss seine Lichtquelle in die Höhe. Es klapperte, als eine Blende fiel und das Licht in ihre Richtung strahlte; die Lampe besaß anscheinend einen Reflektor. »Wer seid ihr?«

»Sind sie das? Guck dir dieses Ding an!« Der zweite Mann rückte dichter an den ersten heran, so, als könnte er mehr sehen, wenn er näher an der Lampe stand. Beide Männer klangen angetrunken. Was den Zweiten nicht daran hinderte, sein Schwert aus der Scheide zu reißen. Es klirrte, als er beim Herumfuchteln eine der Schienen touchierte.

Zwei Mann, dachte Helm. Der Rest lief intuitiv ab.

Seine Bewegungen waren automatisiert. Den Bogen vom Rücken, zwei Pfeile aus dem Köcher, einen senkrecht in die Bogenhand, den zweiten auf die Sehne genockt. Gleichzeitig Position einnehmen, Füße schulterbreit, Gleichgewicht auspendeln. Sehne ausziehen, Bogenhand locker, Sehnenhand unters Kinn, Sehne an Nase und Unterlippe. So, und jetzt.

Tja, und jetzt. Dieser Bogen war ihm noch nicht sehr vertraut; viel mehr als die paar Fernschüsse von Schiff zu Schiff hatte er damit nicht abgegeben. Mit guten Resultaten, das schon; hier aber ging es um Präzision, um Kernschüsse. Jeder Pfeil musste sitzen, kein Schrei durfte ertönen. Wie sollte das gehen mit einem so unvertrauten Bogen?

Er hatte den Gedanken noch nicht zu Ende gedacht, da war der Pfeil schon unterwegs. Distanz etwa sechzig Meter, der Bogen hatte gut vierzig Pfund Zuggewicht, vielleicht fünfundvierzig – Daten, aus denen seine Muskeln ihre eigenen Schlüsse zogen.

Seine Sehnenhand flog nach vorne, griff Pfeil Nummer zwei und setzte ihn auf die Sehne. Vor ihm das Klatschen des Einschlags. Und ein leiser Ruf der Überraschung. Sonst nichts. Der Getroffene blieb stumm.

Allerdings ließ er auch die Lampe fallen. Scheppernd schlug sie auf dem Schotter auf und erlosch.

Helm hatte den Bogen schon wieder gespannt, die Sehnenhand geankert und visierte gerade sein zweites Ziel an, als es von der Dunkelheit verschluckt wurde. Er schloss die Augen. Würde sich sein Körper, würden sich seine Muskeln daran erinnern, was sie soeben getan hatten? Denn das war das Geheimnis exakten Bogenschießens: Die genaue Wiederholung ein und desselben Bewegungsablaufs, immer und immer wieder.

Als er sich das fragte, war sein Pfeil schon unterwegs. Das Klatschen beim Auftreffen klang genau wie das erste. Ein leises Klappern war zu hören – aha, das Schwert. Und ein Röcheln, das schnell verklang. Das war alles.

Als Helm die Augen öffnete, stand Rina neben ihm. »Du bist ein Zauberer«, hauchte sie voller Ehrfurcht. »Wie konntest du einen Mann treffen, ohne ihn zu sehen! Und dann auch noch so genau.«

Helm ging nicht darauf ein. »Wir müssen weiter, und zwar schnell«, knurrte er leise. »Wer weiß, vielleicht hat ja doch jemand etwas gehört. Oder die beiden werden vermisst. Schnell, wieder rauf auf die Draisine!«

Rina schien nicht überzeugt. »Du hast doch gesehen, wie wir auffallen auf diesem Ding. Wollen wir nicht lieber zu Fuß weiter? Wir machen einen Bogen nach links, dann sieht uns keiner.«

Helm schüttelte den Kopf. »Es ist noch verdammt weit bis Nörn. Auch bis Haach. Nein, lass uns die Draisine nicht aufgeben. Irgendwie kommen wir schon an Dorn vorbei.«

»Na dann.« Die junge Frau zuckte mit den Schultern; in der Dunkelheit war das mehr zu spüren als zu sehen. »Dann lass uns aber wenigstens ein Stück weit schieben.«

Helm ließ sich darauf ein. Dort, wo die beiden Getroffenen lagen, würden sie ja ohnehin gleich wieder stoppen müssen, dachte er. Das Rollgeräusch allerdings schien ihm bei Schleichfahrt auch nicht leiser zu sein.

Abrupt kam das Fahrzeug zum Stehen. Waren sie etwa schon auf einen der Leichname aufgefahren? Helm tastete sich an der Draisine vorbei. Seine Hände fühlten Rinde. Das, was da quer auf den Schienen lag, war kein toter menschlicher Körper, sondern ein Baumstamm.

Aber warum? Warum blockierte jemand eine Bahnstrecke, auf der doch keiner mehr fuhr?

Die Worte des zweiten Mannes fielen ihm ein, die des Räubers mit dem Schwert: »Sind sie das?« Verrat, dachte Helm. Wir sind verraten worden.

Der Fluchtinstinkt war stark. Rinas Worte klangen plötzlich sehr verlockend: »Zu Fuß weiter! Einen Bogen nach links!« Aber erneut behielt sein Verstand die Oberhand. Sie mussten nach Nörn, und zwar schnell, also brauchten sie die Draisine. Und eine freie Strecke.

Der Mond brach durch die Wolken und tauchte die Szenerie in diffuses, graues Licht. Die beiden Toten lagen neben der Strecke; dem einen steckte ein Pfeil in der Brust, dem anderen im rechten Auge. Helm erbebte nachträglich: So viel Glück! Das hätte auch ganz anders enden können.

Der Stamm auf den Schienen war beachtlich, aber es war nur einer. Anscheinend hatten die beiden Wegelagerer eben erst mit der Errichtung der Sperre begonnen. Wann sie wohl die Nachricht bekommen hatten, dass auf diesem Weg Beute anrückte? Und von wem?

Jenseits des dichten Unterholzes, das die Bahnstrecke umgab, waren Geräusche zu hören. Stimmen, dumpfes Getrampel, das Brechen von Zweigen. Da rückten noch mehr Strauchdiebe an, Verstärkung aus Dorn. Noch ganz gemütlich und in gelöster Stimmung, so als wären sie gerade von einem Gelage aufgestanden – was vermutlich auch der Fall war. Trotzdem würde es nicht lange dauern, bis sie hier waren. Eile tat not.

Prüfend umfasste er das Ende des Baumstamms. Zu schwer, um ihn anzuheben – und viel zu krumm, um ihn zu rollen. Verflucht, wo war Gander, wenn man ihn brauchte!

Na, wo war er wohl. In Bensa natürlich, im chemischen Tiefschlaf, als Geisel einer machtbesessenen Greisin. Deswegen waren sie ja überhaupt hier. Deswegen hatte er ja diesen unmöglichen Auftrag angenommen, ausgerechnet den weißgesichtigen Drübener …

Plötzlich spürte Helm diesen dumpfen, saugenden Kopfschmerz, den er schon kannte. Drübener! Da machte sich einer an seinem Verstand zu schaffen. Wie lange saugte der wohl schon an ihm herum? Schwer zu sagen, der Schmerz war mehr unterschwellig, er war ihm buchstäblich erst aufs Stichwort aufgefallen. Der Drübener, der da in seine Gedanken eindrang, schien nicht über sehr viel parapsychische Kraft zu verfügen. Oder aber er setzte sie sehr behutsam ein.

War es der Weiße mit dem Kuppelkopf? Mit absoluter Sicherheit nicht, dachte Helm. Diese unglaublichen Kräfte hatten ihre ganz eigenen Signaturen, waren wie Fingerabdrücke. Der Drübener, mit dem er es hier zu tun hatte, musste ein anderer sein als der, der ihm schon zweimal auf den Pelz gerückt war.

Hartgrau. Stahlplatten. Glatte Wände. Acht Meter hohe Mauern. Hochkant stehende Alte Straßen!

Der saugende Schmerz verschwand, verpuffte rückstandslos wie ein Tabakrauchwölkchen im Orkan. Na, das war aber leicht, dachte Helm. Der Typ hatte nicht besonders viel drauf.

Hinter den Bäumen und Büschen, dort, von sich Getrampel und Krakeelen näherte, ertönte eine dünne, schrille Stimme, die aus dem allgemeinen Radau herausstach. Dieser Radau steigerte sich binnen Sekunden zu einem blutgierigen Gebrüll. Das Trampeln und Stampfen und das Brechen von Zweigen wurde lauter, schneller und intensiver. Verdammt, der Drübener hatte sie alarmiert! Jetzt kamen sie mit Macht. Und so, wie sich das anhörte, hatte Helm dafür nicht genügend Pfeile in seinem Köcher.

»Schnell!«, schrie er Rina an. »Hol den Flaschenzug! Und dann rüber damit zu der dicken Eiche da. Wirf mir das Seil zu!«

Die junge Frau reagierte schneller als erwartet, zielstrebig und furchtlos, wie es schien, obwohl Helm glaubte, ihre aufgerissenen Augen in der Dunkelheit leuchten zu sehen. Das Seilbündel flog auf ihn zu wie ein stramm geschossener Fußball, früher, im Sportunterricht der Grundschule. Während er noch darum kämpfte, das steife Tau abzuwickeln, ohne dass Kinken oder Knoten hineinfielen, war Rina schon dabei, den Flaschenzug an dem bezeichneten Baum festzuzurren. Als Helm das eine Seilende endlich um den Stamm auf den Schienen gewunden und verknotet hatte, fädelte Rina das andere geschickt durch das Auge am unteren Teil des auf volle Länge ausgezogenen Flaschenzugs. Helm eilte zu ihr, griff nach dem Tauende, das aus dem Drei-Scheiben-Block lugte, und zog die Lose durch. Er spürte, wie das Zugseil steifkam. Die Übersetzung des Flaschenzugs sollte reichen, um die Sperre aus dem Weg zu schaffen.

Er stemmte beide Füße in den festen Untergrund, spannte seinen Körper und zog mit aller Macht. Das Zugseil brummte wie eine Bass-Saite – ansonsten aber passierte nichts. Abgesehen davon, dass das Schreien und Trampeln der anrückenden Meute immer lauter und bedrohlicher wurde.

»Rina, schnell! Fass mit an!« Jetzt musste Helm auch keine Vorsicht mehr walten lassen. Die Halsabschneider aus Dorn wussten sowieso, dass sie hier waren. Dank dieses übersinnlichen Spanners, der sich in sein Hirn gemogelt hatte.

Auch zu zweit hatten sie keinen Erfolg. Der Stamm tat zwar einen kleinen Ruck, lag dann aber wieder fest wie angebolzt. Sie versuchten es noch einmal. Der Baumstamm rührte sich nicht, das Schreien blähte sich auf zum Gebrüll.

»Da klemmt was!«, rief Rina, und ehe Helm sie hindern konnte, rannte die junge Frau los. Er schnappte nach Luft, als er sie als grauen Schemen ziellos hin und her huschen sah. Bis er begriff, dass sie etwas suchte, nämlich einen passenden Ast, den sie als Hebel benutzen konnte. Da, schon hatte sie einen.

Dass sie damit sofort zum Stamm eilte, konnte er nur erahnen, denn die Sperre lag im tiefsten Baumschatten. Wieder konnte Helm nur das Leuchten ihrer Augen erkennen – vielmehr den Reflex irgendeines Streulichts. Es knarrte, als sie den Hebel ansetzte.

»Jetzt!«, rief sie mit vor Anstrengung gepresster Stimme. Helm zog mit aller Kraft. Es knarrte, dann setzte sich der Stamm in Bewegung. Helm zerrte weiter, damit die Masse gar nicht erst wieder zur Ruhe kam. Da hat sich wohl ein Aststummel hinter einer Schiene verhakt, dachte er, während er Hand über Hand weiterzog. Der Widerstand wurde immer geringer, dann verflüchtigte er sich ganz. Krachend rutschte der Stamm vom Bahndamm hinab.

War Rina auch nichts passiert? Hatte sie vielleicht schon wieder die Draisine erklommen? Helm spähte in die Dunkelheit. War da noch das Schimmern ihrer Augen?

Ja, allerdings, da schimmerte ein Augenpaar. Direkt daneben noch eins. Und drum herum noch zwei, drei Dutzend weitere.

Helm begann zu schlottern. Es mochte von der Anstrengung kommen, dass seine Muskeln so zitterten, aber er neigte nicht dazu, sich selbst zu belügen. »Rina«, flüsterte er heiser. »Rina! Wölfe!«

Sie bewegten sich vollkommen lautlos. Auch sehen konnte Helm sie nur in seiner Vorstellung. Diese Wölfe waren massiger und viel muskulöser als ihre Vorfahren, mit kürzeren, stämmigeren, nach außen gedrehten Beinen, gewaltigen Hälsen und breiteren Mäulern. Was gleich geblieben war, waren die Reißzähne – und die Neigung, in Rudeln zu leben und zu jagen.

Angeblich lebten Wölfe heutzutage in Bauen, die sie sich selber buddelten. Ob das stimmte, konnte Helm nicht beurteilen, denn der Jäger, der ihm das erzählt hatte, wurde anschließend nie wieder gesehen.

Nebensächlich, dachte Helm. Instinktiv griff er hoch zu seinem Nacken – und ins Leere, denn Bogen und Köcher hatte er auf der Draisine abgelegt. Nur Schiene und

Teleskop-Stockschwert hatte er bei sich. Damit konnte er maximal einen Wolf erlegen. Einer, das war nicht genug.

Rina hatte noch keinen Laut von sich gegeben. Helm hoffte, dass sie es noch auf die Draisine geschafft hatte. Aber würde ihr das etwas nützen? So kurz die Beine der Wölfe auch waren, so sprunggewaltig waren sie.

Ob sie etwa versuchte, seinen Bogen einzusetzen? Aussichtslos, dachte er. Rina mochte ja kräftig sein für eine junge, nicht sehr hochgewachsene Frau, aber dieser Bogen hatte ein so hohes Zuggewicht, dass selbst weniger geübte Männer damit kaum klarkamen.

Auf einmal waren die Dutzende gelber Augen wie ausgelöscht. Ein rötlich-weißer Schein, aus dem Nichts erschienen, segelte auf ihn zu und blendete ihn. Helm schreckte zurück, warf den linken Arm schützend vors Gesicht. Was, zur Hölle, war das? Höllenfeuer?

Reiß dich zusammen, Alter, dachte er. Chemie! Das ist Chemie. Eine Mixtur von der Herrscherin der Weiber. Durfte man die überhaupt Herrscherin nennen? Oder hatte sie vielleicht ein neues Wort dafür bestimmt – Weibscherin?

Das zischende, qualmende Ding fiel einige Meter vor ihm zu Boden und begann spuckend und pfeifend zu verglühend. In seinem letzten Schein konnte Helm wieder sehen. Da waren sie, die Wolfskreaturen! Sie waren einige Schritte zurückgewichen, aber keineswegs geflüchtet. Rina, die tatsächlich oben auf der Draisine stand, hatte es gut gemeint, aber ihr Ziel verfehlt. Diese Tiere waren nicht so leicht zu erschrecken. Die ersten duckten sich bereits, um zu springen. Helm hielt sich bereit, Schienenarm erhoben, Teleskopwaffe in Bereitschaft. Einen letzten Kampf wollte er ihnen liefern, auch wenn es niemanden gab, der die Mär davon der Nachwelt überliefern konnte. Auch Rina nicht, so leid es ihm tat.

Im selben Augenblick brach es durch die Büsche. Helm

hatte noch niemals zuvor solch ein Panoptikum skurriler Gestalten gesehen. Hagere, zerlumpte Gestelle, Halbnackte und solche, denen man vor lauter Schmutz nicht ansehen konnte, ob sie Kleidung trugen oder nicht; Einarmige und Einbeinige, die sich dicke Äste als Krücken unter die Achseln geschoben hatten; alte Wracks und solche, die vermutlich jünger waren, als sie aussahen – und das Ganze in männlicher wie weiblicher Ausführung. Eins aber hatte all dieser Auswurf der Menschheit gemeinsam: Sie alle waren bis an die Zähne bewaffnet. Sofern sie noch Zähne besaßen.

Mitten unter ihnen befand sich eine Gestalt, die alle anderen an Absurdität noch übertraf: ein krummbeiniges, buckliges Wesen ohne Nase, mit einem Maul, das den ganzen Kopf in zwei Hälften zu spalten schien, und mit Augen – mit vier Augen! Die orange-lila Tönung der Haut fiel dagegen kaum noch auf. Ein Drübener, keine Frage. Eindeutig der Kerl, der seine mentalen Finger in Helms Kopf gehabt hatte.

Im letzten Licht der Leuchtbombe warf er Helm einen triumphierenden Blick zu – aus zweien seiner Augen. Die beiden anderen erblickten die kauernden Wölfe, was man daran erkennen konnte, dass sie sich unnatürlich weiteten. Der absurde Drübener begann mit schriller, kippender Stimme zu kreischen.

Mit einem letzten Zischen erlosch die Leuchtstange vollständig und ließ Helm abermals wie geblendet zurück. Das Inferno, das jetzt losbrach, konnte er nur schemenhaft sehen. Dafür umso besser hören.

Die Wölfe stießen kollernde Laute aus, die nur sehr entfernte Ähnlichkeit mit dem Knurren von Hunden hatten und denen man förmlich anhören konnte, dass sie sich ihren Weg nach draußen durch zusammenlaufenden Speichel bahnen mussten. Das Gekreisch der Räuber hörte sich wie ein gründlich misslungenes Echo an. Angst- und Entsetzensschreie dominierten über Ausrufe der Wut und der Kampfeslust. Waffengerassel aber erklang trotzdem allenthalben.

Dann sprangen die Wölfe.

Helm hätte nicht für möglich gehalten, dass Tiere aus dem Stand derart abspringen konnten, dass der Boden hinter ihnen dröhnte. Dermaßen kraftvoll, dass die fliegenden Wolfskörper beim Verdrängen der Luft Töne erzeugten wie abgeschossene Kanonenkugeln – nicht unähnlich dem Geräusch von Pfeilen, nur dass es nicht zischte, sondern brummte.

Es brummte und dröhnte wie von einer Breitseite. Dort, wo diese Breitseite einschlug, steigerte sich das Brüllen und Kreischen zur Hysterie. Oder es verstummte auf der Stelle.

Binnen Sekunden waren die Reihen der Räuber in heller Auflösung; alle, die noch konnten, rannten um ihr Leben. Helm konnte hören, wie die Wölfe ihnen nachsetzten. Um ihre bereits erlegte Beute schienen sie sich später kümmern zu wollen. Sie waren sich ihrer Sache tödlich sicher.

»Rina?«, rief er mit zitternder Stimme. »Rina, bist du noch da?«

»Wo soll ich denn sonst sein?«, rief es von der Draisine zurück. »Beeil dich lieber! Die kommen bestimmt wieder.«

Von wegen, wo sie wohl sonst sein sollte, dachte Helm beleidigt, während er sich den Weg zu den Schienen ertastete, weil seine Augen sich noch immer nicht an die erneute Dunkelheit gewöhnt hatten. Ihm fielen einige Orte ein, wo das Mädchen sonst sein könnte: Irgendwo zwischen den Bäumen zum Beispiel, oder halbwegs auf einem drauf. Oder im Magen eines Wolfes. Oder an verschiedenen Orten zugleich, teils gefressen, teils noch nicht …

»Hierher! Du läufst falsch.« Links von ihm leuchtete ein Licht auf. Das war die Dynamolampe, die er Rina überlassen hatte. Sehr gut reagiert, dachte Helm und ging auf das Licht zu.

Den Wolf bemerkte er erst im allerletzten Moment. Warum er sich von seinem Rudel getrennt hatte, war nicht zu sagen; vielleicht war er besonders jung oder besonders alt und hatte Sorge, bei der anschließenden Verteilung des erbeuteten Fleisches nicht zu seinem Recht zu kommen, weshalb er sich seinen Anteil vorher sichern wollte. Jedenfalls registrierte das Tier sofort, dass hier noch lebendiges Fleisch zu holen war, von unüberbietbarer Frische. Zwei Stücke Fleisch genau genommen, eins jung und eines alt. Das Raubtier entschied sich für das junge und sprang.

Rina blieb keine Zeit zu reagieren. Sie sah das Tier erst, als es in den Lichtkegel der Lampe, die sie hielt, geflogen kam. Sie sah ein aufgerissenes Maul mit einem Verhau tödlicher Zähne, darüber ein Paar Augen, das weniger gelb als rot unterlaufen war. Sie sah, wie sich diese Hauer um ihren Hals schlossen, wie sie Haut, Muskeln und Adern zerfetzten, wie der Schwung des massigen Tierkörpers ihr den ganzen Kopf vom Hals riss, wie ihr Blut in einer Fontäne gen Himmel spritzte.

Das Letzte sah sie vor ihrem geistigen Auge. Mit ihren realen Augen sah sie einen dunklen Metallstab, der von unten in die Mundhöhle des Tieres hinein wuchs und sich durch den Rachen hindurch in seinen Schädel bohrte. Dann traf sie der schwere Wolfskörper mit der Wucht eines durchgehenden Karrengauls und schleuderte sie von der Draisine. Als sie auf dem Bahndamm aufschlug, spürte sie jeden Knochen in ihrem Körper. Aber die Zähne des Wolfs, die spürte sie nicht.

Als sie sich zurück an ihren Pumpenschwengel quälte, bemerkte sie erstaunt, dass Helm das tote Tier oben auf ihre Ladung wuchtete. »Wozu das denn?«, krächzte sie mit demselben Atem, mit dem sie sich eigentlich hatte bedanken wollen.

»Weiß man nie, wozu man ein Wolfsfell noch braucht«,

erwiderte Helm, während er das lange Tau mit dem Flaschenzug daran einholte und aufschoss. »So, aber jetzt nichts wie los. Wenn noch mehr zurückkommen, möchte ich nicht mehr hier sein.«

»Meinst du Räuber oder Wölfe?«, fragte Rina, während sie sich auf den Handgriff warf, um das Gefährt in Schwung zu bringen.

»Sowohl als auch«, erwiderte Helm. »Gibt es da einen Unterschied?«

»Aber sicher!« Rina lachte. »Das schöne Fell!«

12. Groß Onno

Pumpen, keuchen, pumpen, keuchen. Müde Muskeln, schmerzende Gelenke, schweißfeuchte Haut, Salzkrusten um die Lippen. Ab dem Morgengrauen tat Helms Nacken weh vom ständigen Wegdrehen. Irgendwann machte er sich nicht mehr die Mühe. Rina bemerkte es und grinste. »Nur zu, sie beißen nicht«, neckte sie ihn. »Aber denk dran, nur gucken, nicht grabschen!«

Sag das nicht, Mädchen, dachte Helm und brachte nicht einmal ein Antwortlächeln auf seine Lippen. Sag das nicht. Worte sind mächtig, Worte gebären Taten und Dinge. Bis gerade eben habe ich nicht daran gedacht. Jetzt fällt es mir schwer, an etwas anderes zu denken.

Sie näherten sich Haach, ohne dass das Geringste passierte, und das war eigenartig. Hier irgendwo begann das Herrschaftsgebiet von Groß Onno; zwar gab es keine Grenzmarkierungen, aber nach Helms Ansicht lag das vor allem daran, dass diese Grenze sowieso ständig ausgeweitet wurde. Er war jedoch fest davon ausgegangen, dass es Wachen in befestigten Stellungen geben würde, Streifen von Eisenmännern, berittene Patrouillen. Nichts davon war zu sehen. Keine Menschenseele.

Nun ja, das stimmte nicht ganz. Menschen sahen sie schon – wenn sie genau hinschauten. Feldknoier, die sofort jede Furche als Deckung nutzten, wenn sie das Rollen der Draisine hörten. Sucher, deren angstgeweitete Augen aus Büschen lugten. Bauern, die sich unter ihren Fuhrwerken versteckten. Selbst kleine Kinder rannten in Panik davon, die Münder weit geöffnet, aber stumm.

»Was ist hier los?«, fragte Helm leise, ohne eine Antwort zu erwarten.

Rina Gesicht war starr, ihr Mund verkniffen. »Geprügelte

Hunde«, murmelte sie. »Das geht auch mit Menschen.« Mehr sagte sie dazu nicht. Helm ahnte, wie es hinter ihrer Maske arbeitete. Völlig ausgeliefert sein – davor hatte Rina fliehen wollen. Jetzt rollten sie buchstäblich darauf zu.

Die Stadt Haach wollte Helm eigentlich bei Dunkelheit passieren. Jetzt ließ er es darauf ankommen, fuhr einfach weiter, immer vor der aufsteigenden Sonne her. Tatsächlich war auch Haach wie ausgestorben. Nur hinter den leeren Augenhöhlen der wenigen noch bewohnbaren Häuser ließ sich Bewegung erahnen. Niemand aber zeigte sich, geschweige denn, dass sich ihnen jemand in den Weg gestellt hätte.

Groß Onno musste seine Eisenmänner, seine Schergen, seine Berittenen und sein ganzes Oorlog-Reef irgendwo zusammengezogen haben, kombinierte Helm. Wie ein Körper, der den Großteil seines Blutes dort konzentriert, wo es gerade am meisten gebraucht wird. Hieß das, der mächtige Häuptling von Nörn wurde gerade angegriffen? An seiner Westgrenze?

Helm schüttelte den Kopf. Nach allem, was er in letzter Zeit über Groß Onno gehört hatte, schien das nicht sehr wahrscheinlich. Eher schon das Gegenteil: Der Häuptling von Nörn schickte sich an, seinerseits in den Krieg zu ziehen. In einen Angriffskrieg.

Ob es wohl in den Meeren noch Delfe gab? Dann gäbe es immerhin noch eine intelligente Lebensform auf der Welt, dachte Helm resigniert. Zudem eine lernfähige.

Sie fuhren durch bis zum Nörner Stadtrand, wo der Schutt eines eingestürzten, ehemals großen Hauses die Schienen derart blockierte, dass an Räumen nicht zu denken war. Von dort gingen sie zu Fuß weiter. Die Draisine tarnten sie, so gut es ging; sehr gut ging es nicht. Den Wolfskadaver verscharrten sie nun doch. Schade drum.

An Schleichen war nicht zu denken, so beladen mit Waffen, Ausrüstung und Proviant, wie sie waren. Allerdings war auch niemand da, dessen Aufmerksamkeit sie hätten erregen können. Und als dann doch ein Trüppchen Einwohner überraschend aus einer Seitenstraße auftauchte, sahen die genauso aus wie Helm und Rina – bewaffnet, mit Ausrüstung und Proviant beladen, dunkel gekleidet und mit schmutzigen Gesichtern. Prompt beachteten sie die Neuankömmlinge überhaupt nicht, sondern eilten weiter in Richtung Stadtmitte.

»Wenn wir ihnen folgen, fallen wir am wenigsten auf«, raunte Rina.

»Wenn wir ihnen folgen, kommen wir direkt in Teufels Küche«, entgegnete Helm.

»Na und? Wollen wir da nicht sowieso hin?«

Schweigend gingen sie weiter. Und weil sie schwiegen, fiel ihnen auf, dass etwas in der Luft lag. Eine ungewohnte Art von Geräusch, so etwas wie ein dicker Klangteppich mit heftigen Webfehlern. Je näher sie dem Stadtzentrum kamen, desto lauter wurde dieser anhaltende Klang, bis er sich zum Lärm steigerte. Helm hatte so etwas schon ewig nicht mehr gehört. Sollte das etwa Musik sein? Marschmusik?

Inzwischen häuften sich die Begegnungen mit anderen Menschen. Einige verbargen sich mehr schlecht als recht in baufälligen Häusern, sichtlich froh, dass man sie in Ruhe ließ; andere strebten mehr oder weniger eilig und aufgeregt der Quelle des Musiklärms zu. Helm und Rina fielen weniger denn je auf. Sie waren zum Teil eines menschlichen Stroms geworden, geformt aus vielen kleinen Rinnsalen.

Inzwischen hatte Helm auch herausgefunden, wohin genau dieser Strom floss. »Natürlich die Kirche!«, murmelte er vor sich hin.

In der Tat, die Nörner Ludgeri-Kirche bot sich aus verschiedenen Gründen an, zum Sitz eines Gewaltherrschers auserkoren zu werden. Zum einen sah sie einfach imposant und machtvoll aus mit dem romanischen, noch aus dem Mittelalter stammenden Langhaus, dessen Rundung mit den außen liegenden Säulen wie der Bug eines gepanzerten Kriegsschiffes aussah – mit dem erhöhten Chor als Brückenaufbau obendrauf und dem Querhaus als Abschluss dahinter. Zum anderen lag es am Marktplatz, der eine gute Bühne für Zurschaustellungen aller Art bot. Und zum dritten führte die Ein- und Ausfallstraße von und nach Aurich auf der einen und Nördiek auf der anderen Seite direkt dran vorbei.

Was sich gerade auf diesem Marktplatz und der angrenzenden Straße abspielte, übertraf Helms gewagteste Erwartungen. Auf den ersten Blick war die gesamte Fläche schwarz von Menschen. Bewaffneten Menschen. Menschen in Uniformen. Helm und Rina sahen Piken und Hellebarden, Schwerter in allen Formen und Größen, Armbrüste und Langbögen, auch einige altertümliche Gewehre und merkwürdige Donnerbüchsen, die dem Pulverrohr an Deck des Kaperschiffs der Brits ähnelten, nur dass sie deutlich schlanker und leichter waren. Einige der Bewaffneten waren in kunstvoll gearbeitete Rüstungen mit phantasievollen Verzierungen gekleidet, andere trugen Blech am Leib, dem man ansah, dass es einmal zur Außenverkleidung eines Selbstfahrwagens gehört hatte. Die meisten aber trugen lange, graue Kettenhemden, deren metallene Maschen nicht geschmiedet, sondern aus Draht gebogen worden waren. Verstehe, dachte Helm, daher also waren der Bärtige und seine Schergen beim Plündern so scharf auf Drahtrollen gewesen!

Im nächsten Moment sah er ihn. Breit und brammig hockte er auf einem riesigen Gaul, die Beine lässig breit gespreizt, im Wehrgehänge ein gewaltiges Schwert, dessen Griff und Scheide derart dicht mit Glitzerzeug verziert waren, dass das unmöglich echte Juwelen sein konnten, fuhr es Helm durch den Kopf. Andererseits – Imitate aus Glas konnte heutzutage keiner mehr herstellen, also war ihr Tauschwert womöglich genauso hoch wie der von echten Edelsteinen. Helm wusste so etwas nicht, aber der Vollbärtige bestimmt, da war er sich sicher.

Der Kerl führte einen ungeordneten Haufen ähnlich, wenn auch nicht ganz so prächtig ausstaffierter Reiter an, die alle so nachlässig zu Pferde saßen, als ginge es nicht in die Schlacht, sondern in die Schänke. Ob sie wussten, dass ihr Anführer vor gar nicht langer Zeit seinen gesamten Trupp an einen alten Mann verloren hatte? Sicher nicht, sonst würden sie nicht so selbstsicher aus ihrem Blech glotzen.

Na ja, zugegeben – an einen alten Mann und einen Jungen mit übermenschlichen Kräften. Aber wie auch immer, der Vollbärtige war ganz versessen darauf gewesen, seine eigene stinkige Schwarte in Sicherheit zu bringen, egal, was mit seinen Leuten geschah. Bei Groß Onno schien man für solches Verhalten nicht bestraft, sondern noch mit Beförderung belohnt zu werden. Oder war der Vollbärtige nur ein begnadeter Geschichtenerzähler?

Nach und nach wurde deutlich, dass in dem ganzen Getümmel Bewegung herrschte, Bewegung mit einem gemeinsamen Ziel: Die Straße Richtung Auck. Dort, wo einmal die Westerstraße gewesen sein musste, hatte sich auch die Bande mit den Lärmgeräten aufgestellt. Trommeln in allen Größen wurden geschlagen; zuweilen verfielen sie sogar in einen deutlichen Gleichklang. All die verbeulten Metallröhren jedoch, in die hineingeblasen wurde, erzeugten einen Tumult, der jedes Kampfschwein in die Flucht geschlagen hätte.

Sekunden später musste Helm sich korrigieren. Nein, offensichtlich nicht jedes. Gewiss nicht diese fetten, unglaublich großen Exemplare, die da im Tross mittrotteten, die Beine so dick wie Säulen und die Wänste so feist, dass sie fast über den Boden schleiften. Sie trugen Sättel, die von mehreren schaufelbreiten Gurten gehalten wurden und auf denen zwei Reiter hintereinander saßen. Der erste lenkte das jeweilige Tier, dessen Ohren verstopft waren, der zweite behielt so die Hände frei für den Kampf. Als ob die armlangen Hauer, die aus den sabbernden Mäulern mit den angespitzten Zähnen ragten, nicht schon Waffe genug gewesen wären!

Diese monströsen Kampfschweine waren nicht die einzigen furchteinflößenden Bestien, die in dem Zug mitgeführt wurden. Da gab es Schwarzbunte, auf Riesenwuchs gezüchtet und mit einem einzelnen Horn, das mitten aus der Stirn ragte. Da waren Karren, beladen mit Käfigen, in denen einzelne Wölfe wüteten, die Augen mit Tüchern verbunden und die Mäuler mit Seilen verschnürt, deren Enden alle durch die Gitterstäbe hindurch nach draußen hingen. Vermutlich konnte man die Verschnürung von dort öffnen, ehe man diese Menschenfresser im Gefecht freiließ. Helm fand, dass dies eine mehr als zweischneidige Waffe war. Wen sie fraßen, das entschieden diese Biester immer noch selbst. Davon konnten Rina und er Zeugnis ablegen.

Erschreckender als all diese Tiere aber war das DING.

Für das DING hatte Helm kein Wort. Das DING rollte auf Scheibenrädern, und es war schwer, denn es wurde von mindestens sechzig Menschen gezogen. Sechzig armseligen, erbärmlichen Menschen, ausgemergelt und abgemagert, von Lumpen kaum bedeckt und von Peitschenstriemen und anderen Wunden entstellt. Schergen tanzten um sie herum, muskulöse Kerle in absurd bunter Kleidung, und traktierten sie mit Nagelstöcken und Stachelpeitschen. Waren das Sklaven? Gefangene dieses Krieges, der doch gerade erst auszubrechen schien? Oder einfach nur Menschen, die bei

Groß Onno und seiner Sippe in Ungnade gefallen waren, warum auch immer?

Ja, Groß Onno. Das DING hatte ein stabiles Untergestell, über dem sich Panzerwände erhoben, mit Stacheln bestückt wie ein gigantischer Igel. Zwischen den Stacheln waren Schießscharten zu erkennen, deren eiserne Deckel ohrenbetäubend schepperten. Darüber gab es eine Plattform über die gesamte Länge, durch eine ebenfalls gepanzerte Schanz geschützt, auf der ein Dutzend gepanzerte Gestalten lungerten, alle mit großen Armbrüsten in den Händen oder um die Schultern. Auch ein paar Kanonenrohre glaubte Helm zu erkennen. Das dickste und längste Rohr jedoch, das nach vorne aus dem Igelaufbau ragte, gehörte zu keiner Kanone, denn es rauchte die ganze Zeit, und das tat keine Kanone, mit der noch jemand schießen wollte. Wozu mochte das gut sein?

Na ja, dachte Helm, *gut* war sicherlich das falsche Wort.

Rund um das DING marschierten Bewaffnete, die besonders aufwändig herausgeputzt waren, einheitlich gekleidet in Rot und Gelb und in graues Eisen und auch einheitlich bewaffnet. Ganz oben auf dem dahin rumpelnden DING, noch oberhalb der Plattform, erhob sich eine Art Turm, ebenfalls mit Metallplatten verstärkt und mit angedeuteten Zinnen geschmückt. Und auf diesem Turm standen Groß Onno, seine Frau und seine beiden Söhne und winkten ihrem Volk huldvoll zu.

Groß Onnos Körpergröße war ziemlich durchschnittlich, stellte Helm fest. Seine Ehefrau war kaum kleiner als er, und seine Söhne überragten ihn sogar um einen halben Kopf. Kein Wunder, hatten sie doch ihr Leben lang nur das Beste zu essen bekommen. Wie man bei Groß Onno zu speisen pflegte, darüber wurden die tollsten Geschichten erzählt – aber nur mit gedämpfter Stimme. Denn wie Groß Onno mit Menschen umging, die ihm zu nah ans Blech gekommen waren, darüber gab es auch Geschichten. Die wurden nur hinter vorgehaltener Hand erzählt.

Helm und Rina hatten soeben Stoff für eine neue Geschichte erhalten. Die Frage war nur, wann sie dazu kommen würden, sie zu erzählen. Und wem. Und ob überhaupt.

»He, ihr! Was habt ihr hier noch rumzustehen! Los, vorwärts, einreihen!«

Die raue Stimme gehörte einem Eisenmann, einem von der rostigen, verbeulten Sorte, der ebenso breit war wie hoch und der offenbar zu den Unterbefehlshabern der Truppen gehörte, die hinter all den Reitern und Elitesoldaten, den Kriegsbestien und dem rauchenden Häuptlingswagen mit seiner Garde folgten: ungeordneten, zerlumpten, zusammengewürfelten Haufen unterschiedlichster Altersgruppen, bewaffnet und armiert mit allem, was zur Hand gewesen war. Frontlinienfutter, konstatierte Helm. Noch liefen sie hinten, weil sie beim Ausmarsch nicht viel hermachten. Aber wenn es zur Schlacht kam, würde sich das ändern.

»Hast du was an den Ohren, du alter Sack? Vorwärts!« Der Breite rammte Helm das stumpfe Ende einer Pike zwischen die Rippen, so dass er gar nicht anders konnte, als in die gewünschte Richtung zu taumeln. »Und du auch, du kleiner Bettwärmer!«

Rina sprang los wie von der Graswespe gestochen, um nicht ebenfalls einen Stoß abzukriegen. Die Umstehenden lachten höhnisch.

Ehe es sich die beiden versahen, marschierten sie mit im Heer von Groß Onno. Wohin? Auf jeden Fall einer ungewissen Zukunft entgegen, darüber war Helm sich im Klaren.

Die Spitze des Heerzuges war längst außer Sicht. Hätte sich der Häuptling nicht dort aufhalten müssen? Groß Onno hatte einen Ruf als Haudegen und Raufbold, der keinem Scharmützel aus dem Wege ging. Und der sich in Kämpfen Mann gegen Mann zu behaupten wusste. Was ihm an überlegener Körpergröße und Reichweite fehlte, machte er durch Verwegenheit, Armeskraft und Hinterlist wieder wett, hieß es. So war aus Onno Hattinga einst Groß Onno geworden, noch bevor er dann die Würde eines Häuptlings beanspruchte. Diese Würde aber trug er jetzt, und damit schienen seine Tage als Haudrauf vorbei zu sein. Die Vorhut überließ er offenkundig anderen.

Tja, und wem? Onnos Söhne waren bei ihm, die konnten es also nicht sein. Von einem Heerführer von Häuptlings Gnaden hatte Helm bisher noch nichts gehört. Was allerdings nicht viel heißen musste; derzeit schienen sich die Ereignisse zu überschlagen.

Groß Onnos Heer wälzte sich wie ein gepanzerter Lindwurm über den Markt, an der Kirche vorbei und auf die Alte Straße nach links. Helm hielt den Kopf gesenkt und beschränkte sich darauf, nicht aufzufallen und etwas von den Unterhaltungen um ihn herum aufzuschnappen. Rina folgte seinem Beispiel. Allerdings waren die Männer und Frauen um sie herum nicht sonderlich gesprächig. Fast so ausgehungert und zerlumpt wie die armen Kreaturen vor dem Häuptlingswagen, schien nackte Not sie in den Kriegsdienst getrieben zu haben. Entsprechend wenig Begeisterung strahlten sie aus.

Das war bei den Grüppchen, die den Auszug des Heeres von den Flanken her beobachteten, deutlich anders. Kein Wunder, die können ja auch hier bleiben, dachte Helm. Jedenfalls winkten und riefen die Leute ihr Bestes. Endlich vernahm er etwas Verwertbares.

»Gebt es Franko!«

»Hängt ihn auf, den Lump! Das soll ihn gehorchen lehren!«

»Auf nach Greetland! Greetland muss wieder unser werden!«

Also nicht Auck. Eigentlich doch ein viel lohnenderes Ziel,

überlegte Helm; dort saß der Handel, dort gab es Waren von Wert. Und die Stadt war groß. Andererseits: Ja, sie war groß und reich, und genau deswegen bestimmt alles andere als wehrlos. Wie viele Kämpfer mochte Groß Onno hier versammelt haben – eintausend? Oder anderthalb? Sicher ein beeindruckendes Heer, mit Sicherheit das größte, das dieser Landstrich seit fünfzig und mehr Jahren gesehen hatte. Trotzdem vermochten zweihundert, dreihundert gedungene Schergen eine gut befestigte Stadt wie Auck auch gegen einen so starken Angreifer wirksam zu verteidigen. Zumindest eine ganze Weile lang. Krieg gegen Auck würde Groß Onno also eine Menge kosten. Hatte er sich Greetland als das leichtere Ziel ausgesucht?

Wahrscheinlicher war, dass die Aucker sich schlicht freigekauft hatten. Das entsprach ihrer Mentalität ebenso wie Groß Onnos Gier. Onno wiederum hatte das Aucker Gold – oder was auch immer die ihm gegeben hatten – bestimmt genutzt, um sein Heer zu vergrößern und aufzurüsten. Nach dem zu erwartenden Sieg über Franko würde er die verbliebenen Greetlander Kräfte den seinen hinzufügen. Und dann würden sich die Aucker nicht mehr freikaufen können.

Die Spitze des Zuges hatte bestimmt schon die Brücke über das Nörner Sieltief überquert. Es wurde erzählt, Groß Onno würde Baumeister beschäftigen, die wahre Wunder vollbringen konnten, wenn es um den Erhalt von Bauten aus Hartgrau ging. Hartgrau hatte die Eigenart, unvermittelt aufzuplatzen, wenn es in die Jahre kam, und Stangen aus rostigem Eisen in seinem Inneren freizulegen. Niemand konnte mehr sagen, wie man einst solche Eisenstangen in diese Hartgraumassen, die so viel riesiger waren als alle bekannten Steine, hinbekommen hatte. Also konnte auch keiner mehr so bauen. Was eigentlich nicht sehr schlimm war, denn die vorhandenen alten Häuser aus Hartgrau mussten einmal als Wohnraum für unglaubliche Mengen von Menschen gedacht gewesen sein – Mengen, die es heute nicht mehr gab. Es machte also nichts, dass die überhohen Hartgrau-Häuser nach und nach bröckelten und einstürzten. Nur auf die Hartgrau-Brücken konnte man nicht so leicht verzichten.

Ja, sie näherten sich der Brücke und dem Tief; da vorne war schon die Mühle! Komisch sah sie aus mit ihren neuen Flügeln, die man zwei Toten Riesen abgenommen hatte. Die Turmstümpfe der Toten Riesen bestanden auch aus Hartgrau. Die meisten dieser Türme hielten sich noch. Nicht weit vor der Stadt jedoch, halbwegs nach Nördiek, waren voriges Jahr im Novembersturm zwei umgestürzt. Helm hatte davon gehört, dass Onnos Leute die Spitzen der Flügel dieser Riesen gekappt und der alten Windmühle angepasst hätten. Bis jetzt aber hatte er das nicht glauben wollen. Die Nörner mahlten also wieder Korn mit Windkraft, ganz wie einst die Altvorderen! Groß Onnos Macht war in der Tat beachtlich.

Franko allerdings verfügte nicht nur über eine intakte Mühle, sondern über gleich zwei. Auch das konnte ein Grund sein, warum Groß Onno ihm auf den Pelz rückte.

»Was tun wir jetzt?«, zischte Rina neben ihm, den Kopf immer noch gesenkt. »Sollen wir etwa einfach mit nach Greetland trotten? Wenn es dort zum Kampf kommt, verheizen die uns doch bloß! Außerdem haben wir noch etwas zu erledigen, vergiss das nicht.«

Allerdings, das hatten sie. Und nein, das vergaß Helm bestimmt nicht. Der Gedanke an Gander und Engel, die sich in der Gewalt der alten Folterärztin und ihrer höllischen Chemikalien befanden, bohrte und hämmerte ständig in seinem Gehirn. Natürlich konnten sie nicht ewig in Groß Onnos Heerzug mittrotten, da hatte Rina völlig recht. Aber sie durften auch nicht auffallen. Am besten, sie warteten bis Einbruch der Dunkelheit. Der Donner mochte wissen, wo sie sich dann befanden.

Sie hatten gerade die Hartgrau-Brücke erreicht, an deren rechter Seite sich das Sieltief hafenartig erweiterte und das zerstörte Zollhaus aus leeren, geschwärzten Fensterhöhlen anklagend starrte, als hinter ihnen ein Tumult ausbrach. Gerade noch waren Rina und Helm gleichmäßig und kräftesparend vor sich hin geschlurft, von seltener werdenden, halbherzig klingenden Rufen begleitet – im nächsten Augenblick erhob sich panisches Gebrüll, Schläge und Ellbogenstöße trafen sie in den Rücken und in die Seite, und zerlumpte Menschen drängten sich ohne Rücksicht auf Verluste an ihnen vorbei. Um nicht niedergetrampelt zu werden, mussten die beiden ganz nach rechts ausweichen, wo sie gegen das eiserne Brückengeländer gequetscht wurden.

»He, was soll der Mist? Könnt ihr nicht …« Helm drehte sich mühsam herum, und die Worte blieben ihm im Halse stecken. Was sich dort aus dem Soldaten-Strom erhob und auf die Hinterbeine stellte, bis es alle Menschen um sich herum turmhoch überragte, war ein Eisbär. Ein Eisbär! Kein gewöhnlicher, wie sie früher die Arktis und die zoologischen Gärten bevölkert hatten, sondern eins dieser mutierten Monster, die in Wilmshaven über die Kreuzler hergefallen waren. Das Biest trug schwere eiserne Ringe und Bänder um Hals und Glieder, an denen Kettenglieder baumelten – die erbärmlichen Reste das gescheiterten Versuchs, dieses Tier zu bändigen und als Waffe mit in den Krieg gegen Greetland zu schleppen. Dieser Eisbär war entschlossen, seinen eigenen Krieg zu führen, und zwar jetzt und hier.

Ein Wald von Piken und Hellebarden streckte sich dem Tier entgegen. Mit wenigen Prankenhieben schlug das riesenhafte Tier Schneisen hinein, mähte die Stangen weg, knickte sie ab wie ein Orkan einen Nadelwald. Die peitschenden Kettenreste an seinen Vorderbeinen färbten sich blutrot. Dann ließ sich das Tier wieder auf alle viere fallen und senkte sein aufgerissenes Maul in die Masse zappelnden Futters, das ihm in der drangvollen Enge auf der Brücke nicht entkommen konnte.

Helm spürte, wie der Druck der flüchtenden Masse weiter zunahm und das Geländer ihm das Rückgrat zu brechen drohte. »Nach unten!«, schrie er Rina zu. »Wir müssen nach unten!«

Es dauerte einen Augenblick, bis sie verstand, denn ehe sie nach unten konnten, hinein ins rettende Wasser, mussten sie natürlich nach oben, über das Geländer hinweg. Helm formte seine Hände zur Räuberleiter, und als der mörderische Druck der unkontrolliert wogenden Menschenmenge für einen Sekundenbruchteil nachließ, katapultierte er sie förmlich über die eiserne Barriere hinweg. Danach stemmte er sich selber mit beiden Armen hoch, den Rücken zum Wasser, bis sein Hintern über das Geländer rutschte, und ließ sich nach hinten kippen. Mit beiden Füßen trat er nach den anderen Fliehenden, um sich etwas Schwung zu verschaffen, und konnte sich damit trösten, dass niemand in seiner Panik das auch nur registrierte. Einen kurzen Moment lang fühlte er sich seltsam leicht und frei, schwerelos und außer Kontrolle. Dann klatschte er schmerzhaft durch die Wasseroberfläche.

Er hatte Glück, das Wasser war nicht sehr tief. Sowie er das modderige Kanalbett unter seinen Füßen spürte, gelang es ihm, sich in die richtige Richtung abzustoßen. Prustend und spuckend rettete er sich an die Böschung, musterte sofort Gepäck, Waffen und Kleidung; wie es aussah, hatte er nichts verloren.

Nicht weit von ihm paddelte auch Rina ans Ufer. Sie waren nicht die einzigen aus dem Heerzug, die sich ins Wasser gerettet hatten. Überall um sie herum krabbelten keuchende Menschen an Land und kämpften sich die Böschung hinauf. Oben hatten das Kreischen und Brüllen aufgehört und einem allgemeinen Jammern und Stöhnen Platz gemacht, unterbrochen von lauten Flüchen und Kommandorufen. Hatte sich der riesige Eisbär davongemacht, nachdem er seinen Blutzoll kassiert hatte?

Nein. Helm registrierte den Kopfschmerz, den er nur zu gut kannte – obwohl er sich diesmal ganz anders anfühlte. Wie ein Pfeil, der ihn nicht traf, sondern haarscharf vorbeiflog, ihn beinahe streifte, aber ein anderes Ziel hatte. Ganz klar: Das Ziel war der Eisbär.

Und der, der diesen mentalen Pfeil abgeschossen hatte, war der Drübener. Der Weiße. Er war es, der das Monster unter seine Kontrolle gezwungen hatte, die ihm vorhin, in den Wirren des Ausmarsches, kurz entglitten war. Jetzt hatte er das Biest wieder im Griff. Anscheinend befand er sich nicht in Sichtweite, sonst wäre ihm das kaum passiert. Wo steckte er wohl?

Vermutlich an der Spitze des Zuges. War er etwa Groß Onnos Heerführer? Dann würde sich Franko nicht mehr lange seiner Mühlen erfreuen können, dachte Helm.

Und diesen machtvollen Mutanten sollten sie einfangen? Lebendig fangen und zu den Weibern bringen, um Gander auszulösen und Engel das Leben zu retten? Da schien es ja aussichtsreicher, einen Panzerhecht mit bloßen Händen zu erwürgen!

Dass dieser Drübener in der Lage wäre, Engel zu kontrollieren, stellte Helm jetzt nicht mehr in Frage. Wer einen monströsen Eisbären mit einem bloßen Gedanken unter seinen Befehl zwang, der wurde auch mit einer benommenen Engel fertig. So weit, so klar. Aber dann? Was hatte die alte Vettel mit ihrer Weiber-Gefolgschaft dann mit Engel vor?

Helm blickte hoch zur Brücke, über die jetzt wieder Soldaten zogen, die letzten des Zuges, wie es aussah. Einige von ihnen wuchteten zuerst tote Körper über das Geländer, ganze und halbe und zerrissene Teile. Einer der toten

Körper verfing sich mit dem Riemen seines Wasserbeutels an einer Geländerstange und blieb zwischen Hartgrau und Wasserspiegel hängen, baumelnd wie ein riesenhafter Köder. Hoffentlich gab es hier gerade keinen ausgewachsenen Panzerhecht, dachte Helm. Wenn doch, würde er es sehr bald wissen.

Nicht weit von ihm dümpelte ein Fischerboot am Ufer. Ein hölzernes Boot, anscheinend relativ neu, etwas plump, aber für zwei Leute und allerhand Gepäck wie geschaffen. Helm winkte Rina zu sich, ehe er hinter dem hochbordigen Boot Deckung nahm. Das Ding kam ihm wie gerufen – und die Idee, wie er vor Groß Onnos Heer in Greetland sein könnte, kam direkt in seinem Kielwasser.

13. Greetland

Der Hafen von Greetland bot einen bejammernswerten Anblick. Die großen stählernen Fischkutter, einst der Stolz und das Aushängeschild dieses Ortes, hingen rostig und geplündert an verrotteten Moorings, soweit sie nicht gesunken waren und nur noch durch Aufbauten und Mast- und Kurrbaumspitzen von großer Vergangenheit kündeten. Der frühere Yachthafen gegenüber lag völlig verwaist da; sämtliche Boote, die noch schwammen und – im Gegensatz zu den Kuttern – über Segel verfügten, hatten sich die Greetlander unter den Nagel gerissen, um damit zu fischen. Diese Boote lagen jetzt draußen, außerhalb des abgeschlossenen, inzwischen völlig versandeten Beckens und der nutzlosen Schleuse, in einem improvisierten, ziemlich primitiven Hafen, der diese Bezeichnung kaum verdiente. Helm und Rina hatten diese Ansammlung von wackeligen Stegen und schiefen Dalben passiert, als sie sich mit Einbruch der Dunkelheit hier hineingeschlichen hatten.

Greetlands Hafen war nicht nur verkommen, er war auch menschenleer. Soweit die Häuser an den Deichen ringsum noch standen und noch Dächer hatten, wirkten sie dunkel und tot. Weiter vorne, im Ortskern jenseits des alten Siels, flackerten dagegen Lichter. Erregte Stimmen waren zu hören, Stimmen, die wütend durcheinander schrien. Allerdings waren sie zu weit entfernt, um irgendetwas zu verstehen.

»Sie wissen schon, dass Groß Onno kommt«, sagte Rina.

»Was Wunder.« Helm seufzte. »Sein Heer von Mordbrennern walzt durch das Land wie eine Sturmflut durch ein offenes Deichschart! Die Greetlander müssten schon taub und blind sein, um das nicht mitzubekommen.«

»Sofern sie Ausguck stehen, Posten unterhalten und Boten in Bereitschaft haben«, sagte Rina. »Was wiederum heißt, dass sie einigermaßen organisiert sind. Müssen sie auch sein, wenn sie Groß Onno auch nur einen Tag lang widerstehen wollen.«

Helm lachte leise und beifällig. »Schau an, die kleine Rina! Kennt sich aus im Kriegshandwerk. Von dir kann selbst ein Haudegen wie ich noch etwas lernen.«

Wütend funkelte sie ihn an, eine scharfe Erwiderung auf den Lippen. Als sie jedoch erkannte, dass er nicht vorgehabt hatte, sie zu verhöhnen, schluckte sie ihre Worte hinunter. »Das hat mit Krieg nichts zu tun«, antwortete sie stattdessen, »sondern mit Selbstorganisation einer Gemeinschaft. Das sind Dinge, die man einfach beachten muss, wenn man bestehen will. Mein Vater hat mir einiges davon beigebracht.«

»Dein Vater?« Helm zog seine Stirn in Falten. »Jetzt sag bloß nicht ... etwa Meemee?«

Sie schlug die Augen nieder und errötete.

Auch eine Antwort, dachte Helm. Er hatte sowieso nicht vorgehabt, sich jemals wieder im Dorf der Akbars blicken zu lassen. Jetzt nahm er sich vor, künftig einen besonders großen Bogen darum zu machen.

Sofern er diesen Krieg, der nicht mehr lange auf sich warten lassen würde, überlebte. Normalerweise würde er auch um den einen großen Bogen machen. Aber die Verhältnisse, sie waren nicht so.

»Wie jetzt weiter?«, fragte Rina.

»Die Nörner kommen von der anderen Seite«, sagte Helm. »Dort werden die Greetlander jetzt die Verteidigung organisieren. Also wird Franko auch dort sein. Da müssen wir hin.«

»Das ganze Dorf liegt dazwischen«, sagte Rina skeptisch. »Und es ist auch zu dieser Seite hin befestigt. Siehst du? Richtige Mauern!«

»Klar. Könnte ja sein, dass die Freibeuter mal von hier aus angreifen. Die Brits und anderes Raubvolk zur See.

Am besten, wir versuchen es auf der anderen Seite des Hafenbeckens.«

»Da drüben?« In der Dunkelheit wirkte die Wasserfläche unheimlich breit. »Wie sollen wir denn dort hinkommen? Ohne Boot?« Ihr treues Fischerboot, das sie über das ganze Nörner Tief und auch über die Leybucht getragen hatte, hatten sie vor dem Tor der Schleuse zurücklassen müssen. »Sollen wir etwa schwimmen? Mit dem ganzen Zeug?«

Helm zuckte mit den Schultern. »Wir können ja erst einmal schauen, ob wir hier irgendwo etwas Schwimmfähiges finden. Hat ja in Nörn auch geklappt. Am besten schauen wir …«

»Ein Boot wollt ihr klauen, ja? Pass up, Keerlke!« Eine Hand packte Helm im Nacken. »So was mögen wir hier gar nicht. Ham, schnell, die Kleine will ausbüxen!«

Rina rannte los, kam aber nicht weit. Eine zweite Gestalt, in der Dunkelheit kaum zu erahnen, schnappte sie und drehte ihr die Arme auf den Rücken.

Helm versuchte sich der Hand an seinem Hals zu entwinden, die aber hielt eisern fest. Als er mit dem schienengeschützten linken Arm nach oben und hinten schlug, konnte er auch hören, warum: es klang metallisch. Sonst passierte nichts. Gegen die Rüstung des Wachmanns kam seine Schiene nicht an.

Die eiserne Hand drehte sich, und Helm drehte sich mit, sonst wäre es um seinen Hals geschehen gewesen. Dicht vor seinen Augen sah er es blinken. Was war das – ein Schild? Aber nein, ein Brustpanzer. Helm schaute in die Höhe. Von dort schaute es misstrauisch auf ihn herab. Dieser gepanzerte Wachposten war ein Riese.

»Woher kommt ihr?«, fragte der zweite Wächter, der Ham genannt wurde und mit der zappelnden Rina seine liebe Not hatte.

»Aus Nörn«, keuchte die junge Frau.

»Aus Nörn! Hab ich's doch gewusst!«, grollte der Riese. »Hat Groß Onno euch geschickt, auskundschaften, was? Tja, wenn er es hinten rum versuchen will, dann hat er schlecht geackert. Wir passen nämlich auf, oh ja, das tun wir! Kannst du ihm ruhig erzählen, deinem großen Häuptling.« Der Eiserne stutzte, dann fuhr er fort: »Ach nee, könnt ihr nicht. Weil wir euch ja erwischt haben.«

»Holl up mit Tüünkram, Eiko«, unterbrach ihn der kleinere Wächter, der immer noch einige Finger breit größer war als Helm. »Jetzt stellen wir die beiden Vögel erst mal sicher, dann sagen wir Renko Bescheid, und der sagt es Franko. Der wird schon wissen, was mit Spionen zu tun ist.« Er setzte sich in Bewegung in Richtung Befestigungsanlagen. »Los, mir nach!«

»Wir sind keine Spione!« Helm stöhnte auf; Eiko, der Riese, hatte sich in Bewegung gesetzt und dabei stärker zugedrückt. Jetzt war er drauf und dran, dem Gefangenen, der auf dem unebenen Geläuf ins Straucheln kam, mit seiner Eisenhand den Hals zu brechen. »Im Gegenteil! Wir wollen Franko helfen.«

»Och nö, das ist ja nett! Ein Tattergreis und eine Feldmatratze wollen Franko helfen! Da wird sich unser Häuptling aber mächtig freuen.« Hams Stimme troff vor Hohn. »Was glaubt ihr wohl, wer Franko ist, hä? Der hat die stärkste Truppe weit und breit! Guck nur uns an, dann weißt du Bescheid! Kleinigkeit für uns, Großmaul Onno ein paar vor den Latz zu hauen, wenn er sich wirklich hierher traut.«

»Da kommen aber eine Menge Lätze zum Davorhauen«, gab Helm zurück. »Bist du sicher, dass am Ende wirklich Onno das Großmaul ist? Au!« Er zog seine Schultern hoch, so gut er noch konnte. »Pass doch mal auf mit deiner Eisenhand! Glaub mir, mein Kopf ist für Franko nützlicher, wenn er noch an meinem Hals dran ist.«

Tatsächlich ließ der Riese ein wenig lockerer. »Was meinst

du, Ham?«, fragte er zögernd. »Sollen wir die beiden vielleicht wirklich zu Franko bringen?«

Sie hatten die Hafenmauer erreicht. Ham schleppte Rina zu einer halb abgeblendeten Laterne, die an einem Haken neben einer kleinen Pforte hing; vermutlich hatten die beiden Wächter sie dort selber deponiert. »Schau an, was für ein Wildfang!«, rief er aus, als Licht auf Rinas schmutziges Gesicht fiel. »Aber genau so mag ich meine Weiber! Weißt du was, Eiko, mach doch mit dem Alten, was du willst! Aber die kleine Stute hier, die bleibt bei mir. Die werde ich erst mal abrichten und zureiten. Was, meine Kleine?« Er packte die junge Frau am Hinterkopf und riss ihr Gesicht an seins heran. Im schwachen Licht der Laterne konnte Helm sehen, wie er versuchte, sie zu küssen und ihr seine von Speichel glitzernde Zunge in den Mund zu stecken.

Das hätte er besser nicht getan, dachte Helm, noch ehe Hams markerschütternder Schrei ertönte. Dann aber drückte der Riese ernsthaft zu, und Helm bekam nicht mehr mit, wie die Geschichte ausging.

Dass sie noch nicht zu Ende war, erkannte er an seinem rasenden Kopf- und Halsschmerz beim Erwachen. Seine Zähne klapperten; er lag auf feuchtem, schmutzigem Hartgrau-Boden und fror erbärmlich. Graues Dämmerlicht aus einem schmalen Fensterschlitz unter der Decke zeigte ihm einen kahlen Raum mit Backsteinwänden und einer Tür aus kräftigen Brettern. Rina hockte neben ihm, die Beine an den Körper gezogen, die Arme um die Knie geschlungen, und schaute ihm missmutig an.

»Du hast die ganze Nacht geschlafen«, informierte sie ihn. »Ich hätte dich ja geweckt, wenn irgendwer gekommen wäre. Ist aber keiner. Die beiden Hohlköpfe haben niemandem Bescheid gesagt, weder Franko noch wem anders.«

»Und sonst? Ist, äh … ist dir etwas passiert?« Helm massierte sich die Schläfen.

»Nö.« Die junge Frau musste grinsen. »Dass dieser blöde Ham für den Rest seines Lebens lispeln wird, war den anderen Warnung genug.« Sie leckte sich die Mundwinkel.

Helm fragte nicht, was aus der Zungenspitze des geilen Wächters geworden war. Er wollte es wirklich nicht wissen. Dass er im Zwielicht Blutkrusten in Rinas Mundwinkeln zu sehen glaubte, reichte ihm völlig.

»Was hast du sonst noch mitbekommen?«, erkundigte er sich.

»Wenig. Die halbe Nacht Aufregung und Gerenne, dann war Ruhe. Bis jetzt. Die Schlacht scheint auf jeden Fall noch nicht begonnen zu haben.«

Helm versuchte sich vorzustellen, wie Groß Onno seine Truppen in Stellung gebracht hatte. Ein Überraschungsangriff war von vornherein ausgeschlossen – und auch wohl nicht die Absicht des Nörner Häuptlings gewesen. Bestimmt versuchte er, die Greetlander durch die schlichte Masse seines Heeres, durch die Wucht seines Auftretens einzuschüchtern. Vielleicht legte er es auch gar nicht auf den Kampf, sondern auf Übergabeverhandlungen an. Je weniger Verluste, desto größer seine Möglichkeiten, schon bald den nächsten Widersacher anzugehen. Bis die ganze Halbinsel unter seiner Fuchtel stand.

Und dann? Der Rest der Welt?

Klar, das klang idiotisch. Andererseits: Wer konnte denn sagen, in welchem Zustand sich der Rest der Welt befand? Ähnlich desolat wie das ehemalige Friesland – zerstört, entvölkert, isoliert, zurückgefallen in die Barbarei, von innerem Zwist zerrissen? Falls dem so war, dann war diese Welt wie eine reife Frucht. Eine mit vielen faulen Stellen, aber auch essbarem Fruchtfleisch. Bereit, von einem gepflückt zu werden, der sich einfach nur traute.

Zumal, wenn dieser eine jemanden hatte, der ihm die Leiter hielt. Einen mit besonderen Fähigkeiten und – vermutlich – überlegenem Wissen. Diesen Drübener.

»Was ist? Schläfst du schon wieder?«

Sie klingt ungehalten, dachte Helm. Allzu viel Respekt hat sie wohl nicht mehr vor mir. Klar, wenn ich mich von einem Dorfdeppen so einfach greifen lasse wie eine Mistfliege!

»Weißt du, wo unsere Sachen sind?«, fragte er.

»Liegt alles nebenan, in einer Kammer«, erwiderte sie mürrisch. »Da haben sie es jedenfalls hingelegt. Glaube nicht, dass sie unseren Kram noch einmal anrühren.«

»Warum?«

»Warum? Weil dieser blöde Eiko meinte, er müsste sich einen von den Bensaer Feuerstäben näher anschauen. Herrlich! Der ist vielleicht gesprungen, als das Teil losgegangen ist! Hat sich ganz schön die Hand verbrannt dabei. Und die Fresse.«

Helm rieb sich den schmerzenden Hals. Soso, die Hand. Er konnte nicht sagen, dass ihm das leid tat.

Nebenan schlug eine Tür. Schwere Schritte ertönten. Mit lautem Krachen wurden Riegel zurück geschoben. Die Brettertür schwang auf. Zwei Eisenmänner zwängten sich hindurch; unter dem Türsturz mussten sie die Köpfe einziehen. Greetland schien eine Vorliebe für hochgewachsene Schergen zu haben, stellte Helm fest. Lag es an der guten Ernährung? Immerhin hatte man hier Fisch. Und gleich zwei Mühlen.

»Ihr beide kommt mit«, schnauzte der vordere der beiden. Seine langen Haare waren hell wie Weizen – oder doch schon friedhofsblond? Schwer zu sagen bei der mangelnden Beleuchtung.

»Wohin?« Helm rührte sich nicht. Rina tat es ihm gleich.

Der Hellhaarige stemmte die Fäuste in die Seiten; seine Rüstung rasselte. »Nun hör mal zu, die Kellerratte! Du tust hier, was dir befohlen wird, verstanden? Also los, hoch mit der Kiste!«

»Erst sagst du mir, wohin es gehen soll.« Helm versuchte die beiden Eisernen einzuschätzen. Sie wirkten eher bieder als brutal. Eher verunsichert als machtbewusst. Was sagte das über die Verhältnisse da draußen aus?

»Zu Franko. Los jetzt, kommt hoch!« Der zweite Eisenmann war jünger und honigblond. »Lasst ihn nicht warten.«

Ohne weiteren Widerstand stemmte sich Helm auf die Füße. Die Anstrengung ließ seinen Schädel dröhnen, als wollte er platzen. Sein Magen rumorte, sein Gaumen war rissig wie altes Leder, seine Blase zum Zerreißen gefüllt – alles wie gewohnt, sagte er sich und hätte beinahe trotz allem gelacht.

Draußen war es gerade eben Tag geworden; Helm musste die Augen zusammenkneifen. Verwundert registrierte er, wie ordentlich und aufgeräumt die Straße aussah, an der ihr Gefängnis lag. Und auch die nächste. Die Fassaden der Häuser waren noch ganz, die Dächer zumindest geflickt, und in einigen Fenstern glänzten sogar richtige Glasscheiben! Das unebene Pflaster unter seinen Füßen fühlte sich so an, als sei es schon immer so uneben gewesen. Greetland wirkte wie ein Relikt aus längst vergangenen Zeiten.

Sie überquerten eine Kanalbrücke; der Ortskern lag jetzt hinter ihnen. Voraus kamen die beiden Mühlen in Sicht, beide grau vom Dreck und grün von Moos und Algen, aber alle beide noch intakt. Direkt dahinter begannen die Verteidigungsanlagen.

Entlang der ehemaligen Straße außerhalb des Ortes hatte es schon immer einen Graben gegeben. Den hatten die Greetlander vertieft und verbreitert und mit dem Aushub einen Wall aufgeworfen, der sich sehen lassen konnte. Die gesamte Alte Straße hatten sie dazu weggegraben, den grauen Belag zerschmettert und die Brocken gleich Zinnen auf dem Kamm des Walls aufgepflanzt. Dahinter hatten sie hölzerne Wehrgänge errichtet. Auf stabilen Plattformen in regelmäßigen Abständen waren Rohre montiert, die an die Donnerbüchsen der Brit-Piraten erinnerten. Das Eingangstor war von innen mit großen Haufen klebriger Klei-Erde zugeschüttet worden. Dahinter standen große Schleudern bereit.

Die weite, ehemals freie Fläche linker Hand hatte angeblich einmal dazu gedient, Selbstfahrtkutschen abzustellen, darunter auch welche, in denen man wohnen konnte – was für eine Vorstellung! Und warum war der Platz dann so groß gewesen? Jetzt jedenfalls war er von niedrigen, langgestreckten Behausungen umsäumt, anscheinend Unterkünften für Soldaten und Pferde. Aus dem Schornstein des einzigen steinernen Gebäudes quoll dichter Rauch. Wurden dort etwa in letzter Minute noch Waffen repariert? Oder sollten Pferde beschlagen werden? Zu hören war allerdings nichts.

Die Eisenmänner führten sie zur äußeren der beiden Mühlen. Der ältere hämmerte an das schwere Tor. Sofort wurde geöffnet; man erwartete sie also.

Drinnen roch es so gut, dass Helm sofort weiche Knie bekam. Vollkornmehl, säckeweise! Kisten voller Obst und Gemüse! Stapelweise Dosen und Gläser mit haltbarem Inhalt! Schinken und Dauerwürste, die von der Decke hingen! Irgendwo musste auch Brot gelagert sein. Der Duft war besser als das beste Parfüm.

Mitten in diesem vollgestopften Warenlager stand Franko. Auch er musste einmal blond gewesen sein, seine bleichen Haare aber hatten sich längst weit von der Stirn zurückgezogen wie ein Heer vor einem übermächtigen Feind. Immer noch aber war Franko ein beeindruckender Mann, ziemlich groß, hager und trotzdem muskulös. Er trug einen verbeulten Brustpanzer und schwere Hosen aus gekochtem

Leder. Auch die Schäfte seiner Stiefel bestanden aus Leder, der Rest aus Holz – hölzerne Klompen mit drangenagelten Röhren. So etwas hätte Helm vielleicht bei einem Bauern erwartet, nicht jedoch bei einem Mann, der sich Häuptling nennen ließ.

»Du bist also Helm?« Franko hielt sich nicht mit langen Vorreden auf. »Helm von Nesserland?«

»Wenn du so willst.« Er warf Rina einen strafenden Blick zu. Die junge Frau zuckte mit den Schultern. Na gut, sie hatte geplaudert – aber es schien ja etwas genützt zu haben.

»Und du kommst von den Nörnern?« Franko wies mit dem Daumen über seine Schulter. Draußen hatten gerade große Trommeln rhythmisch zu dröhnen begonnen. Der Blick des Häuptlings flackerte.

»Nicht *von* den Nörnern«, stellte Helm richtig. »Wir kommen direkt *aus* Nörn. Haben den Ausmarsch von Onnos Heer beobachtet, gegen unseren Willen, aber aus nächster Nähe. Davor waren wir in Bensa.«

»Ach nee.« Frankos Augen wurden zu schmalen Schlitzen. »Ist sie etwa eine von denen?« Der große Mann wich einen Schritt zurück.

»Ich bin Rina al-Mehdi. Von den Akbars«, sagte die junge Frau mit fester Stimme. »Ursprünglich. Ich bin da weg, weil ich zu den Weibern wollte.« Sie schluckte. »Aber jetzt nicht mehr.«

»Nörner, Weiber, Akbars, Nesserlander – da weiß man ja nicht, was schlimmer ist.« Franko schüttelte den Kopf, hatte sich aber sichtlich wieder gefasst. »Und ihr wollt mir Hilfe anbieten? Ehe ich frage, was für Hilfe das wohl sein soll« – er bedachte die beiden mit höchst abschätzigen Blicken – »würde ich gerne wissen: warum denn?«

»Die Weiber haben zwei Geiseln von uns«, sagte Rina, ehe Helm den Mund offen hatte. »Sie wollen, dass wir ihnen jemanden bringen, sonst töten sie sie. Wenn wir täten, was die Weiber verlangen, wäre das für euch ein riesiger Vorteil.« Sie schaute Franko fest in die Augen: »Das ist die Hilfe, die wir euch bringen. Und das ist der Grund dafür.«

Franko verschränkte die kräftigen Arme vor der Brust. Hinter seiner breiten Stirn schien es zu arbeiten. »Wenn dem so wäre«, sagte er dann langsam, »was wollt ihr dafür von uns?«

»Wir wollen eure Hilfe«, sagte Helm. »Denn alleine schaffen wir es nicht.«

Franko lachte auf. »Wir sollen dabei die Arbeit machen? Wozu bräuchten wir dann euch?«

»Wir beide können es nicht alleine«, wiederholte Helm. »Aber ihr alleine könnt es auch nicht. Gemeinsam schaffen wir es. Vielleicht.« Er kreuzte ebenfalls die Arme.

»Wir Greetlander sind viele«, sagte Franko. »Woher weiß ich, dass wir wirklich auf euch angewiesen sind?«

»Schau über den Wall«, erwiderte Helm.

»Vielleicht, sagtest du«, fuhr Franko fort. »Was ist, wenn ihr scheitert? Wenn *wir* scheitern?«

Noch hat er nicht gefragt, worum es uns eigentlich geht, dachte Helm. Gut. Er weiß, dass das Teil der Verhandlungen ist. Also verhandeln wir. »Wenn wir scheitern«, sagte er, »dann sterben wir, dann sterben die Geiseln, und von euch sterben ebenfalls viele. Die Überlebenden werden auch nicht viel besser dran sein.«

Draußen verstummten die Trommeln mit einem letzten dumpfen Schlag. Ein lauter Kriegsschrei ertönte aus tausend Kehlen, fuhr allen ins Hirn und in die Knie. Auch Franko zuckte zusammen.

Gleich danach setzten die Trommeln wieder ein. »Der Feind steht bereit«, sagte Helm, jetzt wieder die Ruhe selbst. »Es wird Zeit, Franko. Du musst dich entscheiden.«

Der große Mann straffte sich. »Ich habe mich entschieden«, sagte er.

14. Die Schlacht bei den Mühlen

Groß Onnos Heer stand auf den Weiden aufgereiht wie zu einer Parade. Ein Meer von Helmen, Fahnen und Lanzenspitzen, bereit, gegen den Schutzwall von Greetland zu branden. In vorderster Front standen Onnos groteske Bestien, laut röhrend und brüllend, mühsam zurückgehalten von Reitern und Tierbändigern, von denen einige kaum weniger monströs aussahen als die Bestien selbst. Dazwischen erhob sich Groß Onnos Königswagen, seine rollende Burg, die seine Sklaven nur unter größtem Einsatz und mit Hilfe herbeigepeitschter Lumpen-Fußsoldaten über die buckeligen Wiesen hatten rollen können. Rauch quoll aus dem Rohr an seiner Vorderseite.

Wieder erscholl der tausendkehlige Kriegsschrei. Erneut setzten die Trommeln ein. Die Plattform des Königswagens aber war noch leer. Groß Onnos Heer wickelte noch die Präliminarien ab.

Von den Verteidigern kam kein Echo, keine Antwort. Die Greetlander hatten ihre Wälle und Wehrgänge bemannt, alle Büchsen und Schleudern besetzt, volle Pfeilköcher für Bögen und Armbrüste ebenso ausgeteilt wie Bündel kurzer Wurfspeere. Jetzt standen und hockten sie hinter ihren Brüstungen und Schilden und warteten ab, von der großen Heerschau draußen anscheinend unbeeindruckt.

Dafür gab es einen guten Grund: Zwischen ihnen und der aufmarschierten Angriffsmacht erstreckte sich der breite, tiefe Festungsgraben. Groß Onnos Eisenmänner würden elend drin ersaufen, seine Reiter hilflos versinken, seine Bestien davor zurückschrecken. Bis auf den Eisbären natürlich, aber auch der würde lange genug brauchen, um den Graben zu überwinden, dass man ihn vom Wall aus mit Pfeilen und Speeren spicken konnte wie ein Nadelkissen.

Onnos ganze große Macht war hier und jetzt nichts anderes als Fassade, eine hohle Drohkulisse ohne Kern. Große Schnauze, nichts dahinter.

Dass die Greetlander ihren Feind angesichts dessen nicht lauthals verhöhnten, lag wiederum daran, dass sie das nicht recht glauben konnten. Hatte Groß Onno vielleicht doch noch etwas Überraschendes auf Lager? Lieber warteten sie ab.

Das Trommeln steigerte sich, brach ab. Erneut der Kriegsschrei. Diesmal setzten die Trommeln danach nicht wieder ein. Statt dessen erscholl ein anderes Geräusch, das Onnos Bestien kurzfristig zu Raserei brachte: Eine quäkende Fanfare aus einem zwar goldglänzenden, aber recht verbogen aussehenden Ding, in das einer der besonders edel ausstaffierten Gardisten, die die Häuptlingsplattform umrahmten, hinten hineinblies. Der Ton brach quietschend ab; der Bläser errötete, blieb aber steif an seinem Platz stehen, das Instrument an den Körper gepresst. Denn jetzt erschien ER.

Groß Onno trat hinter einem schillernden Vorhang hervor, seinem Herold einen vernichtenden Blick zuwerfend. Ob er die ganze Zeit dort gestanden hatte oder aber durch eine Luke von unten her auf die Plattform gestiegen war, konnte sich jeder selbst ausmalen. Er war überraschend schlicht gekleidet: hohe Stiefel, Lederwams, glanzloser Harnisch, Kettenärmel, eiserne Handschuhe, Halbschalenhelm mit Pieke. Ein Langschwert baumelte an einem einfachen Wehrgehänge. Der Häuptling sah aus, als meinte er es ernst. Vermutlich war genau das seine Absicht.

»Leute von Greetland!«, schallte seine Stimme laut über den Graben. »Männer und Frauen! Ich bin Groß Onno, rechtmäßiger Herr über die Lande des gesamten östlichen Frieslands, Häuptling von Gottes Gnaden und aus eigener Kraft und Macht. Diese Macht« – er breitete die Arme aus, einen nach dem anderen, und wies damit auf seine versammelten Truppen – »diese Macht ist eine gute Macht. Eine Macht, die auch euch schützen und tragen kann, wenn ihr bereit seid, euch ihr einzuordnen. Erkennet diese Macht! Erkennt sie an, erkennt mich als euren wahren Häuptling an, und ihr werdet Teil dieser Macht sein. Tut ihr das nicht, werdet ihr sie zu spüren bekommen. Ihr habt die Wahl.«

Groß Onno nickte seinem Herold zu. Der setzte das goldene Ding erneut an die Lippen und blies um sein Leben. Diesmal brachte er die Fanfare ohne größeren Schnitzer zu Ende.

Die Trommeln setzten wieder ein. Groß Onno jedoch behielt seine Position bei, senkte lediglich die Arme. Das war also noch nicht alles gewesen.

Den Greetlandern war nicht entgangen, dass Groß Onno ihren Anführer mit keinem Wort erwähnt hatte. Der Name von Häuptling Franko war nicht gefallen – mehr noch, dem Inhalt der Rede nach schien er überhaupt nicht zu existieren. Sollte das eine Beleidigung sein? Wollte Onno sie zu einer unbedachten Wut-Reaktion verleiten?

Oder zur Rebellion?

Franko selber zeigte sich nicht. Seine Leute wussten natürlich, wo er sich befand: im linken der beiden tonnenförmigen Turmstümpfe, die das Haupttor flankierten. Diese Türme bestanden aus zwei getrennten Lagen kräftiger Bohlen mit einem halben Meter gestampfter Erde dazwischen – absolut sicher gegen jede Art von Pfeil und Speer, gegen die Geschosse der meisten Schuss- und Schleuderwaffen und gegen Feuer. Der Häuptling in vorderster Front, aber trotzdem geschützt gegen direkte Angriffe – so gehörte sich das. Schließlich galt »Dem Huhn den Kopf abschlagen« als erfolgversprechende Strategie in Kriegshändeln.

Groß Onno hob seinen rechten Arm. Die Trommeln verstummten, etwas holprig diesmal. Keine Fanfare erklang. Der Häuptling kam gleich zur Sache.

»Unter euch gibt es einen, der sich Häuptling nennt«, donnerte Groß Onno. »Häuptling! Dieser Titel steht allein mir zu. Ihn zu missbrauchen, stellt eine Lästerung Gottes dar.« Er schickte einen Blick nach hinten. Der Herold raffte den schillernden Vorhang ein Stück beiseite, und heraus trat ein bärtiger Mann in einem langen schwarzen Gewand mit lila Schärpe und einem lilafarbenen Schal, den er offen um den Hals trug, so dass ihm die Enden bis über den Bauch hingen. Dazwischen baumelte ein hölzernes Kreuz, so groß, dass es auch von jenseits des Grabens gut zu erkennen war.

Die Greetlander schauten einander ratlos an. Niemand kannte diesen Mann in Schwarz-lila. Sicher, er war ein Kreuzler, so viel war klar. Was aber hatten sie mit den Kreuzlern zu tun? Was hatte Groß Onno mit denen zu tun? Führten die Kreuzler nicht ihr eigenes Leben in Wilmshaven, ein Leben, von dem die wenigen Reisenden Gruseliges zu erzählen wussten?

»Er ist geschickt«, murmelte Franko hinter seiner doppelten Deckung. »Er will das Gottesgnadentum wieder errichten! Wenn er das schafft, brauchen seine Söhne niemandem mehr ihre Macht zu demonstrieren. Dann reicht die Drohung mit dem Höllenfeuer.« Er knirschte mit den Zähnen. »Und diese verfluchten Kreuzler sind natürlich gerne dabei! So werden sie wieder zur zweiten Macht im Staate. Vielleicht auch zur ersten, wenn der Häuptling mal nicht aufpasst.«

Vorsichtig spähte er nach allen Seiten. Helm von Nesserland, der alte Krieger mit den abenteuerlichen Ideen, war nirgendwo zu entdecken.

»Eine Lästerung Gottes!«, wiederholte Groß Onno mit donnernder Stimme. »Das werden wir nicht dulden! Das werde *ich* nicht dulden! Ich verlange: Liefert mir diesen Unbotmäßigen aus! Liefert ihn aus, jetzt und hier. Dann soll euch anderen, samt und sonders, kein Haar gekrümmt werden. Liefert uns den Lästerer aus, und ihr werdet alle Teil meiner Macht, meiner Herrlichkeit werden. Liefert ihn aus!«

Wieder setzten die Trommeln ein. Diese Schau war gut in Szene gesetzt, das musste Franko zugeben.

Jetzt aber war es Zeit für eine Replik.

Der hochgewachsene Greetlander richtete sich auf und verließ seine Deckung. Alle Augen waren auf ihn gerichtet, nicht nur die von jenseits des Grabens, sondern vor allem die seiner eigenen Leute. Groß Onno hatte ihnen ihr eigenes Leben versprochen, hatte ihnen angeboten, als Untertanen in seinem wachsenden Reich zu leben, weisungsgebunden zwar und mit Sicherheit auch tributpflichtig, aber ansonsten doch sicher und unbehelligt. Wenn sie ihm denn glauben durften. Die geforderte Gegenleistung war vergleichsweise gering, und sie war verfügbar. Franko spreizte seine Arme ein wenig ab. Jeder konnte sehen, dass er seinen Waffengurt nicht angelegt hatte.

Der Häuptling wandte bedächtig den Kopf, schaute nach allen Seiten, musterte seine Leute mit großer Ruhe. Die Bewaffneten auf dem Wall und dahinter, Männer wie Frauen, erwiderten seine Blicke ernst und unerschüttert. Hier zumindest war Groß Onnos giftige Saat nicht auf fruchtbaren Boden gefallen.

Franko wandte sich seinem Widersacher zu, starrte ihm direkt in die Augen; auf diese Distanz war das gar nicht so leicht. Sprechen konnte er noch nicht, denn die Trommeln dröhnten weiter, und Groß Onno dachte gar nicht daran, sie zum Schweigen zu bringen. Stattdessen grinste er breit. Tiefste Verachtung sprach aus seiner Miene.

Der Greetlander nickte zur nächstgelegenen Donnerrohr-Stellung hinüber. Seine Leute waren vorbereitet. Die Lunte glomm, wurde angeblasen und ins Zündloch gesenkt. Im letzten Moment dachte Franko daran, seinen

Mund geöffnet zu halten. Dann knallte es auch schon – ohrenbetäubend.

Groß Onnos Trommler waren überrascht und erschrocken, wussten ja nicht, dass es nur ein Blindschuss gewesen war. Sie kamen aus dem Rhythmus, verstummten ganz. Ehe sie sich besinnen und von Neuem herumlärmen konnten, erhob Franko seine Stimme, die mindestens ebenso laut war wie die seines Rivalen. »Männer und Frauen von Nörn!«, dröhnte er. »Dies hier ist Greetland, und es bleibt Greetland! Wer hier Häuptling ist, bestimmen nur wir und sonst niemand. Wir liefern euch niemanden aus, wir unterwerfen uns niemandem und wir zahlen niemandem Tribut. Auch keinem Kreuzler! Wer in Greetland beten will, der mag beten, zu wem auch immer er mag. Da mischt sich aber keiner dazwischen! Wenn es etwas Gottgewolltes gibt, dann, dass wir Greetlander auf dem Grund und Boden, den unsere Väter und Mütter geschaffen, den sie der See abgerungen haben, in Freiheit leben können. Dafür stehen wir! Und wenn es nicht anders geht, kämpfen wir auch dafür!«

Er ballte seine Faust und reckte sie in die Höhe. Es erhob sich kein Applaus – nur ein einziger, lauter Ruf aus Hunderten von Kehlen: »Huh!« Dieser Ruf kam so laut, so heftig, so stark heraus, dass man den Nörnern ansehen konnte, dass er ihnen in die Knochen fuhr.

Franko unterdrückte ein Schmunzeln. Tja, wenn es drauf ankam, konnten seine Leute und er auch ein bisschen Theater veranstalten.

Wenn Groß Onno beeindruckt war, dann zeigte er es nicht. Mit einer herrischen Handbewegung scheuchte er den Kreuzler zurück hinter den Vorhang. »Ganz wie ihr wollt!«, rief er über den Graben. »Dann bekommt ihr eben meine Macht zu spüren. Wenn ihr euch dem Häuptling nicht beugen wollt, dann beugt ihr euch seinem Feldherrn! Und das werdet ihr, verlasst euch darauf.«

Erneut wurde der Vorhang beiseite gezogen. Franko konnte hören, wie seine Leute nach Luft schnappten, als eine neue Person auf der Plattform des Häuptlingswagens erschien. Er konnte sich selbst kaum beherrschen.

Neben Onno wirkte der Drübener riesig. Seine kraftvolle Gestalt, sein grell weißes Gesicht, sein kahler Kuppelkopf und seine ganze Haltung strahlten etwas Bedrohliches aus. Gefährlicher aber noch wirkte seine Miene, seine selbstgefällige, zur Schau getragene Zuversicht, sein brutales Haifischlächeln mit den entblößten Zahnbalken. Die Greetlander klammerten sich an ihre Waffen, um ihr Zittern zu unterdrücken.

Dann fegte die erste Woge über sie hinweg. Kein einziger der Soldaten Groß Onnos hatte auch nur einen Finger gerührt, kein Pfeil wurde von der Sehne geschnellt, kein Speer geschleudert, kein Donnerrohr abgefeuert. Trotzdem wälzte sich von einem Augenblick auf den anderen die Hälfte von Frankos Leuten am Boden, kreischend und jammernd, die einen um sich schlagend, die anderen zusammengekauert wie Embryonen. Die andere Hälfte hielt sich mühsam aufrecht, die Gesichter schmerzverzerrt, alle Glieder verkrampft, unfähig, auch nur eine Hand zur Verteidigung zu erheben.

Allein Franko stand scheinbar unbeeindruckt. Den unheimlich starken Wunsch, sich selbst die Haut vom Gesicht zu reißen, kämpfte er nieder. Er hoffte, dass ihm niemand ansah, wie viel Anstrengung ihn das kostete.

Dann war der böse Spuk vorbei. Grausames Hohngelächter schallte über den Graben herüber. »Da seht ihr, was euch erwartet!«, brüllte Groß Onno. »Knien werdet ihr alle vor mir! Im Staub werdet ihr euch winden! Unterwerft euch, dies ist eure letzte Chance!«

»Alles auf die Posten!«, zischte Franko. Zufrieden verfolgte er, wie sein Kommando von allen Unterführern aufgenommen und unverzüglich weitergeleitet wurde. Alle Kämpfer nahmen ihre vorbestimmten Positionen wieder ein. Manchem war anzusehen, wie viel Überwindung ihn das kostete, aber alle taten es.

»Ihr wollt es nicht anders!«, schrie der Nörner Häuptling herüber. »Also denn, es geht los! Feuer!«

Pfeile, Bolzen, Speere, Kettenkugeln aus Donnerrohren, vereinzelte Geschosse aus alten Gewehren – mit all dem hatten die Verteidiger gerechnet, und all das kam auch über sie. Vereinzelte Aufschreie zeigten an, dass hier und dort eine Deckung durchschlagen worden war. Alles in allem jedoch wetterten die Greetlander Verteidigungsanlagen diese erste Salve souverän ab.

Bis aus dem rauchenden Rohr des Häuptlingswagens die Hölle hervorbrach.

Dass das rauchende Rohr in Wirklichkeit eine Art Kanone war, ein Donnerrohr eben, nur mit größerem Kaliber als üblich, das hatte Franko erwartet. Nicht aber damit, dass dieses Rohr pures Feuer spuckte. Im Nu standen die Befestigungen rechts und links des Haupttores in Flammen. Aus den schweren Balken des Tores selbst zischten kleine Qualm-Geysire hervor; Flammen begannen zu züngeln. Es war, als wollte sich das Tor von innen heraus selbst entzünden.

»Glühendes Eisen!«, brüllte er über den aufbrandenden Lärm hinweg. »Sie schießen mit glühendem Eisen! Schnell, holt Wasser! Eimerketten und Löschrohre klar!«

Befriedigt stellte er fest, wie schnell sich die Panik legte, wie aus dem allgemeinen Gerenne eine organisierte Vielzahl von Bewegungen wurde, die alle dem gleichen Ziel dienten. Das war echte Disziplin, dachte er, von Menschen, die mit dem Herzen dabei waren! Diese Art von Disziplin hatte nichts mit dem Kadavergehorsam zu tun, wie er mit der Peitsche zu erzielen war.

Während am Tor Wasser auf Feuer traf und erste Dampfsäulen aufzischten, begann die Besatzung der Wälle und Wehrgänge zurückzuschießen. Langbögen und Armbrüste hämmerten ihre Geschosse auf die andere Seite des Grabens, und die Donnerrohre, deren Knallen jetzt ertönte, waren scharf geladen. Lautes Geschrei antwortete von der jenseitigen Front. Mehr Wut- als Schmerzgeschrei, registrierte Franko. Er war von der Wirkung der eigenen ersten Salve etwas enttäuscht. Rüstungen und Schilde der Angreifer schienen ihren Zweck zu erfüllen.

Ein Brüllen, das nicht aus menschlichen Kehlen kam, ließ ihn hochfahren. Onnos Bestien! Schickte er sie jetzt schon nach vorne? Wie aber wollte er sie zum Einsatz bringen angesichts des breiten und tiefen Burggrabens?

Die Reihen des Gegners teilten sich. Franko sah riesige Kampfschweine durch die Gasse walzen, beritten und mit schildähnlichen Platten gepanzert. Dahinter die schwarzbunten Einhörner, auch sie gegen Pfeile weitgehend geschützt, ebenso wie ihre Reiter. Die Tiere schleppten etwas. Allem Anschein nach die Wagen der Nachhut, in denen Material, Munition und Verpflegung transportiert wurden. Was um alles in der Welt sollten die denn in vorderster Front?

Unbeeindruckt vom Feuer der Verteidiger schleppten die monströsen Viecher Wagen um Wagen in Richtung Burggraben. Von den Seiten sprangen Soldaten hinzu, rissen Planen und Haltebügel herunter. Allem Anschein nach waren diese Wagen unbeladen. Kein Wunder – sie besaßen überhaupt keine Ladeflächen. Wo andere Planwagen Laderäume zwischen den Seitenwänden hatten, besaßen diese hoch liegende, glatte Plankendecks.

Das sind keine Wagen, dachte Franko alarmiert, das sind Boote! Das sind schwimmfähige Plattformen! Sofort war ihm klar, was Groß Onnos Leute vorhatten. Eine Pontonbrücke über den Befestigungsgraben – einen direkten Weg zum Tor. Wenn dann der Häuptlingswagen vorrollte und das rauchende Rohr aus nächster Nähe glühendes Eisen verschoss ...

»Die Katapulte!«, schrie Franko. »Die Katapulte und Schleudern! Jetzt! Und raus mit dem Zeug aus der Schmiede!«

Die Besatzungen der großen hölzernen Kampfmaschinen reagierten schnell. Zu schnell. Die ersten Würfe gingen deutlich über den Graben hinaus – und verfehlten den Zug der anrollen Schwimmwagen. Kein Wunder, so hatte man sie vorher eingestellt, in der Voraussicht auf die Abwehr einer anrückenden Landarmee. Wertvolle Zeit verging, während diese Einstellungen geändert wurden.

Derweil gingen die ersten Schwimmwagen zu Wasser. Sklaven und Lumpensoldaten zerrten an langen Leinen, während andere mit schweren Holzhämmern lange Pfosten als Poller in die Uferböschung trieben, an denen die Taue belegt wurden. Einer nach dem anderen fielen Onnos Leute den Pfeilen, Bolzen und Wurfspeeren der Greetlander zum Opfer – für jeden Getöteten jedoch schienen zwei neue Frontarbeiter aus dem Boden zu wachsen. Groß Onno schien über mehr als genug von ihnen zu verfügen, und er scheute sich nicht, sie großzügig einzusetzen.

Der zweite Wagen wurde längsseits neben dem ersten vertäut, der dritte neben dem zweiten. Schon war der Ansatz einer breiten, stabilen Pontonbrücke zu erkennen. Von hinten wurden Balken und Planken herangeschafft, um die Schwimmwagen noch fester miteinander zu verbinden. Wer immer diese Aktion geplant hatte, er war gut vorbereitet.

Das Abwehrfeuer der Verteidiger war heftig, wurde aber immer wieder durch mentale Attacken des großen Drübeners unterbrochen. Welle um Welle warf die Wallbesatzungen zu Boden, ließ sie vor Schmerzen schreien und vor Verzweiflung heulen. Jedes Mal brauchte es eine Menge Zeit und Kraft, ehe sie den Abwehrkampf gegen den unablässig weiterfeuernden Feind wieder aufnehmen konnten.

Franko registrierte die Pausen zwischen den Wellen genau. Mal waren sie kürzer, mal länger – und immer schienen sie davon abzuhängen, was sich gerade auf der anderen Seite des Burggrabens abspielte. Einmal, als eins seiner Katapulte einen direkten Treffer auf einen der Schwimmwagen erzielte, der daraufhin schnell sank und die Zugtiere, die noch nicht abgeschirrt waren, mit unter Wasser zu reißen drohte, brach wilde Panik unter den Angreifern und ihren Bestien aus. Dies hatte die längste Pause zwischen zwei mentalen Angriffen zur Folge.

Alles hängt an ihm, dachte Franko. Er kann nicht alles zur selben Zeit. Das müssen wir uns zu Nutze machen.

Der nächste Volltreffer zerschmetterte einen Schwimmwagen noch an Land. Das war die Gelegenheit! »Jetzt«, signalisierte Frank nach unten, dorthin, wo das Katapult mit der eisernen Pfanne stand.

Die Tür der Schmiede wurde von innen aufgestoßen. Heraus rollte ein eiserner Wagen, eine Lore eigentlich, deren Räder umwickelt und verbreitert worden waren, so dass sie sich auch ohne Schienen schieben ließ. Geschoben wurde sie von Männern in dickem Lederzeug und mit nassen Tüchern vor den Gesichtern. Sie steuerten das Katapult an, rückten die Lore zurecht und kippten ihren Inhalt auf die Pfanne: glühendes Eisen – Nägel, Kettenglieder, Schäkel, Bolzen und jede Menge mehr. Die Luft darüber waberte vor Hitze.

»Los!«

Die Pfanne schnellte hoch und schleuderte ihre Ladung in einem breiten Fächer über den Graben hinweg mitten in Groß Onnos aufgereihtes Heer hinein. Schreie des Entsetzens brandeten auf, gefolgt von allgemeinem Chaos. Die Schlachtordnung der Kämpfer löste sich auf, Zugtiere gingen durch, trampelten ihre Führer nieder, rissen anrollende

Schwimmwagen um. Angsterfülltes Gebrüll im hinteren Bereich der Truppenformation ließ vermuten, dass mindestens ein Wolf seinem zerstörten Käfig entkommen war und nun unter den Nörnern wütete. Ebenso wie die Pfeile, Bolzen und Geschosse der Greetlander, die ohne Gnade Salve um Salve auf das ganze Durcheinander abschossen.

Franko, der die Szene mit leuchtenden Augen in sich aufsog, fühlte sich am Arm gepackt und geschüttelt. Es war einer seiner Hauptleute, der sich ihm so unbotmäßig näherte. »Warum?«, schrie der Mann. »Warum auf die Leute? Warum nicht auf die Brücke? Die könnte jetzt in hellen Flammen stehen! Onnos Niederlage könnte schon besiegelt sein!«

Der Häuptling fixierte den Mann streng. »Vertraust du mir nicht?«, fragte er.

Der Hauptmann schnappte nach Luft. »Franko, Herr, natürlich vertraue ich dir! Mehr als mir selbst! Aber du musst doch zugeben ...«

Franko legte ihm die Hand auf die Schulter. »Wenn du mir vertraust«, sagte er, »dann glaube mir, dass ich meine Gründe habe. Nachher werde ich sie dir erklären. Genügt dir das?«

Fassungslos klappte der Mann seinen Mund auf und zu. »Ja, Herr«, stieß er schließlich hervor und wandte sich ab.

Der Häuptling schaute ihm nach und sah ihn noch lange seinen Kopf schütteln. Ich werde ihm einiges erklären müssen, dachte er. Ihm und allen anderen. Hoffentlich komme ich noch dazu.

Während er beobachtete, wie Groß Onno und der Drübener das Chaos in ihren Reihen wieder in den Griff bekamen, bereitete er sich auf die nächste mentale Angriffswelle vor. Wälle, Wände, Mauern aus Hartgrau, Platten aus Eisen, Panzer aus Stahl. So, wie der alte Mann es ihm beigebracht hatte.

Wenig später tobte die Schlacht wie zuvor. Aller Gegenwehr und allen eigenen Verlusten zum Trotz vertäuten Groß Onnos Lumpensoldaten einen Schwimmwagen neben dem anderen, bis die Ponton-Brücke schließlich bis zum anderen Ufer des breiten Schutzgrabens reichte. Gepanzerte Arbeiter schlossen die letzten Lücken mit Balken und Bohlen, geschützt von Gardisten mit übermannshohen und breiten Schilden. Ganz zuletzt wurde eine große Umlenkrolle direkt vor dem Tor verankert, komplett aus Eisen, so dass es auch nichts half, dass die Greetlander heißes Öl von oben herabgossen und es in Brand setzten. Ein aus Draht geflochtenes Seil wurde durch den Block geschoren, das Ende hinter die Linien der Angreifer geschleift. Sklaven und Lumpensoldaten packten zu, angespornt von beißenden Peitschenschlägen. Der große Häuptlingswagen mit dem Feuerrohr ruckte an. Langsam und bedrohlich rollte er vorwärts.

Natürlich nahmen die Greetlander das ungeschlachte Ding unter Feuer, noch ehe es die schwimmende Brücke mit seinem Gewicht zum Schwanken gebracht hatte. Der Wagen aber erwies sich als gut gepanzert; Bolzen und Speere prallten wirkungslos ab, Donnerrohrkugeln und Geschosse aus Gewehren hinterließen nur Dellen. Unaufhaltsam wie eine Urgewalt gewann der riesige Häuptlingswagen das Greetlander Ufer und rollte quietschend und rumpelnd auf das Tor zu.

Auch die Kommandoplattform des Wagens war längst mit stählernen Platten, die übereinander lagen wie die Schuppen eines Panzerhechtes, gesichert worden. Franko konnte spüren, wie der Drübener von dort aus den Angriff lenkte, diesen ultimativen Vorstoß, diesen letzten Schlag, unter dem die Verteidigung des Nörner Rivalen zerbrechen und zerbröseln sollte. Er lähmte die Verteidiger mit immer stärkeren mentalen Schocks, hielt seine Bestien in Schach, hinderte die Lumpensoldaten am Drahtseil daran, ihrer

Erschöpfung nachzugeben, und instruierte seine Unterführer mit wortlosen Mitteilungen – das alles in rasend schneller Folge, wie ein Jongleur, der mit einem Dutzend scharfer Messer, brennenden Fackeln und glühenden Kugeln jonglierte. Franko kam nicht umhin, diesem Kerl seine Anerkennung zu zollen. Ihn für sich zu gewinnen, war mit Sicherheit Groß Onnos wichtigste Tat gewesen.

Wenn es denn so gewesen war. So herum, dachte Franko.

Im selben Moment brach das große rauchende Rohr im Frontpanzer des Häuptlingswagens aus wie ein Vulkan. Eine Masse aus schierer Glut, vorwärtsgepeitscht durch eine enorme Pulverladung, durchschlug das schwere Tor, als wäre es überhaupt nicht vorhanden, warf die qualmenden Trümmer der beiden Flügel beiseite, heulte durch die Stellungen der Greetlander und fegte alles hinweg, was ihr im Weg stand. Die vordere Mühle, die ehemals rot gewesen war, verfehlten die glühenden Eisenteile nur knapp, die hintere jedoch wurde getroffen und stand in Windeseile in Flammen.

Groß Onnos Triumphgebrüll war selbst durch den Lärm der Schlacht zu vernehmen. Ein vielhundertfaches Echo von jenseits des breiten Grabens antwortete ihm. Die Nörner Armee setzte zum Sturmlauf über die Pontonbrücke an, angeführt von ihren mental gelenkten Bestien.

»Jetzt ist der Moment«, murmelte Franko vor sich hin.

Unten am Fuß des Walls hatten sich die Gardisten, die die Arbeiter und Lumpensoldaten bei ihren Vorbereitungen beschützt hatten, seitlich zurückgezogen, um nicht von brennenden Trümmern getroffen zu werden. Einer von ihnen legte jetzt seinen Schild ab. Er war etwas kleiner als die anderen, ein alter Mann, wie es aussah, hager und sehnig. Der Alte bückte sich und löste etwas von der Innenseite des Schildes. Es war eine Armbrust. Mit einer fließenden Bewegung spannte er sie, richtete sich auf und legte einen Pfeil ein, den er unter seiner Rüstung hervorgezogen hatte. Dieser Pfeil trug eine Schutzkappe aus dickem Segeltuch an seiner Spitze. Der Alte zog die Kappe ab, warf sie fort und legte an.

Nun erst merkten die anderen Angreifer, dass mit dem alten Mann etwas nicht stimmte. Ehe aber einer von ihnen reagieren konnte, war der Pfeil in der Luft. Er sauste auf die Plattform des Häuptlingswagens zu, von der Seite her, wo es keine Schutzplatten gab.

Franko konnte von seinem Standort nicht sehen, ob der Pfeil sein Ziel traf. Aber er spürte es. »Draggen!«, brüllte er. »Los, rüber mit den Draggen!«

Seine Männer standen bereit. Vier Wurfanker flogen vom Wehrgang hinüber zur Plattform des Wagens, drei von ihnen erreichten ihr Ziel; einer davon rutschte ab und stürzte zu Boden, zwei aber verhakten sich an den Oberkanten der schützenden Stahlschuppen.

Die Werfer zogen die Draggenleinen stramm. Weitere Männer stürzten hinzu, packten mit an, ruckten hart. Die Stahlschuppen, nur auf Belastung von vorne angelegt, rissen ab und fielen herunter. Und da stand der Drübener.

Der große Mann war an der Schulter getroffen worden. Keine sehr gefährliche Wunde, wie es aussah; viele Krieger hatten schon solche Wunden erlitten und trotzdem weitergekämpft. Der Drübener jedoch stand da wie versteinert, den Blick starr über die Verteidiger hinweggerichtet. Er befand sich den Greetlandern so nahe, dass sie sehen konnten, wie sich seine Augäpfel immer weiter nach oben verdrehten, bis nur noch das Weiße zu sehen war.

Franko brauchte nicht nach der Planke zu rufen. Schon war sie in Stellung gebracht, ihr Ende fiel auf die Brüstung der Plattform. Vier verwegene Männer stürmten hinüber, griffen sich den Drübener, kurz bevor er zur Seite kippte, steif wie das Brett, über das ihn die Verteidiger nun zurück hinter ihre Befestigungen trugen. Das feindliche Feuer konnte ihnen dabei nichts anhaben; der Häuptlingswagen bot ausreichend Deckung.

»Flankenfeuer! Jetzt!«, brüllte der Greetlander Häuptling. Zwei Kipploren mit glühendem Inhalt waren bereits unterwegs, weit rechts und links vom gesprengten Tor. Zwei Planen wurden von zwei kleinen Katapulten gezogen, zwei eiserne Pfannen gefüllt. Als die angreifenden Truppen um den Häuptlingswagen herum durch das offene Tor fluteten, schossen die Katapulte ihre feurige Ladung ab.

Für einen Moment musste selbst Franko die Augen schließen, so grauenvoll war das Bild, das sich ihm bot, als ein Kreuzfeuer aus glühendem Eisen die Pontonbrücke zerfetzte – die Brücke und die vorrückenden Truppen, die sich auf dieser Brücke befanden. Das Heulen und Kreischen war geeignet, empfindsame Seelen in den Wahnsinn zu treiben. Empfindsame Seelen wurden aber nicht Häuptling von Greetland, und so blieb sein Verstand ungetrübt.

Zufrieden beobachtete er, wie seine Reserve aus ihren Stellungen hervorbrach und alle diejenigen Eindringlinge mit Schwert und Messer erledigte, die von den Schützen auf den Wällen übrig gelassen worden waren. Viele der Nörner zogen die Flucht einem Kampf bis zum Ende vor, stürmten zurück zum Graben und warfen sich hinein; jeder, der eine Rüstung oder auch nur ein Kettenhemd aus gebogenem Draht trug, ertrank jämmerlich. Nur einige der Lumpensoldaten kamen davon. Franko gönnte es ihnen.

Wenig später stand Helm vor ihm, abgekämpft und aus zwei leichteren Wunden blutend. »So weit, so gut«, sagte der alte Mann kühl. »Jetzt muss nur noch der Rest unseres Plans klappen.«

Franko riss ein Stück Stoff von seinem Hemdsaum und reichte es Helm zum Verbinden. »Haben dich Groß Onnos Leute doch noch als Feind in den eigenen Reihen erkannt?«, fragte er mitfühlend.

Helm lachte. »Nee, das waren nicht die Nörner, das waren deine Leute! Hab' den Brustpanzer mit Onnos Wappen nicht schnell genug runtergekriegt. Kompliment, deine Männer hauen beherzt zu! Die Frauen übrigens auch.«

Der Greetlander runzelte die Stirn. »Hast doch wohl keinen von ihnen erschlagen?«

»Danke für die Blumen.« Helms Lächeln wurde dünn. »Aber nein, keine Sorge. Mein einziges Opfer heute war der Drübener.« Er wischte sich mit beiden Händen über das verschmierte Gesicht. »Und der lebt hoffentlich noch.«

»Ja, hoffentlich.« Franko musste an die verdrehten Augen des Kuppelköpfigen denken. »Was für ein Teufelszeug hattest du da eigentlich dran an deinem Pfeil?«

»Teufelszeug von einer Teufelin.« Helm zuckte mit den Schultern. »Du weißt, diese alte Ärztin, Bossfrau der Weiber in Bensa. Sie sagte, es sei eine Weiterentwicklung von Curare. Das ist ein Pfeilgift, mit dem die Indianer am Amazonas auf Jagd gehen. Oder jedenfalls früher gingen.«

Franko zog die Augenbrauen über der Nasenwurzel zusammen. Er hatte kein Wort verstanden. Was war der Amazonas, was waren Indianer? Diese Worte hatten für ihn keine Bedeutung. Dafür war er zu jung.

Ein Hauptmann erschien, außer Atem und mit Blut besudelt – sehr viel Blut. Es war der Hauptmann von vorhin. »Herr, verzeiht mir!«, stieß er hervor. »Verzeiht mir, dass ich gezweifelt habe!«

Mit einer ungeduldigen Handbewegung schnitt Franko ihm das Wort ab. »Ja, schon gut. Tut mir auch leid, dass ich euch im Unklaren lassen musste. Ging aber nicht anders. Sag mir lieber: Habt ihr Onnos großen Feuerwagen durchsucht?«

»Haben wir.« Des Hauptmanns Mundwinkel sackten herunter. »Nur dieser Kreuzler war noch drin. Onno und seine beiden Bastarde müssen sich rechtzeitig abgesetzt haben. Keine Spur von ihnen.«

Franko entließ den Mann, ehe er sich ein wütendes Knurren gestattete. »Ärgerlich! Da hätten wir die Sache doch ein für alle Mal erledigen können.«

Helm schüttelte den Kopf. »Zum Ärgern hast du nicht viel Grund, finde ich. Du hast einen glorreichen Sieg errungen, hast einen überlegenen Feind geschlagen, hast viel kriegswichtiges Material zerstört und Onnos Armee derart dezimiert, dass sie auf absehbare Zeit nicht mehr vor eurem Wall auftauchen dürfte. Deine Leute sollten dir dankbar sein, solange du lebst. Ist das etwa nichts?«

»Es ist nicht alles«, beharrte Franko. »Aber genug gequatscht für den Moment. Weiter im Text. Wir sollten uns beeilen, der Wind steht günstig.«

Ohne ein weiteres Wort verließen die beiden Männer das Schlachtfeld. Das Geräusch ihrer Schritte mischte sich mit dem Hämmern der Zimmerleute, die bereits dabei waren, das zerstörte Tor notdürftig zu verschließen.

Auf der offenen Wiese unweit des Deichs lag der Drübener wohlverschnürt im Gras. Rina war bei ihm. »Er atmet noch«, sagte sie. »Flach, aber stabil, wie es sich anhört. Aber wer weiß schon …« Sie zuckte die Achseln. Niemand wusste genaueres über den Organismus eines Drübeners. Entsprechend groß war der Unsicherheitsfaktor in den Berechnungen der alten Wissenschaftlerin gewesen. Sie hatten eine Menge Glück gehabt. Bis jetzt.

Auf der Wiese lag eine große, eine sehr große Plane ausgebreitet. Eine ungewöhnlich geschnittene Plane mit einem Haufen Schnüre an einem Ende. Dort lag auch ein seltsamer Apparat, von dem Franko nur wusste, dass er in einer kleine Halle unweit der früheren Schule eingelagert gewesen war. Zusammen mit dem übrigen Zeug, auf das Helm so scharf gewesen war.

Einer seiner Männer hämmerte ungestüm am oberen

Ende eines hohen, rostigen Metallzylinders herum. Helm zuckte zusammen. »Aufpassen, du da! Willst du uns alle in die Luft jagen?«

Franko lachte: »Dafür sind wir doch hier, oder etwa nicht?«

Endlich ließ sich das verrostete Ventil am oberen Ende des schweren Zylinders aufdrehen. Ein Schlauch wurde angeschlossen. Gas zischte. Feuer wurde entfacht. Ein alter Brenner erwachte fauchend zum Leben.

Ebenso wie die merkwürdige Plane.

Zwei Männer hatten das untere Ende angehoben; es erwies sich als eine große Öffnung – die Plane war eine riesige Hülle. Weitere Männer, mit Blasebälgen ausgestattet, trieben heiße Luft vom Feuer des Gasbrenners weg in die große Öffnung hinein. Langsam, ganz langsam begann sich die faltige Hülle zu füllen. Je praller sie wurde, desto stärker begann sie zu steigen.

Ein viereckiger Korb aus Weidengeflecht wurde herangeschleppt und mit den Schnüren verbunden. Jutesäcke, mit Sand gefüllt, hielten den Korb am Boden, während die Hülle bereits ungeduldig an ihren Befestigungen zerrte. Jetzt konnte man erkennen, dass sie bemalt war – mit dem Bildnis eines großen, geflügelten, Feuer speienden Drachen.

»Wind immer noch aus West?«, fragte Helm, während er seine Ausrüstung im Korb verstaute. Greetlander Soldaten warfen den gefesselten Drübener unsanft hinein. Mit Rina verfuhren sie wesentlich sanfter.

»West-Südwest«, erwiderte Franko. »Besser geht es nicht.«

»Dann nichts wie los.« Helm kletterte in den Korb, zog versuchsweise ein paar Leinen, bis es über ihm zu zischen begann. Schnell ließ er wieder los. »Wir haben nur einen Versuch«, sagte er und nickte Rina aufmunternd zu. »Also dann. Leinen los!«

Der Ballon schoss in die Höhe und trieb über den Deich

davon, wie ein Segelschiff unter Beutelfock. Die Greetlander schauten ihm nach, bis er hinter Deich und Baumreihen außer Sicht geriet.

Ich habe ihm gar nicht gedankt, dachte Franko. Aber wenn er es recht bedachte, hatte dieser alte Mann das bei ihm auch nicht getan. Dabei hätten sie doch beide gleichermaßen Grund dazu gehabt. Egal. Dies waren nicht die Zeiten für Umgangsformen, entschied der Häuptling. Man war eine Weile gegenseitig aufeinander angewiesen gewesen, hatte einander überleben geholfen – jetzt ging das Leben weiter. Morgen war schon wieder ein anderer Tag, und wer konnte wissen, was der bringen würde! Das Leben war spannend in diesen Zeiten.

Trotzdem ertappte Franko sich dabei, dass er immer wieder an diesen seltsamen alten Kauz und seine kleine Begleiterin zurückdachte. Irgendwie, so fand er, passten die beiden nicht zu dem Bild, das er sich von diesen Zeiten geformt hatte. Gehörte sie noch der Vergangenheit an? Oder standen sie vielleicht für die Zukunft?

Vielleicht sehe ich diese Vögel ja noch einmal in diesem Leben, dachte Franko. Dann frag ich mal. Danach schlug er sich die beiden aus dem Kopf.

15. Der Flug des Drachen

»Vögel«, sagte Rina. »Siehst du?«

»Na klar, Vögel.« Helm drehte sich nicht einmal zu ihr um. »Immerhin fliegen wir ja. Da muss man mit Vögeln rechnen.«

»Ja. Es ist unglaublich.« Die junge Frau schien ihm seine patzige Antwort nicht übel zu nehmen. Hingerissen lehnte sie am Rand des Korbes, die Hände um den geflochtenen Rand gekrallt, und nahm das Panorama unter ihr mit weit aufgerissenen Augen in sich auf. »Schau doch nur, wie klein das alles ist! So winzig!«

Ach ja, sie kennt das alles nicht, dachte Helm und kam sich noch älter vor als gewöhnlich. Er selbst hatte als Kind schon einmal eine Ballonfahrt mitgemacht, ein Geschenk seiner Eltern. Das Erlebnis hatte sich ihm eingeprägt. Gut, dass er sich an die Abläufe des Fluges so gut hatte erinnern können!

Flug? Nein, Fahrt hieß es ja. Heißluftballons flogen nicht, sie fuhren. Was hatten die Menschen damals auf korrekte Bezeichnungen Wert gelegt!

Warum hieß es eigentlich nicht Flug? Vermutlich, weil es kein aktiver Vorgang war. Kein Flügelschlagen, kein rotierender Propeller, keine Düse. Durch Wärme ausgedehnte Luft innerhalb der Hülle verdrängte kalte Luft draußen und erzeugte Auftrieb. Das war alles. Der Ballon stieg, bis die Luft in seinem Inneren abkühlte. Dann sank er wieder, sofern man die Luft nicht wieder erhitzte oder Ballast abwarf. Ansonsten war man dem Wind ausgeliefert.

Richtig, der Wind. Man spürte ihn nicht hier oben, weil der Ballon sich mit ihm bewegte. Daher diese unglaubliche Stille. Sogar dann, wenn die Luftströmung einen schnell mit sich riss.

Bisher hatte Helm seinen Blick auf den bewusstlosen Drübener geheftet, fest entschlossen, ihn bis zur Ankunft in Bensa möglichst nicht aus den Augen zu lassen. Sofern die tiefe Erschöpfung, die er spürte, ihm diese Augen nicht vorher gegen seinen Willen schloss. Jetzt aber zog er sich doch am Korbrand hoch, ächzend und stöhnend, und warf einen Blick nach unten. Wie schnell waren sie unterwegs?

Das erste, was er sah, waren die Zwillingsmühlen von Greetland. Die Flügel der einen drehten sich langsam und majestätisch, völlig unbeeindruckt von den Überresten des Gemetzels, das sich in ihrer unmittelbaren Nähe abgespielt hatte. Die Flügel der anderen waren nur noch verkohlte Gräten. Helm konnte sich noch an den faszinierenden Anblick erinnern, den sie geboten hatten, als sie sich lodernd im Kreis drehten wie ein mystisches Feuerrad. Die Ruine der Mühle rauchte immer noch; sie war bestimmt nicht zu retten. Ein hoher Preis für solche einen Moment der Faszination.

Verspätet wurde ihm klar, was der Anblick, der sich da bot, sonst noch bedeutete: Sie bewegten sich kaum von der Stelle! Wie konnte das sein, da sich dort unten doch Mühlenflügel im Wind drehten? Anscheinend waren sie mit ihrem Ballon in eine unbewegte Luftschicht geraten.

»Lass uns Ballast abwerfen«, sagte Helm.

Rina schaute ihn nur verständnislos an.

»Die Sandsäcke«, erklärte er. »Abwerfen, damit wir steigen! Sonst kommen wir nicht vom Fleck.«

»Aber wir wollen doch ...« Hilflos zeigte sie vage Richtung Osten. »Wieso denn noch weiter nach oben?«

»Mach es einfach.« Helm fühlte sich unendlich erschöpft.

»Na gut. Alle?«

»Nein, um Himmels willen! Erst mal einen. Nun mach!«

Endlich plumpste einer der Sandbeutel gen Erdboden. Helm konnte keinen Höhengewinn feststellen. »Noch einen!«

Jetzt schien sich das Panorama zu erweitern. Er sah ganz Greetland unter sich, vom verkommenen Hafen über die aufgegebenen, größtenteils verbrannten und zerfallenen Ortsteile bis hin zu den Befestigungen im Süden der Ansiedlung. Bewundernd stellte er fest, dass Frankos Baumeister den bereits vorhandenen Kanal und weitere Eigenheiten des Geländes in die Verteidigungsanlagen einbezogen hatten. Wenn die Greetlander die Schäden der heutigen Schlacht schnell beseitigten, konnten sie mit ihren Wällen, Wehrgängen und Gräben noch manchen Angriff abwehren.

Die Nörner zogen sich zurück, wie vermutet. Der Zug, der sich dort unten gerade formierte, war wesentlich weniger eindrucksvoll als derjenige, der von Nörn aus aufgebrochen war. Es fehlten nicht nur die vielen getarnten Schwimmwagen, die jetzt als zerschossene und halb verbrannte Brücke den Festungsgraben zierten, und der riesige Häuptlingswagen mitsamt seiner armierten Esse zum Erhitzen von Eisenteilen und dem dicken Kanonenrohr, den die Greetlander entweder als Trophäe behalten oder aber ausschlachten würden. Es fehlten auch viele der mitgeführten Bestien; von oben konnte Helm weder die Käfige mit den Wölfen noch den Eisbären erkennen. Ohne die feste mentale Hand des betäubten Drübeners handelten diese Tiere jetzt wieder nach eigenem Willen.

Vor allem aber fehlten viele, sehr viele Menschen. Etliche lagen tot oder sterbend auf dem Schlachtfeld vor und hinter dem gesprengten Greetlander Tor. Andere jedoch hatten bestimmt die Gelegenheit genutzt, sich der Gewalt Groß Onnos zu entziehen und zu flüchten, vor allem die Sklaven und eine Menge der in den Dienst gepressten Lumpensoldaten. Helm wünschte ihnen alle Gute, auch wenn er nicht glaubte, dass die Zukunft Besseres als das elende Leben eines Suchers für sie bereit hielt.

Jetzt wanderte das Panorama seitlich aus. Endlich fahren wir, dachte Helm und nahm innerlich Abschied von Greetland.

»Ich kann das Meer sehen!«, rief Rina.

»Klar kannst du das«, kommentierte Helm. »Wir bewegen uns ja auch entlang der Küste.«

»Jetzt ist es schon unter uns«, sagte die junge Frau. »Und die Vögel auch!«

In der Tat kreiste unter ihnen ein Schwarm Vögel, schwarze und weiße durcheinander – dafür aber hatte Helm keinen Blick übrig. »Wir treiben aufs Meer hinaus!«, rief er erschrocken.

»Sag ich doch«, sagte Rina.

Begriff sie denn nicht, was das hieß? Sie würden sich nur begrenzte Zeit in der Luft halten können, so lange eben, wie die Luft in der Hülle ihres Ballons wärmer war als die, die sie umgab. Den uralten Gasbrenner hatten sie zwar benutzt, um die Luft vor dem Start zu erhitzen, aber um ihn auch unter der Ballonhülle zu installieren, hatte ihnen das nötige Wissen gefehlt. Da sie angesichts des frischen Windes aus der richtigen Richtung von einer kurzen Flugzeit ausgegangen waren, war Helm das nicht schlimm erschienen. Ein kurzer Hüpfer nur, einmal hoch, rüber nach Bensa und landen – fertig.

Jetzt sahen die Dinge anders aus. Jetzt trieben sie über dem Meer. Wie sollten sie dort landen? Auf einer Sandbank vielleicht?

Oder auf einer Insel, schoss es Helm durch den Kopf. Sieben Inseln waren der Küste vorgelagert, auch kaum mehr als größenwahnsinnige Sandbänke, aber gut als Schutz vor wilden Winterstürmen und großen Nordseebrechern. Früher, ja, früher waren diese Inseln im Sommer beliebte Ausflugsziele gewesen. Da hatten die Menschen ja auch noch in Sicherheit gelebt und verfügten über Zeit im Überfluss, die irgendwie verbracht werden wollte. Also fuhren viele dieser Menschen im Sommer ans Meer und auf die Inseln. Andere Menschen lebten davon, diese Gäste zu beherbergen und zu beköstigen, sie zu transportieren und zu unterhalten. Der frühere Besitzer dieses Ballons hatte bestimmt auch zu ihnen gehört.

Wer aber wollte heute noch auf diesen Inseln leben? Strandräuber überwiegend. Und Piraten

Verdammt, Piraten! Die Brits! Was, wenn sie mit ihrem Ballon und dem betäubten Drübener ausgerechnet auf Lang Oog herunterkamen, wo sich die Brits eingenistet hatten? Keine schönen Aussichten – nicht einmal dann, wenn sie Glück hatten und nicht wiedererkannt wurden. Nein, eine Landung auf Lang Oog mussten sie unbedingt vermeiden!

»Sandsäcke abwerfen!«, kommandierte Helm. »Los, weg mit dem Ballast!«

»Wie viele diesmal?«, fragte Rina.

»Alle!«, rief Helm.

Das war ein riskantes Spiel, darüber war er sich im Klaren. Alles oder nichts. Mehr als einen Versuch hatten sie nicht.

Die Jutebeutel fielen in schneller Folge. Der Ballon stieg spürbar, an seiner Flugrichtung aber änderte sich nichts. Verflucht! Wenn das so weiterging, würden sie nicht nur mitten im Meer oder auf einer mörderischen Insel landen, sondern sich beim Aufprall gleich auch noch die Hälse brechen.

Dass auch der Drübener dabei sein Leben lassen würde, war für Helm überhaupt kein Trost. Der Kuppelköpfige war ein wertvolles Pfand in ihren Händen. Ohne ihn wäre das Schicksal von Engel und Gander besiegelt.

Sie stiegen weiter. Helm konnte spüren, dass es kälter wurde. Na klar, die oberen Luftschichten, die waren eben kalt. Je höher sie flogen, desto schneller würde die Luft in der Ballonhülle abkühlen. Und desto härter würden sie später auf dem Erdboden aufschlagen.

»Ich glaube, jetzt treiben wir wieder zurück«, sagte Rina, die die ganze Zeit aufmerksam über den Korbrand gespäht hatte.

Helm kniff seine Augen zusammen; die wurden auch nicht besser! Aber ja, das Mädchen hatte recht. Sie drifteten wieder landeinwärts! Und außerdem östlich. Endlich hatten sie eine günstige Luftströmung erreicht.

Ihr Ballon stieg immer noch.

Helm hantierte mit den Leinen herum. Da, das war die für die Luftablassklappe! Er riss daran, in seiner Aufregung viel zu heftig. Ihr Ballon aber durfte auf keinen Fall weiter steigen, sonst war er gleich wieder aus der günstigen Strömung heraus.

Über ihnen gab es ein lautes, ratschendes Geräusch. Es zischte, als warme Luft abgelassen wurde. So weit, so gut. Helm zog die andere Leine, um die Klappe wieder zu schließen.

Das Zischen hörte nicht auf.

»Ich glaube, wir steigen nicht mehr«, sagte Rina. »Und unter uns ist schon die Deichlinie! Ich glaube, mehr warme Luft musst du nicht ablassen.«

Helm knirschte mit den Zähnen. Er hatte keine Lust, der jungen Frau zu beichten, was er da angerichtet hatte. Schlimm genug, dass sein Fehler vermutlich ihrer beider Leben kosten würde. Was war die alte Hülle auch so schrecklich morsch!

Rina schaute ihn an und wusste Bescheid.

Der Ballon war bereits in den Sinkflug übergegangen. Jetzt konnten sie die Luft um sich herum rauschen hören. Und sie spüren. Vorher waren sie wirklich mit der Luft gefahren, als Bestandteil des zarten Schleiers aus atembaren Gasen, der den Erdball umgab. Jetzt fielen sie hindurch. Nach unten. Und dieser Fall wurde mehr und mehr zum Sturz.

In Helms Kopf arbeitete es fieberhaft, aber seine Gedanken bewegten sich im Kreis. Wir stürzen ab, wir stürzen ab! Was konnte man tun, womit konnte man den Sturz bremsen? Luft hatte doch keine Balken!

Jetzt pfiff ihn der Fahrtwind schon um die Ohren – von unten nach oben. Die Ballonhülle zeigte bereits deutliche Falten. Das Bodenpanorama wurde zu einer Ausschnitts-Ansicht. Immerhin, dieser Ausschnitt zeigte die Gegend um den Hafen von Bensa! Wenn sie schon zerschellten, dann wenigstens direkt an ihrem Ziel, dachte Helm und wunderte sich über das krause Zeug, das er da dachte. Mensch, rief er sich innerlich zu, konzentrier dich! Gleich ist es zu spät. Wenn mir doch bloß ein Licht aufginge!

Licht. Das war es. »Rina!«, schrie durch den heulenden Fahrtwind, »haben wir noch welche von den Feuerstäben?«

»Kann wohl sein«, rief die junge Frau zurück, ohne ihren festen Halt am Korbrand aufzugeben. »Wieso?«

»Sieh nach, verflucht! Schnell! Und dann her damit!«, brüllte Helm aus vollem Hals.

Er sah Rinas Gesicht an, dass sie erst jetzt den vollen Ernst der Lage erkannte. Dann tauchte sie auch schon ab und wühlte sich durch ihr Gepäck. Helm zog sein Messer und kappte ein Stück vom Seil der Ablassklappe. Das war jetzt sowieso zu nichts mehr nütze.

»Hier! Noch drei Stück!« Rina reckte ihm das Verlangte entgegen. »Was hast du vor? Signal geben? Wem denn?«

Helm schüttelte nur unwillig den Kopf. »Gib mir Feuer! Beeil dich!« Mit hastigen Bewegungen schnürte er die drei Feuerstangen erst zusammen und dann an der Spitze seines Teleskopschwerts fest. »Schnell!«

Feuer – das war viel verlangt in dieser Situation. Weder war die Zeit, mit einem feurigen Quarzit-Stein und einem angerauten Stück Stahl Funken zu schlagen, noch hatte das bei diesem Fahrtwind, der durch jede Ritze des Flechtkorbes pfiff, Aussicht auf Erfolg. Wenn Rina keine Zunderbüchse mit einem glimmenden Stückchen Schwamm darin bei sich trug, waren sie verloren.

Wieder stürzte sich Rina auf ihren Rucksack, förderte jedoch keine Zunderbüchse zu Tage, sondern lediglich die Dynamolampe des Professors, die er ihr überlassen hatte, und etwas Undefinierbares.

»Feuer, Rina! Feuer! Kein Licht!«, schrie Helm verzweifelt, während der Ballon samt Passagieren jetzt so gut wie ungebremst abwärts stürzte.

Rina riss die Verkleidung von der Lampe und drückte heftig auf den Hebel, der die energiebringende Rotation in Gang setzte. Die kleine Glühbirne leuchtete hell und heller, als wollte sie ihr eigenes Gehäuse schmelzen. Immer noch verstand Helm den Sinn der Aktion nicht.

Dann wischte die junge Frau mit dem undefinierbaren Etwas in ihrer anderen Hand über die offen liegenden Kontakte. Funken sprühten auf. Das war Stahlwolle! »Her mit der Zündschnur!«, schrie Rina.

Vielleicht lag es an der Rezeptur der alten Wissenschaftlerin, vielleicht hatten sie auch einfach nur Glück – im nächsten Moment jedenfalls begann die erste Zündschnur zu zischen und Funken zu spucken. Sekunden später sprühten alle drei. Helm riss sein Teleskopschwert hoch und hielt die Spitze unter die große Öffnung in der heftig flappenden Ballonhülle. Keinen Augenblick zu früh; fast gleichzeitig zündeten die Feuerstäbe. Sie spien geisterhaft rot glühendes Feuer, das sehr gut auch von dem Drachen hätte stammen können, dessen Abbild die Hülle zierte – die im nächsten Augenblick Feuer fing. Zu dem roten Feuer und den Wolken roten Qualms gesellten sich gelbe Flammen und schwarzer Rauch.

Und vor allem sehr viel Hitze. Die Luft über den beiden Abstürzenden begann zu wabern wie kochendes Wasser in einem Kessel über höllischem Feuer. Heiße Luft fing sich in der Ballonhülle, die sich ein letztes Mal blähte. Durch den fallenden Korb ging ein spürbarer Ruck.

»Halt dich fest, Rina!« Helm schlenzte die ausbrennenden Feuerstäbe von der Schneide seines Teleskopschwerts über den Korbrand und klammerte sich mit derselben Bewegung an dem Geflecht fest. »Und zieh die Beine an! Gleich gibt es einen harten ...«

Der Ruck des Aufpralls riss den Korb in Stücke, und wenn die beiden ihre Füße auf dem Boden gehabt hätten, dann hätte die Wucht ihnen die Knie zerschmettert oder die Hüften. Auch so riss es sie derb zu Boden, sie stürzten gegeneinander, in ihr Gepäck und über den liegenden Drübener. Dann brach der Boden des Korbes heraus, und sämtliche Insassen und alles Gepäck purzelten heraus und über eine holprige Wiese.

Eine Wiese, zum Glück, dachte Helm, als er wieder halbwegs klar denken konnte. Es hätte auch eine Alte Straße sein können oder eine Wand aus Hartgrau, dann trügen sie ihre Köpfe jetzt vielleicht nicht mehr auf den Hälsen.

Genau genommen war es keine Wiese, sondern die seeseitige Flanke des Deichs, erkannte er auf den zweiten Blick. Der Korb ihres waidwunden Ballons hatte genau auf der Deichkrone aufgesetzt und seine Last dann auf dem sanft abfallenden, grasbewachsenen Hang abgeladen. Viel weicher hätte die Landung kaum verlaufen können.

Ihr Ballon, jetzt ohne Ladung, hatte sich noch ein letztes Mal in die Luft erhoben. Brennend und qualmend trieb er gerade über den früheren Fährbahnhof von Bensa hinweg, den die Weiber zu einer Festung ausgebaut hatten, und signalisierte damit allen ihre Rückkehr. Sehr viel auffälliger wäre das kaum möglich gewesen, musste Helm zugeben, während er zusah, wie ihr Luftgefährt mit dem inzwischen verkohlten Drachenbild ins Hafenbecken stürzte, noch einmal aufzischte und versank.

Sie hatten kaum ihre Habseligkeiten aufgesammelt und sich vergewissert, dass der Drübener noch atmete, da waren sie auch schon von zwei Dutzend schwer bewaffneter Weiber umstellt. Die rotblonde Anführerin starrte sie mit verächtlicher Miene an. Ihre beiden riesenhaften Leibwachen konnten sich weniger gut verstellen; aus ihren verblüfften Gesichtern sprachen Unverständnis über das soeben Gesehene – und große Anerkennung. Zu gleichen Teilen.

»Übergebt uns den Drübener!«, forderte die Rotblonde barsch. »Und zwar ein bisschen flott!«

»Den Drübener kriegt ihr im Austausch gegen die Geiseln«, erwiderte Helm. »Keinen Augenblick früher. Oder später.«

»Zwanzig Armbrüste und Speere sind auf euch gerichtet«, höhnte die Anführerin. »Du hast hier keine Forderungen zu stellen.«

Helm zeigte stumm auf Rina. Die junge Frau kniete neben dem Drübener, Helms Teleskopschwert in der Hand, und presste dessen Spitze an den Hals des Bewusstlosen, genau in Höhe der Schlagader, die ein Drübener ebenso besaß wie ein normaler Mensch. Ein kleiner Stoß nur, und der Kuppelköpfige war nicht mehr zu retten.

»Du hast mich gehört«, sagte Helm ganz ruhig. »Jetzt hast du die Wahl.«

16. Engel

»Ich muss schon sagen.« Die alte Ärztin lehnte sich in ihrem Stuhl zurück, wodurch sie beinahe hinter dem Schreibtisch verschwand. »Nicht, dass ich dir das nicht zugetraut hätte. Sonst hätte ich dich ja gar nicht erst losgeschickt. Aber in Wahrheit habe ich dich mehr so als eine Möglichkeit eingeschätzt. Im unteren zweistelligen Prozentbereich. Wenn ich ehrlich bin, zehn Prozent. Aber hier bist du, und da ist deine Beute. Erstaunlich, erstaunlich! Würde ja den Hut vor dir ziehen, wenn ich einen hätte.« Sie kicherte schrill.

»Ich hatte Hilfe«, sagte Helm und nickte in Richtung Rina, die neben der Bahre hockte, auf der die Riesinnen den betäubten Drübener hereingetragen hatten. Statt Helms Teleskopschwert hatte die junge Frau jetzt einen Dolch in der Hand. Ihre finstere Miene ließ keinen Zweifel daran, dass sie den Hals des Kuppelköpfigen ohne zu zögern aufschlitzen würde, falls irgendwer ihr dumm kam.

»Ja, die hattest du allerdings.« Die Alte kicherte wieder. »Von mir! Was hättest du wohl gemacht ohne mein Pfeilgift, hä? Und ohne meine Feuerstäbe?« Grinsend schüttelte sie den Kopf. »Muss schon zugeben, auf die Idee, dass du sie *dafür* einsetzt, wäre ich bestimmt nicht gekommen.«

Rina Miene verfinsterte sich weiter, aber nicht einmal das fiel der winzigen Alten auf.

»Kommen wir also endlich zum Punkt«, sagte Helm.

Alle Heiterkeit fiel von der alten Ärztin ab. »Ja, genau. Unser Deal. Du hast deinen Teil erfüllt, das muss ich zugeben. Was meinen Teil betrifft ... nun ja, da hat sich leider eine Veränderung ergeben. In der ursprünglichen Form ist unser Handel leider nicht mehr durchführbar.«

Ich wusste es, dachte Helm. Trotzdem fühlte er, wie eine heiße Woge des Zorns über ihn hinwegspülte. Seine rechte

Hand lag schon an seinem Teleskopschwert, seine linke tastete nach einer seiner unteren Westentaschen. Er hatte eine kleine Überraschung vorbereitet, nur für den Fall der Fälle.

»Unser Deal gilt«, sagte er mit unterdrücktem Zittern in der Stimme. »Wir haben geliefert, jetzt seid ihr dran. Nachverhandelt wird nicht. Rinas Dolch ist sehr scharf.«

»Der kann so scharf sein, wie er will, das ändert auch nichts an den Tatsachen.« Die Ärztin stemmte ihre Ellbogen auf die Tischplatte, wodurch sie sich ein Stückchen aus ihrem Stuhl in die Höhe hebelte. »Die Voraussetzungen haben sich verändert.« Sie schloss kurz die Augen. Im nächsten Moment fixierte sie ihr Gegenüber wieder emotionslos und kalt. »Glaube mir, auch ich bedaure diese Entwicklung.«

Eine ungute Ahnung beschlich Helm. Die Härchen auf seinen Armen richteten sich auf. »Was ist passiert?«, fragte er heiser.

»Wie du dir sicher vorstellen kannst, experimentiere ich viel«, sagte die alte Ärztin. »Viele Rezepturen von früher sind verlorengegangen, und die meisten Rohstoffe, die man so braucht, liegen nicht mehr in der nötigen Reinheit vor. Oder der Konzentrationsgrad ist nur unzureichend bestimmbar. Mit anderen Worten, jede Anwendung eines meiner Präparate hat automatisch Test-Charakter. Es ist einfach unvermeidlich, dass dabei etwas danebengeht.«

Sie schwafelt, dachte Helm – für diese Person kommt das vermutlich einer Entschuldigung am nächsten. Dann wurde dieser Gedanke von einem anderen in den Hintergrund gedrängt. »Gander ist tot?«, stieß Helm hervor.

Die Wissenschaftlerin schüttelte den Kopf. »Nein, nicht Gander. Engel.«

Engel. Engel tot. Helm konnte es nicht glauben. Dieses wundervolle Geschöpf? Diese unglaubliche Kraft? Diese Inkarnation der Macht der Liebe?

»Ich glaube Ihnen nicht«, sagte Helm.

»Na sicher«, erwiderte die Ärztin. »Damit habe ich natürlich gerechnet.« Sie gab einer der Wachsoldatinnen, die hinter Helm und Rina Aufstellung genommen hatten, einen Wink. Die Frau öffnete eine Seitentür, hinter der zwei weitere Weiber warteten. Mit einer weiteren, abgedeckten Bahre, die sie jetzt aufnahmen und in den Raum trugen. Sie stellten sie direkt neben der mit dem Drübener ab. Eine der Frauen schlug die Decke zurück.

Auf den ersten Blick war Engels Gesicht kaum zu erkennen, so farblos und verwischt erschienen seine Konturen. Aber sie war es, eindeutig, kein Irrtum möglich. Helm ging zitternd zu der Bahre hin, ließ sich steif und ungelenk auf die Knie sinken, berührte mit der Hand ihre Wangen und ihre Stirn. Kalt, so kalt! Kalt wie der Tod.

»Wann?«, fragte er, ohne die Ärztin anzuschauen.

»Gestern Abend«, erwiderte die alte Frau. »Die routinemäßige Injektion. Sie hat die gleiche Mixtur erhalten wie ihr Bruder. Irgendetwas hat nicht gestimmt – ich weiß noch nicht was, aber das kriege ich noch heraus. Die Wirkung hat sehr abrupt eingesetzt oder war viel stärker als berechnet. Ihr Bruder hat es überlebt, sie leider nicht.«

»Leider!« Helm starrte die Alte hasserfüllt an. »Leider! Als ob Sie zu echtem Bedauern überhaupt in der Lage wären! Tun Sie doch nicht so, Sie scheinheiliges Monstrum! Für Sie sind Menschen doch nichts anderes als Verbrauchsmaterial!« Er spuckte ihr die Worte förmlich ins Gesicht.

Wenn man der Ärztin überhaupt eine Reaktion ansehen konnte, dann war es Mitleid. Mitleid, gepaart mit Herablassung. »Ganz schön emotional für einen Mann«, sagte sie kühl. »Ich will ja auch gar nicht sagen, dass du vollkommen falsch liegst. Es gibt eben Ziele, die zu erreichen wichtiger ist als übertriebene Rücksichtnahme auf Einzelschicksale. Aber auch ich mache Unterschiede. Zunächst einmal zwischen Männern und Frauen, das dürfte dir klar sein. Und dann natürlich zwischen Frauen – und sehr wichtigen Frauen. Also, Schwachkopf, du kannst mir schon glauben, dass ich Engels Tod aufrichtig bedaure.«

Was ist das für eine Welt, in der Menschen solchen Menschen folgen, dachte Helm. Zugleich versuchte er, seinen Zorn zu dämpfen. Sinnlos, sich aufzuregen. Dies war die Welt, in der sie lebten, und andere Menschen als die, die in ihr lebten, gab es nun einmal nicht. Jedenfalls nicht hier.

»Was hatten Sie denn eigentlich mit Engel vor?«, fragte er, ohne groß nachzudenken.

»Das«, sagte die Ärztin, »werde ich dir auf keinen Fall auf die Nase binden.«

»Wieso?« Der zuckte mit den Schultern. »Ist doch jetzt sowieso egal. Sie ist tot, der Plan ist mit ihr gestorben, also was soll's?«

»Dieser Plan vielleicht. Das Ziel aber keineswegs. Jetzt werde ich es eben auf andere Weise erreichen.«

»Auf andere Weise? Wie wollen Sie denn eine wie Engel ersetzen?«, fragte Helm. Ehe er die Worte ausgesprochen hatte, war die Frage auch schon gegenstandslos. War ja klar, dachte er.

Die Ärztin sah es ihm an und nickte. »Sei froh, alter Mann. So kommt unser Deal immerhin doch noch zustande. Der Kuppelkopf da gegen deinen Mutantenbengel. Kannst froh sein! Engel hättest du sowieso nicht bekommen, das ist dir hoffentlich klar.«

»Und das Mädchen.« Er zeigte auf Rina, die immer noch den Dolch an den Hals des Drübeners hielt. »Gander und das Mädchen gegen den Drübener.«

»Natürlich, den Mutantenjungen und das Akbar-Mädchen.« Jetzt grinste sie wieder. Extrem anzüglich. »Wenn sie denn möchte.«

Rina irritierter Blick wanderte zwischen Helm und der Ärztin hin und her. Dann nickte sie, wenn auch verständnislos.

»Na dann.« Die Ärztin klatschte in die Hände, oder zumindest versuchte sie es; das Geräusch, das dabei entstand, erinnerte an ausgeklopfte Reisigbündel und ließ Helm und Rina schaudern. »Holt den Jungen her! Dann nehmen wir den Austausch gleich hier vor.«

»Nicht so schnell!« Helm hob abwehrend die Hand. »Und nicht hier. Sobald Rina das Messer vom Hals des Drübeners nimmt, sind wir doch Freiwild! Wir beide und der Junge auch. Sofern er überhaupt noch lebt.«

»Aber, aber! Dein Misstrauen schmerzt mich, alter Mann. Natürlich lebt der Junge noch. Und was den Austausch angeht, bitte schön – wo willst du es denn haben?«

Darüber hatte Helm bereits gegrübelt. Es war ein weiter Weg bis nach Nesserland, und falls sie dabei versuchten, allen Feinden und Widersachern, denen sie auf ihrer bisherigen Reise durch dieses friesische Inferno begegnet waren, auszuweichen, würde er noch viel weiter werden. Keine schöne Vorstellung, zumal sie den Heimweg unverrichteter Dinge und mit leeren Händen antreten mussten: Weder war es ihnen gelungen, Engel zu retten, noch hatten sie ihren Entführer Kino dingfest machen können. Gescheitert auf ganzer Linie! Ein Resultat, das sich nur dadurch unterbieten ließ, dass er auch noch Ganders Leben unterwegs verspielte. Wie sollte er das verhindern? Viel war ihm dazu nicht eingefallen.

»Gebt unser Boot frei«, verlangte er. »Die *Johanna*. Öffnet die Baumstamm-Falle, damit wir ungehindert absegeln können. Den Austausch machen wir auf dem Boot. Wir bekommen von euch zwei Geiseln. Sucht welche aus, die schwimmen können! Sobald wir außer Schussweite sind, lassen wir sie von Bord.« Helm überlegte; hatte er an alles gedacht? Ach ja: »Rüstet das Boot mit genügend Proviant und Wasser aus, die Fahrt könnte ein paar Tage dauern. Und den Leichnam von Engel nehmen wir natürlich auch mit.«

»Auf keinen Fall!«, widersprach die alte Ärztin unerwartet heftig. »Die Leiche bleibt hier.«

»Und warum?« Helm fragte sich, was ihn da geritten hatte, auf der Mitnahme des Leichnams zu bestehen. Die Vorstellung, tagelang damit unterwegs zu sein, war alles andere als angenehm. Und zu Hause würde man seinen Worten schon glauben, da benötigte er wohl kaum einen Beweis. Wer musste denn beweisen, dass er komplett gescheitert war?

»Um festzustellen, was schiefgelaufen ist«, antwortete die alte Ärztin. »Gewebe und Organe untersuchen, mögliche Veränderungen der injizierten Chemikalien durch körpereigene Stoffe feststellen, eventuelle Allergie- oder Schock-Reaktionen postmortal aufspüren. Ich werde mein Präparat auf jeden Fall perfektionieren! So etwas wie ... das hier soll mir nicht noch einmal vorkommen.«

Das hier! Die Alte widert mich an, dachte Helm und heftete seinen Blick sekundenlang an das Antlitz der toten Engel, um seine erneute Zornesaufwallung in den Griff zu bekommen. Von wegen ›das hier‹! Dieses Mädchen hatte noch im Tode mehr Menschlichkeit an sich, als diese vertrocknete Monstrosität hinter dem Schreibtisch während ihres ganzen Lebens nachgewiesen hatte. Darauf würde er wetten. Wenn er denn wetten würde.

»Mal abgesehen davon.« Die Ärztin schnippte mit ihren dürren Fingern. »Du willst mit dem Boot nach Nesserland? Keine gute Idee. Seit du die Brit-Piraten so vorgeführt hast, weichen die uns nicht mehr von der Pelle. Ständig lungert eins von deren Booten draußen vor unserer Einfahrt herum. Mit denen bekommst du es auf jeden Fall zu tun, und noch einmal hast du bestimmt nicht solches Glück.«

»Ja und? Haben Sie vielleicht einen besseren Einfall?« Helm konnte seine Ratlosigkeit nicht verbergen. »Die Gegend um Nörn herum ist von Groß Onnos Schergen verpestet, auch nach dessen Niederlage. Der Umweg über

Wilmshaven verbietet sich, da warten die Akbars und die Kreuzler auf uns. Und Auck? Die Händler dort verhandeln bestimmt schon mit Onno; die liefern uns jederzeit aus, wenn ihnen das einen Vorteil verschafft. Was also bleibt uns noch? Fliegen? Hatten wir schon! Leider ist unser Ballon in Flammen aufgegangen. Haben Sie vielleicht noch irgendwo ein Flugzeug herumstehen?!«

»Nein, das nicht«, sagte die Ärztin. »Aber etwas anderes hätte ich für euch. Das wäre vielleicht die Lösung.« Wieder lachte sie ihr böses Lachen. »Natürlich nicht ungefährlich. Aber das muss ich dir ja nicht extra sagen, was?«

Nein, dachte Helm. Natürlich nicht.

17. Ebbe und Blut

Seit Gander wieder halbwegs wach war, weinte er. Die ganze Zeit. Sie hatten ihm nichts erzählt, nichts erklärt, aber er weinte trotzdem. Anscheinend hatte er auch unter dem Einfluss der rabiaten Betäubungsmittel der alten Ärztin genügend von seiner Umgebung mitbekommen, um zu realisieren, was mit Engel passiert war.

»Stelle ich mir schrecklich vor, mitzubekommen, wie jemand stirbt, und nicht helfen zu können. Keine Chance zu haben, etwas daran zu ändern«, sagte Rina mitfühlend.

»Das hätte man wohl auch bei vollem Bewusstsein nicht gekonnt«, wiegelte Helm ab. »Jedenfalls keiner von uns. Ich kenne ein paar Gegengifte, zum Beispiel gegen den Biss der Schlingenotter oder den Stich einer Dreier-Hornisse. Aber auch ich könnte dir nicht sagen, was man gegen das Teufelszeug dieses gewissenlosen alten Weibes tun könnte. Sie weiß es ja manchmal selber nicht.«

»Trotzdem, eine schreckliche Vorstellung«, beharrte Rina. »Armer Gander.«

»Dann tröste ihn doch«, schlug Helm vor, ohne nachzudenken.

Rina schnaubte. »Wie denn? Ich bin doch nicht seine Amme!« Sie wandte sich ab und fuhr fort, den Proviant zu verstauen.

Die Weiber hatten Wort gehalten; die *Johanna* erwies sich als bestens mit Wasser und Proviant versorgt. Auch die verlangten zwei Geiseln waren ohne Murren gestellt worden. Und was die von der Ärztin versprochene »nicht ungefährliche Lösung« anging, so hatte sie ihnen nicht nur eine merkwürdige Vorrichtung überlassen, sondern gleich deren zwei.

»Sehen wir das mal als Experiment«, hatte die Alte grinsend erklärt. »Wir haben gute Fernrohre und gucken uns genau an, was nachher passiert. Das nenne ich gründliche Feldforschung. Wenn alles klappt, bringt mich das weiter. Tja, und wenn es nicht klappt, natürlich auch. Ich muss euch direkt dankbar sein, meine kleinen Laborratten!«

Mit manchen Begriffen, die dieser Satan in halbwegs menschlicher Gestalt verwendete, konnte Helm nichts anfangen. Aber er wusste, was ein Labor war, und kannte natürlich auch Ratten. Den Rest besorgte seine eigene Phantasie und ließ ihn schaudern.

Zwei der Weiber hatten auf dem Vordeck der *Johanna* eine der beiden Vorrichtungen installiert. Dazu hatten sie mit bemerkenswertem Geschick das stählerne Deck durchbohrt und eine hüfthohe Halterung darauf geschraubt. Der Aufsatz erinnert entfernt an das Donnerrohr, mit dem die Brits sie beim ersten Aufeinandertreffen beschossen hatten. Die Mündung jedoch war völlig anders. Sie war sehr eng, und sie war verschlossen.

Von der anschließenden Einweisung hatte Helm nicht viel mitbekommen, da ihm gleichzeitig das andere Gerät vorgeführt worden war. So hatte er es Rina überlassen, sich mit dem Ding vertraut zu machen. Im Ernstfall konnte er sowieso nicht beide Gerätschaften gleichzeitig bedienen – und Segel und Ruder noch dazu. Also musste Rina Bescheid wissen. Wann Gander wieder voll einsatzfähig sein würde, stand in den Sternen. Noch kreisten allerhand gefährliche Drogen in seinem Blut. Außerdem weinte er.

Sie arbeiteten die ganze Nacht durch und legten beim ersten Morgengrauen ab. Helm fühlte sich vor Müdigkeit so zerschlagen wie noch nie zuvor in seinem Leben, und das wollte etwas heißen.

Die alte Ärztin erschien tatsächlich zur Verabschiedung, ein mächtiges Fernrohr demonstrativ unter dem Arm, das anscheinend mal das Teleobjektiv einer Kamera gewesen war. Sie ertappte Helm mit in einem gewaltigen Gähnen.

»So müde? Ich kann dir etwas dagegen spritzen!«, bot sie mit einem scheinheiligen Lächeln an.

Helm lehnte dankend ab.

Sie warfen die Leinen los, sobald die Leitdämme im Zwielicht zu erkennen waren, legten ab und segelten bei leichtem westnordwestlichem Wind zwischen die schwarzen Steinwälle. Bei dichtgezogenen Schoten konnten sie gerade eben die Richtung halten. Als sie den Hafen weit genug hinter sich hatten, nickte Helm Rina und den beiden Geiseln zu. Rina senkte die Armbrust, und die beiden Weiber sprangen wortlos über Bord. Als die Schwimmgeräusche verklungen waren, hörten die Reisenden nur noch das leise Plätschern der Bugwelle und des halb abgesenkten Lee-Schwertes. Ein friedliches und einschläferndes Geräusch; Helm hatte Mühe, die Augen offen zu halten.

Das änderte sich, als sie sich dem Ende der Leitdämme näherten. Jetzt kam es darauf an. Hatten sich die Brit-Piraten tatsächlich da draußen auf die Lauer gelegt, wie die Ärztin behauptet hatte?

Zuerst dachte sie, sie hätten Glück. Dann aber sahen sie die beiden Masten, dünn wie feine Pinselstriche auf grauem Grund, und darunter die schwarze Masse des Rumpfes. Da lagen sie vor Anker, etwas weiter draußen als vermutet – und natürlich in Luv, um sich jederzeit auf jedes Schiff oder Boot stürzen zu können, das den Hafen von Bensa verließ.

Noch allerdings rührte sich nichts an Bord des anderen Schiffes; kein Fall wurde bewegt, kein Segel gesetzt, und auch die Ankerwinsch ließ kein Klickern hören. Eine weitere Minute lang hoffte Helm weiter, diesmal ohne einen Kampf davonzukommen. Dann jedoch hörten sie den Klang einer Schiffsglocke, die wie rasend geschlagen wurde. Drüben ging also jemand Wache, und dieser Jemand hatte sie entdeckt.

Na dann. Helm seufzte und griff nach dem Gerät, das die

Ärztin ihm hatte aushändigen lassen. Es sah aus wie eine alte Luftpumpe, eine große mit einem Fußbügel und einer Druckanzeige. Kein Wunder, es war ja auch eine; Helm kannte solche Dinger noch von früher, denn der Onkel hatte ein Motorrad besessen und viel daran herumgebastelt. Seine Luftpumpe hatte ganz ähnlich ausgesehen, nur mit einer Hülse am Ende des Luftschlauchs, die man über ein Ventil stülpte und arretierte. Diese Pumpe hier hatte ein eigenes Ventil am Schlauchende, eins mit einer Sperrschraube. Und dahinter war eine metallene Pfeife befestigt.

»Benutze die Pfeife nur, wenn sich der Gegner zwischen dir und den Sandbänken befindet!«, hatte die Ärztin ihm eingeschärft. »Vorher auf genau sechs Bar hoch pumpen. Dann die Schraube drehen.«

Es wurde zusehends heller; Helm nahm noch eine Peilung. Ja, die Brits lagen genau zwischen ihnen und den Sandbänken weiter draußen, westlich von Lang Oog. Also dann. Er stand auf, stützte die Ruderpinne mit dem Oberschenkel, nahm die Großschot mit der linken Hand und die Pumpe mit der rechten, klemmte sie mit dem Fuß fest und begann zu pumpen. Sechs Bar also, was, alte Schachtel?

Auf dem Vordeck hatte auch Rina zu pumpen begonnen. Helm war gespannt, wozu das nun wieder gut sein sollte, behielt jedoch das Manometer im Auge. Vier Bar, fünf, fünfeinhalb – sechs. Er hielt die Pumpe mit dem Fuß aufrecht und hob das Schlauchende auf. Verflucht, warum hatte man bloß keine dritte Hand! Er klemmte die Ventilschraube zwischen die Zähne und drehte.

Die aufgestaute Luft entwich zischend und schnarrend. Das war alles. Mist! War das Ding etwa kaputt?

Helm schaute nach vorne; Rina schien nichts von seinem Missgeschick bemerkt zu haben. Sie pumpte unverdrossen weiter. Anscheinend hatte sie mehr Druck aufzubauen als sechs Bar. Außerdem war auch der Druckbehälter, den sie zu füllen hatte, größer. Und was war das für ein Tank, den die Weiber neben die Halterung auf das Vordeck gestellt hatten?

Der Zweimaster der Brit-Piraten war endgültig zum Leben erwacht. Die Ankerwinsch rasselte im Eiltempo, verhielt ein paar Augenblicke, während der Anker aus dem Grund gebrochen wurde, und klickerte danach munter weiter. Gleichzeitig krochen Fock, Groß- und Besansegel an Stagen und Masten hoch. Das Getrappel von Stiefeln auf Decksplanken war in der morgendlichen Ruhe deutlich zu vernehmen. Viele Füße, dachte Helm. Viele Menschen. Die werden uns ordentlich einheizen.

Schon füllten sich die Segel des Piratenschiffs, und der Zweimaster begann Fahrt aufzunehmen. Sofort drang das Rauschen der Bugwelle zur *Johanna* herüber.

Ein lautes Rauschen, dachte Helm. Kann das sein? So schnell können die doch gar nicht in Fahrt kommen! Er kniff die Augen zusammen: Nein, die Bugwelle der Brits war noch kaum zu erkennen, geschweige denn zu hören. Was da rauschte, musste etwas anderes sein.

Das Geräusch wurde noch erheblich lauter, ehe er eine Ahnung davon bekam, was seine Ursache war. Das lag daran, dass er sich genau an die Anweisungen der Ärztin gehalten hatte und sich das Schiff der Brits exakt zwischen der *Johanna* und der nächstgelegenen Sandbank befand.

»Da kommt etwas«, rief Rina von vorne. »Das scheinen diese großen Fische zu sein, die auch so hoch springen können – wie heißen die noch mal?«

»Du meinst Delfe«, antwortete Helm. »Ich weiß nicht – die Delfe hier bei uns sind nicht sehr groß. Das klingt nach etwas Größerem.«

»Ja, stimmt.« Vom Vordeck aus hatte Rina die bessere Aussicht. »Das ist etwas Größeres. Und es sind auch ganz schön viele davon.«

Das hatte man auf dem Piraten-Zweimaster ebenfalls

bemerkt. Rufe wurden laut, erregte Rufe, dann Schreie. Schoten wurden dichter geholt. Das Schiff nahm mehr Fahrt auf. Jetzt hätte man die Bugwelle vielleicht hören können, wenn es noch so ruhig gewesen wäre wie wenige Minuten zuvor.

Jetzt war der Zweimaster um drei, vier Längen vorangekommen. Jetzt hatte auch Helm freie Sicht auf das, was da kam.

Schlangen! Das war sein erster Gedanke. Vielköpfige, glitschige Schlangen! Aber dieser Gedanke war falsch. Die langgestreckten, sich auf- und abwärts schlängelnden Körper waren mit Fell bedeckt, nicht mit Schuppen, und die kegelförmigen Köpfe, die da ständig auf und ab tauchten, gehörten nicht einem Tier, sondern mehreren. Tieren mit langen Seitenfinnen und waagerecht stehenden Schwanzflossen, die sich damit derart kräftig vorwärtskatapultierten, dass ihre Geschwindigkeit die jedes Schiffes übertraf. Das Wasser schäumte um sie herum, und je näher sie dem Brit-Schiff kamen, desto schneller schienen sie zu werden.

Dann sprangen sie. Oder nein: Sie flogen.

Helm hatte das nicht für möglich gehalten, denn der Zweimaster war ziemlich hochbordig. Die Brit-Piraten jedoch hatten schon eher geahnt, was da auf sie zukam. Die beiden, die jetzt auf der anderen Seite des Schiffes über Bord hechteten, schienen es gewusst zu haben. Anders waren diese Sprünge in den sicheren Tod nicht zu erklären, fand Helm.

Der eine der beiden Brits sprang direkt in einen offenen Rachen hinein. Eine der Robben war unter dem Schiff hindurchgetaucht, schneller als sich ein Mensch mit aller Kraft abstoßen konnte, und erwartete ihre Beute mit gefletschtem Gebiss. Mit was für einem Gebiss! Helm hatte schon als Kind beim Strandurlaub in abgelegenen Insel-Regionen Knochen und einen Schädel gefunden, dessen Hauer gewaltiger waren als die eines erwachsenen Schäferhundes. Ein Seehund sei das gewesen, hatte der Onkel ihm erklärt – ja, genau, eins dieser Tierchen, die mit ihren Kugelaugen immer so possierlich aussähen. Von wegen, Raubtiere seien das! Und die Kegelrobben, die sich mit ihnen das Revier teilten, wären noch ein Stück größer.

Das war jetzt über fünfzig Jahre her. Eine lange Zeit, aber dennoch: War es normal, dass eine Tierart in diesem Zeitraum fast doppelt so groß wurde, mehr als doppelt so schnell – mit dreimal größeren Hauern?

Müßige Gedanken. Normal war, was real war, dachte Helm. Und real war, dass der Brit-Pirat von eben diesem Tier mit eben diesem Gebiss in Fetzen gerissen wurde.

Das Ende des zweiten Springers war noch unglaublicher. Noch während er sich über die Bordwand warf, wurde er gepackt – im Fluge. Von hinten. Von einer Robbe, die von der anderen Seite des Zweimasters über die ganze Breite des Decks geflogen kam, seine Beine packte und ihn unter Wasser zog. Unglaublich schnell. Wenn auch nicht schnell genug, um seinen unmenschlichen Schrei im Ansatz zu ersticken.

Helm sah blitzende Klingen, hörte Gebrüll und einen vereinzelten Schuss. Die Mannschaft des Zweimasters schien sich nach Kräften zu wehren. Ein aussichtsloser Kampf, der keine Minute lang dauerte. Die Mega-Robben bewegten sich auch auf festem Untergrund äußerst flink und sicher, und mit einem Schwerthieb, einem Pfeil oder einer Kugel allein schien ihnen nicht beizukommen zu sein.

»Achtung!«, rief Rina vom Vordeck. »Da kommen welche zu uns rüber!«

»Piraten?«, fragte Helm. Eine Sekunde lang erwog er die Verpflichtung, einem in Seenot geratenen Menschen zu helfen, ganz gleich, um wen es sich handelte – das war eine alte Regel aus alter Zeit. Schnell aber bemerkte er seinen Irrtum. Rina hatte nicht von den Brits gesprochen.

Zwei der Robben-Bestien preschten auf sie zu. Waren sie beim großen Schlachtfest an Bord des Zweimasters leer ausgegangen? Oder hatten sie einfach größeren Hunger? Helm sah die kegelförmigen Köpfe durch und über das Wasser schießen, direkt auf die *Johanna* zu. Das Schiffchen hatte vergleichsweise wenig Freibord, da würden die Viecher überhaupt keine Probleme haben, an ihre Beute zu gelangen.

Sein Blick fiel auf die Pumpe mit der Pfeife, die er achtlos in die Plicht hatte fallen lassen. Hatte sie also doch funktioniert, diese Ausgeburt eines perversen Ärztinnen-Gehirns! Im Ultraschallbereich, wie eine Hundepfeife, für Menschen praktisch unhörbar. Die Bestien hatten sich tatsächlich anlocken lassen – na toll! Und wie kehrte man den Effekt nun wieder um? Dazu hatte die alte Schabracke natürlich nichts gesagt!

Helm griff nach seinem Bogen. Wenigstens konnte er sich kämpfend von dieser Welt verabschieden. Der Illusion, dass er mit einem Pfeil bei diesen Biestern etwas ausrichten konnte, gab er sich nicht hin. Selbst wenn er traf – bei dieser Geschwindigkeit!

»Was ist denn?« Das war Gander. Sein bleiches und verstörtes Gesicht tauchte im Niedergang auf. »Was ist mit den Piraten?« Der Junge war eindeutig noch nicht wieder ganz bei sich.

»Bleib unten!«, herrschte Helm ihn an. »Los! Zieh die Rübe ein! Und dann den Lukendeckel dicht machen!« So bestand zumindest Hoffnung, dass Gander den Angriff der Robben überlebte. Möglich, dass die Kajüte kein ausreichender Schutz war; der Junge könnte es aber immerhin versuchen.

Viel zu spät dachte er an Rina. Was tat die junge Frau denn immer noch dort auf dem Vordeck? »Bring du dich auch in Sicherheit!«, schrie Helm in ihre Richtung. Vorne gab es auch ein Luk; vielleicht reichte die Zeit ja gerade noch, um hindurchzuschlüpfen und den stabilen Deckel hinter sich zu verriegeln. »Rina! Beeil dich!«

»Ich bin so weit!«, rief die junge Frau vom Vordeck zurück.

Hatte sie ihn nicht verstanden? Helm sah sie gebückt hinter dem neuen Gerät stehen, das drehbar auf seiner Halterung ruhte wie eine Harpune, aber keine war. Trotzdem schien Rina zu zielen. Anscheinend nahm sie die vordere der heranschäumenden Riesenrobben ins Visier. Verflucht, das sollte er endlich auch tun!

Helm spannte seinen Bogen, zielte flüchtig und schoss intuitiv. Fast hätte er damit Erfolg gehabt – fast. Der Pfeil aber verfehlte das aufgerissene Maul, touchierte ganz leicht den aalglatten Rücken des Tieres und verschwand geräuschlos in der aufgewühlten See. Na dann, dachte Helm. Er hatte es immerhin versucht.

Auf dem Vordeck begann es zu fauchen. Ein Schwall von Hitze waberte zu ihm herüber. Eine lange, spitze, gebogene Feuerzunge leckte hinaus aufs Wasser, traf die Robbe im selben Moment, als sie sich gerade aus dem Wasser herauskatapultierte, ansetzte zum todbringenden Sprung.

Diesen Sprung führte das Tier auch aus. Noch in der Luft verwandelte es sich in eine prasselnde Fackel, und als es an Deck aufschlug, war es ein lodernder Feuerball.

Mit einem Sprung hinab in die Bilge versuchte Helm sich in Sicherheit zu bringen, trotzdem fingen sein Haar und der Umhang, den er über seiner Weste trug, sofort Feuer. Während er die Flammen mit bloßen Händen auszuschlagen versuchte, musste er entsetzt mit ansehen, wie das Feuer in Windeseile die Segel verzehrte und den hölzernen Mast empor eilte, um ihn in ein loderndes Fanal zu verwandeln. Es stank entsetzlich nach versengtem Fell und brodelndem Tran.

Endlich hatte Helm sich aus seinem brennenden Umhang

geschält und warf ihn über Bord. Das ganze Mittelschiff stand in hellen Flammen. Vorne stand Rina immer noch leicht gebeugt hinter dem Gerät, das sie von der Ärztin erhalten hatten. Ein Flammenwerfer war das also! Er hatte genauso funktioniert wie die Robbenpfeife. Nämlich tadellos. Und vermutlich todbringend für beide Seiten.

In dem Flammen-Chaos mittschiffs hob sich plötzlich der Lukendeckel des Niedergangs. Gander! Also hatte er Helms Anweisung gerade noch rechtzeitig umsetzen können, um zu überleben. Jetzt stieg er aus der Kajüte empor, als könnte ihm kein Feuer der Welt etwas anhaben, packte die Überreste der brennenden Robbe bei den Schwanzflossen und warf sie über Bord wie ein kaputtes Spielzeug. Helm hörte es zischen, sah aber deutlich, dass der Kadaver selbst unter Wasser noch weiterbrannte. Was war denn das nun wieder für eine Teufelei?

Rinas Flammenwerfer fauchte ein weiteres Mal. Wieder spannte sich ein Flammenbogen über die Wellen; die Feuerzunge leckte nach dem Kopf der zweiten Robbe. Die aber tauchte rechtzeitig weg, brachte sich unter Wasser in Sicherheit. Und blieb verschwunden.

»Die Biester lernen schnell«, murmelte Helm vor sich hin.

Der Flammenwerfer auf dem Vordeck begann zu spucken und zu röcheln. Die Feuerzunge brach ab, zerteilte sich in Fetzen und Fäden wie ein Fluss in seinem seichten Delta, kurz bevor er im Meer aufgeht und verschwindet. Genau das tat die Feuerzunge. »Verdammt, der Tank ist schon leer!«, schimpfte Rina. »Das ging aber schnell.«

Hoffentlich lernten die Biester nicht richtig schnell, korrigierte Helm seinen letzten Gedanken. Jetzt wäre der Moment.

So schnell jedoch lernten sie offenbar nicht. Helm konnte sehen, wie sich die Tiere auf ihre Sandbank zurückzogen, vom Fleisch der Piraten gesättigt, ihren Blutdurst gestillt.

Gander hatte schon damit begonnen, das Feuer im Mittschiff zu bekämpfen. Mit einem der Jutesäcke schöpfte er Wasser von außenbords. Die noch an Deck befindlichen brennenden Robbenfleischstücke, die sich nicht löschen ließen, schob er mit dem Fuß über Bord.

Helm musterte Mast und Takelage mit kritischem Blick und zerfurchter Stirn. Wanten und Stage waren aus Eisendraht, die würden das Feuer schon überstehen. Und der hölzerne Mast war ziemlich dick. Er brannte zwar immer noch, die Flammen jedoch schrumpften vor Ganders hoch und gut gezielten Wassergüssen aus der improvisierten Pütz immer weiter in sich zusammen. Mochte er auch äußerlich verkohlt sein, stehen bleiben würde der Mast schon. Seine Widerstandskraft gegen Segeldruck würde natürlich ein wenig beeinträchtigt sein.

Tja – bloß: gegen den Druck welcher Segel? Da lag das Problem! Sämtliche Segel waren verbrannt, einschließlich des Klüvers, der in seinem Segelsack an Deck parat gelegen hatte. Restlos fort, futsch, Geschichte. Reserven gab es keine, das hatten sie schon vor der letzten Reise überprüft.

Er schickte einen sehnsüchtigen Blick hinüber zum Zweimaster der Brits. Der hatte Segel im Überfluss – allerdings waren einige davon bereits gesetzt, und der Anker war gelichtet. Unter dem Druck der herrschenden leichten Brise strebte das Schiff der Insel Lang Oog zu. Obwohl niemand mehr am Ruder stand, hielt es einigermaßen Kurs. Entweder hatte jemand das Rad belegt, oder aber die Segelfläche war so gut austariert, dass das Schiff von alleine kursstabil blieb. Jedenfalls hatte es schon jetzt die *Johanna*, die nur noch vom Ebbstrom angetrieben wurde, deutlich hinter sich gelassen. So deutlich, dass Helm die Idee, Gander ins Wasser und hinüber zu schicken, sofort wieder verwarf. Die anderen Turborobben waren immer noch in der Nähe, und die gesamte Insel da vorne war ein Piratennest. Das Risiko für den gerade erst geretteten Jungen wäre einfach zu groß.

Und wohin würde die Ebbe sie treiben? Auch ins Watt vor Lang Oog, den Brits als Beute? Oder auf die nächste Sandbank, als Fraß für die Robben? Mit etwas Glück zog die Strömung sie durch das Seegatt zwischen Lang Oog und Trumm hindurch hinaus auf die Nordsee. Sofern man dann von Glück reden konnte, denn was sie dort draußen erwartete, wusste schließlich niemand.

Das Feuer war endlich gelöscht. Gander und Rina kamen zu ihm nach achtern und setzten sich auf die rußgeschwärzten Backskisten, der Junge an Backbord, die Frau an Steuerbord. Alle starrten zu Boden. Minutenlang sprach keiner ein Wort.

»Wo kamen diese Biester eigentlich auf einmal her?«, fragte Gander dann, ohne den Blick zu heben. »Als ob sie jemand gerufen hätte!«

»Das war ich«, erwiderte Helm. »Mit dieser luftdruckbetriebenen Hundepfeife.« Er zeigte mit dem Fuß auf das Gerät. »Mit bestem Dank an das Oberweib aller Weiber! Wahrscheinlich hat sie mit ihrem Fernrohr alles fein beobachtet. Jetzt weiß sie, wie gut ihre Waffe funktioniert.«

»Das weiß sie sowieso«, sagte Rina dumpf.

Helm starrte sie stumm und auffordernd an.

»Sie weiß es genau«, sagte Rina, »weil sie sie schon ausprobiert hat. Mehrfach. Was glaubst du denn, warum die Robben so eilig zur Stelle waren.«

»Woher weißt du das denn?«, fragte Gander, einen Anflug von Abscheu in der Stimme.

»Na ja, gleich nachdem wir zum ersten Mal in Bensa waren … Sie hatten euch betäubt und eingesperrt, du weißt noch? Mich haben sie damals ziemlich nett behandelt, weil sie dachten, ich würde mich ihnen anschließen. Einige von den Wächterinnen waren ziemlich vertrauensselig. Teilweise auch zudringlich.« Sie schlang die Arme um ihren Oberkörper. »Erinnert ihr euch, dass ich sagte, einige von den Weibern würden sich Männer halten?«

Helm nickte. »Allerdings. Vermutlich nicht ohne Wissen der Anführerin und der Ärztin, richtig?«

»Richtig. Mit Wissen und Zustimmung.« Rina schluckte, brauchte ein paar Sekunden, um sich zu sammeln. »Die Ärztin braucht ständig Menschen für ihre Experimente. Natürlich Männer. Die Frauen-Patrouillen fangen sie, wo immer sie welche finden. Meistens Bauern oder Sucher. Weil sie nicht immer welche finden, halten sie stets einen gewissen Vorrat.«

»Männer auf Vorrat«, murmelte Helm. Geschah das den Männern recht? Der Onkel hatte ihm erzählt, was die Männer in der Vergangenheit den Frauen alles angetan hatten. Und heute wieder.

»Solange die Männer vorrätig gehalten werden, dürfen sich alle interessierten Frauen mit ihnen vergnügen«, fuhr Rina fort. »Das hat den Vorteil, dass die Männer weniger Ärger machen. Nicht so bald zu fliehen versuchen, sich nicht selbst oder gegenseitig umbringen und so. Das macht die Sache einfacher. Bis sie dann … dran sind.« Die junge Frau seufzte.

»Und danach?«

»Danach«, sagte Rina, »werden die Männer im Watt ausgesetzt. Oder abgelegt, je nachdem, wie die Versuche zuvor verlaufen sind. Dann werden die Robben gerufen. Mit der Pfeife.« Sie deutete auf das Gerät, ohne hinzuschauen.

Schweigend schüttelte Helm den Kopf. Der Onkel hatte von Mädchenhandel erzählt, von Versklavung und Vergewaltigung, von Prügel und von Mord. In seiner Empörung hatte sich der damals noch junge Helm alle möglichen Todesarten ausgedacht als Strafe für Männer, die so etwas taten.

Darauf aber wäre er nie gekommen.

»Frauen sind auch nicht die besseren Menschen«, fasste Rina zusammen.

»Niemand ist ein besserer Mensch«, ergänzte Helm. »Alles, was du sein kannst, ist ein guter Mensch. Das musst du jedenfalls versuchen. Wenn du glaubst, du wärst ein besserer Mensch als jemand anderes, dann weißt du, dass es nicht geklappt hat.«

Darauf erwiderte keiner mehr etwas. Schweigend trieben sie dahin.

18. Die Wand aus Stahl

Wenig später begann es zu regnen, und der Wind schlief vollkommen ein. Ein schwacher Trost, wenn man keine Segel hat, dachte Helm, während die antriebslose *Johanna* von der Tide durch das Seegatt zwischen den Inseln gesogen wurde. Wichtiger war, dass die Flaute auch die Piraten auf Lang Oog zur Tatenlosigkeit verurteilte. Sollten sie das vorbeitreibende Boot mit dem verkohlten Mast beobachteten, so mussten sie das mit ohnmächtig geballten Fäusten tun. Wahrscheinlicher aber war, dass der gestrandete Zweimaster alle Aufmerksamkeit auf sich zog. Hatten die Brits schon vorher einen Hass auf die Besatzung der *Johanna* gehabt, so stieg der jetzt bestimmt ins Maßlose.

Bei Niedrigwasser waren sie schon draußen auf der Nordsee. Der Regen nahm stetig zu und pladderte schließlich in dicken Tropfen, so dass die jungen Leute in der Kajüte Schutz suchten und Helm sich in der Plicht unter einem viel zu kleinen Not-Umhang zusammenkauerte, den er sich aus einem leeren Proviantbeutel angefertigt hatte. Einer, so fand er, musste schließlich Wache stehen und Ausguck halten. Auch wenn es kaum etwas zu sehen gab, denn die Wolkendecke senkte sich immer tiefer und der Regen schränkte die Rundumsicht mehr und mehr ein.

Am Nachmittag – mangels Sonne konnte Helm die Zeit nur schätzen – war es dann mit der Flaute vorbei. Wind setzte ein, und Helm konnte nicht einmal sagen, aus welcher Richtung er kam. Der Wind war kalt und frischte mehr und mehr auf. Schnell baute sich eine unangenehme, kurze und hackende See auf, die das steuerlose Schiffchen gnadenlos herumschleuderte. Helm hatte alle Mühe, seinen Platz an der nutzlos gewordenen Ruderpinne zu behaupten.

Düsterer und düsterer wurde es, bis schließlich die

schwarze Nacht heraufzog. An ihrer Lage änderte sich wenig; der Wind hielt sich knapp unter Sturmstärke und spielte mit der *Johanna* wie ein rabiates Riesenkind. Was, wenn das Nordwind ist, dachte Helm besorgt. Dann laufen wir auf Grund, noch ehe es Morgen wird. Das wird unser Boot nicht aushalten, und wir saufen ab wie die Ratten.

Rina und Gander sagte er nichts davon. Die beiden schliefen schon seit Stunden, allem wüsten Geschaukel zum Trotz. Sie hatten es nötig. Helm beneidete sie mit jedem zerfaserten Rest seines völlig übermüdeten Verstandes.

Der Wind aber kam nicht aus Richtung Nord, und als er endlich nachließ, schwamm die *Johanna* immer noch. Schnell wurden die Wellen niedriger und dabei länger, die Schiffsbewegungen dadurch weicher und angenehmer. Keinerlei Anzeichen für Untiefen, also auch keine Gefahr einer Strandung, konstatierte Helm. Ein Gefühl wie auf einer großen Schaukel. Beruhigend und einschläfernd.

Helm bemerkte die Anzeichen zwar rechtzeitig, aber die Natur forderte vehement ihr Recht. So ließ er es geschehen. Die Wache am Ruder schlief ein. Tief und fest.

Er wachte erst wieder auf, als die *Johanna* gegen eine Wand stieß.

Sekundenlang wusste Helm nicht, wo er sich befand. Und als es ihm wieder eingefallen war, konnte er es nicht glauben. Unter seinen Füßen dümpelte das Boot in den Resten der Nordsee-Dünung – und direkt vor ihm, so nah, dass er sie hätte greifen können, erhob sich eine himmelhohe, drohend graue Wand. Wie passte das zusammen?

Die *Johanna* rumpelte ein zweites Mal gegen diese Wand, und Helm, der aufgesprungen war, hatte Mühe, sich auf den Beinen zu halten. Der Zusammenstoß hatte nach Metall geklungen. Stahl auf Stahl. Natürlich, die Wand da vor ihm gehörte zu einem treibenden Schiff! Zu einem richtig großen!

Er wollte die anderen rufen, aber sein Hals war völlig ausgedörrt und seine Stimme versagte ihm den Dienst. Die jungen Leute waren aber auch so schon wach geworden. Rina, die Helms Nöte erkannte, brachte ihm einen Becher Wasser.

»Das soll ein Schiff sein?« Gander wollte es nicht glauben. Dabei hatten sie doch nahe Wilmshaven schon Ozeanriesen dieses Kalibers passiert, allerdings in einiger Entfernung, und die Schiffe waren halb versunken gewesen. So etwas dicht vor der eigenen Nase zu haben, war schon etwas anderes.

»Was machen wir denn jetzt?«, fragte Rina. »Wie kommen wir an diesem Ding vorbei?«

»Vorbei?« Gander lachte. »Was heißt vorbei! Da müssen wir rein! Oder drauf oder an Bord oder wie das heißt. Stimmt doch, was, Helm?«

Der musste ihm zustimmen. Ein treibendes Schiff, das war eine Chance, die sich niemand entgehen ließ. Ganz egal, wie oft und von wem solch ein Schiff schon geplündert worden war, es fand sich immer noch etwas darauf, das man gebrauchen konnte.

Rina verzog den Mund. »Ich glaube ja nicht, dass die Segel haben«, meinte sie. »Und Essbares bestimmt auch nicht mehr. Was sollen wir da also?«

»Was sollen wir da also?« Gander äffte sie nach und wakkelte dazu mit dem Kopf. »Mann, das wissen wir doch erst, wenn wir es sehen! Nun komm, sei kein Spielverderber!«

Rina warf ihm einen vernichtenden Blick zu. »Bitte schön! Und wie wollen wir da überhaupt hochkommen, hä? Nichts als glatter Stahl! Das mach du mir mal vor.«

»Wenn's weiter nichts ist.« Gander warf Helm einen fragenden Blick zu. Als der nickte, ging er kurz in die Knie und stieß sich ab. Noch im selben Augenblick war er verschwunden.

Helm legte den Kopf in den Nacken. Die Wolkendecke hatte sich so weit gehoben und gelichtet, dass ein wenig Mond- und Sternenlicht durchdringen konnte. Ganders Silhouette war ganz schwach zu erkennen. Der Junge hing auf halber Höhe der Bordwand, die Fingern in irgendwelchen Ritzen verkeilt, die nur er von hier unten hatte ausmachen können. Er zog sich höher, tauchte in eine Art Nische ein und zerrte an irgendetwas. Es schien eine Luke zu sein, vielleicht eine Tür für die Übernahme von Lotsen. Anscheinend versuchte Gander, sie von außen zu öffnen.

Wird schwierig, dachte Helm, das ist bestimmt so nicht vorgesehen gewesen. Da knackte es schon hell und trocken über ihm. Sekunden später landete die Stahltür mit lautem Aufklatschen nicht weit von ihrem Boot im Wasser. Das nächste, was aufklatschte, war das Ende einer Strickleiter mit hölzernen Sprossen. Es tauchte auf der anderen Seite des Bootes ins Wasser ein. Anscheinend hatte das große Schiff Schlagseite.

»Am besten bleibst du an Bord.« Helm nickte Rina zu. »Pass auf, dass unser Boot nicht abtreibt. Und auch sonst.« Sie wussten nicht, wo sie sich befanden; vermutlich nicht in der Nähe einer Sandbank. Aber erstens war auch das nicht sicher, und zweitens konnten diese Monsterrobben bestimmt weite Strecken zurücklegen.

»Ist gut.« Rina wirkte erleichtert, Robben hin oder her.

Helm machte sich an den Aufstieg. Schon nach wenigen Metern verfluchte er seine Entscheidung. Jeder Muskel, jedes Gelenk tat ihm so weh wie noch nie in seinem Leben. Waffen und Ausrüstung hingen schwer wie Blei an ihm. Ächzend quälte er sich Sprosse um Sprosse hoch.

Gander erwartete ihn schon, vor Ungeduld von einem Fuß auf den anderen trippelnd. »Keine Metallbüchsen. Mist!« So viel hatte er schon erkundet. »Was für ein Schiff kann das wohl sein? Die haben ja gar nichts geladen!«

Sie standen in einer geschlossenen Einbuchtung der Bordwand, die vor allem der Aufnahme eines riesigen Doppelpollers diente. Und ganz geschlossen war sie auch nicht mehr, denn die stählerne Tür fehlte ja. Wer immer dieses Schiff konstruiert hatte, er hatte niemanden wie Gander gekannt, dachte Helm. Woher denn auch.

Er betrat das Innere des Schiffes und befand sich in einem niedrigen, weitläufigen Deck. Mangels Beleuchtung waren die genauen Ausmaße nicht zu erkennen, aber schon das Geräusch seiner Schritte verriet Helm, dass dieser Laderaum riesig und leer sein musste. Ein Geruch hing darin, der ihn an irgendetwas erinnerte. Irgendwas aus alter Zeit, das hier überdauert hatte, abgeschlossen und konserviert hinter stählernen Schotts und Luken. Was war das? Wie sollte er das einordnen?

Gummi! Das war der scharfe, stechende Geruch von Autoreifen aus Gummi. Zugleich war das der Schlüssel zur richtigen Kammer seiner Erinnerung. Die anderen Bestandteile des Aromas waren Benzin, Öl, Abgase. Und ein bisschen Lack und Kunststoff. Genau, hier hatten einst Autos gestanden!

Automobile. Ein ganzes Deck, dazu gedacht, mit Selbstfahrwagen vollgestellt zu werden. War dies eine Fähre?

Nein, korrigierte er sich. Es hatte früher wohl große Fähren gegeben, aber nicht so große, jedenfalls nicht hier in der Nordsee. Dieses Schiff mit seinen Bordwänden wie Mauern aus grauem Stahl hatte viele Decks. Viele Decks, einst alle voller Selbstfahrwagen.

Also ein Autotransporter!

Was für ein Riesenschiff! Ganz allein für Wagen mit Benzinmotoren! Das konnte aus Emm her getrieben sein, oder aus Beehaven. In beiden Häfen hatte man früher Autos verladen und verschifft. Tausende und Abertausende! In Emm waren sogar welche gebaut worden. Dort auch verladen und in alle Welt gebracht. Und aus aller Welt wiederum waren solche Wagen nach Emm und Beehaven gebracht und dort ausgeladen worden. Welchen Sinn so etwas wohl gehabt haben sollte!

Stopp. Wenn dieses Schiff aus Emm oder Beehaven kam – warum war es dann leer? Oder standen vielleicht alle anderen Decks voller Motorwagen, nur dieses eine hatte man frei gelassen?

»Komm«, sagte Helm zu Gander. »Hier muss es irgendwo Treppen geben.«

Die gab es auch. Eiserne Treppen, die von Deck zu Deck führten und bis hinab in einen riesigen Raum, wo eine große, tote Maschine stand, immer noch nach Öl und Chemikalien riechend, aber kalt und unbewegt. Tot eben. Maschinen starben, wenn es keinen Menschen mehr gab, der sie zum Leben erwecken konnte. Das wusste Helm schon lange.

Nirgendwo fanden sie Benzinwagen. Oder andere Ladung. Das Schiff war, soweit sie sehen konnten, völlig leer.

Je tiefer sie kamen, desto stärker mischte sich der Geruch von Seewasser zwischen die anderen Gerüche. Unter den Bodenplatten hatte sich Leckwasser in der Bilge gesammelt, schwappte hier und dort schon über die Platten hinweg. Daher wohl auch die Schlagseite, dachte Helm. Wenn das alles war nach fünfzig Jahren, dann konnte dieses Schiff wohl noch eine Weile umhertreiben. Allerdings auch nicht ewig.

Er versuchte sich die vorherrschenden Wind- und Strömungsrichtungen ins Gedächtnis zu rufen. Ebbe und Flut bewegten hier vor der Inselkette alles immer vor und zurück, hin und her; die Winde jedoch kamen bevorzugt aus Nordwest, wenn auch nicht mehr so zuverlässig wie vor dreißig oder mehr Ernten. Eigentlich hätte ein steuerlos treibendes Schiff längst irgendwo vor Holst oder Dannema gestrandet sein müssen, an der Küste, auf einem Sand oder im Watt. Aber vielleicht hatte dieser Kasten ja schon solche Strandungen hinter sich? Springfluten und Südostwinde gab es schließlich auch. Und damit auch eine natürliche Erklärung dafür, warum dieses Schiff hier herumtrieb.

Stumm deutete Helm nach oben. Gander nickte und folgte ihm die eisernen Stiegen hinauf – bis er die Geduld verlor mit dem alten Mann, der von Treppe zu Treppe langsamer wurde. Der Junge drängte sich vorbei und eilte voraus. Helm ließ ihn gewähren. Gander war eindeutig wieder im Vollbesitz seiner Kräfte. Was konnte ihm da etwas anhaben?

Auf dem Oberdeck, das über und über mit Vogeldreck besudelt war, trafen sie sich wieder. Der Morgen graute bereits, und die Aussicht aus dieser Höhe versprach atemberaubend zu werden. An Backbord glaubte Helm Land erahnen zu können – südlich, gemessen an der hellsten Stelle am Horizont, wo bald die Sonne aufgehen würde. Land im Süden, na klar. Aber welches? Sie waren weder bis nach Dannema noch nach Britland getrieben, so viel stand fest, aber auch dazwischen gab es einige Möglichkeiten.

Sie beugten sich über die Bordwand, riefen und winkten Rina zu. Wie winzig sie aussah in ihrem winzigen Boot! Und wie dünn ihre Antwort klang, obwohl man ihr anhörte, dass sie aus Leibeskräften schrie! Sie hatte sich Sorgen gemacht und war ungeduldig, aber Helm machte ihr klar, dass es noch ein Weilchen dauern würde. Das Schiff war riesig, und bisher waren sie noch ohne jede Beute.

»Segel brauchen wir am nötigsten«, sagte Helm zu Gander. »Halt nach allem Ausschau, was man dafür verwenden könnte: Planen, Abdeckungen, von mir aus Tischtücher oder Bettlaken! Irgendwas, Hauptsache, man kann es in den Wind hängen.«

Es dauerte ein Weilchen, ehe Gander nickte. Klar, die meisten Dinge, die Helm da aufgezählt hatte, kannte er überhaupt nicht. Aber Segel, die kannte er. Helm schickte ihn auf die Backbordseite, er selbst übernahm Steuerbord. Getrennt konnten sie Zeit sparen. Verabredeter Treffpunkt war die offene Luke mit der Jakobsleiter.

Wo mochten sich wohl die Wohnräume der Mannschaft befinden? Helm hatte sie zunächst achtern vermutet, aber der kantige Umriss des Hecks ließ vermuten, dass die Stauräume dort bis in die letzte Ecke reichten. Außerdem schien es dort keine Bullaugen zu geben. Dann vielleicht in den Decksaufbauten hinter und unterhalb der Kommandobrücke? Er schlug diese Richtung ein, machte aber noch einen Abstecher in den Laderaum, der auf dem Weg lag und in dem er bisher noch nicht gewesen war. Der Raum stand offen, seine Tür war an der Außenwand eingehakt.

Dieser Laderaum war nicht leer. Helm blieb wie angewurzelt stehen; damit hatte er nicht mehr gerechnet. Viel konnte er nicht erkennen. Seit es draußen heller wurde, hatten seine Augen umso mehr Probleme, unter Deck etwas zu erkennen. Er nahm seine mechanische Lampe zur Hand, drückte den Hebel und ließ den Dynamo schnurren.

Der Lichtkegel fiel auf ein Auto. Ein großes mit einem kastenförmigen Aufbau. Dieses Deck war höher als die anderen weiter unten, sonst hätte dieser Wagen gar nicht hineingepasst, so hoch war er. Hätten seine riesigen Reifen noch Luft enthalten, wäre er sogar noch höher gewesen. Wie hatte man solche Wagen früher noch genannt? Wagen, die Ladung trugen ... Helm versuchte sich zu erinnern. Ladungswagen? Oder Lastwagen? Nein, das konnte kaum sein, das klang ja nach belasten und belästigen. Aber wie dann?

Zwei weitere, gleichartige Wagen standen hinter dem ersten, bildeten mit ihm eine Reihe. Alle trugen die gleiche gescheckte Bemalung, aber keine Aufschriften oder Symbole. Lediglich an den Rückwänden waren die verschiedenen Positionen der Türgriffe mit Worten markiert. War das Englisch? Helm dachte sofort an die Brit-Piraten und blickte sich erschrocken um. Außer ihm aber war niemand hier, und wie es aussah, war auch schon sehr lange kein Mensch mehr hier gewesen.

Er leuchtete in die anderen Bereiche des Laderaums hinein. Auf der anderen Seite gab es noch eine Fahrzeugkolonne, fünf Stück, und sie waren genauso hoch wie die drei anderen und sogar noch viel länger. Helm kannte diesen Typ Benzinwagen. »Büchsenträger«, murmelte er vor sich hin. Büchsen aus Stahl! Endlich winkte doch noch die Hoffnung auf Beute.

Die Büchsen waren alle gleich groß und einheitlich grau. Sie ruhten auf ebenfalls einheitlichen Gestellen mit Rädern darunter. Die Zugmaschinen davor aber sahen unterschiedlich aus. An den Türen waren sie sogar beschriftet, ebenfalls verschieden. Die Worte sagten Helm nichts, verstärkten jedoch seinen Eindruck, dass es sich um Englisch handelte.

Vier der großen Büchsen waren fest verriegelt und mit Schlössern gesichert. Kein Problem mit dem richtigen Werkzeug, dachte Helm und überlegte schon, ob er noch einmal in den Maschinenraum hinabsteigen oder aber Gander das überlassen sollte. Dann bemerkte er, dass die hinterste Büchse offen stand. Neugierig traf er näher und ließ den Lichtkegel seiner Dynamolampe kreisen.

Die Stahlbüchse war voller Mais. Ein Strom goldfarbener Maiskörner ergoss sich aus der offenen Tür und auf den stählernen Boden des Ladedecks. Dort versiegte der Strom, versickerte in Haufen von Vogeldreck und Federn. In der Seitenwand direkt neben der Büchse befand sich eine große Ventilationsöffnung. Auch hier war der Stahl mit weißem, stinkendem Kot besudelt. Wie es aussah, pflegten sich allerhand Vögel hier regelmäßig Futter zu holen. Seevögel? Oder fanden solche Besuche nur statt, wenn sich das Schiff auf seiner langen Drift wieder mal in Landnähe befand?

Irgendetwas stimmte nicht an diesem Gedanken. Irgendetwas war falsch. Was war es? Stahlbüchsen, Mais, Vögel, treibendes Schiff, viele, viele Ernten ...

Alles war falsch. Schon, wie dieser Mais aussah! Goldene, pralle Körner, wie gerade eben frisch aus dem Kolben gebrochen. Kein Mais dieser Welt konnte nach über fünfzig Wintern noch so frisch aussehen! Und wieso wurde Mais in solch eine Stahlbüchse transportiert? Was hatte er auf einem Automobiltransportschiff verloren?

Tja, die Vögel – deren Interesse an Mais war einigermaßen natürlich. Alle Vögel waren Allesfresser heutzutage; Helm kannte keine Vogelart, die Maiskörner verschmäht hätte. Aber ansonsten ergab das alles in seinen Augen überhaupt keinen Sinn.

Ein Geräusch ließ ihn zusammenzucken; es klang wie aus einer anderen Welt. Hart, fremd, metallisch. Und es kam näher.

Beim Näherkommen verlor sich das Fremde an diesem Klang, und übrig blieb das Keckern einer Krähe. Im nächsten Moment hockte der zerzauste Vogel auch schon im Ausgang des Ventilationsschachtes und schaute Helm mit hin und her zuckendem Kopf aufmerksam an. Die gezackten Ränder seines Schnabels verursachten schabende Geräusche.

Wenig später näherte sich ein zweiter Vogel. Diesmal konnte Helm genau verfolgen, wie sich das Tier den metallenen Schacht entlangbewegte, wie Hall und Metall den Klang der Geräusche stark verzerrten und wie dieser Effekt schließlich nachließ. Alles klar, dachte er. Keine Außerirdischen, bloß Physik. Wie hieß noch die Lehre vom Schall – Optik? Nein, Akustik.

Diesmal war es eine Stachelmöwe. Sie spreizte die bewehrten Schwingen, als sie Helm erblickte, und öffnete drohend ihren mörderisch scharfen Hakenschnabel. Es wurde erzählt, dass solche Möwen einen Menschen im Vorbeiflug köpfen konnten, nur mit den Stacheln an den Außenseiten ihrer Flügel, und ihm anschließend mit ihren Hakenschnäbeln die Weichteile herausfetzten. Ob das stimmte, konnte Helm nicht sagen, aber er wollte es auch nicht herausfinden. Unwillkürlich hob er die Arme und zeigte seine leeren Handflächen.

Wie dämlich, dachte er im selben Augenblick. Die Stachelmöwe aber schien die Geste zu verstehen und blieb friedlich.

Die beiden Vögel blieben am Rand des Schachtausgangs sitzen, blickten mit starren Augen nach rechts und links und sonstwohin, zum Mais, der aus der Stahlbüchse quoll, und immer wieder zu Helm. Dem wurde unbehaglich zumute. Worauf warteten diese Viecher?

Er registrierte, dass er zwischen den Vögeln und der Maisbüchse stand, und trat einige Schritte zurück. Nichts geschah. Noch ein paar weitere Schritte.

Jetzt begannen die Vögel zu flattern, hoben ab und landeten am Rand der Mais-Flut. Dabei behielten sie ihn stets im Auge.

Na, dachte Helm, wenigstens dafür gibt es eine vernünftige Erklärung. Verfressene Vogel, die sich seinetwegen nicht an ihr Futter trauten! Das hörte sich doch nicht geheimnisvoll an. Er verspürte eine deutliche Erleichterung.

Eine körperlich spürbare Erleichterung. So, als wäre ein leichter Kopfschmerz, den er bewusst gar nicht wahrgenommen hatte, plötzlich verschwunden.

Helm stolperte ein paar Schritte rückwärts, fand sich vor einer Seitentür wieder, die er zuvor nicht bemerkt hatte. Sie war unverschlossen. Warum hatte er sie geöffnet? Wohl, weil sein Drang, von diesen unheimlichen Vögeln wegzukommen, Überhand genommen hatte.

Hinter der Tür befand sich ein großer Raum, der früher einmal ein Aufenthaltsraum gewesen sein mochte, ein

Speisesaal, eine Messe. Jetzt war er nichts mehr von alledem. Tische, Bänke und anderes Mobiliar waren entfernt worden; Schraubenlöcher im Boden deuteten an, wo sie einmal gestanden hatten. Die Mitte des Raums wurde stattdessen von einem durchsichtigen Kubus beherrscht, so groß wie ein ganzes Zimmer aus Glas. In diesem Glasraum standen Apparaturen, ganze Schränke, deren Oberflächen bedeckt waren mit Instrumenten, Schaltern, Knöpfen und Leuchten. Zwischen all diesen Dingen stand ein metallenes Bett, und in diesem Bett lag ein Mensch.

Nein – ein Toter. Ein tot und eingetrocknet aussehender Mensch. Eine Mumie.

Dieser ehemalige Speisesaal hatte keine Fenster, trotzdem war er taghell. Heller sogar als der frühe Tag dort draußen. Die Deckenlampen brannten! Auch die Lichter an den Apparaturenschränken hinter den Glaswänden leuchteten; einige davon blinkten. Was war das hier? War dieser Raum, war dieses Schiff etwa aus der Zeit herausgefallen?

Gelächter erfüllte Helms Kopf. »Ein sehr schönes Bild!«, sagte eine heitere Stimme. »Ja, wirklich, so kann man das sehen.«

Helm presste sich beide Hände an die Schläfen. Steine, Wände, Mauern, Stahl, dachte er angestrengt. Wälle, hohe, dicke Wälle, mit Kronen aus massiven Quadern. Hartgrau. Hoch, so hoch, himmelhoch. Und dick wie …

Das Lachen hielt an; es klang nun ein wenig melancholischer. »Streng dich nicht an«, sagte die Stimme väterlich freundlich. »Das hat ja doch keinen Sinn.«

Eine unsichtbare Hand wischte Helms Abwehrbemühungen weg wie eine lästige Fliege, lässig und unangestrengt, eine Hand, die nur verscheuchen wollte, nicht töten, obwohl ihr das gewiss leichtgefallen wäre. Innerhalb eines Sekundenbruchteils fühlte sich Helm allen Schutzes beraubt, all seiner mühsam errichteten mentalen Mauern und Wälle, aller gedanklichen Blockaden – vollständig. Ebenso seiner Kleidung. Nackt und vollkommen wehrlos stand er da, preisgegeben den prüfenden Blicken, die seinen Körper hinauf und hinunter wanderten. Seinen Körper und auch seinen Geist, ganz selbstverständlich, als wäre sein Geist eine Spielfigur aus kleinen Bausteinen, die man nach Belieben auseinanderbröseln konnte.

Dann war er auch seiner Haut beraubt. Dann seines Fleisches. Seiner Knochen. Ein körperloser Geist, zerlegt und zerstäubt.

Dann gar nichts mehr.

Bis Helm wieder Helm war. Bis er seine alten Knochen wieder spürte, die schmerzenden Gelenke, die müden Muskeln, die brennende Haut und die ungewaschene Kleidung, die sie bedeckte. Und seinen alten, immer noch scharfen Geist, eingezwängt zwischen seinen schützend erhobenen Händen.

»Ach ja. Die Hände kannst du herunternehmen«, sagte die freundliche Stimme.

Helm senkte seine Arme und Hände, noch ehe er sich dazu entschlossen hatte. Er hat mich, dachte er. Spielt mit mir wie mit einer Marionette.

Auch die Sorge darüber verflog wie dünner Rauch im Wind.

»Du bist ein interessanter Mensch«, hallte die Stimme in seinem Kopf. »Wie lange du schon lebst! Nicht so lange wie ich, sicher, aber doch lange. Vor allem: In der Welt hast du gelebt! Unglaublich, wie sich alles verändert hat. Unglaublich und schrecklich.«

Helm starrte auf die Mumie im Bett hinter der Glaswand. Sie sah so tot aus wie nur irgendwas, dachte er. Die Augenhöhlen waren leer, die Zähne waren gebleckt, freigelegt von geschrumpften Lippen. Der Schädel war kahl bis auf einen dünnen Ring weißer, spinnwebfeiner Haare von Ohr zu Ohr, die Haut war über die Knochenkuppen gespannt wie rissiges, fleckiges Leder. Dort, wo einst das Gesicht gewesen war, reihte sich Runzel an Runzel. Das da war tot, das war geradezu der Tod! Wo kam bloß diese verdammte Stimme her?

»Ja, mein Körper ist tot«, sagte die Stimme bedauernd. »Aber schau genauer hin.«

Helm tat es. Er konnte nicht anders. Der Körper des Toten war abgedeckt – keine Decke, eher ein Laken, und dass es einmal weiß gewesen war, musste lange her sein. Es lag eng an, zeichnete jede Kontur dessen ab, was da unter ihm lag. Kaum mehr als ein Skelett. Doch da waren Drähte und Schläuche, die von Apparaten unter dieses Laken führten, und da war etwas, das in den Schläuchen pulsierte. Versuchte da jemand, Leben in den Tod zu pumpen? Aber wer?

»Es sind Maschinen«, erklärte die Stimme. »Automaten. Hochwertige Automaten mit ausgezeichneten Programmen. Sie können sich gegenseitig reparieren, weißt du? Viel hat nicht gefehlt, und sie wären intelligent gewesen. Fast so intelligent wie wir, und gleichzeitig viel intelligenter! Aber dazu ist es ja nicht mehr gekommen.«

Helm wollte verstehen – ja, das wollte er wirklich, und er hätte auch nicht anders können. So war er eben. Aber es gelang ihm nicht. Alles, was er begriff, war, dass dieser tote Körper dort hinter dem Glas mit gerade so viel Leben versorgt wurde, dass sein Gehirn weiterhin funktionierte. Das Gehirn, das diesen unglaublichen Verstand beherbergte.

»Nett von dir«, erklang es in Helms Kopf. »Und ich weiß es zu schätzen, dass du mehr Mitleid empfindest als Angst.«

Wie lange schon? Er brauchte die Frage nicht auszusprechen.

»Fast fünfzig Jahre«, ertönte die stumme Antwort. »Oder Ernten, wie ihr jetzt sagt. Kurz nach der Katastrophe. Sie haben noch Leute geschickt, um mich da rauszuholen. Mit diesem Schiff. Da war es schon zu spät, aber das wusste noch niemand. Das Schiff konnte gerade noch auslaufen, dann fing das große Sterben an. Ein paar von den Wissenschaftlern lebten noch lange genug, um mich hier zu versorgen und an die Maschinen anzuschließen. Dann starben sie auch, einer nach dem anderen. Nur die Maschinen funktionierten weiter.« Ein melancholisches Lachen: »Sie tun es bis heute. Funktionieren viel zu gut, diese Maschinen.«

Fast fünfzig Ernten. Jahre. Fünfzig! So lange war es her, dass das Chaos ausgebrochen war. In etwa jedenfalls, denn außer Helm hatte sich lange Zeit niemand die Mühe gemacht, Jahre zu zählen oder gar aufzuzeichnen. Alle waren froh, den heutigen Tag überlebt zu haben. Oder den letzten Winter.

Fünfzig Jahre seitdem. Genauso lange lag dieser – dieser Mensch hier in seinem Glaskäfig. Wie viele andere Menschen waren seitdem geboren worden, hatten ihr bisschen Leben gelebt, zu Ende gelebt? Er, Helm, war eine von wenigen Ausnahmen, das wusste er. Aber dieser Mensch hier übertraf ihn darin noch bei weitem.

»Glaube mir, Helm, ich bin nicht stolz darauf«, sagte die Stimme. »Es ist nicht erstrebenswert, so zu existieren wie ich. Man hat nicht sehr oft einen Kontakt wie gerade jetzt. Jahrelang immer nur Vögel! Und wenn einmal Menschen auftauchen, dann meistens …« Er brach ab. »Übrigens, es freut mich, dass du mich als Menschen siehst. Obwohl ja die Art und Weise, wie wir gerade kommunizieren, für dich ganz woanders gespeichert ist. Gewöhnlich sind die, die das können, für dich ja keine Menschen.«

Er hat recht, dachte Helm, und es durchzuckte ihn wie ein Blitz. Plötzlich hatte er wieder Kontrolle über sich, seinen Körper, sein Denken und Fühlen – jedenfalls ein bisschen. »Du bist ein Drübener?«, stieß er hervor.

Wenn eine Stimme lächeln konnte, dann tat diese das

jetzt. Jedenfalls fühlte es sich so an. »Was für ein schlichtes Wort ihr da gefunden habt!«, sagte die tonlose Stimme. »Die Beschreibung von etwas Unerklärlichem auf dem untersten Niveau des Beobachtbaren! Wenigstens nicht Teufel. Drübener, weil sie von jenseits des Todesgürtels gekommen sind, nicht wahr? Von drüben. Ach, das hat auch einmal etwas anderes bedeutet! Aber was sagst du, wenn ich dir verrate, dass ich noch niemals zuvor dort drüben gewesen bin?«

Dass du mir viel erzählen kannst, dachte Helm. Er wusste natürlich, dass der andere das mitbekam. Dass alles, was er dachte, fühlte, sagte und tat, für den lebendigen Toten dort in dem Bett so deutlich zu sehen und zu hören war wie ein Stachelmöwenflug an einem heiteren Sommertag. Nichts, gar nichts konnte er vor dem verbergen, nicht einmal unter Aufbietung all seiner Kräfte! Solche Stärke hatte er noch nie zuvor erlebt.

Und er wusste auch, dass die Stimme ihn nicht belogen hatte.

»Was sind dann Drübener?«, fragte er heiser.

»Drübener«, sagte die Stimme, »sind Menschen. Sie sind aber nicht so wie ihr. Wir sind Menschen … wie aus einer anderen Zeit gefallen!« Heiteres Gelächter hallte in Helms Kopf wider. »Hattest du das nicht selber so gedacht? Hat mir gut gefallen!«

Helm dachte an den kuppelköpfigen Drübener, der an der Spitze von Groß Onnos Armee gestanden hatte und sich jetzt in den Händen der Weiber befand. Er dachte an die üble Kreatur, die ihn in elenden Suchern wilde Riesen hatte sehen lassen. Das waren die Menschen einer anderen Zeit?

»Vergiss nicht den Vater von Engel und Gander«, sagte die Stimme sanft.

»Den habe ich nie kennengelernt.«

»Aber du kennst doch Engel und Gander.«

Ja, in der Tat. Zwei bemerkenswerte Personen. Menschen,

zweifellos. Helm war überrascht von der Macht, mit der ein Gefühl von Liebe in ihm aufstieg. Gefolgt von unendlich tiefer Trauer.

»Das ist schön, dass du die Kinder lieb hast«, sagte die Stimme. »Aber warum trauerst du?«

»Weil Engel ...« Er brachte es nicht über die Lippen. Aber das Bild der toten, tödlich weißen Engel stieg ungefragt in ihm auf. »Darum.«

»Du irrst dich«, sagte die Stimme. »Engel ist nicht tot.«

»Nicht?« Helm schüttelte den Kopf, ruckartig und heftig. »Nicht tot?«

»Nein«, sagte die Stimme. »Ich weiß es. Ich kann sie spüren.«

»Sie spüren?« Helm verstand gar nichts mehr. »Ich habe sie doch gesehen, gesehen und berührt! Sie war tot, eindeutig. Ich habe schon zu viele Tote gesehen, als dass ich mich da irren könnte.«

»Die alte Ärztin«, sagte die Stimme, und es schwang so etwas wie Anerkennung in ihr mit. »Sie ist schlau. Schlauer, als du denkst.«

Engel am Leben? In Helms Kopf begann sich alles zu drehen. Herrlich, wunderbar! Sie lebte! Diese Freude! Und dann: Verflucht! Er hatte sie zurückgelassen. In den Händen der gewissenlosen Ärztin, als Helferin bei Machenschaften, über deren Ziel und Ausmaß er nur spekulieren konnte, in denen Engel aber nicht mehr als die Rolle eines Werkzeugs zugedacht war. Eines Werkzeugs, das man benutzte, um es dann ... Helm ballte die Fäuste. Wie konnte er nur so dämlich sein! Und wie sollte er sich jemals wieder nach Hause trauen, mit dem Wissen um seine eigene Unfähigkeit in seinem Hirn?

»Selbstzerfleischung«, sagte die Stimme. »Eine Tradition in manchen Kulturen. Das Fleisch bestrafen, um die Seele zu reinigen und zu retten. Ach ja, Religion! Das Zeugs hat wohl immer noch seinen Reiz. Aber Helm, darüber bist du doch hinaus, oder?«

»Meinst du, ich wäre auch aus meiner Zeit gefallen?«, erwiderte Helm wütend. Aber es klang schwach.

»In gewisser Weise ja«, lautete die überraschende Antwort. »Der Unterschied ist, dass du ein Handelnder bist in dieser Zeit, im Gegensatz zu mir. Du kannst diese Zeit beeinflussen. Am Ende wird sich dann entscheiden, ob du derjenige bist, der sich im Gegensatz zu deiner Zeit befindet, oder die anderen. Für dich ist das noch offen.« Ein geisterhaftes Seufzen ließ Helm erschauern. »Was mich betrifft, ist das schon entschieden.«

»Ist es das?« Misstrauen keimte auf. Helm wusste, dass er zu Misstrauen nur fähig war, weil die Mumie unter der Decke das zuließ. Genau das ließ ihn an ihrer Wahrhaftigkeit zweifeln. »Sie handeln doch. Ich habe es am eigenen Leib verspürt. Sie beeinflussen, und zwar viel wirksamer, als ich das könnte. Und Sie wissen Dinge, über die man mich hat täuschen können, weil Sie ...« Er unterbrach sich selbst: »Sagten Sie nicht, Sie hätten kaum Kontakt zu Menschen, weil so selten welche herkämen? Und dann wieder können Sie auf Dutzende Klommer Entfernung feststellen, wer lebt und wer nicht? Was stimmt denn nun? Beides jedenfalls nicht.«

Helm wusste, welches Risiko er einging. Die Riesenkraft dieses lebendigen Gehirns in diesem so tot wirkenden Körper dort drüben konnte ihn jederzeit dazu zwingen, sich selbst zu töten, und er konnte überhaupt nichts dagegen tun. Auf der anderen Seite ergab es überhaupt keinen Sinn, Zurückhaltung und Vorsicht walten zu lassen. Vor dem körperlosen Blick dieses mentalen Giganten stand er nach wie vor völlig schutzlos da. Da gab es nichts zu verbergen.

»Doch, beides.« Die Stimme blieb sanftmütig. »Denk an die Vögel. Sie sind meine Augen und Ohren. Was sie sehen und hören, bringen sie zu mir zurück.«

Die Vögel! Diese – Mais pickenden Vögel … »Was ist das für Mais?«, platzte Helm heraus. »Warum sieht er immer noch so aus wie frisch vom Feld? Was macht er mit den Tieren?«

»Der Mais.« Die Stimme kicherte. »Der ist ein bisschen so wie ich. Aus einer anderen Zeit gefallen, verstehst du? Etwas, wofür die Welt nicht bereit war. Vielleicht niemals bereit sein wird.«

»Warum sind die großen Stahlbüchsen voller Mais überhaupt auf diesem Schiff?«, fragte Helm weiter. Er sprach die Worte nicht aus, aber das merkte er nicht. »Wohin sollten sie gebracht werden?«

»Zurück«, antwortete die Stimme. »Der Mais wurde nicht gebracht, er wurde zurückgeholt. Da war es nur leider schon zu spät. Aber glaube mir, der Mais war nicht das Hauptproblem. War und ist.«

»Der Mais ist nicht so, wie Mais sein sollte«, dachte Helm vor sich hin. »Nicht wie richtiger Mais. Ihr habt ihn verändert.«

»Ja, wir haben ihn verändert.«

»Wenn er sich so lange halten kann – was tut er dann mit denen, die davon essen?«

»Nun ja. Wie sich herausgestellt hat, verändert er sie«, gab die Stimme zu.

»Die Vögel?«

»Die Vögel, ja. Auch andere Tiere. Und Menschen.«

»Jeder, der von diesem Mais gegessen hat, hat sich verändert?« Das konnte die merkwürdigen Vögel, die einhornigen Schwarzbunten und die Kampfschweine erklären, dachte Helm. Endlich eine Erklärung! Aber was war mit den Panzerhechten? Was mit den Eisbären und den Wölfen? Und mit den vielen Pflanzen?

»Es gibt eine Nahrungskette, das weißt du doch«, tadelte die Stimme nachsichtig. »Das Schwein frisst Mais, der Wolf frisst das Schwein, der Eisbär alle beide. Und so fort. Ihr Kot wiederum dient als Dünger. Weißt du, was ein Domino-Effekt ist?«

Das wusste Helm nicht. Seine Gedanken aber waren längst weitergeeilt.

»Und so entstanden auch die ... ich meine: ihr Drübener?«

»Nein, Helm«, sagte die Stimme. »So sind wir nicht entstanden. Das wäre wohl kaum möglich gewesen. Auch das mit dem Mais und den Tieren ist nur ein Teil der Erklärung. Genug, um dir einen Eindruck davon zu geben, warum alles so gekommen ist.«

Helm schluckte. »Sag mir alles«, verlangte er.

»Dafür bist du nicht bereit«, sagte die Stimme.

»Und ob ich das bin!« Helm stampfte auf wie ein trotziges Kind. »Wann, wenn nicht jetzt? Guck doch, wie alt ich bin!« Sein Blick fiel auf die leeren Augenhöhlen der Mumie, und er empfand Bedauern und Scham.

»Ja, du lebst schon eine Weile, das merkt man«, sagte die Stimme. »Aber alt fühlst du dich wirklich nicht an. Übrigens, keine Ursache. Du hast es ja nicht bös gemeint.«

Helm spürte eine Berührung auf seiner rechten Schulter. Dann auch auf der linken. War das real, oder kam das – von dort?

Ein leises Krächzen ertönte rechts und wurde von links beantwortet. Helm lugte vorsichtig aus den Augenwinkeln. Ich muss aussehen wie ein übereifriger Pirat, dachte er. Vögel auf beiden Schultern. Schwarz und weiß. Nur bunt anmalen müsste ich sie noch.

Die Stimme kicherte. »Die beiden sagen mir gerade, dass deine Leute in Sorge sind. Du solltest dich wieder bei ihnen blicken lassen.«

Helm schüttelte den Kopf. »Die Erklärung!«, beharrte er.

Die Stimme schwieg eine Weile. Helm glaubte Atemzüge

zu hören, stellte dann fest, dass es seine eigenen waren. Er bewegte Arme und Hände, trat ein wenig auf der Stelle; ja, er war Herr seiner selbst, nach wie vor oder wieder, je nach Sichtweise. Sollte er doch nach Gander und Rina schauen gehen? Die Vögel auf seinen Schultern würden ihn kaum daran hindern.

Dann sprach die Stimme doch. »Ich weiß, dass du weißt, was Wissenschaft ist«, begann sie. »Die beiden alten Wissenschaftler, die du kennst, glauben beide, dass ihre Forschung und ihre Experimente guten Zielen dienen. Dem einen glaubst du das, bei der anderen bist du anderer Meinung. So ist das. Wissenschaft dient immer Zielen. Oft sind das nicht die Ziele derjenigen, die diese Wissenschaft betreiben. Nur begreifen die das nicht immer.«

»Einfacher«, sagte Helm. »Mach es einfacher. Ich bin ein schlichter alter Mann.«

»Wenn das wahr wäre, würde ich mir die Mühe nicht machen.« Die Stimme seufzte. »Also gut. Sehr kluge Menschen haben sich einmal Gedanken gemacht über unbekannte Zusammenhänge der Physik, um unser Universum besser zu erklären. Und was kam dabei heraus?«

»Die Atombombe.« Helm nickte. Das war jetzt einfach genug.

»Andere kluge Menschen wollten tödliche Krankheiten besiegen. Den Hunger in der Welt. Wollten Pflanzen widerstandsfähiger machen und ertragreicher. Und was kam dabei heraus?«

Helm zuckte die Achseln. »Dieser Mais?«

»Auch«, sagte die Stimme. »Aber eben nicht nur. Wissenschaft war teuer, verstehst du? Wissenschaftler brauchten Labore, Großcomputer, Material und Hilfskräfte. Außerdem viel Zeit, in der sie ja von irgendetwas leben mussten. Dazu war Geld erforderlich. Viel Geld. Weißt du noch, was Geld einmal war?«

»Ja. Man hat damit – getauscht.« Taschengeld, daran erinnerte er sich.

»Genau. Geld, das allgemeine Äquivalent, das universelle Tauschmittel. Sehr praktisch, darum hat es sich ja durchgesetzt. Das Problem war nur, dass man Geld so gut akkumulieren konnte.«

»Was?« Helm merkte, dass er den Faden verlor.

»Anhäufen, verstehst du? Immer mehr Geld bei immer weniger Menschen konzentrieren. Mit Land oder Vieh oder mit Dingen geht das auch, aber irgendwann wird es unübersichtlich. Mit Geld war das anders, das ging unbegrenzt! Damit wuchs auch die Macht dieser wenigen Menschen ins Unermessliche. Und sie waren nie zufrieden. Ihr Prinzip hieß Wachstum. Immer und ständig Wachstum.«

Was konnte denn ständig wachsen? Helm fielen nur Algen in einem Tümpel ein. Manche verdoppelten ihr Volumen innerhalb weniger Tage – bis sie alles andere Leben erstickt hatten und selber starben.

»Du hast es erfasst«, lobte die Stimme. »Stell dir vor, dieser Tümpel wäre die Welt – kurz vorm Umkippen. Trotzdem setzten die Mächtigen immer noch auf Wachstum. Mit den alten Tieren und Pflanzen ging es nicht mehr. Also verlangten sie neue Tiere und neue Pflanzen mit neuen Eigenschaften. Von den Wissenschaftlern. Und sie bekamen sie. Und dann ...« die Stimme hielt einen Augenblick inne, als mangelte es ihr an Atem. »Dann verlangten sie neue Waffen.«

»Und sie bekamen sie?«, ergänzte Helm.

Die Krähe und die Stachelmöwe auf seinen Schultern begannen so laut zu schreien und zu krächzen, dass Helm unwillkürlich die Hände hochriss, um sich die Ohren zuzuhalten. Erschrocken begannen die Vögel zu flattern und ihm ihre Flügel um den Kopf zu schlagen, ehe sie sich endlich von ihm gelöst und auf dem Boden Platz genommen hatten. Ihr Krächzen und Keckern klang jetzt leiser, aber irgendwie beleidigt.

»Sie sagen, es sei ein Segel in Sicht gekommen«, übersetzte die Stimme. »Du solltest jetzt wirklich zu deinen Leuten gehen.«

Helm betastete seinen Kopf, stellte fest, dass er unverletzt geblieben war, und schüttelte ihn. Er konnte doch jetzt nicht gehen! Das durfte doch nicht alles gewesen sein! Noch nie hatte er sich dem Verstehen so nahe geglaubt. Wenn er sich diese chaotische Welt erklären konnte, dann konnte er sie auch verändern, verbessern, daran glaubte er fest.

Die Stimme schwieg. Helm verstand auch so, dass er nicht mehr erfahren würde. Zumindest nicht jetzt.

»Ich komme wieder«, versprach er. »Wie kann ich dich finden?«

»Glaube mir, ich laufe nicht weg.« Die Stimme lächelte. »Dieses Schiff wird auch in Zukunft vor dieser Küste treiben. Mal hier, mal dort, aber nie ganz weit weg. Ein bisschen kann ich das beeinflussen; ich habe da noch ein paar Möglichkeiten. Wenn du mich wirklich finden willst, werde ich es erfahren. Du weißt, Vögel sind immer irgendwo in der Nähe.«

Helm warf einen langen letzten Blick auf die Mumie. Eine Welle von Bedauern überschwemmte ihn, gemischt mit Dankbarkeit. Was von diesen Gefühlen stammte von wem? Er hätte es nicht sagen können.

Gander rannte ihm an Oberdeck direkt in die Arme. Er schleppte ein dickes Tuchbündel, mit Tauwerk umwickelt, und war so aufgeregt, dass er sich gar nicht darüber wunderte, dass Helm ihn hier überhaupt gefunden hatte. »Die Brits!«, rief er, »Das sind bestimmt die Brits! Eins von den Schiffen, die im Lang Ooger Hafen lagen!«

Helm kniff seine Augen zu Schlitzen zusammen. Ja, der

weiße Fleck dort war eindeutig ein Segel, keine Möwe oder Schaumkrone. Es war aber noch viele Klommer entfernt; von ihrem erhöhten Standpunkt aus hatten sie einen weiten Blick. Bis das Schiff unter diesem Segel hier war, konnten sie mit der *Johanna* außer Reichweite sein, selbst unter einer improvisierten Hilfsbesegelung. Ob es sich wirklich um Brits handelte, war noch unmöglich zu sagen. Helm war auch nicht versessen darauf.

»Unser Boot liegt auf der abgewandten Seite dieses Transporters«, beruhigte er Gander. »Hinter diesem Riesenklotz werden sie uns erst einmal gar nicht sehen.«

Sie machten sich an den Abstieg. Bald türmte sich die graue Wand aus Stahl wieder himmelhoch über ihnen auf.

Bei halbem Wind machte die *Johanna* auch unter provisorischer Besegelung gute Fahrt. Helm achtete darauf, dass sie sich so lange wie möglich im Sichtschutz des stählernen Riesen bewegten, der nach und nach achteraus sackte und ganz langsam unter die Kimm zu rutschen begann.

Helm musste an die Mumie in ihrem Glaskasten denken. Was, wenn es tatsächlich die Brit-Piraten waren, die da angesegelt kamen, wenn sie den Stahlriesen enterten und durchsuchten und die Maisbüchsen fanden und dann die *Stimme* selbst?

Andererseits: Hatte die Mumie nicht selbst gesagt, ihr stünden noch ein paar Möglichkeiten zur Verfügung? Immerhin hatte sie auch die letzten Jahrzehnte überdauert.

Ehe der Stahlkoloss außer Sicht geriet, musterte Helm ihn noch einmal. Waren das da Rauchwolken, die sich oberhalb seines Decks sammelten?

Nein, doch nicht. Es waren Vogelschwärme.

19. Emm

Als der Wind auf West drehte, änderte Helm gezwungenermaßen den Kurs. Das führte sie direkt auf eine Insel zu, die Helm als Börk identifizierte; solch hohe Brandruinen gab es sonst auf keinem der vorgelagerten Eilande, nicht einmal auf Nörnee. Er achtete darauf, gut frei von den Stränden und Sänden zu bleiben, denn auch hier war mit aggressiven Riesenrobben zu rechnen. Außerdem galt Börk als Heimat der Harpuniere, die dafür bekannt waren, alles zu erlegen und zu essen, in das sie ihre scharfen Wurfeisen bohren konnten. Menschen bildeten da keine Ausnahme.

Als die Sonne unterging, hatte gerade der Ebbstrom eingesetzt, erkennbar an einer der wenigen Tonnen, die noch vor der Küste dümpelten. Welche Farbe diese hier wohl mal gehabt hat, sinnierte Helm – rot oder grün als Fahrwasserbegrenzung? Vielleicht gelb, um eine Untiefe zu markieren? Jetzt war sie jedenfalls rostbraun, und es würde nicht mehr lange dauern, bis sie ihren Brüdern und Schwestern auf den Meeresgrund folgen würde.

Immerhin brachte ihn die Tonne auf die Idee zu loten. Acht Längen – also wohl wirklich eine Untiefe, aber eine nach den Maßstäben der alten Zeit. Für die *Johanna* war es hier mehr als tief genug, auch noch bei Niedrigwasser. Dazu flach genug zum Ankern. Helm wies Gander an, den Pfluganker fallen zu lassen. Wenig später hatte sich das Boot an seiner Kette in den abflauenden Wind gedreht und wiegte sich in der sanften Dünung.

Erneut schickte Helm die jungen Leute in die Kojen und übernahm selber die Ankerwache. Der Zustand der Übermüdung war ihm längst zur Gewohnheit geworden; Körper und Kopf funktionierten wie in Trance. Außerdem war er viel zu aufgewühlt, als dass er hätte schlafen können. Die Stimme der Mumie in dem Glaskasten auf dem stählernen Riesenschiff geisterte immer noch in seinem Kopf herum.

Menschen, die so viel an Werten besaßen, dass sie andere in ihre Dienste zwingen konnten? Helm versuchte sich das vorzustellen, kam aber nicht weiter als bis zu Groß Onno. Klar, auch der war reich an Land und Besitztümern. Machte das allein seine Macht aus? Diese Macht manifestierte sich doch in den vielen Schergen und Kriegern, die bereit waren, ihm zu folgen, für ihn zu kämpfen und zu sterben. Diese Leute musste der Nörner Häuptling ernähren, kleiden und bewaffnen. Helm war sicher, dass der größte Teil der Erträge von Groß Onnos Ländereien dafür draufging. Vielleicht sogar noch mehr – weshalb er quasi gezwungen war, seinen Reichtum weiter zu vergrößern, um sich seine Macht leisten zu können. Da biss sich das Kampfschwein selber in den Ringelschwanz.

Geld. Die Stimme hatte von Geld gesprochen. Werte konnten früher in Geld umgetauscht werden – und das Geld dann wieder in Werte. Also Land, Nahrung, Häuser, Schiffe und so weiter. Das Geld selber, daran konnte Helm sich wieder erinnern, bestand aus kleinen Metallstücken oder gar aus Papier und war für sich genommen zu gar nichts zu gebrauchen. Sein Vater, das wusste er noch, hatte einmal einen gebrauchten Motorwagen gekauft, mit Geld, und hatte ihn, seinen Sohn, dazu mitgenommen. Mit leeren Händen war der Vater zum Verkäufer gegangen. Dort hatte er ein paar bunte Zettel aus der Tasche gezogen, und zurück nach Hause waren sie bereits mit dem erworbenen Wagen gefahren. Unglaublich!

Aber wenn ich diesen Gedanken weiterspinne, überlegte Helm, dann komme ich vielleicht darauf, was die Stimme gemeint hat.

Was noch? Andere Pflanzen, andere Tiere, richtig. Wie

hatte die Stimme das gemeint? Wer konnte denn so einfach andere Wesen erschaffen? Diese Fähigkeit war doch allein den Göttern vorbehalten!

Helm fiel ein, dass er ja gar nicht an Götter glaubte. Weder an einen noch an viele. Tja, und jetzt?

Die Nacht war hell, der Mond fast voll, der Himmel frei von Wolken und voller Sterne, trotz des Mondscheins, der den gekräuselten Wasserspiegel zum Glitzern brachte. Nachdem seine Augen sich darauf eingestellt hatten, konnte er fast so weit sehen wie am Tag. Unter diesen Umständen war die Tatsache, dass sie hier auf einer ungeschützten Reede ankerten, von Vorteil. Jeder herannahende Feind würde klar und deutlich zu sehen sein.

Helm zuckte zusammen. Sein Nacken schmerzte, im Mund hatte er einen merkwürdigen Geschmack und in den Ohren den Nachklang eines Grunzens, das auch ein Schnarchen gewesen sein konnte. Sein eigenes. War er etwa eingenickt? Eilig suchte er den Horizont ab: nichts in Sicht. Aber wenn er sich nicht ganz täuschte, war der Mond ein Stückchen weitergewandert.

Was musste ihn das Boot auch so wiegen wie eine Mutter ihr Kleinkind!

Von sehr weit weg drang ein Geräusch zu ihm. Ein Platschen, das nicht zum leisen Rauschen der Dünung passte. Ein jagender Vogel, ein fliehender Fisch? Oder eine mordlüsterne Robbe? Zu sehen aber war nichts.

Pflanzen und Tiere, dachte Helm. Viele haben sich verändert in den letzten Jahrzehnten, klar. Einige mehr als andere. Sollte es wirklich wahr sein, dass es einst Menschen gegeben hatte, die so etwas bewirken konnten?

Tja. Das – oder Götter. Er konnte es sich aussuchen.

Der Mais. Dieser Mais in der Stahlbüchse, der war anders, das hatte er mit eigenen Augen gesehen. Wie war der so anders geworden? Wenn wirklich Menschen diese Veränderung bewirkt hatten: Wie hatten sie das gemacht? Wer konnte wissen, wie so etwas ging?

Diese Antwort immerhin hatte ihm die Mumie gegeben: Wissenschaftler. Helm hatte selber einige von denen kennengelernt, welche mit einem Gewissen und welche ohne. Vor allem diese experimentierende alte Ärztin in Bensa! Der traute er ohne weiteres zu, aus Hausschweinen Kampfmaschinen zu machen und aus harmlosen Kühen riesige Einhörner. Falls die wusste, wie das ging – Bedenken würde die keine haben.

Und Menschen? Was würde die Frau aus Menschen machen?

Helms Magen ballte sich zu einem schmerzhaften Knoten zusammen. Säure stieg ihm den Hals hoch. Was hatte sie nicht schon aus Menschen gemacht! Köder und Laborratten, sofern es Männer waren. Oder aus Engel! Eine Leiche, aber nur zum Schein. Und jetzt gerade wohl ein willenloses, williges Werkzeug. Eine Waffe in ihren eigenen Händen, gesteuert mit den erpressten Fähigkeiten des gefangenen Drübeners!

Was hatte die Stimme noch gesagt? Neue Waffen, verlangt und bekommen. Was für Waffen? Und hatten diese Waffen etwas mit den Drübenern zu tun? Mit ihrer Existenz?

Wieder glaubte Helm etwas plätschern zu hören. Es klang anders diesmal – ebenso leise, aber näher. Und es wiederholte sich. Was konnte das sein? Zu sehen war beim besten Willen nichts, so sehr er seine alten Augen auch anstrengte.

Er richtete sich auf und rieb sich den Rücken in der Lendengegend. Die Holzbänke in der Plicht waren alles andere als bequem. Hatte er nicht das Alter erreicht, in dem man seine Nächte auf weichem Stroh verbrachte? Und vor einem wärmenden Feuer? Denn es war auch ziemlich kühl geworden. Allem Anschein nach neigte sich die Nacht bereits ihrem Ende zu. Hatte er vorhin etwa doch länger geschlafen, als er sich eingestehen mochte?

Das plätschernde Geräusch war wieder da. Und es schien gar nicht mehr zu verstummen. Es wurde nur mal etwas lauter und mal etwas leiser, in einem bestimmten Rhythmus … genau, im Rhythmus der leichten Dünung.

Ihm schwante etwas.

»Helm?« Ganders Stimme ertönte unten in der Kajüte, undeutlich und verschlafen. »Helm, was ist das? Hier ist es irgendwie nass.«

Er stürzte zum Niedergang, konnte im dunklen Inneren der Kajüte aber nichts erkennen. »Wie viel ist es?«, rief Helm hinunter.

»Es steht schon über den Bodenbrettern«, antwortete Rinas Stimme. Es patschte, als sie sich aufrichtete und ihre Füße aus der Koje schwang. »Und die Bretter schwimmen bereits!«

»Könnt ihr sehen, woher das Wasser kommt?«, fragte Helm.

Rina Kopf tauchte aus der Kajüte auf, die Haare verstrubbelt, das Gesicht unwillig verzogen. »Nee«, maulte sie. »Wie denn wohl?«

Helm warf einen Blick in die Runde. Der Wind wehte immer noch günstig, wenn auch schwach; das Boot hatte sich schon vor einiger Zeit um seinen Anker gedreht, also lief die Flut. Wo sich die Emsmündung befand, konnte er halbwegs erahnen. »Gander, hoch mit dem Anker!«, befahl er. »Rina, ans Großbaumfall! Lasst uns segeln, solange das Boot noch schwimmt.«

Bei Morgengrauen hatten sie Eemshav bereits passiert. Dieser Hafen war unverkennbar; das Wrack eines riesigen Schiffes, das sich im Sinken einst über einen Kai geneigt und daran hängengeblieben war, überragte alles und war weithin sichtbar. Helm verglich es in Gedanken mit dem Schiff der Mumie, das irgendwo jenseits der Inseln hin und her trieb. Dieses hier war noch größer, befand er, und es bestand an seinen Außenseiten fast nur aus kaputten Fenstern, zerschmetterten Glastüren und Balkonen. Es musste also für den Transport von Menschen gedacht gewesen sein statt von Benzinwagen. Wohin wohl und zu welchem Zweck? Ansonsten aber sahen sich die beiden Schiffe durchaus ähnlich.

Wie lange das Schiff der Mumie wohl noch treiben mochte, ehe auch seine Bodenplatten mürbe geworden waren und dem Wasserdruck nachgaben? Alle diese stählernen Schiffe aus der Zeit vor dem Chaos wurden nach und nach mürbe.

Bei der *Johanna* war es gerade jetzt so weit.

Noch glitt ihr tapferes Boot gleichmäßig dahin, das Plätschern der Bugwelle ergänzt durch Platschen und Spritzen des Leckwassers, das Pütz um Pütz über Bord geschleudert wurde. Rina reichte die gefüllten Behälter von unten an, Gander schlenzte den Inhalt in unnötig hohem Bogen über Bord. Die beiden taten ihr Bestes, trotzdem glaubte Helm zu spüren, wie die Bewegungen das Bootes immer plumper und träger wurden, und bei jeder kleinen Böe, die in die behelfsmäßigen Segel fuhr und die Neigung des Mastes vergrößerte, wurde das Rauschen aus dem Inneren der Kajüte lauter.

Das Leck hatten sie immer noch nicht ausfindig machen können, trotz des zunehmenden Tageslichts, das durch die Luke auch in die Kajüte fiel. Vermutlich waren es mehrere Lecks, kleine, durchgerostete Stellen im einst harten Stahl, durch die sich das Wasser der Nordsee Bahn brach. Zu dichten war da wohl nichts mehr. Die Sonnenläufe ihrer *Johanna* waren gezählt.

Der Gedanke, sich nach Greetland zu flüchten, kam zu spät; die Leybucht hatten sie bereits außer Sicht passiert. Umzukehren und gegen den Strom anzusegeln, wollte Helm seinem waidwunden Schiffchen nicht zumuten. Wie war es mit Delfz? Helm erwog das Für und Wider. Er hatte keine Ahnung, wie die Verhältnisse jenseits des Flusses waren, außerdem wollte er unbedingt zurück nach Hause, und sein Zuhause lag nun einmal auf der anderen Seite der Ems.

»Wie ist der Stand?«, rief er in Richtung Kajüte.

»Wenn wir Glück haben, können wir ihn halten«, rief Rina zurück. »Ich hab die Bodenbretter hochgenommen, so kann ich besser schöpfen. Ich glaube, in der letzten halben Stunde ist das Wasser nicht mehr gestiegen.«

Nun denn, damit war es entschieden. »Wir fahren nach Emm«, verkündete er. »Dort warten wir die nächste Tide ab. Vielleicht können wir die *Johanna* auch am Geisedamm trockenfallen lassen und uns die Lecks mal von außen anschauen. Womöglich lässt sich noch etwas machen.«

An seine letzten Worte glaubte er selber nicht. Die jungen Leute aber stimmten zu und schöpften unverdrossen weiter.

Je näher sie der Hafenstadt kamen, desto dichter war das Fahrwasser von Wracks gesäumt. Ein riesiger Benzinwagenfrachter, fast so groß wie der mit der Mumie an Bord, hatte sich quer zum Fahrwasser verkeilt und war in der Mitte durchgebrochen; nur dank des bereits hohen Wasserstandes konnten sie das Hindernis umfahren. Lange würde die Flut sie nicht mehr schieben.

Unweit der Emmner Westmole lag eine alte Fähre im Deichvorland. Die Sturmflut, die sie dorthin gespült hatte, musste gewaltig gewesen sein. Wann hatten sie zuletzt solch eine Flut erlebt? Die letzten Winter waren doch …

Ganders Stimme riss Helm aus seinen Gedanken. »Was ist denn das da vorne? Helm, siehst du das?«

Er hatte es nicht gesehen. Es war auch nur ein kleiner Strudel mitten in der Strömung, und die *Johanna* schickte sich eben an, mitten hinein und hindurch zu fahren. Weil er sie blindlings dorthin gesteuert hatte.

Es krachte, rumpelte und schabte. Der Bug ihres kleinen Schiffes hob sich ruckartig, und die Segel flappten, als sich der Mast plötzlich weiter zur Leeseite neigte. Helm spürte einen harten Stoß in der Ruderpinne, die er umkrampft hielt. Dann war es auch schon vorbei.

»Da lag etwas unter Wasser«, stellte Gander überflüssigerweise fest. »Wohl der Mast eines untergegangenen Binnenschiffs. Vielmehr ein Stummel davon.«

Aus der Kajüte drang Rina panischer Schrei: »Was ist denn das jetzt! Himmel, was habt ihr gemacht?«

Gander stürzte zum Niedergang, steckte seinen Kopf hinein – und zuckte erschrocken zurück. Im nächsten Moment hatte er die pitschnasse Rina hinter sich her an Deck gezogen. »Sprudelt wie 'ne Quelle nach einem Wolkenbruch«, berichtete er. »Der Mast muss uns den Boden endgültig aufgerissen haben. Schätze, wir sinken.«

Wieder so eine überflüssige Bemerkung, dachte Helm. Er konnte es schon in den Fußsohlen spüren, wie das Boot unter ihm wegsackte. Sie mussten schleunigst zusehen, dass sie dichter unter Land kamen. Er drückte die Ruderpinne nach Steuerbord.

Nichts geschah. Die Pinne klappte einfach zur Seite weg, ohne Gegendruck, ohne Wirkung. Das Ruder war bei der Unterwasser-Kollision gebrochen. Die *Johanna* hielt unbeirrt Kurs – an der Hafeneinfahrt vorbei.

Ob das Boot noch auf veränderten Segeldruck reagierte? Helm löste die Großschot, ließ den Baum ein Stück nach Lee schwingen und wiederholte das Manöver mit der Not-Fock. Es dauerte eine Weile, bis das immer träger werdende Boot reagiert. Dann aber dreht es seinen Bug ein wenig dem an Backbord vorbeiziehenden Ufer zu. Weit genug, um irgendwann darauf zu treffen. Aber nicht weit genug, um die Hafeneinfahrt noch zu schaffen.

Gerade passierten sie die Westmole. Der Außenhafen war

ein langer, breiter Schlauch, gut zu überblicken. Wracks, rußige Silos, eingestürzte Gebäude, halb versunkene Stege, Pontons, die aus irgendeinem Grund noch schwammen und auf denen irgendwelche Leute ihre Zelte aufgeschlagen hatten. Kleinere Boote mit stummeligen Masten und aufgetuchten Segeln – vermutlich die Fischer, von denen er mal gehört hatte. Alles in allem machte Emm einen höchst armseligen Eindruck. Und, was wichtiger war, einen relativ ungefährlichen.

Dort hinten, ganz am Ende des Hafenschlauchs, das musste die Nesserlander Schleuse sein. Ihre Tore standen halb offen; Helm konnte sehen, wie schlammiges Emswasser um sie herum strudelte. Früher hatte der Binnenhafen von Emm, der weit ausgedehnter und bedeutender gewesen war als der Außenhafen, einen gleichmäßigen Wasserstand gehabt. Damit war es natürlich auch vorbei. Immerhin konnte man den Binnenhafen noch mit kleineren Fahrzeugen erreichen. Durch die Große Seeschleuse, deren äußere Öffnung sie soeben passierten, wäre das nicht möglich gewesen. Ihre haushohen, straßenbreiten Rolltore waren unverrückbar dicht, ein für alle Mal.

Jetzt hatten sie auch die Ostmole hinter sich; Deich und Ufer kamen näher. »Gander, pack unseren Kram zusammen!«, rief Helm. »Gleich muss es schnell gehen!«

Die Flut musste bald ihren höchsten Stand erreicht haben; das Wasser stand hoch zwischen den basaltenen Buhnen, fast bis an die überwachsenen Sicherungswege heran. Helm lenkte die *Johanna* mit den Schoten zwischen zwei dieser Buhnen, so gut es ging. Ein flügelloser Toter Riese dräute auf sie herab. Das Boot lag inzwischen so tief, dass das Lee-Gangbord überspült wurde. Gischtflocken spritzten aus dem Niedergang hervor. Dort unten schien inzwischen mehr Wellengang zu herrschen als draußen auf dem Fluss. Helm musste sich beherrschen, um das nicht lustig zu finden.

Zwanzig Meter vor dem Ufer begann ihr tapferes Schiffchen ernsthaft zu sinken. In breitem Schwall strömte Brackwasser über Vor- und Seitendecks und füllte im Nu auch die Plicht, deren Wanne bis dahin trocken geblieben war. Helm spürte bis in den Magen, dass das Boot unter ihm wegsackte wie ein Stein. Rina und Gander, beladen mit ihrem Gepäck, sprangen aufs Kajütdach und hielten sich am Mast fest. Helm, der schon nasse Beine hatte, fühlte sich wie der Kapitän, der mit seinem Schiff unterging, weil sich das so gehörte. Woher er diese Idee wohl hatte?

Im nächsten Moment stoppte die Abwärtsbewegung und ging in ein langsamer werdendes Schleifen über. Geistesgegenwärtig bückte sich Helm, griff dorthin, wo jetzt nur noch Wasser zu sehen war, und gab die Schoten frei. Das Schiff war auf Grund gelaufen, vielmehr in den Schlick, nur noch zehn Meter vom Ufer entfernt. Keinen Augenblick zu früh; nur noch der Deckel vom Kajütluk und der Mast schauten aus dem Wasser heraus.

»Schaffst du das, Gander?«, fragte Helm und deutete auf den überwachsenen Weg am Deichfuß.

»Kleinigkeit«, erwiderte der Junge und sprang.

Er sprang nicht nur bis zu dem Weg, sondern darüber hinaus. Sorgsam legte er Gepäck und Waffen ab, trottete die paar Schritte bis zur Wasserkante, als ob er sich über das Prinzip des Anlaufs lustig machte, und katapultierte sich erneut in die Luft. Das sterbende Schiffchen erbebte unter seinem Aufprall, der Mast neigte sich bedenklich zur Seite. Schon hatte Gander seinen Arm um Rinas Taille gelegt und war erneut abgesprungen.

Helms Stolz meldete sich. Mit mir aber nicht, grollte er. Ich bin doch kein Gepäckstück! Die paar Meter bis zum Ufer schaffe ich schon noch alleine. Aber die Flut stand hoch, das Wasser war tiefer als er groß war und der Untergrund war schlickig. Alle Vernunft sprach dafür, sich von

Gander helfen zu lassen. Helm war es gewohnt, auf seine Vernunft zu hören; das hatte ihn all die vielen Winter und Ernten am Leben erhalten. Jetzt aber ärgerte er sich doch.

»Pass doch auf, du Tollpatsch!«, schimpfte er, als der Junge mitten in der überspülten Plicht aufschlug und ihn mit brackigem Wasser überschüttete. »Guck mich an, völlig durchnässt! Da hätte ich auch gleich schwimmen können.«

Als er sah, wie zerknirscht Gander war, bedauerte Helm seine Worte sofort. Der Arm des Jungen legte sich besonders behutsam um seinen Körper. Helm versuchte, auf Unterschiede zu achten. Wie fühlte sich dieser Arm an? Besaß er Muskeln, die andere nicht hatten? Oder einfach nur mehr davon? Aber er registrierte nichts in dieser Art. Ein ganzer normaler, wenn auch kräftiger Arm eines hoch aufgeschossenen Jungen, der einmal ein starker Mann zu werden versprach. Das war alles.

Dann aber sprang Gander, und es war wirklich, als würden sie von einem Katapult geschleudert. Helm glaubte, sein Oberkörper würde zerquetscht, seine Hüfte durch den Ruck der Beschleunigung abgerissen, seine Ohren würden vom Winddruck zerfetzt, sein Gehör auf ewig betäubt und seine Augäpfel aus ihren Höhlen gepresst. Die Angst, bei der Landung am Boden zerschmettert zu werden, kam erst mit Verspätung. Da hatte Gander schon weich aufgesetzt und ihn aus seinem Griff entlassen.

Rina war schon dabei, das Gepäck aufzuteilen und ihren Anteil zu schultern. »Machen wir, dass wir hier wegkommen«, sagte sie. »Hier haben wir keinerlei Deckung. Jeder kann uns sehen.«

»Wer sollte uns denn hier sehen?«, fragte Helm unwillig. Er bedachte ihr wrackes Schiffchen mit einem letzten Abschiedsblick; mehr als ein schräg aus dem trüben Wasser ragender Mast war allerdings nicht zu sehen.

»Na, die da zum Beispiel«, erwiderte Gander.

Helm fuhr herum. Am Fuß des Toten Riesen war Bewegung entstanden. Dort gab es eine eiserne Leiter und eine Tür, die ins Innere des Schaftes führte. Diese Tür war geöffnet worden. Zwei Männer erschienen in der Türöffnung – Männer in Leder und Drahtkettenhemden, der eine mit einem Schwert, der andere mit einer Armbrust bewaffnet.

»Sieht nach Groß Onnos Schergen aus«, sagte Gander. »Was machen die denn hier?«

»Nachdem er sich vor Greetsiel eine blutige Nase geholt hat, hatte er vielleicht keine Lust, ein geschlagenes Heer zurück nach Nörn zu führen«, mutmaßte Helm. »Emm wäre auch eine schöne Beute. Eine weitaus größere zudem und praktisch unverteidigt. Allerdings auch unberechenbar.«

Gander zuckte mit den Schultern. »Was auch immer. Mit diesen zwei Figuren werden wir doch locker fertig. Soll ich hin, oder machst du es mit dem Bogen?«

Für den Bogen aber war es zu spät; die beiden Schergen hatten sich unerwartet schnell die Leiter herabgeschwungen und waren hinter dem Turm des Toten Riesen verschwunden. Wenige Augenblicke später begann es weiter oben bunt zu flattern.

»Mist!«, fluchte Helm. »Signalflaggen! Sie setzen Signalflaggen!«

Eigentlich waren es nur rote und gelbe Fetzen, die da an einer Leine bis kurz unter den dicken Kopf des Toten Riesen gezogen wurden, aber ihre Anordnung schien alles andere als zufällig zu sein. Auch ihre Anbringung an der Ostseite des Turms. Helm schaute nach Osten, den Deich entlang, der hier weitgehend gerade verlief; von weiter oben musste man bis über Pet hinaus schauen können, bis zur Schleuse von Older und noch weiter. Und natürlich ebenso von dort bis hierher.

Aber so weit musste er gar nicht schauen. Der Trupp Reiter, der soeben auf der Deichkrone erschien, befand sich eindeutig diesseits von Pet. Zwei Dutzend mussten es sein, wenn nicht mehr. Sie trabten den sanft geneigt Deich hinunter bis zum Weg, dann gaben die Reiter ihren gepanzerten Gäulen die Sporen. Die Erde bebte, als der ganze Trupp auf die drei Schiffbrüchigen zusprengte.

»Los, hoch! Über den Deich!«, schrie Helm. »Sonst reiten die uns einfach nieder. Wir müssen über den Deich und aufs Hafengelände. Da finden wir Deckung.«

Sie rannten los, keuchend unter ihrem Gepäck. Als sie sich der Deichkrone näherten, schaute Helm sichernd nach rechts. Er hatte sich nicht getäuscht; hinter dem Schaft des Riesen kauerte der Armbrustschütze, seine Waffe im Anschlag. Er schien sich sehr sicher zu fühlen, denn er nahm sich zum Zielen alle Zeit der Welt.

Helm war schneller. Sein Pfeil traf den Schergen durch den Hals. Gurgelnde Schreie verfolgten die Flüchtenden die ganze steilere Innenseite des Deiches hinab und über die Alte Straße, die von einer Seite des Hafengeländes zur anderen zu führen schien. Helm war nicht zufrieden mit sich; er hatte auf den Kopf des Mannes gezielt.

»Wohin jetzt?«, rief Gander, der natürlich weit voraus war.

»Nach links!«, schrie Helm zurück. »Dann zwischen diesen Hügeln da hindurch. Und am Wasser wieder links.«

Sie stolperten über Schienen, die unter dichtem Krautbewuchs kaum zu erkennen waren, und scheuchten eine Herde spitzohriger Karnicker auf, die ihnen wütend nachfauchten. Die Hügel bestanden aus verschiedenen Erzen und waren auch nach über fünfzig Ernten fast frei von Pflanzenbewuchs; sie waren kegelförmig und zeigten unterschiedliche Farben von graugrün über rötlich bis schwarz. Gute Deckung, dachte Helm. Noch aber waren sie nicht dort, und das Rennen verursachte ihm Seitenstiche.

Noch ehe sie zwischen den Kegelhügeln untertauchen konnten, erschienen die ersten Verfolger auf der Deichkrone. Helm verschwendete einen Teil der letzten Luft, die ihm noch verblieben war, um herzhaft zu fluchen. Jetzt würden sich die Reiter kaum noch abschütteln lassen, und sie waren viel schneller als sie. Jedenfalls als er und Rina. Gander alleine dagegen …

Oder Gander und Rina.

»Gander!«, brüllte Helm mit allem, was seine Brust noch hergab. »Du musst Rina tragen! Und dann renn, so schnell du kannst.«

»Was? Nein!«, protestierte die junge Frau, die fast so laut keuchte wie er.

»Wohin?«, fragte Gander.

»Wie gehabt! Immer am Wasser entlang!« Helm warf Rina seinen Rucksack zu; als sie ihn mit Mühe fing, trieb ihr das die letzte Luft aus der Lunge – jedenfalls protestierte sie nicht mehr, als Gander seinen Arm um sie legte.

Im nächsten Moment waren die beiden schon hoch in der Luft, flogen über etwas Langgestrecktes hinweg, das wie die abgestreiften Häute gigantischer Schlangen aussah, und verschwanden hinter der Ruine eines Gebäudes, dessen Zweck Helm nicht erkennen konnte. Er stolperte keuchend hinter ihnen her. Immer wieder musste er über Hindernisse klettern, die Gander einfach übersprungen hatte. Ob die Pferde der Verfolger das auch konnten? Hoffentlich brachen sie sich beim Versuch die Beine, dachte Helm grimmig. Und die Hälse ihrer Reiter gleich mit!

Dann sah er die Kette und hatte eine Idee.

Seitlich des Gebäudes, dessen Zweck Helm nicht kannte, das aber auf beiden Seiten mit den gigantischen Schlangenhäuten verbunden war, gab es einen gut passierbaren Weg – gut passierbar auch für Pferde, weshalb er zunächst vorgehabt hatte, ihn zu meiden. Auf diesem Weg jedoch lag eine Kette, braun von Rost, aber anscheinend noch stabil. Das eine Ende war fest mit dem Schlangengebäude verbunden.

Diesem Haus gegenüber befand sich ein merkwürdiges Etwas, das so aussah, als hätte man damit einmal Dinge heben können – Dinge so groß wie ein Eisenbahnwaggon. Dieses Etwas bot ausgezeichnete Deckung.

Helm schaffte es, das lose Kettenende aufzuheben und sich in Deckung zu begeben, ehe die ersten Reiter auf den Weg zwischen dem Schlangengebäude und dem Hebe-Etwas einbogen. Jetzt kam es nur noch darauf an, einen stabilen Punkt zu finden, an dem er die Kette befestigen konnte – einen Haken am besten, oder vielleicht einen Pfosten, um den er sie wickeln noch. Dann würden die Pferde fliegen, dann würden Beinknochen splittern und Hälse knacken! Jedenfalls die der ersten herangaloppierenden Reihen. Was danach kam, würde er sehen, wenn es so weit war.

Eine Schlinge legte sich von hinten um Helms Hals. Starke Hände zogen sie zu, hielten ihn fest. Er rang nach Luft, schlug und trat nach den Angreifern, richtete aber nichts aus. Sie zwangen ihn zu Boden. Draußen donnerten die Hufe von Groß Onnos Reiterei vorbei.

Ein Mann trat in Helms Blickfeld, dunkel gekleidet, Haar und Gesicht bis auf die Augen hinter einem Tuch verborgen. Jemand reichte ihm Helms Bogen. Den reich verzierten Bogen, den er einmal von Meemee, dem Anführer der Akbars und Vater von Rina, erhalten hatte. Der Mann wog den Bogen in der Hand und betrachtete ihn eine Weile. Dann zog er das Tuch von seinem Gesicht.

Es war Meemee. Sein Blick ließ Helm erstarren.

Er sah noch, wie Meemee den Bogen an beiden Wurfarmen packte und über seinem Knie zerbrach. Dann wurde die Schlinge ganz zugezogen, und Helm wurde schwarz vor Augen.

20. Wolf Nase

Helm erwachte in einem kahlen, fensterlosen Raum, der sein einziges Licht von einem viereckigen Loch in der Decke bezog. Mühsam richtete er sich zum Sitzen auf und schaute sich um. Es gab eine eiserne Tür mit einer vergitterten Luke in Kopfhöhe. Ansonsten gab es nichts in diesem Raum, kein Bett, keinen Tisch, keinen Stuhl. Nur diese Kiste.

Die Kiste knurrte leise und bedrohlich.

Sofort war er hellwach. Die schmerzende Kerbe am Hals, wo die Schlinge ihm die Schlagader abgeklemmt hatte, spielte augenblicklich keine Rolle mehr. Ein Wolf! In dieser Kiste dort war ein Wolf. Wie es klang, war er hungrig. Und böse.

Da war doch noch etwas. Eine dünne Schnur führte vom Rand der Kiste hoch zur Decke, dort durch einen Haken und von da zur Luke in der Tür. Eine primitive, aber vermutlich erprobte Konstruktion, deren Zweck eindeutig war.

Helm inspizierte sich selbst. Die Armschiene hatten sie ihm gelassen, sonst aber keine Waffe – na klar. Die Weste hatten sie ihm ganz abgenommen. Mehr Gepäck hatte er nicht gehabt.

»Er ist wach.« Die Worte hinter der Tür galten nicht ihm. Schritte entfernten sich. Sie rufen Meemee, dachte Helm. Dann geht es los.

Was würde er fragen? Natürlich, wo seine Tochter war. Würde Helm es ihm sagen, wenn er es wüsste? Selbstbestimmung einer jungen Frau gegen sein altes Leben? Nun, das würde er nicht abwägen müssen. Er wusste es schlicht und einfach nicht.

Er wusste ja nicht einmal, wo er selber gerade war.

Vielleicht war keine kluge Entscheidung gewesen, Gander mit Rina wegzuschicken. Gander hätte sie leicht aus diesem Keller befreien können, so stark, wie er inzwischen geworden war. Mit ihm wäre sie bestimmt gar nicht erst hier gelandet. Andererseits waren da die Reiter gewesen. Gegen zwanzig und mehr von Groß Onnos Panzerreitern konnte auch ein Gander kaum bestehen.

Oder doch? Hätte er es auf einen Versuch ankommen lassen sollen? Hätte er den Jungen bitten sollen, sie beide zu tragen? Ihn, den alten Helm, statt des Gepäcks? Von dieser Gefängniszelle aus betrachtet auf jeden Fall. Hinterher sah ja immer alles anders aus.

Der Wolf in der Kiste knurrte wieder. Bestimmt hatte er seine Beute längst gewittert. Jetzt wurde er ungeduldig.

Helm hörte Schritte. »Ganz ruhig, Wölfchen«, murmelte er. »Geht ja gleich los.«

Ein Gesicht erschien hinter dem Türgitter. Helm erkannte es nicht sofort, das Licht reichte kaum dorthin. Nur eins war klar: Meemee war das nicht.

»Na, Helm?«

»Kino!« Mit einem Satz war er auf den Beinen. Kino, der Entführer, Kino, der Verräter. Der Mann, der Engel den Kreuzlern ausgeliefert hatte, diesen Bestien, die sie bei lebendigem Leibe verbrennen wollten. Kino, der blonde Schönling, der letztlich schuld daran war, dass sich das Mädchen, von dessen Tod Helm überzeugt gewesen war, jetzt in den Händen der irrsinnigen Ärztin von Bensa befand.

Kino. Die Aufgabe, an der er gescheitert war.

»Gib dir keine Mühe, alter Mann«, sagte Kino. »Die Tür ist stabil. Ich hab's ausprobiert.«

»Wie denn? Mit dem Wolf hier?« Helm hatte sich wieder halbwegs im Griff. »Vergiss nicht, so ein Wolf hat keine Hände.«

Kino lachte verächtlich. »Was glaubst du denn, wie lange du noch welche hast!« Er fasste nach der dünnen Schnur und zog spielerisch daran. Die Seitenwand der Kiste hob sich knarrend ein paar Finger breit; sofort ertönte hektisches Scharren und Kratzen von drinnen, und für einen Moment erschien eine Pfote mit mörderischen Krallen in dem schmalen Spalt. Lachend ließ Kino die Schnur wieder los, und die hölzerne Wand fiel in ihre alte Position zurück. Das Scharren aber hielt an, ergänzt durch wütendes Grollen.

Helm spürte sein Herz rasen, sein Kopf aber blieb kühl. Diese Tür, dachte er, ich muss durch diese Tür. Irgendwie. Ehe der Wolf aus der Kiste kommt. Hoffentlich will Kino noch etwas von mir, sonst wird das schwierig.

»Was willst du von mir?«, war die logische Frage.

»Ich? Von dir?« Kinos Stimme troff vor Selbstherrlichkeit. »Was könntest du mir denn noch geben, mein Alter? Was ist denn da noch übrig? Schau dich doch an!« Sein Lachen klang eine Kleinigkeit zu schrill, um echt zu sein. »Außerdem bin ich hier nur Gast. Kalif Meemee ist schon unterwegs, dem wirst du Rede und Antwort stehen. Ich jedenfalls bin nicht deinetwegen hier. Meine Anwesenheit hat andere Gründe.«

Klingt wie eine geschwollene Dose Bohnen, dachte Helm. Natürlich will er, dass ich ihn frage, sonst platzt er. Aber das soll er ruhig.

Tatsächlich hielt Kino das Schweigen nicht lange aus. »Ich bin nämlich hierher entsandt worden als Groß Onnos Stimme.«

Helm konnte nicht anders, er musste lauthals loslachen, so sehr der eingesperrte Wolf auch knurrte, fauchte und heulte. »Groß Onnos Stimme!«, johlte er. »Warum nicht gleich seine Zunge, kann könntest du mich mal kräftig am Arsch lecken! Oder Onnos eingezogener Schwanz. Das würde doch zu dir passen, was? Schwanz einkneifen, wenn es ernst wird!«

Falls Kino eine passende Antwort parat hatte, dann hielt ihn ein scharfes Kommando davon ab, sie zu äußern. Auch von der Schnur zur Kiste ließ er die Finger. Er trat einfach zurück ins Dunkle. Hinter dem Türgitter wurde sein Gesicht von Meemees abgelöst.

»Helm«, sagte der Mann, der jetzt als Kalif bezeichnet wurde, und seine bebende Stimme war dunkel vor Zorn. »Helm, der Verräter an meiner Gastfreundschaft. Helm, der Räuber meiner Tochter.« Er ließ seine Worte einige Augenblicke lang wirken. »Wo hast du sie? Gib sie heraus.«

»Ich kann sie dir nicht geben, denn ich habe sie nicht.« Fangen wir mal damit an, dachte Helm. Ich werde ihm noch Grund genug geben müssen, um wütend zu werden.

»Was hast du ihr angetan?«, schnaufte der Kalif.

»Überhaupt nichts.« Helm breitete die Arme aus. »Sie wollte unbedingt mit uns kommen, verstehst du? Es war ihr eigener freier Wille. Und ich hätte sie wohl trotzdem nicht mitgenommen, wenn Gander nicht darauf bestanden hätte.«

»Der Mutant?« Das schien Meemee noch mehr in Rage zu bringen. »Hat er etwa ... hat er ihr ... haben die beiden ...«

»Nicht, dass ich wüsste«, sagte Helm. »Ich bin sogar sicher, dass da nichts gelaufen ist. Rina ist überhaupt nicht wegen irgendeines Mannes weggegangen, sondern ...« Er unterbrach sich. Sollte er den neuen Kalifen wirklich endgültig auf die Palme bringen?

»Sondern was?«, rief Meemee durch die Gitterstäbe.

»Eigentlich wollte sie zu den Weibern.« Helm seufzte unterdrückt; manchmal half nichts als die Wahrheit. »Nicht mehr als Frau unterdrückt werden, selbstbestimmt leben. Aber das hat sie wohl bei den Weibern auch nicht gefunden. Ein paar Stunden haben ihr anscheinend gereicht. Jedenfalls ist sie danach bei uns geblieben.«

»Lügner!«, schrie Meemee. »Jetzt gibst du ja selber zu, dass ihr sie noch habt! Los jetzt, wo ist sie? Sprich, oder der Wolf bringt dir das Reden bei!« Er ruckte an der Schnur. Die gefangene Bestie geriet schier außer sich.

Wenn er den Wolf rauslässt, ist mein letztes Wort jetzt schon Geschichte, dachte Helm. Was für einen Unsinn die Leute manchmal redeten! »Ich weiß wirklich nicht, wo sie jetzt gerade ist«, versicherte er. »Als wir von Groß Onnos Reitern verfolgt wurden, ist Gander mit ihr zusammen geflohen. Ich wollte die Reiter draußen mit einer Kette aufhalten. Dann – na ja, das weißt du ja. Keine Ahnung, wo die beiden jetzt sind. Ich weiß ja noch nicht einmal, wie lange ich schon hier drin sitze.«

Wider Erwarten schien sich der Kalif mit dieser Antwort zufriedenzugeben. »Mit dem Mutanten also«, wiederholte er nachdenklich. »Die Schergen haben ihn beobachtet, als er über das Schleusenbecken sprang. Dabei trug er etwas, aber sie konnten nicht erkennen, was. Folgen konnten sie ihm auch nicht, weil das innere Schleusentor offen steht.«

»Woher weißt du das?« Merkwürdig, dachte Helm. Das klang jetzt gerade so, als ob …

»Groß Onnos Leute haben es mir berichtet«, erwiderte der Kalif freimütig.

»Was hast du – was habt ihr denn mit denen zu schaffen?«

»In diesen Zeiten …« Jetzt war es Meemee, der einen Seufzer ausstieß. »Wir stehen vor großen Veränderungen. Die Zeit der Zersplitterung, die auf das Chaos folgte, geht zu Ende. Jetzt ist es Zeit für Koalitionen. Und mit wem sollten wir schon koalieren? Etwas mit den Kreuzlern, Gott verfluche sie auf ewig? Oder mit den Weibern, die Männer halten wie Sklaven?«

Du hast es nötig, wollte Helm antworten, und: Wenn du wüsstest … Aber diesmal verkniff er es sich. »Es gäbe noch andere Bündnispartner«, sagte er stattdessen. »Was ist mit Auck? Mit Jewa? Oder mit Greetland?«

»Auck!« Der Kalif spuckte aus. »Händler und Schacherer, die nur dem Götzen Gewinn dienen! Hat nicht euer eigener Prophet solche Leute aus dem Tempel gepeitscht?«

Helm zuckte mit den Schultern; in solchen Fragen war er nicht sehr sattelfest. »Gut, dann eben nicht Auck.«

»Wer sagt denn das?« Meemee grinste so breit, dass das Türgitter kaum ausreichte, um es zu würdigen. »Natürlich mit Auck! Als Vasallen, verstehst du? Dafür sind sie gut genug. Sie schicken uns ihre Söldner, die für jeden kämpfen würden, der ihnen genug dafür bietet. Nachher werden sie uns dann Steuern und Tribut zahlen. Wenn sie damit leben können – wir können es.«

Groß Onno, die Akbars, dazu noch Auck – da ballte sich etwas zusammen, dachte Helm. Aber war das schon alles? »Was ist mit den anderen?«, fragte er.

»Die anderen? Greetland ist schwach«, sagte der Kalif abfällig. »Gut, einmal haben sie Groß Onnos Armee abwehren können, aber das wird ihnen kein zweites Mal gelingen! Beim nächsten Mal wird die Armee des Häuptlings stärker sein, und Franko wird gewisse Hilfen nicht mehr haben. Und Jewa? Verirrte Schafe, die sich für Wölfe halten! Sie haben den falschen Weg gewählt. Wohin kann das führen, wenn alle mitreden dürfen? Sollen denn die Schwachen über die Starken bestimmen und die Dummen über die Klugen? Das ist nicht das, was Gott für uns Menschen vorgesehen hat!«

»Ach ja? Was hat Gott denn für uns vorgesehen? Einen allmächtigen Häuptling, der alles alleine entscheidet? Oder vielleicht einen Kalifen?« Helm konnte Meemees Gesicht nicht sehr gut erkennen, da es überwiegend im Schatten lag; das Glitzern seiner Augen, das Helm jetzt zu sehen glaubte, konnte also sehr gut Einbildung sein. Oder ein plötzlicher Lichteinfall von der Seite.

Vielleicht aber auch nicht.

»Auf jeden Fall einen starken Führer. Das ist Gottes Wille«, bekräftigte der Kalif. »Interessant übrigens, dass du mir einen möglichen Koalitionspartner nicht genannt hast. Wie wäre es denn mit … Nesserland?«

Die plötzliche Wendung des Gesprächs nahm Helm für einen Moment den Atem. Lange genug, um Meemee Anlass zu höhnischem Gelächter zu geben.

»Na ja, schau dich um, ob du hier starke Verbündete findest«, sagte Helm, sobald er wieder konnte. »Wir sind ja hier fast in Nesserland. Nur eine Schleuse weiter, dann bist du …«

»Quatsch nicht, alter Mann«, unterbrach ihn der Kalif. »Für wie blöde hältst du mich? Klar, wir sind hierher gekommen, um dich zu finden, dich und Rina, weil wir wirklich dachten, dies hier wäre dein Nesserland! Jetzt aber wissen wir es besser. Wir und Groß Onno natürlich auch. Hast du vergessen, wer hier neben mir steht?«

Kino! Natürlich. Helm konnte Meemee den Hohn kaum übel nehmen. Anscheinend wurde er wirklich alt.

Und sein Geheimnis war keines mehr. Nesserlands Lage war seinen Feinden enthüllt.

»Was willst du denn noch von mir?«, fragte er mit schwacher, erschöpfter Stimme.

»Von dir«, erwiderte der Kalif, »will ich, dass du deinen Mutanten zu dir rufst. Hierher. Jetzt sofort. Mit meiner Tochter.«

Helm schüttelte den Kopf. »Das kann ich nicht«, sagte er. »Wie stellst du dir das vor?«

»Wie ich mir das vorstelle? Überhaupt nicht!« Ekel sprach aus Meemees Stimme. »Solcherart unnatürliche Absonderlichkeiten widersprechen der gottgewollten Menschlichkeit. Das sei fern von mir! Du aber – ich weiß, dass du solche Künste beherrscht. Alle wissen das. Du hast schon Drübenern getrotzt, hast sogar einen gefangengenommen mit deinen Hexerkünsten. Dein Gehirn vermag Dinge, die kein menschliches Gehirn können dürfte. Allein dafür hast du den Tod verdient! Aber einmal, dieses eine Mal wirst du deine Fähigkeit noch einsetzen. Für etwas Gutes. Du wirst mir meine Tochter zurückbringen.«

»Das ist doch Blödsinn!«, rief Helm aus. »Ich kann abwehren, sonst nichts! Abwehren! Ich habe keine übernatürlichen Fähigkeiten! Nicht eine einzige!«

Der Kalif spuckte aus. »Merkst du es eigentlich noch, oder ist dir das Lügen schon zur Gewohnheit geworden?« Er trat vom Türgitter zurück und gab einem hinter ihm stehenden Mann einen Wink.

Helm schwieg verblüfft. Was meinte Meemee? Wieso lügen? Er sagte doch die reine Wahrheit! Er war kein Mutant, er konnte sich nur ein bisschen – abschotten. Oder war das etwa auch schon die Folge einer … Mutation?

Der andere Mann war ans Türgitter getreten. Helm blickte in ein überwuchertes Gesicht mit weit aufgerissenen Augen, die matt schimmerten wie zwei bodenlose Tümpel.

»Na, alter Mann? So ganz allein?«, höhnte der Scherge und zeigte dem Gefangenen die Schnur, die mit der Wolfs-Kiste verbunden war. »Brauchst du Gesellschaft, damit du nicht so einsam bist und frierst? Vielleicht ein Kuscheltier?« Er ruckte an der Schnur. Wieder begann die Bestie zu toben.

»Ruf deinen Mutanten-Freund!«, rief Meme aus dem Hintergrund. »Er soll kommen und meine Tochter ausliefern! Ruf ihn, oder du bist Wolfsfutter.«

Helm dachte an Engel. An den Drübener. An die Mumie in ihrem gläsernen Raum. Die konnten so was! Die konnten ihre Gedanken einsetzen wie normale Leute Werkzeuge oder Waffen. Aber er doch nicht! Er doch nicht! Wie sollte er denn so etwas können?

Der Vollbärtige zog die Leine straff. Die Kistenwand hob sich ein Stück; diesmal blieb sie in dieser Stellung. Die Pfote, die in dem Spalt erschien, war groß wie eine Tatze, mit Krallen wie Messerklingen. Und sie war weiß. Weiß! Was war denn das jetzt wieder – eine Kreuzung zwischen Wolf und Eisbär? Er hätte es sofort geglaubt, wenn er die alte Ärztin in der Nähe gewusst hätte – oder wenn die Kiste größer gewesen wäre.

»Gander!«, rief er mit schwacher, krächzender Stimme. »Gander, komm her! Gander, bringt Rina zu mir!«

Er sah, wie der Vollbärtige sich zum Kalifen umdrehte, anscheinend ratlos, was das zu bedeuten hatte. »Blödsinn!«, schnauzte Meemee von hinten. »So geht das nicht. Er spielt wieder eins seiner Spielchen. Los, zeig ihm, dass wir das auch können!«

Der Scherge zog. Die Kistenwand aber hatte sich verklemmt und rührte sich nicht von der Stelle. Helm konnte hören, wie der Vollbärtige unterdrückt fluchte, konnte sehen, wie er an der dünnen Leine zerrte. Nichts tat sich. Hoffentlich reißt sie, dachte Helm. Los, Leine, reiß! Vielleicht bin ich ja doch ein Mutant. Los, Leine, reiß!

Die Leine spannte sich bis zum Äußersten. Dann löste sich die Holzwand und ruckte nach oben. So weit, dass der weiße Wolf seinen Schädel in den Spalt zwängen konnte, bis hin zum muskulösen Nacken. Helm sah noch, wie das Tier die Muskeln anspannte. Dann flog die ganze Kistenwand in Trümmer.

Die Bestie war frei. Sie kauerte sich zum Sprung zusammen und fixierte ihr Opfer. Dann hielt sie inne, böse knurrend und vor Anspannung zitternd.

Eindeutig ein Wolf, dachte Helm automatisch. Nichts mit Eisbär. Ein weißer Wolf, mit roten Augen und einem großen rosa Fleck auf der Nase. Sieht direkt witzig aus! Bestimmt ein Außenseiter, vom Rudel verstoßen, weil dumpfe Bestien nichts mögen, das anders ist als sie. Da sind Wölfe auch nicht anders als Menschen.

Helm war selber erstaunt über die Woge von Sympathie, die ihn da plötzlich überrollte. Sympathie für das Tier, das ihn gleich umbringen würde! War er denn endgültig übergeschnappt? War er womöglich lebensmüde? Nicht ausgeschlossen, wenn man das Leben so betrachtete.

Der weiße Wolf grollte lauter, hob die Lefzen und zeigte sein mörderisches Gebiss. Speichel tropfte von seiner breiten Zunge.

»Bist du wahnsinnig! Das ist zu früh! Er soll ihn doch erst rufen!«, schrie der Kalif wütend. Der Scherge schaute zerknirscht, soweit sich das an seinem zugewucherten Gesicht ablesen ließ. Beide waren machtlos. Die Bestie war frei, das ließ sich nicht mehr ändern.

Helm hob den linken Arm mit der Metallschiene. Die konnte er dem Tier vielleicht noch zwischen die Kiefer rammen. Das mochte seinen Tod ein paar Sekunden hinauszögern. Abzuwenden aber war der nicht mehr. Er starrte dem Tier in die roten Augen, um den Moment des Sprunges nicht zu verpassen.

Links von ihm explodierte die Zellenwand. Ein Schauer von Backsteinstücken und Mörtelbrocken traf ihn und warf ihn zu Boden; hätte er seinen geschützten linken Arm nicht gerade erhoben gehabt, wäre das wohl übler ausgegangen. Tageslicht flutete durch das Loch in der Mauer. Die Silhouette darin war die von Gander. Er sieht schon aus wie ein Mann, dachte Helm automatisch. Was ein paar Wochen bei einem Jungen dieses Alters ausmachen konnten!

Mit einem Sprung war Gander bei ihm, packte Helm unter den Armen und hob ihn vom Boden auf wie eine Strohpuppe. Dann erstarrte er in der Bewegung. Jetzt erst hatte er den weißen Wolf bemerkt.

Im selben Augenblick sprang der Wolf ab. Helm sah den geisterhaft hellen, muskelbepackten Körper auf sich zufliegen, starrte direkt in das offene Maul mit dem mörderischen Gebiss. Gerettet und doch verloren, dachte er noch. Dann schlug der Wolf wie ein Katapultgeschoss bei ihm ein.

Im nächsten Moment war sein Gesicht triefend nass. Vor seinen Augen flimmerte es rot. Gander schrie angewidert auf. »Pfui Teufel, was soll denn das?«

Helm versuchte den weißen Wolf von sich wegzuschieben, was diesen aber nicht daran hinderte, ihm weiterhin das Gesicht abzuschlecken. Die rote Zunge sabberte ihn gründlich ein, von Ohr zu Ohr und vom Hals bis zu den Haaren. Er konnte nicht anders, er musste einfach lachen und quietschen, während er das Tier mit beiden Armen abwehrte. »Ist ja schon gut, mein Kleiner, ist ja alles gut! Bist ein Feiner, ja doch, ja. Aus jetzt! Aus! Hörst du nicht?«

»Seit wann hast du einen Wolf als Schoßtier?«, fragte Gander verständnislos. »Und was sollen wir jetzt mit dem machen?«

»Nimm ihn einfach mit«, sagte Helm. »Das schaffst du doch, oder?«

Der Junge würdigte ihn keiner Antwort. Mit einem Satz war er durch das Loch in der Mauer hinaus, dann legte er erst richtig los. Reiter, Schergen, Armbrust- und Bogenschützen blieben hinter und unter ihnen zurück. Zischende Pfeile und schwirrende Bolzen konnten ihnen ebenso wenig anhaben wie die wütenden Schreie der Zurückbleibenden.

Als er das Becken der Großen Seeschleuse unter sich sah, das Gander mit einem weiten Sprung überquerte, musste Helm daran denken, dass er vor einer Minute noch mit seinem Leben abgeschlossen hatte. So ändern sich die Dinge, dachte er und schloss für einen Moment erleichtert die Augen.

Schon war sein Gesicht wieder voller Sabber.

21. Heim

Rorich lag auf halbem Weg zwischen Emm und Nesserland, nicht weit vom Emsdeich. In einem ehemals großen Haus, das gerade so weit zerstört war, dass niemand mehr Anspruch darauf erhob, das aber noch einige bewohnbare Ecken besaß, fanden sie Unterschlupf. Es musste wohl mal ein Gasthaus gewesen sein, davon zeugten die Reste eines Schildes; mehr als ein großes C aber war darauf nicht mehr zu erkennen.

Gander war von seinen übermenschlichen Anstrengungen vollkommen erschöpft. Er stopfte so viel von ihren Vorräten in sich hinein, wie sein Magen fassen konnte, und fiel dann in einen ohnmachtsähnlichen Schlaf. Auch Rina rollte sich alsbald unter einer dünnen Decke zusammen.

Helm hätte ebenfalls gerne geschlafen. Für sein Leben gerne sogar. Es gab aber jemanden, der ihn nachdrücklich daran hinderte, und das war der weiße Wolf.

»Ist ja gut. Ist ja guuut! Bist ein feines Viech.« Helm rubbelte dem Wolf das schmutzigweiße Fell, so fest und nachdrücklich, wie der es gerne hatte, auch wenn dabei Büschel von Haaren zwischen seinen Fingern zurückblieben. Ließ er auch nur einen Moment mit seinen rauen Liebkosungen nach, forderte das Tier sofort mehr, und zwar durch Stöße mit seiner rosa gefleckten Nase, die so heftig waren, dass Helm mit einer Menge blauer Flecken rechnete. Falls irgendwo auf und unter seiner zerschundenen Haut noch Platz für weitere Flecken war.

Natürlich hatte er sich gefragt, wie er denn zu dieser unverhofften Ehre gekommen war. Ein Wolf als Haustier, wer hatte von so was schon gehört! Trotzdem hatte dieses mörderisch aussehende Biest Zutrauen zu ihm gefasst. Seitdem wurde es nicht müde, Beweise seiner Liebe auszuteilen – und welche einzufordern.

Irgendwann dämmerte es Helm. Hatte Meemee ihm nicht unterstellt, übernatürliche Gaben zu besitzen? Das zu können, was sonst nur Drübener konnten, und auch die nicht alle gleich gut – abgesehen von Ausnahmen wie Engel. Oder dem toten Mann mit dem lebendigen Geist dort draußen auf dem treibenden Schiff. Vielleicht, so überlegte Helm, hatte der Kalif ja recht! War nicht auch Gander prompt erschienen, nachdem er vorgegeben hatte, ihn mit Hilfe seiner Geisteskraft zu rufen?

Er hatte Gander gefragt, da war der noch wach gewesen: »Warum bist du mich holen gekommen? Warum gerade zu diesem Zeitpunkt? Und wie konntest du mich finden?«

Der Junge hatte ihn erstaunt angeblickt. »Wieso fragst du? Zuerst bin ich mit Rina geflohen, wie du es gesagt hattest, vor den Reitern und so. Über die Schleuse konnten sie uns nicht folgen, aber es waren überall andere Schergen und Soldaten von Groß Onno. Also sind wir weitergelaufen, bis wir einen sicheren Platz für Rina und unsere Sachen gefunden hatten. Dann bin ich zurück, dich suchen. Hat eine Weile gedauert, weil du ja nicht mehr im Hafengebiet warst; sie hatten dich in die Stadt geschleppt und in dieses Haus am Roten Siel gesperrt. Da bin ich erst drauf gekommen, als ich merkte, dass dort besonders viele Wachen standen. Also bin ich da rein.« Gander hatte selbstgefällig gegrinst: »Drei Mauern musste ich knacken, bis ich den richtigen Raum erwischt hatte.«

»Du hast also nichts … gehört? Ich meine: Rufe, aber lautlose, solche, die man nur innerhalb des Kopfes vernehmen kann. Verstehst du?«

Gander hatte nur verständnislos geguckt und den Kopf geschüttelt. Dann hatte er sich wieder dem Essen zugewandt.

Die Wolfsnase riss Helm aus seinen Gedanken. Ohne hinzusehen, streckte er seine Hand aus – und fand sie im Rachen des Tieres wieder, eingewickelt in eine unglaublich breite, sabberige Zunge. Statt abgebissen und zerkaut. Wie konnte so was nur angehen! Eine Woge von Heiterkeit und Zuneigung überschwemmte ihn.

Im nächsten Moment hatte er die Sabberzunge wieder im Gesicht. Na gut, das hatte er also davon! Wenn er diese Fähigkeit wirklich besaß, musste er dringend lernen, sie zu kontrollieren.

Als der Wolf endlich von ihm abließ und stattdessen gründlich den eigenen Hintern beleckte, stellte Helm fest, dass das Tier ein Weibchen war. Wie sollte er es nennen? Er rieb sich die schmerzenden Arme. Nase vielleicht, dachte er, das würde passen.

Geräusche von draußen ließen ihn aufmerken. Waren sie schon länger zu hören gewesen? Wolf Nase hatte ihn doch zu sehr abgelenkt. Auch jetzt übertönte sein Schlabbern die Laute von draußen noch fast. Immerhin schienen sie nicht näherzukommen.

Helm schlich sich durch den dachlosen Gang zu einem Trümmerhaufen, der einmal ein Anbau gewesen sein mochte, und spähte in Richtung Deich. Er sah Reiter und Männer zu Fuß. Viele Reiter und Fußgänger. Truppen! Zweifellos welche von Groß Onno. Anscheinend kamen sie von Emm und zogen jetzt den Fluss hinauf. Wohin?

Die Frage konnte er sich sparen, wusste er doch selber, dass es in dieser Richtung und vor der Todeszone nur ein einziges lohnendes Ziel gab. Nesserland.

Er behielt die Schergen und Lumpensoldaten unter dem Emsdeich ein Weilchen im Auge. Die Reiter hingen müde in ihren Sätteln, die Fußtruppen schleppten sich dahin. Das aber hatte nicht viel zu sagen. Kriegsleute verstanden sich darauf, selbst lange Märsche zum Ausruhen zu nutzen. Am Ziel würden sie schon wieder vor Energie und Kampfeslust bersten. Und mit Waffen behangen waren sie reichlich. Außerdem war dies hier mit Sicherheit nicht die einzige Marschkolonne. Groß Onno würde seine Kräfte aus verschiedenen Richtungen heranführen und erst kurz vor dem Zuschlagen vereinigen.

Die Nesserlander würden sie nicht gerade mit bloßen Händen empfangen. Aber auf das Ausmaß dessen, was da anrückte, waren sie bestimmt nicht vorbereitet. Es half also alles nichts, er musste los und sie warnen. Und zwar unverzüglich.

Auf Händen und Knien schob er sich zurück, nach vorne gedeckt durch Haufen aus Ziegelschutt. Stein- und Mörtelbrocken knirschten und rutschten unter seinem Gewicht.

»Halt, wer da? He du, aufstehen, Bursche!«

Die Stimme kam von der Seite. Verflucht, der Flankenschutz! Wer immer das Kommando über diese Schergenkolonne führte, er hatte ein paar Leute durch dieses Dorf geschickt, um Überraschungen zu vermeiden. Helm schalt sich einen Blödmann, daran nicht gedacht zu haben.

»Hände hoch, alter Mann! Los, los, noch ein bisschen höher! Was treibst du denn hier? Gibt es hier etwa noch was zu plündern?«

Helm zählte vier Mann – nein, drei Männer und eine Frau, eine wuchtige Gestalt, die ihre Begleiter um einen halben Kopf überragte. Alle trugen ihre Schwerter blank in der Hand, allerdings mehr als nachlässig. Was hatten sie schon von einem unbewaffneten alten Mann zu befürchten?

Ja, genau. Unbewaffnet. Mehr als blöde! Auch das irritierende Summen in seinem übermüdeten Kopf konnte das nicht entschuldigen.

»Hast du die Sprache verloren? Los, mach's Maul auf!« Die riesige Frau schlug ihm die flache Klinge ihres Schwertes gegen den Leib, so hart, dass Helm einknickte. Schwerer Stahl, stellte er fest, ebenso schartig wie scharf. Wer diese Waffe zu schwingen verstand, konnte damit wahre Blutbäder anrichten. Ein einzelner Männerhals war da keine Herausforderung.

Die Frau schlug noch einmal zu. Diesmal konnte Helm den Abwehrreflex nicht unterdrücken. Als die Klinge seinen Unterarmschutz traf, klang es wie ein Schmiedehammer.

Danach herrschte sekundenlang Schweigen. Die vier Bewaffneten glotzten ihn mit großen Augen an.

»Ist er das?«, fragte einer der drei Männer. Er hörte sich ehrfürchtig und atemlos an.

»Er soll ja ein alter Mann sein«, ergänzte ein zweiter. »Aber in Begleitung.«

»Ein großer Junge und ein Akbar-Weib.« Die große Frau nickte. »Sag schon, alter Mann, wo sind die? Haben die sich hier irgendwo versteckt?«

Allerdings, dachte Helm, das haben sie, und sie schlafen tief und fest. Hilfloser konnte man kaum sein. Auf keinen Fall durfte er zulassen, dass diese vier Schergen zu Gander und Rina vordrangen! Er musste sie aufhalten. Mit bloßen Händen gegen vier Schwerter.

»Bist du stumm?«, schnauzte die Frau. Sie war hier eindeutig das Bossweib. »Dann kannst du's von mir aus auch bleiben! Los, ihr drei durchsucht diese Ruine hier.« Dabei holte sie mit ihrem Schwertarm aus, als gelte es, vor einem dräuenden Gewitter eilig die Ernte einzubringen. Eine blutige Ernte.

Helm hob den linken Arm zur Abwehr. Die metallene Manschette würde den Schlag vielleicht aushalten; was Elle und Speiche anging, war er sich nicht so sicher.

Etwas rauschte. Erst über ihnen, dann um sie herum. Erst glaubte Helm an eine Windböe, dann an eine Sehstörung, so stark flimmerte plötzlich die Luft zwischen ihm und Groß Onnos Schergen und Tributeuren. Aus dem Rauschen wurde ein wildes Flattern, gepaart mit Geräuschen, als würde jemand Laken zerreißen.

Die große Frau, die eben noch über ihn herfallen wollte, stand da wie versteinert. Das Schwert entglitt ihrer kraftlosen Hand. Ihr Gesicht, ihre Arme und ihr Oberkörper begannen sich rot zu färben. Wo gerade noch ihre Augen gewesen waren, gähnten dunkle Höhlen. Ihrem halb geöffneten Mund entfuhr ein unmenschlich klingender Schrei.

Stachelmöwen! Helm konnte aus nächster Nähe begutachten, was deren bewehrte Schwingen anrichten konnten. Von solch einem gezielten und konzentrierten Angriff eines kleinen Schwarms dieser Vögel hatte er noch nie gehört. Noch dazu aus heiterem Himmel! Buchstäblich.

Jetzt fiel der Schwarm über den am nächsten stehenden der drei Männer her. Der war vorbereitet, hatte sein Schwert schon erhoben, landete auch einen Treffer, der einer Möwe eine stachelstarrende Schwinge abtrennte; Sekunden später aber war auch er blutüberströmt. Einer seiner verbliebenen Kameraden sprang ihm bei.

Der andere stürzte sich auf Helm, das Gesicht von Hass und Wut verzerrt, die Klinge beidhändig hoch über dem Kopf. Der Kerl hatte Schultern wie ein Ochse und Arme wie Oberschenkel. Seinen Schlag würde Helm unmöglich abblocken können, das war ihm klar. Die Klinge würde seine Stirn spalten bis hinunter zur Nase.

Nase! Warum hatte er nicht früher an seinen neuen Kumpel gedacht?

Vielleicht aber hatte er das doch getan, unterbewusst. Jedenfalls kippte der schenkelarmige Ochse plötzlich zur Seite wie von einem rosaweißen Blitz getroffen. Blut schoss hoch wie eine Fontäne. Im nächsten Moment war auch der Scherge tot, der sich nicht entscheiden konnte, welche der weißen Bestien er zuerst bekämpfen sollte. Mit dem dritten Mann hatten die Stachelmöwen bereits kurzen Prozess gemacht. Noch einmal ein heftiges Rauschen, dann waren sie fort.

Während Helm erfolglos versuchte, die breite Schlabberzunge abzuwehren, die roten Schleim auf seinem Gesicht verteilte, musste er an die treibende Mumie denken. Steckte der lebende Tote dahinter? Reichte der Einfluss seines Giganten-Geistes jetzt doch so weit ins Binnenland hinein? Oder trieb das riesige Schiff gar nicht mehr dort, wo er es angetroffen hatte?

Gander und Rina tauchten auf, die Haare verstrubbelt, die Augen vom ungenügenden Schlaf verquollen. Fassungslos schauten sie sich um.

»Packt zusammen!«, ordnete Helm an. »Schnell. Wir haben nicht mehr viel Zeit.«

Sie hatten Glück: Unweit ihres Unterschlupfes, unmittelbar am Kanal, stießen sie auf ein paar zerfallene Hütten, die meisten davon abgefackelt. In einer der unverbrannten fanden sie ein Boot, lang und schmal, aber groß genug, um sie alle drei und den größten Teil ihres Gepäcks aufzunehmen. Sogar ein Paddel gab es dort, außerdem einige Bretter, die man zur Not zum Paddeln benutzen konnte.

Misstrauisch beklopfte Gander die Bordwände ihres Fundstücks. »Holz ist das nicht«, maulte er. »Ob das halten wird?« Mit altem Kunststoff hatte er schlechte Erfahrungen gemacht.

»Keine Sorge.« Helm hatte die Struktur von glasfaserverstärktem Polyester erkannt. »Damit kommen wir locker bis nach Hause.« Wenn man uns lässt, dachte er. Aber das sagte er nicht.

Sie folgten dem Kanal zunächst Richtung Osten, bis sie eine Abzweigung nach Süden fanden. Sie paddelten langsam, machten immer wieder lange Lauschpausen; Truppenbewegungen aber hörten sie keine. Vielleicht, weil sie dafür zu weit vom richtigen Kurs abgekommen waren? Helm hatte keine Vorstellung, wohin dieser Kanal führte, zumal der ständig seine Richtung änderte.

Der größte Teil des Tages verging, ehe sie auf ein Gewässer stießen, das Helm bekannt vorkam. »Hier geht es nach Sautel!«, verkündete er. »Dort kommen wir wieder auf die Ems. Und dann auf direktem Weg nach Hause, wenn die Tide mitspielt.«

»Wer sich am Emsdeich herumtreibt, wissen wir ja«, gab Rina zu bedenken. »Willst du dich schon wieder mit Onnos Schergen herumschlagen? Außerdem haben wir nicht mehr lange Tageslicht. Und bei Nacht ist die Ems kein ungefährliches Fahrwasser.«

»Stimmt. Gefahr bei Licht, Gefahr bei Dunkelheit.« Helm grinste breit und falsch. »Sind wir nicht richtig gut dran? Wir haben die Wahl!«

22. Nesserland

Sie hatten sich für die Dunkelheit entschieden. Beinahe wäre das ihr Verderben gewesen. Aber eben nur beinahe, und was hieß das schon in diesen Zeiten? So gut wie nichts. Hauptsache, das Leben ging weiter, dann war alles gut.

Auf der Ems hatten sie sich einfach mit der Flut treiben lassen, lang ausgestreckt in ihrem Boot, das sich den Wellen steuerlos hingab wie ein Stück Treibholz. Nach wie vor trieben genügend Trümmer auf dem Wasser, um das glaubhaft erscheinen zu lassen: Wrack- und Baumteile ebenso wie unverwertbare Ladungsreste und die Überbleibsel ihrer Verpackung. Dafür, dass in diesen Zeiten nahezu jedes Ding für irgendwen immer noch einen Gebrauchswert hatte, dümpelte ganz schön viel Zeug auf der Ems herum, fand Helm. Ihm sollte das recht sein, denn gerade jetzt nützte es ihm.

Die Nacht war ebenso ruhig wie dunkel, und so konnte er das große Hindernis schon von weitem hören. Das Wasser rauschte gurgelnd durch die Trümmer der gewaltigen Brücke, die einst die beiden Ufer des Flusses verbunden hatte. Während der Nächte des Donners war sie zerstört worden, ebenso wie das riesige Stauwehr weiter unten an der Ems, dessen Reste sie auf den Kanälen der Binnenseite umfahren hatten. Jetzt gab es keinen festen Flussübergang mehr in dieser Region, denn die Eisenbrücke weiter oben bei Ween war schon vor dem Chaos zerstört worden, und die Menschen hatten es damals auch in Jahren nicht fertig gebracht, sie wieder aufzubauen. Wenn man bedachte, wozu diese Menschen sonst so in der Lage gewesen waren, dann kam Helm das ziemlich unglaubwürdig vor.

Das Rauschen wurde lauter. Helm hob leicht den Kopf, so unauffällig wie möglich, und versuchte etwas zu erkennen. Unmöglich. Sie mussten darauf vertrauen, dass das strömende Wasser sie von alleine durch einen der breiteren Durchlässe ziehen würde. Darauf – und auf ihr Glück.

Die Strömung und ein leichter Westwind trieben sie auf das linke Ufer zu, und als Helm endlich im matten Schimmer des wolkengedämpften Mondlichts etwas erkennen konnte, stellte er fest, dass die Strömung sie auf einen der vertrauenerweckenden Durchlässe zwischen den Hartgraubrocken zu trieb. Ihr Boot strebte mit dem Vordersteven voran auf die Öffnung zu, so wie es sich gehörte. Auf ihr Glück schien also Verlass zu sein.

Allerdings nur bis unmittelbar hinter dem Hindernis. Denn kaum hatte ihr Boot die Brückentrümmer passiert, riss etwas seinen Bug mit brutaler Gewalt herum, in Richtung nahes Ufer. Der Ruck war so hart und der erzwungene Fahrtverlust so absolut, dass das Heck herumgeschleudert wurde und nun doch noch gegen einen der Brocken prallte, die die Durchfahrt umsäumten. Von einem Moment auf den anderen lag ihr Fahrzeug quer in der Strömung. Fast wäre es gekentert.

Gander und Rina waren während des ereignislosen Dahintreibens eingedöst, ebenso wie Wolf Nase. Jetzt schreckten sie hoch – und ehe sie wussten, wie ihnen geschah, hatten sie sich in den Maschen eines Netzes verfangen, das aus der Dunkelheit geflogen kam und sich über das ganze Boot senkte, beschwert mit kleinen Metallkugeln, die dieses Wurfgeschoss noch schneller, zielsicherer und schmerzhafter machten. Die beiden jungen Leute schrien verwirrt und panisch auf. Die Laute des Wolfs klangen mehr nach Jaulen als nach Heulen.

Einzig Helm hatte den zweiten Schritt, der dem ersten folgte, vorausgeahnt. Er begegnete dem fallenden Netz mit erhobener Klinge. Nur um festzustellen, dass in die Maschen dieses Netzes Draht eingearbeitet worden war.

Fester, seltener, wertvoller Eisendraht, mit dem sein Teleskopschwert nicht fertigwerden konnte.

Verflucht, dachte er, woher hatten Sucher oder Strauchdiebe solch ein Netz? Selber hergestellt hatten sie das bestimmt nicht. Gestohlen schon eher. Aber bei wem? Fischer fischten nicht mit Draht, und das nicht nur, weil sie keinen hatten.

»Der Hintere ist bewaffnet!«, zischte eine Stimme aus dem tiefen Schatten zwischen den Hartgraubrocken. »Schaltet ihn aus! Wenn möglich, lasst ihn am Leben. Wenn nicht – wir haben ja die anderen beiden.«

Helm erstarrte. Er hatte die Stimme erkannt.

Gander gab ein kehliges Knurren von sich. Das Drahtnetz wölbte sich über ihm, als er die Arme emporstreckte, und als er sie spreizte, rissen die Maschen, die Helms Klinge widerstanden hatten, mit einem unwirklich klingenden Geräusch auseinander.

»Nein!«, schrie Helm mit überschnappender Stimme. »Nein, tu das nicht! Das sind doch …«

Das harte Knallen zurückschlagender Wurfarme und brutal strammgezogener Sehnen schnitt ihm das Wort ab. Laute Einschläge, beinahe zeitgleich, zeugten davon, dass die Bolzen der Armbrüste ihr Ziel gefunden hatten. Ganders Arme sanken herunter, sein Körper sackte schwer auf dem Bootsboden in sich zusammen, bedeckt von den Maschen des Drahtnetzes wie von einem zerrissenen Leichentuch.

Rina stieß einen unmenschlich klingenden Klagelaut aus. Die weiße Wölfin stimmte ein. Es hätte nicht viel gefehlt, und Helm hätte sich den beiden angeschlossen.

»Halt!«, kommandierte die Stimme aus dem Schatten. »Schießen einstellen! Sagt mal, ist das nicht …«

»Ja, das ist Gander, du Idiot!«, erwiderte Helm mit heiserer Stimme. »Und ich bin Helm. Falls du vorhast, mich auch noch erschießen zu lassen, Tobbe, du dämliche Kröte!«

Der tiefe Schatten teilte sich; eine Gestalt trat hervor, sehr groß und viel zu breit und massig, als dass sie ein Mensch hätte sein können, aber genau das war sie. Abfallende Schultern, lang herabhängende, dicke Arme, eine enorm fette Leibesmitte und Beine wie Säulen bildeten die Silhouette einer Riesenkröte. Der Kopf mit den feisten, hängenden Backen, dem gewaltigen Kinn, das auf einem Fundament von Speckfalten ruhte, und ein unglaublich breiter Mund passten genau dazu. Dass dieser Mund vor ungläubigem Entsetzen weit offen klaffte, wobei man keine Zähne sah, machte den Eindruck perfekt. Tobbe die Kröte.

»Helm!«, stieß die Kröte hervor, und niemand hätte sich gewundert, wenn sich dabei ein Kehlsack gebläht hätte. »Und Gander! Ihr seid zurück! Mensch, warum habt ihr denn nichts gesagt?«

Helm antwortete nicht. Er ließ sein Teleskopschwert fallen, raffte das Netz beiseite und beugte sich über seinen jungen Begleiter. Drei kurze Schäfte ragten aus seiner Brust, zwei davon saßen dicht beieinander genau in der Herzgegend. Die Schützen der Kröte verstanden ihr Handwerk.

»Widerhaken?«, fragte Helm, ohne jemand anderen anzusehen als Gander. Den toten Gander.

Auch die Schützen waren inzwischen nähergekommen. »Ja«, antwortete einer von ihnen. Das ›Natürlich‹ schluckte er herunter.

Helm fluchte halblaut, aber ansonsten hemmungslos. Widerhaken! Wie sollte er solche Bolzen entfernen, ohne irreparable Schäden anzurichten?

»Wird Gander wieder … Ich meine, glaubst du, er kommt … noch einmal zu sich?« Selbst wenn die Kröte flüsterte, klang es wie Gewittergrollen. Helm hörte eine drohende Antwort aus Wolf Nases Kehle. Er versuchte, dem Tier einen beruhigenden Gedanken zu schicken, aber das fiel ihm schwer.

»Er ist doch schon einmal … nicht gestorben. Mindestens. Stimmt doch, oder?« Die fette Kröte war wirklich rührend besorgt. Vielmehr schuldbewusst. Dabei hatte sich Tobbe gar nichts vorzuwerfen. Er hatte lediglich seine Aufgabe erledigt.

»Schon mehrmals«, verbesserte Helm. »Inzwischen. Er hat Schläge und Stiche ebenso überlebt wie Pfeiltreffer, die jeden anderen Menschen getötet hätten. Ich meine dauerhaft. Sein Körper wird mit so gut wie allem fertig.« Er schnaufte tief durch. »Vorausgesetzt, es steckt kein Fremdkörper in der todbringenden Wunde. Dann erholt er sich wieder. Solange das aber der Fall ist, passiert gar nichts.«

»Na, dann zieh die Dinger doch raus aus ihm! Oder lass mich das machen.« Tobbe die Kröte balancierte über wasserumspülte Hartgraubrocken bis dicht an die Bordwand heran. Seine gewaltige Gestalt türmte sich über dem schmalen Boot auf.

»Finger weg!«, schnauzte Helm. »Denk an die Widerhaken! Du reißt ihm doch glatt das Herz raus, wenn du einfach so an den Bolzen ziehst. Oder du zerreißt es in Fetzen, was wahrscheinlicher ist. Und dann? Was ist dann? Meinst du, das heilt so einfach wie ein Schnitt oder Stich?«

»Was weiß denn ich.« Tobbe hob ratlos die Arme, was ein gezeitenartiges Beben rund um seine Körpermitte auslöste. »Man muss es versuchen, dann sieht man's, nicht?«

»Versuchen? Und Ganders Tod riskieren?« Helm schüttelte den Kopf. »Ich meine, seinen endgültigen Tod? Ich wusste ja, dass du bekloppt bist. Aber *so* bekloppt, das wusste ich nicht.«

Rina, die die ganze Zeit geschluchzt hatte, verstummte vor Schreck. Mit geweiteten Augen starrte sie den alten Mann an, der es gewagt hatte, diesen monströsen Fremden so direkt zu beleidigen. Einen Fremden, der noch dazu eine ganze Schar Bewaffneter befehligte.

Die Kröte jedoch bekam keinen Wutanfall, und auch die Waffenträger guckten nur betreten. »Entschuldige«, sagte Tobbe leise. »Ich hab nicht richtig nachgedacht.« Er schluckte hörbar. »Was machen wir denn jetzt?«

»Zuerst sollten wir Gander mal hineinbringen«, erwiderte Helm.

»Hinein? Aber wohin denn?«, fragte Rina erstaunt. Kein Wunder, denn ringsumher gab es nur Wasser, Deiche und Trümmer.

»Nach Nesserland«, sagte Helm. Ohne dass er es beabsichtigt hätte, klang es feierlich.

»Nach Nesserland«, flüsterte die junge Frau. »Das heißt … Dann sind diese Leute hier also …«

»Tobbe, mein Stellvertreter.« Helm machte eine wedelnde Handbewegung zwischen Rina und der Riesenkröte. »Während meiner Abwesenheit führt er den Oberbefehl über die Verteidigungskräfte von Nesserland. Tobbe, das ist Rina. Sie gehört zu uns.«

Tobbe nickte. Rina liefen plötzlich Tränen über die runden Wangen. Angesichts von Ganders Zustand fand Helm das nicht weiter verwunderlich.

»Gut«, sagte die Kröte. »Wir bringen euch rein. Aber einfach wird das nicht. Der Ring hat sich schon beinahe geschlossen.«

»Wir werden also belagert.« Damit hatte Helm gerechnet.

»Allerdings.« Der breite, weiche Mund der Kröte verhärtete sich. »Und das ist erst der Anfang. Groß Onno scheint etwas Großes vorzuhaben. Er führt alles an Kräften heran, was er kriegen kann. Viel Kroppzeug dabei, aber auch richtig gut gerüstete Kämpen.« Tobbe schüttelte den Kopf, dass seine Kinne schlackerten. »Um einige davon ist es richtig schade.«

Helm kniff die Augen zusammen. Pessimismus war nie Tobbes Sache gewesen; das war einer der Gründe, warum man ihm die Stellvertreter-Position angetragen hatte. »Und wie kriegen wir ihn nun hinein?«, fragte Helm.

»Einen Weg gibt es noch«, erwiderte die Kröte. Er gab seinen Männern einen Wink, und einige von ihnen fingen an, Ganders Leiche vorsichtig in das Netz zu wickeln, so dass man sie tragen konnte. Andere nahmen das Gepäck der Reisenden aus dem Boot, zwei weitere schließlich das Boot selbst. Schweigend marschierten sie los, die fette Kröte an der Spitze.

Es wurde gerade hell, als sie das Ufer des Hafens erreichten, genau zwischen den beiden Außenposten. Bis hierher waren die Belagerer noch nicht vorgedrungen, was aber wohl nur eine Frage der Zeit war. Helm hielt einen Moment inne und genoss den Anblick, der sich ihm bot. Für ihn gab es nichts Schöneres auf der Welt.

Der Hafen von Leer hatte die Form eines Hufeisens, dessen beide Enden sich beinahe berührten. Das kam daher, dass dieser Hafen früher einmal eine Flussschleife gewesen war, eine Mäanderschlinge der Leda. Irgendwann in grauer Vorzeit hatte man den Fluss begradigt, um ihn besser befahren zu können, und aus der abgehängten Schleife war der Leeraner Hafen geworden. Später war dann die Schleuse gebaut worden. Seitdem war der Hafen von Ebbe und Flut unabhängig, der Wasserstand blieb konstant. Das war auch nach dem großen Chaos so geblieben. Die Schleuse war zwar nicht mehr nutzbar, aber sie hielt dicht, und der Hafen hielt seinen Wasserstand.

Das war auch gut so, denn mitten in diesem Hafen lag Nesserland.

Eigentlich hieß die Halbinsel nur Nesse. Ihre Vergangenheit musste bewegt gewesen sein, denn die Gebäude, die hier standen, waren überaus unterschiedlich. Luxuriöse Wohngebäude waren ebenso darunter gewesen wie

Geschäftshäuser, eine große Viehhalle, eine stillgelegte Ölmühle und ein riesiger Getreidespeicher. Beinahe nichts davon war während des Chaos zerstört worden. Dies mochte damit zu tun gehabt haben, dass dort, wo die Halbinsel mit dem umgebenden Festland verbunden war, Bahngleise lagen, auf denen noch viele Winter später ein Zug mit völlig ausgebrannten Kesselwagen gestanden hatte. Von dort her hatte sich bestimmt lange Zeit niemand auf die Nesse getraut.

Die ursprünglichen Bewohner der Halbinsel mussten über die beiden Brücken geflüchtet sein, die es damals noch gegeben hatte. Von der einen war nur noch ein skurriler Haufen seltsam geformter Metallstreben übrig. Die andere stand noch, aber in ihrer Mitte klaffte eine breite Lücke von weit mehr als einem Dutzend langer Schritte, dort, wo sich einmal eine Brückenklappe befunden haben musste. Vermutlich lag sie unter Wasser, aber wer oder was sie aus ihren Scharnieren gerissen hatte, wusste niemand zu sagen.

Damit war die Halbinsel Nesse zu mehr als neun Zehnteln vom schützenden Wasser des Hafens umgeben wie von einem Burggraben. Von einem enorm breiten und tiefen Graben noch dazu. Kein Wunder, dass sich die Überlebenden von Leer genau diesen Platz als ihre Burg auserkoren hatten. Vielmehr als ihr neues Land. Nesserland eben.

Nicht alle Überlebenden natürlich. Und nicht alle, die heute in Nesserland siedelten oder deren Nachfahren dort wohnten, waren Überlebende aus Leer. Nicht die Herkunft war entscheidend gewesen, sondern die Einstellung. Nicht die Vergangenheit, sondern die Gegenwart. Und wie die Leute sich die Zukunft vorgestellt hatten. Die eigene und die der anderen. Wer nur an sich gedacht hatte, der war nicht lange in Nesserland geblieben.

Dafür hatte der Onkel gesorgt.

Helm sah eine Bewegung unten am Wasser, dort, wo die

Böschung auf ein paar Metern eingesackt war. Seine Hand zuckte nach seiner Waffe. Aber es war nur Wolf Nase, die die Gelegenheit genutzt und einen fetten Bisam erbeutet hatte. Das anschließende Reißen und Schlingen klang alles andere als erbaulich, erfüllte Helm aber dennoch mit einer wohligen Zufriedenheit. Und zugleich mit einem wachsenden Verlangen. Vielleicht sollte ich auch mal wieder etwas essen, dachte er.

Dann dachte er an Gander. Essen war Ganders Lieblingsbeschäftigung. Gewesen?

Helm verging der Appetit von einem Augenblick auf den anderen. Auch Wolf Nase hörte auf zu schlingen. Aber vielleicht hatte die Bestie den Bisam auch schon ganz vertilgt.

Er sah zu, wie das mitgebrachte Boot zu Wasser gelassen und Ganders Körper vorsichtig hineingebettet wurde. Zwei von Tobbes Männern stiegen mit ein, ebenso wie Rina, und griffen nach den Paddeln. Mit sachten Schlägen ließen sie das schmale Boot auf das jenseitige Ufer zu gleiten, während die anderen nach allen Seiten sicherten. Noch aber war vom Feind nichts zu hören und zu sehen.

Helm schaute hinüber zur Eisengießerei. Das massive Gebäude dicht an der Straße sah für seine Größe eher unauffällig aus. Es hatte auch früher schon nicht viele Fenster nach vorne gehabt, und so fiel kaum auf, dass die allesamt zugemauert waren. Vom früheren Pavillon, wo die Produkte der Firma ausgestellt worden waren, standen nur noch die rußgeschwärzten Fundamente, garniert mit verbogenen Streben und unzähligen Glassplittern. Ein Anblick, der vermuten ließ, dass auch die Gießerei inwendig eine Ruine war.

Das aber war sie keineswegs. Vielmehr war dieses Gebäude einer von zwei bestens gesicherten und verteidigten Außenposten von Nesserland. Aber auch die Verteidigungsanlagen sah man von außen nicht.

Der zweite Außenposten befand sich gleich neben der

blockierten Schleuse. Helm ließ seinen Blick andächtig über den Hafen schweifen, der hier am breitesten wirkte, und über die Schrotthalden, die sich jenseits der Wasserfläche erhoben wie ein kleines Gebirge. Welch ein Schatz war ihnen da in den Schoß gefallen! Allerdings hatte es einige Zeit gedauert, bis der Onkel die Wichtigkeit dieses Rohstoffvorrats begriffen hatte. Und noch weitere Zeit, bis er das seinen Mitstreitern begreiflich machen konnte.

Das war lange her. Längst hatten die Nesserlander rund um ihre Eisenvorräte eine Burg erreichtet, die ihresgleichen suchte, umsäumt von Mauern aus Stahlbüchsen, gefüllt mit Schlick und Schutt, darauf Brustwehren und Stachelsperren, gespickt mit Abwehrwaffen der durchtriebensten Art. Zwei Dutzend Kämpfer waren ständig dort postiert, um verzweifelte Sucher und wild entschlossene Räuberbanden abzuwehren. Und sie hatten häufig gut zu tun, denn dieser Nesserlander Außenposten war weit weniger unauffällig als der andere, und seine Existenz hatte sich längst herumgesprochen. Deshalb hatte man erst letztes Jahr eine feste Püntenverbindung zwischen Festung und der Halbinselspitze eingerichtet, um im Notfall per Seilzug schnell Verstärkung hinüberschaffen zu können.

Die ersten, mit denen es die Gründer von Nesserland im Kampf um ihren Metallvorrat zu tun bekommen hatten, waren natürlich die anderen Leeraner Überlebenden gewesen, diejenigen, die sich einer Gruppe, deren oberstes Gebot die gegenseitige Verantwortung des einen für die anderen war, nicht anschließen wollten. Oder die das wohl wollten, aber vom Onkel abgewiesen worden waren. Warum auch immer. Der Onkel, daran erinnerte Helm sich genau, konnte so gnadenlos sein wie ein Drübener, wenn es drauf ankam. Jedes neue Mitglied musste die Gruppe stärken, das hatte er offen verkündet. Für manchen Schwachen hatte das das frühe Ende bedeutet.

Inzwischen waren es nur noch Banden von auswärts, die versuchten, sich etwas vom Metall der Nesserlander zu holen. Das sie natürlich nicht bekamen, dafür blutige Nasen. Wer heute noch – abseits der Hafen-Halbinsel – in Leer lebte, der wusste, dass mit den Nesserlandern nicht zu spaßen war. Sie mochten zwar ihre Nächsten lieben wie sich selbst, was jedoch nicht hieß, dass sie irgendwem die andere Wange hinhielten. Oh nein, auf keinen Fall.

Außer den üblichen elenden Suchern und einigen unbedeutenden Räuberbanden hauste kaum noch jemand im restlichen Leer. Fischer, Bauern und Handwerker hatten sich längst den Nesserlandern angeschlossen oder waren abgewandert. Die einzige nennenswerte Ansammlung von Menschen gab es im Vorort Loog. Von denen hatte noch niemals jemand in Nesserland vorgesprochen – aus gutem Grund. Dabei war es die einzige menschliche Gemeinschaft, die ständig Todesfälle und niemals Geburten verzeichnete und trotzdem stetig wuchs.

In Loog nämlich hausten die Traumverlorenen.

Helm war keiner, der anderen ihre Schwächen vorhielt. Jedenfalls nicht, solange er sich auf diese anderen nicht verlassen musste. In diesen Zeiten brauchte jeder einmal eine kleine Pause von der Wirklichkeit. Auch in Nesserland wurden Kirschen und Beeren vergoren, wurde Fruchtwein angesetzt, wurde aus Kartoffeln ein wasserhelles Zeug gebrannt, das den Rachen versengte und den Verstand schlafen schickte. Einige versuchten sich auch im Anbau von seltsamen Kräutern, die man trocknen und rauchen konnte. Bei alldem aber galt das unumstößliche Prinzip des Onkels: Wer saufen kann und rauchen, der kann auch am nächsten Morgen aufstehen und arbeiten. Ansonsten hieß es: Abgang. Und der endete nicht selten in Loog.

Loog. Helm erinnerte sich dunkel, dass sich die Leute, die früher dort gewohnt hatten, gerne für etwas Besonderes gehalten hatten. Lange her. Das Chaos hatte Loog genauso entvölkert und verwüstet wie jede andere Ansiedlung. Von wegen besonders. Aber die, die heute dort hausten, die waren alles andere als normal.

Von den wenigen Häusern, die dort stehen geblieben und noch halbwegs bewohnbar waren, war jedes zweite eine Kaschemme. Ausgeschenkt wurde alles, was den Verstand benebelte. Ganz egal, ob es dabei auch das Augenlicht raubte, und zwar für immer. Pilze, Kräuter, gepanschte Tränke, stechende Ausdünstungen von Stoffen aus der Vor-Chaos-Zeit, deren Namen niemand mehr wusste – die Traumverlorenen nahmen alles, wenn es ihnen nur den letzten Rest Verstand wegknallte.

Sie zahlten mit allem, was sie besaßen und fanden. Und wenn sie nichts mehr besaßen, was für die Kaschemmener von Interesse war, und wenn sie nichts mehr fanden, weil sie mit ihren ausgemergelten Körpern und ausgelaugten Hirnen zu gezieltem Suchen gar nicht mehr imstande waren, dann zahlten sie mit sich selbst. Sklaverei und Hurerei gingen mit dem Träume-Handel Hand in Hand.

Der Onkel hatte behauptet, das sei schon früher so gewesen. Helm konnte das nicht beurteilen. Aber wenn es wirklich stimmte, dass Männer ihre Frauen verkauft hatten und auch sich selbst, dass Frauen wie Männer ihre Kinder verschachert hatten, zum Arbeiten und zu Schlimmerem, nur um ein paar Stunden länger von der wirklichen Welt erlöst zu sein, dann konnte die Welt vor dem Chaos beileibe nicht so verlockend gewesen sein, wie viele glaubten.

Natürlich hatten in Loog auch Drübener ihre Hände im Spiel.

Allerdings nicht solche wie der mentale Gigant, den sie in Greetland überwältigt und der irren Ärztin ausgeliefert hatten. Nicht einmal solche wie die fahle Gestalt, die es immerhin geschafft hatte, eine Bande elender Sucher und

Möchtegern-Räuber um sich zu scharen. Die Drübener von Loog mussten der Bodensatz ihrer Art sein, die Schande ihrer so jungen Gattung – sofern Begriffe wie Ehre oder Schande für Drübener überhaupt von Bedeutung waren. Vermutlich ebenso wenig wie für die meisten Menschen. Wie auch immer, für Helm waren die Drübener von Loog der allerletzte Abschaum, der noch weit unter ihrer eigenen Kundschaft rangierte. Und die war schlimm genug.

Wenn Helm ehrlich war, musste er zugeben, dass auch er selbst schon einmal mit einem Besuch bei einer dieser Gestalten geliebäugelt hatte. Damals, kurz nach dem Tod des Onkels, als alles auf ihn eingestürzt war und er sich hilflos und verlassen gefühlt hatte. Ja, die Versuchung war groß gewesen. Aber er hatte ihr widerstanden, und das hatte ihn stärker gemacht.

So schwach die mentalen Fähigkeiten der Drübener von Loog auch waren, so reichten sie doch gerade eben aus, um ihren Kunden auf Wunsch süße Träume zu verschaffen. Nur für eine gewisse Zeit und auch nur von begrenzter Tiefe und Qualität, aber doch genug für eine Auszeit vom Elend der wahren Welt.

Die Kaschemmen dieser Drübener, so hatte man Helm berichtet, lagen gewöhnlich unter der Erde, in Kellern, die nicht eingestürzt und noch zugänglich waren. Diese Löcher waren noch dreckiger und widerlicher als jede andere Behausung, in der mit Träumen gehandelt wurde. Das aber merkten die Träumer schon nach ihrem ersten Besuch nicht mehr. Sie wähnten sich auf weichen Diwanen, während sie sich auf nacktem Boden krümmten, schmiegten sich in verwesende Rattenkadaver wie in Daunenkissen und schlürften noch das eigene Erbrochene, als wäre es Nektar. So hieß es. An diesem Punkt des Berichts hatte Helm sich geschworen, lieber zu sterben als jemals einen der Looger Drübener aufzusuchen.

Dabei kam das Schlimmste erst noch.

Die Traumgaben der Drübener nämlich hinterließen Schatten in den Hirnen ihrer Kunden. Die Schatten wurden tiefer und finsterer, je länger der letzte Besuch und der jeweiligen Dreckshöhle zurücklag. Und je tiefer sie wurden, desto mehr versetzten sie die Träumer in Angst und Schrecken, bis ihnen gar nichts anderes mehr übrig blieb, als erneut ihre Traumgeber aufzusuchen. Taten sie es nicht, verfielen sie unweigerlich dem Wahnsinn, die einen später, die meisten früher.

Kehrten die Traumwilligen aber zu ihren Traumgebern zurück, wurden sie dort schon erwartet. Von willfährigen Drübenern – und gnadenlos steigenden Preisen. Auch hier endete alles in Leibeigenschaft, Ausbeutung, Erniedrigung und unglaublichen Sauereien. Am Ende stand natürlich der Tod. Wenn man jedoch den Gerüchten glaubte, so gab es vor dieser letzten Station noch eine vorletzte. Die Homophagen.

Ob da etwas dran war? Helm wusste es nicht. Nur eins war sicher: In Loog war schon seit Jahren niemand mehr begraben worden.

»So, sie sind drüben«, meldete Tobbe die Kröte und wies auf das jenseitige Ufer, wo das schmale Boot inzwischen unbehelligt festgemacht hatte. Eine ganze Schar von Bewaffneten sicherte die Landungsstelle, während Ganders Körper behutsam herausgehoben und auf eine Trage gelegt wurde. Kurz darauf war er außer Sicht.

»Sie bringen ihn zu Thies?«, vergewisserte sich Helm.

Die Kröte nickte: »So hab ich's angeordnet.«

Kräuterfreund Thies war das, was in Nesserland einem Heiler am nächsten kam, seit die alte Hadda verstorben und der Graue Willm einer Gruppe Räuber zum Opfer gefallen war, als er leichtsinnigerweise unbegleitet nach einer bestimmten Sorte Pilze gesucht hatte. Pilze, aus der man eine Medizin gegen Entzündungen herstellen konnte!

Helm schüttelte den Kopf. Ansonsten aber war Willm ein recht guter Heiler gewesen und sein Tod damit ein echter Verlust, ebenso wie der von Hadda. Thies war ein Stümper dagegen, obwohl er nicht nur wirkungsvollen Kräutersud verabreichen, sondern auch Gelenke einrenken und Brüche schienen konnte. Sobald es jedoch darum ging, in das Innere eines menschlichen Körpers vorzudringen, um ihn zu heilen, war Helm geneigt, sich selber noch mehr zuzutrauen als Thies.

Bloß, dass Gander jetzt drüben bei Thies war und er selbst immer noch hier.

»Was ist mit uns, Kröte?«, fragte er. »Kommt das Boot nicht zurück?«

»Nee.« Der Koloss schüttelte Kopf und Kinne. »Das kleine Ding müsste ja viel zu oft hin und her pendeln. Zu gefährlich! Wir gehen rüber zur Vorburg und von dort nehmen wir die Pünte. Das ist sicherer.« Er lachte laut und kollernd: »Außerdem, wie sollte ich wohl in dieses kleine Bötchen passen? Da könnte ich ja gleich schwimmen!«

Da war etwas dran, das musste Helm zugeben. Schwimmen konnte die Kröte übrigens hervorragend, besser als er selbst. Diese Option blieb auf jeden Fall.

Die Idee mit Vorburg und Pünte gefiel ihm dagegen weniger. Es war noch ganzes Stück Wegs von ihrem Standort bis zur Büchsenburg auf dem alten Schrottplatz, und der lag direkt am Leda-Deich. Der wiederum war mit dem Emsdeich verbunden. Von dort her näherte sich ein Teil von Groß Onnos Truppen. Wie schnell? Wie weit waren sie inzwischen vorgedrungen? Wie nah waren sie ihnen schon?

Das war ungewiss. Gewiss war nur, dass sie ihnen mit jedem Schritt in Richtung Büchsenburg näher kamen.

Helm zögerte, aber es wollte ihm nichts Besseres einfallen. Der Weg zur Landenge, dorthin, wo die Halbinsel mit dem Gelände der früheren Stadt verbunden war, war noch viel weiter, und aus dieser Richtung würde sich Onnos Hauptmacht nähern. Außerdem konnte man nie wissen, wer oder was sonst noch in den Trümmern beiderseits des Weges lauerte. Die alte Rathausbrücke wäre ein Ausweg gewesen, aber die war unpassierbar. Ein größeres Boot hatten sie auch nicht. Also blieben wirklich nur schwimmen – oder der Kröte zu folgen.

Er seufzte und setzte sich in Bewegung. Der Fleischberg und seine Leute taten es ihm gleich.

»Hast du auch an die Schleuse gedacht?«, fragte Helm nach wenigen Schritten. »Die liegt doch zwischen uns und der Burg. Kommen wir da überhaupt rüber?« Die Schleusenbrücke nämlich hatte in den Tagen des Chaos offen gestanden, ebenso wie das innere Tor, und das tat sie bis heute. Der schmale Weg über das geschlossene äußere Tor war vor Jahren mit einen Gewirr aus scharfkantigen Eisenstücken blockiert worden. Auf Helms eigenen Befehl hin.

»Na sicher.« Die Kröte tat beleidigt. »Wir haben die Hängebrücke angebracht. Du weißt, das Ding, an dem die Burgwache so lange herumgebastelt hat! Kaum warst du weg, da war sie endlich fertig.« Tobbe lachte dröhnend. »Du solltest öfter mal auf Reisen gehen, dann werden hier wenigstens mal ein paar Dinge erledigt.«

Helm schmunzelte. Mit solchen Anspielungen konnte er leben. Stimmte ja auch. Er neigte dazu, Leute auf Trab zu halten.

Die Straße parallel zum Hafen war noch einigermaßen intakt, und sie kamen gut voran. Linker Hand passierten sie den alten Friedhof mit den merkwürdig schmalen Grabsteinen und den unverständlichen Schriftzeichen. Wer mochte hier früher einmal gelebt haben? Und gestorben sein? Der Onkel hätte das sicher gewusst. Es gab so vieles, das man ihn nicht mehr fragen konnte.

Wenig später hatten sie den Leda-Deich erreicht. Bei

einem großen, bis zur Unkenntlichkeit zerstörten und verbrannten Haus knickte die Straße nach links ab. Die breite, hoch ragende Brückenklappe war schon von weitem zu sehen. Bisher hatte ihr kein noch so starker Sturm etwas anhaben können. Schiffe mit beliebig hohen Masten hätten jederzeit in die Schleusenkammer einfahren können. Aber seit es keinen elektrischen Strom mehr gab, waren die äußeren Tore unbeweglich geschlossen; somit war keine Schleusung mehr möglich. Die inneren Tore wiederum, ebenfalls auf Strom angewiesen, ließen sich nicht mehr schließen. Sollten die Außentore jemals nachgeben, würde der Leeraner Hafen bei Ebbe praktisch leerlaufen. Das würde sich ab dann bei jeder Tide wiederholen.

Helm spürte, wie sich die Härchen auf seinen Unterarmen aufrichteten. Nesserland ohne den Schutz seines gewaltigen Burggrabens! Das mochte er sich gar nicht vorstellen.

Sie gingen inzwischen parallel zum Deich, und auch das bereitete Helm Unbehagen. Dabei hätte der hoch aufragende, struppig grüne Schutzwall beruhigend wirken sollen. Das Sturmflut-Bollwerk jedoch war zugleich eine Sichtblende. Was mochte sich gerade auf seiner flacheren Außenseite abspielen? Was im Deichvorland oder auf dem Fluss? Helm spürte ein Kribbeln in Kopf und Händen. Eine böse Vorahnung? Oder nur Schlafmangel?

Zur Schleusenbrücke hin stieg die Straße an. Ihre schwarze Oberfläche war rissig und vielfach gesprungen; Büschel von Unkraut, sogar kleine Bäume wucherten in die Höhe, mit ihren Wurzeln die Kraterlöcher vergrößernd. Wie lange mochte es dauern, bis all diese Alten Straßen unpassierbar waren? Und dann verschwunden?

Über der Schleusenkammer, im Schatten der unbeweglichen Brückenklappe, baumelte tatsächlich eine Hängebrücke. Selbst in der leichten Brise schwankte sie bedenklich. Warum hatte man sie nicht breiter und schwerer gebaut? Und hätte man sie nicht straffer spannen können? Helm war nicht wohl bei dem Gedanken, sich dieser spinnwebhaften Konstruktion anzuvertrauen. Wenn er sich jetzt schon merkwürdig wehrlos vorkam, wie würde es dann erst in der Mitte dieser Brücke sein?

Ich habe Angst, stellte Helm fest. Das fand er überraschend, obwohl er doch selber stets betonte, wie wichtig und wertvoll ein gut ausgeprägtes Angstgefühl als Warner war. Gewöhnlich aber hatte er seine eigene Angst so gut im Griff, dass er sie kaum noch bemerkte.

Die Kröte baute sich am diesseitigen Brückenzugang auf und winkte seine Leute durch. »Nicht trödeln und drüben gleich sichern!«, gab er ihnen mit auf den Weg. Auch ihm schien nicht ganz wohl zu sein. Lag es an seinem Gewicht? Dem schmalen Boot hatte er es nicht zumuten mögen. Wie stand es um die Belastbarkeit der schmalen Brücke?

Immerhin war sie gut verankert, stellte Helm so unauffällig wie möglich fest. Überhaupt war das Schleusenbecken samt dem umgebenden Deich in erstaunlich gutem Zustand. Hier und dort bröckelten zwar die gemauerten Kanten, aber dort, wo die Brückentaue verankert waren, schien alles fest zu sein. Er gab sich einen Ruck und betrat die pendelnden Planken.

Ist ja auch nicht viel anders als auf einem Schiff, beruhigte er sich. Holz unter den Füßen und darunter das Wasser, das Ganze schwankend. Gut, das Wasser lag deutlich tiefer als von Schiffen her gewohnt, aber war er nicht auch schon in Masten geklettert? Höhenangst kannte er doch eigentlich nicht. Außerdem konnte er seinen Blick immer noch an den Rücken des Mannes vor ihm heften.

Der Mann hatte schmale Schultern, aus denen ein erstaunlich dicker, kräftiger Hals empor wuchs. Das Haar war bis zum Hinterkopf wegrasiert, wie es wieder einmal unter Männern weit verbreitet war, und rund um Schädelhaut und Halsmuskulatur hatte sich der Waffenträger ein schwarzblaues Bild stechen lassen, kunstlos und kaum zu erkennen. Was mochte es darstellen? Eine Schlange vielleicht. Oder einen Drachen? Helm glaubte Flügel zu erkennen. Außerdem eine Art Lanze. Und einen Pfeil.

Der Pfeil ragte quer durch den Hals, von einem Moment auf den anderen. Blut quoll hervor, hatte aber kaum Zeit zu fließen. Stumm sank der Getroffene nach links, kippte über das Sicherungsseil und stürzte in die Tiefe. Helm und die anderen hatten Mühe, sich auf der wild schleudernden Brücke zu halten.

Drüben auf dem Deich war eine ganze Reihe Bogenschützen erschienen wie aus der Erde gewachsen. Anscheinend hatten sie ihre erste Salve geschossen, ehe sie bemerkt worden waren; auf diese Distanz war der eine Volltreffer kein schlechtes Resultat. Schon legten die Männer den zweiten Pfeil auf die Sehne. Ein gebelltes Kommando dröhnte und hallte im Schleusenbecken wider. War das der Bossmann gewesen, der Zugewucherte? Auf jeden Fall waren das da welche von Groß Onnos Schergen, kein Zweifel.

Unter Helms Füßen begann die Hängebrücke nun wild zu zucken. Klar, alles rannte in Richtung Ufer. Auch er sprintete los, so schnell es ging, ohne das Gleichgewicht zu verlieren. Dabei krümmte er sich zusammen, so gut es im Laufen möglich war, um kein allzu großes Ziel zu bieten. Pfeile zischten und brummten vor und hinter ihm vorbei. Irgendwo ertönte ein schriller Schrei. Helm kümmerte sich nicht darum.

Krötes Männer erwiderten den Beschuss, sowie sie festen Boden unter den Füßen hatten. Tobbe selbst hatte hinter einem Eisenpoller Deckung genommen, so gut es ging, und schoss ebenfalls. Wie seine Männer verfügte aber auch er nur über eine Armbrust, die für kurze Distanzen gedacht war. Während Onnos Schergen mit ihren Langbögen von

Deich herunter attackierten, mussten die Verteidiger aufwärts schießen. Sie erkannten schnell, wie aussichtslos das war.

Gleichzeitig wurde die Schützenreihe auf dem Deich immer dichter. Allem Anschein nach war unten am Deichfuß tatsächlich schon eine größere Truppe aufmarschiert, genau wie befürchtet, und erklomm jetzt die Steigung auf breiter Front. Weitere Pfeile waren zu hören.

Und auch zu sehen. Brandpfeile!

Einen guten Brandpfeil zu bauen war eine Kunst, wer wusste das besser als Helm. Einfach nur die Spitze in Pech stecken und anzünden, das führte zu nichts; die Beschleunigung beim Abschuss löschte solche Flammen im Nu. Nein, man brauchte eine regelrechte Packung, eine Wicklung hinter der Spitze, und man brauchte das Wissen darum, was in diese Wicklung hineingehörte. Helm hatte viele Versuche gemacht; am Ende war er auf Eisenfeilspäne verfallen. Unter anderem. Solch ein Pfeil brannte auch nach längerem Flug noch. Und er entzündete, was er traf.

Groß Onnos Männer verstanden sich ebenfalls auf Brandpfeile, das war unübersehbar. Und dass einer davon eine Brückenplanke dicht am jenseitigen Ufer traf, das musste ja so sein, dachte Helm. Nicht, weil er etwa an ein böses Geschick glaubte – aber genau dorthin hätte er auch gezielt.

Das Holz war trocken und entflammte sofort. Feuerzungen leckten nach den Seilen der Brücke. Waren die etwa mit Teer getränkt? Verflucht, es sah danach aus.

Helm kam sich vor, als stecke er in dünnem Honig, so langsam fühlten sich seine Bewegungen an. Aber er schaffte es, das Ufer zu erreichen, solange die Brücke noch hielt. Er reichte dem Mann, der hinter ihm kam, die Hand, aber der übersah sie und sprang jugendlich behände an ihm vorbei. Ebenso wie die nächsten zwei oder drei. Wolf Nase setzte mit einem gewaltigen Sprung über die Flammen hinweg.

Dann hatten sie alle glücklich die Schleusenkammer hinter sich.

Alle bis auf Tobbe die Kröte. Der Koloss hockte immer noch hinter seinem Poller und hielt seine Armbrust auf den Deichhang gerichtet. Sinnlos? Nein. Ein schneller Blick sagte Helm, dass sich die Ziele näherten. Groß Onnos Leute hatten zum Sturm angesetzt.

»Vorwärts! Zur Büchsenburg!«, schrie Helm. Seine Autorität schien während seiner Abwesenheit nicht gelitten zu haben, denn keiner der Waffenträger ließ sich das zweimal sagen. Vielleicht wären sie auch ohne Befehl losgerannt. Angesichts der feindlichen Übermacht war das die einzige Chance. Zwischen Schleuse und Burg gab es verschiedene Deckungsmöglichkeiten. Wer es über den Schleusenwall schaffte, hatte gute Aussichten, durchzukommen. Mit einem Gedankenbefehl schickte er den Albino-Wolf den Rennenden hinterher. Das klappte immer besser, stellte er fest.

Einer der Getroffenen lag dicht vor Helms Füßen. Helm bückte sich; der Mann war tot, also nahm er ihm Armbrust und Köcher ab und warf sich hinter die nächste Buschgruppe. Pfeilspitzen schrammten hinter ihm über das Backsteinpflaster.

Er hob seine Armbrust, bereit, den ersten der Heranstürmenden mit einem Bolzen niederzustrecken und sich den anderen mit dem Schwert in der Hand entgegenzustellen. Das würde sein Ende sein, aber jeder gefällte Scherge Groß Onnos war ein kleiner Gewinn für Nesserland. Das Vermächtnis des Onkels war jedes Leben wert, fand Helm. Auch seins.

Die Kämpfer jedoch, die er ins Visier nahm, stürmten gar nicht auf ihn zu. Sondern an ihm vorbei, nach links. Auf die Stahlbüchsenburg zu, ganz klar. Das Gefecht hier mochte sich aus einer Zufallsbegegnung entwickelt haben – die anrückenden Truppen jedoch waren bestimmt nicht zufällig hier. Groß Onno wollte den Nesserlandern ihren Brückenkopf nehmen. Als Erstes.

Helm hinderte seinen Finger daran, den Abzug durchzuziehen. Vielleicht war sein Leben doch noch mehr wert als zwei, drei tote Angreifer. Hier, im Rücken der Anstürmenden.

Was war mit der Kröte? Helm peilte über das Schleusenbecken hinüber und stellte fest, dass sein dicker Stellvertreter nicht so viel Glück hatte wie er. Eine Abteilung von vier oder fünf Soldaten war zurückgeblieben und hielt ihn weiter unter Beschuss. Irgendein Vorgesetzter musste Tobbe bemerkt und erkannt haben. Der Bossmann? Möglich. Jedenfalls war der Befehl ergangen, die Kröte auszuschalten, das war eindeutig. Helm selber hätte nicht anders gehandelt.

Wie viele feindliche Soldaten waren es nun, vier oder fünf? Helm legte die Armbrust an und visierte über Kimme und Korn. Ungewohnt für einen Bogenschützen, fand er, ebenso wie der harte Schlag beim Abdrücken.

Gut. Jetzt waren es also eindeutig vier Soldaten.

Diese vier rückten weiter auf die Kröte vor. Noch hatte keiner von ihnen das Querfeuer bemerkt. Helm drehte sich auf den Rücken, stemmte einen Fuß in die Spannschlinge des Armbrustbogens, packte die Sehne mit beiden Händen und zog. Er musste die ganze Kraft seiner Rückenmuskeln einsetzen, ehe die Sehnenmitte einrastete. Dieses Ding hatte allerhand Wurfgewalt! Kein Wunder, dass es über das Schleusenbecken hinweg trug und der Bolzen dann noch einen Mann von den Beinen riss.

Er visierte und traf erneut. Diesmal verwundete er einen Schergen am Oberschenkel, und prompt wies der Mann schreiend und mit ausgestrecktem Arm auf ihn. Na schön, seine Tarnposition war aufgeflogen. Aber was sollten die restlichen drei von Groß Onnos Leuten schon machen? Gerade eben waren die Tragseile der Hängebrücke endgültig durchgebrannt, und die Trümmer stürzten zischten ins Schleusenwasser hinab.

Aha. Die Nachhut der auf die Büchsenburg anstürmenden Abteilung alarmieren – das konnten sie tun! Schon sah Helm mehrere Soldaten auf sich zustürmen, lange Klingen in den Händen.

Klingen. Zum Glück keine Armbrüste. Das gab ihm einige Sekunden Frist.

Blitzschnell spannte Helm seine Armbrust erneut, legte den Bolzen ein, drehte sich auf den Bauch und schoss. Über die Schleuse hinweg zur anderen Seite. Er traf den drittletzten der Feinde, die die Kröte bedrängten. Tobbe selbst traf einen Wimpernschlag später den vorletzten. Der letzte schoss überhastet und verfehlte den dicken Mann.

So. Bessere Chancen konnten sie beide sich nicht erhoffen. Helm ließ die Armbrust fallen und rannte los, die Verfolger im Nacken. Er legte seine ganze verbliebene Kraft in diesen Spurt. Aus den Augenwinkeln sah er, dass Tobbe auf der anderen Seite das Gleiche tat. Dann warf er seinen Oberkörper nach vorne, streckte die Arme aus und sprang.

Der Flug schien endlos zu dauern, und als er endlich die Wasseroberfläche erreichte, fühlte die sich an wie Hartgrau. Er ignorierte den Blutgeschmack auf der Zunge, hielt sich unter Wasser, solange es ging, schlug mit den Beinen und schlängelte seinen Körper wie eine Robbe. Neben und hinter sich spürte er einen schweren Einschlag; das musste die Kröte gewesen sein. Wann würde der Armbrustschütze seine Waffe wieder geladen haben? Und für welches der beiden Ziele würde er sich entscheiden?

Als Helm keuchend auftauchen musste, hatte er schon den größten Teil des Schleusenbeckens hinter sich. Tobbe schwamm bereits an seiner Seite, und mit jedem seiner schäumenden Schwimmzüge gewann er ein bisschen

Vorsprung. Erstaunlich, was dieser Fettkloß im Wasser zu leisten imstande war!

Ein Bolzen schlug auf dem Wasserspiegel auf, flach und genau zwischen ihnen, prallte ab und flog ihnen in flachem Bogen voraus, ehe er versank. Da hat sich einer nicht entscheiden können, dachte Helm. Gut für uns.

Jetzt hatten sie das Schleusenhöft erreicht, bogen ab in die Deckung des Ufers. Helm schwamm inzwischen in Tobbes Kielwasser. Voraus war schon die Seilpünte zu erkennen. Bald würden sie die Rückseite der Stahlbüchsen-Festung erreicht haben.

Die Angreifer waren bereits da. Es mussten viel mehr sein, als er mit eigenen Augen über den Deich hatte stürmen sehen. Entsetzt sah Helm helle Flammen hoch über die vordere Schutzwand schlagen – dabei bestand die aus drei Reihen Stahlbüchsen übereinander! Dem Metall sollte das Feuer wenig ausmachen und dem Inhalt der Behälter noch weniger. Aber in der Haut der Männer, die da auf dem immer heißer werdenden Stahl kämpfen mussten, hätte er nicht stecken mögen.

Oben auf der Deichkrone standen große Schleudern, neben denen Feuerkörbe loderten. Weitere Ladungen wurden vorbereitet. Helm konnte erkennen, wie die Spannung der Schleuderseile leicht erhöht wurde. Klarer Fall, sie tasteten sich heran. Von dort oben sollte es keine große Kunst sein, auf diese kurze Distanz Feuer und Tod direkt in die Festung hineinzubefördern, anstatt sich mit dem Durchbrechen der Stahlmauern aufzuhalten.

Eine laute Detonation belehrte ihn eines Besseren. Er sah Metallfetzen fliegen, halb geschmolzene Brocken zwischen die Verteidiger fallen, sah Nesserlander Männer brennend von den Wehrgängen stürzen und in den Flammen, die ihnen entgegenzüngelten, verschwinden. Was für ein Gemetzel bahnte sich da an! Dieser Teil der

Schlacht war verloren, kaum dass er begonnen hatte, so viel stand fest.

Jedenfalls für ihn. Die Kröte sah das offenbar völlig anders. Spuckend und triefend kroch Tobbe soeben an Land, richtete sich mit Mühe auf und begann sofort Befehle zu brüllen. Mit Befriedigung stelle Helm fest, wie schnell wieder Ordnung in das Gewimmel der Verteidiger einkehrte und die eben aufkeimende Panik abflaute. Nur was die Leute jetzt taten, konnte er nicht erkennen. Er war immer noch etliche Schwimmzüge vom Ufer entfernt.

Aha – die Verteidiger rissen große, verbeulte Blechplatten von einem großen Haufen herunter. Natürlich war dieser Haufen kein Haufen, sondern ein getarntes Katapult. Ein altes, rostiges Ölfass lag auf dem Wurfarm bereit. Schon sprühte eine Zündschnur. Eine kurze. Schon schnellte der Wurfarm nach vorn. Helm schnappte nach Luft und tauchte unter, so schnell er konnte.

Der Druck der Explosion traf ihn auch unter Wasser wie ein Rammbock, und der Krach war womöglich noch ohrenbetäubender als an der Luft. Helm blieb unten, solange es ging, konnte aber keine Einschläge wahrnehmen. Na dann. Er tauchte auf.

Ein Heulen hing in der Luft wie von Furien und Dämonen. Was mochte Menschen widerfahren sein, die dermaßen schrien und brüllten? Was war bloß in den Fass drin gewesen? Und was war in dem zweiten Fass, das soeben in Position gebracht wurde?

Endlich war das Ufer erreicht. Helm stemmte sich an Land; Wolf Nase erwartete ihn schon, wedelnd wie ein Hündchen. Helms Beine zitterten vor Schwäche und Kälte. Im letzten Moment erreichten beide einen der stählernen Unterstände, in denen sich die Verteidiger in Sicherheit brachten, als Fass Nummer zwei auch schon seine kurze Luftfahrt antrat. Es explodierte im Augenblick des Auftreffens – in einem Feuerball, wie Helm ihn noch nie zuvor gesehen hatte. Mit einem unerhörten Donnerschlag. Das dämonenhafte Heulen, das gar nicht verstummt war, schwoll zu neuer Stärke an. Der stählerne Schutzwall dröhnte wie unter einem Stakkato von Trommelschlägen.

Aber ja! Natürlich kannte er diese Waffe. Aber wie kam sie hierher?

Helm verließ seine Deckung, suchte und fand die Kröte, packte seinen Stellvertreter an der Schulter und riss ihn zu sich herum. »Der Professor?«, rief er mit erhobener Stimme. »Ist der Professor hier?«

Die Kröte strahlte ihn an, das breite Gesicht voll wilder, mörderischer Freude: »Ja, ist er! Seit zwei Tagen! Und guck dir an, was er uns mitgebracht hat!«

Von der Ostecke der Mauer, wo senkrecht aufgestellte Stahlbüchsen einen Turm bildeten, ertönte ein lauter Ruf. »Sie ziehen sich zurück! Hinter den Deich!« Tatsächlich begannen die feindlichen Katapulte hinter die Deichkrone zu schrumpfen, umwimmelt von immer noch unzählbar vielen Fußsoldaten. Nicht jeder von ihnen floh auf eigenen Füßen.

Jubel brandete auf. »Gebt ihnen noch einen mit auf den Weg!«, brüllte Tobbe, ehe er in das Triumphgeschrei einstimmte. Wenig später flog das dritte Fass zischend und brummend über die Mauer, etwas höher gezielt diesmal. Es detonierte jenseits der Deichkrone. Tausende von metallenen Schrauben, Bolzen, Splittern und scharfkantigen Abschnitten suchten sich ihren Weg durch Erde, Gras und menschliches Fleisch. Das Furiengeheul ertönte erneut, durch den Flutschutzwall gedämpft. Es wurde vom siegestrunkenen Gebrüll der Nesserlander verschluckt.

»Und der Deich?«, fragte Helm, sobald er sich wieder verständlich machen konnte.

»Was?« Tobbes breites Grinsen ließ ihn mehr denn je wie eine Kröte aussehen. »Was soll sein mit dem Deich?«

»Kann sein, dass die Fassbombe ihm die Grasnarbe abgepellt hat«, erwiderte Helm. »Draußen, da, wo es drauf ankommt. Hast du daran gedacht?«

Das hatte die Kröte natürlich nicht. »Ja, aber – wir haben sie zurückgeschlagen!«, rief Tobbe und breitete die Arme aus.

»Dazu wäre das letzte Fass nicht nötig gewesen«, beharrte Helm. »Außerdem nützt uns das gar nichts, wenn wir bei der nächsten Sturmflut alle ersaufen.«

Tobbe klappte seinen breiten Mund auf und zu, fand jedoch keine passende Antwort. Unwillig wandte er sich ab und überschüttete seine Leute mit einer Flut von Kommandos.

Helm ließ ihn gewähren. Natürlich hätte der Oberbefehl über die Streitkräfte von Nesserland mit seiner Rückkehr eigentlich wieder in seine Hände übergehen sollen. Er jedoch hatte gerade andere Dinge im Kopf und vor der Brust. Außerdem schien die Kröte ja so versessen darauf, ihn auch weiterhin zu vertreten. Na dann, bitteschön.

Es gab eine Menge zu tun. Überall lagen Tote herum, viele eigene und draußen noch viel mehr feindliche; die Stachelmöwen und das andere fliegende Getier, das schon über ihnen kreiste, würden da keinen Unterschied machen. Also galt es, die Leichen allesamt zu verscharren oder zu verbrennen. Außerdem musste der Schaden in der vordersten Stahlbüchsenreihe so schnell wie möglich geflickt werden. Groß Onnos Leute hatten ein Loch hineingesprengt, durch das ein Mann hindurchschreiten konnte, wenn er ein wenig den Kopf einzog. Wie ihnen das gelungen war, wusste keiner der Verteidiger zu sagen. Klar war jedoch, dass mit mehreren solcher Detonationen selbst der Stahlwall der Nesserlander Außenanlage zu bezwingen sein müsste. Für dieses Mal hatten sie es noch verhindern können, dank dem Professor und seinen mörderischen Fassbomben.

Und dann waren da noch die vielen Verwundeten. Die Pünte befand sich im Dauereinsatz, um all die zerfetzten, blutenden und stöhnenden Kämpfer hinüber auf die Halbinsel zu bringen, Männer wie Frauen. Hier in der Außenbefestigung gab es nur einen Verbandsplatz, gut organisiert zwar, aber die Vorräte an Alkohol und sauberen Stoffbinden waren schon so gut wie erschöpft.

Unter diesen Umständen wollte Helm gar nicht wissen, was aus den verwundeten Angreifern wurde, von denen es ja auch etliche geben musste. Ließ man sie verbluten, gab man ihnen den Gnadenstoß? Er hätte die Kröte fragen können, aber das tat er nicht.

Späher der Nesserlander wussten zu berichten, dass sich Groß Onnos Truppen in Richtung Leda-Sperrwerk zurückzogen. Von dort schien der Löwenanteil der Angreifer auch gekommen zu sein; das Sperrwerk erfüllte zwar seinen einstigen Zweck nicht mehr, bot aber noch immer eine der wenigen Möglichkeiten, den Nebenfluss der Ems zu überqueren. Die Schützen, die sie jenseits der Schleuse attackiert hatten, mussten zu einem kleinen Stoßtrupp gehört haben, der vermutlich Leerort erkundet hatte. Vielleicht hatte Onno von der alten Festung gehört, die es dort gab, und wollte wissen, ob sich seine Feinde auch dort verschanzt hatten. Leerort jedoch bot weder genügend Schutz noch Überlebensmöglichkeiten und war schon seit ungezählten Ernten verlassen.

Weder Helm noch Tobbe dachten daran, den zurückgeschlagenen Angreifern nachzusetzen. Die Besatzung des Außenpostens hatte eine klar umrissene Aufgabe, und sie war viel zu klein, um dem Feind eine aussichtsreiche Schlacht auf offenem Feld zu liefern.

Einen Verwundeten von der anderen Seite der Front brachte man dann doch noch zur Pünte, zusammen mit den letzten der eigenen Leute. Er hatte eine klaffende Wunde am rechten Bein, das man ihm mit seinem eigenen Ledergürtel abgebunden hatte. In dem überwucherten Gesicht des Mannes glänzten die aufgerissenen Augen matt wie zwei bodenlose Tümpel. Es war der Bossmann.

»Sollen wir ihn gleich hier aufhängen, da vorne am Turm?« Tobbe Hände zuckten. »Als Abschreckung für die anderen?«

Der Bossmann versuchte ihn anzuspucken, aber ihm fehlte die Kraft. Der Speichel blieb in seinem Bart hängen.

»Nein«, entschied Helm. »Ich nehme ihn mit nach drüben. Die Versammlung soll entscheiden.« Er nickte der Kröte zu: »Du leitest inzwischen die Verteidigung hier.«

Gut gelöst, fand Helm, als er die Fähre bestieg, den weißen Wolf an seiner Seite. Die Hierarchie war bestätigt – trotzdem blieb alles beim Alten. Hatte man so was früher Politik genannt?

Die Pünte wurde mit Muskelkraft bewegt. Zwei kräftige Männer hakten abwechselnd dicke, eingekerbte Holzkeulen in das Stahlseil ein, verkanteten die Zughölzer und stemmten sich gegen die Fahrtrichtung. Schritt um Schritt gingen sie vom Bug zum Heck der offenen Fähre, die etwa dreißig Menschen fasste, und trieben sie so mit ihren Füßen voran. Obwohl sie alle erdenkliche Vorsicht walten ließen, bekam doch mancher der auf den Planken liegenden Verwundeten hin und wieder einen Tritt ab. Zu sehen, wie die Leute mit letzter Kraft jede Schmerzäußerung zu unterdrücken versuchten, zerriss Helm schier das Herz.

Kräuterfreund Thies erwartete sie am Anleger, von den Anstrengungen der letzten Stunden gezeichnet, und dirigierte die Helfer mit den Tragen und Wagen. Thies beschaute, befingerte und beroch die Wunden und Stümpfe und dirigierte dann mit ausholenden Gesten, wer wie wohin zu schaffen sei. Nach weniger als einer Minute hatte Helm sein Prinzip durchschaut. Thies teilte alle in drei

Gruppen ein: hoffnungsvolle Fälle, die sofort zu behandeln waren, zweifelhafte Fälle, die länger warten mussten, wodurch bereits eine Vorentscheidung fiel, für wen sich ein größerer Aufwand noch lohnte und für wen nicht – und hoffnungslose Fälle. Für die gab es, wie Helm feststellte, immerhin reichlich Alkohol. Nicht zum Reinigen der Wunden, sondern schlicht zum Trinken. Zum Betrinken. Eine letzte Gnade.

Thies nahm sich nicht die Zeit, Helms Gruß zu erwidern. »In der Grotte«, beantwortete er dessen Frage und wandte sich dem nächsten Verbundenen zu. »Mit dem Hexenmeister.«

Er sollte nicht so reden, dachte Helm, machte sich dann aber wortlos auf den Weg. Viele Menschen waren heutzutage anfällig für solche Redensarten. Hexen, Zauberer und Dämonen, Wundertäter und Götter – wer sich die Welt anders nicht mehr erklären konnte, nahm gerne Zuflucht so solcher Denkweise. Da nützte es auch nichts, so etwas für Blödsinn zu erklären, solange den meisten die Bildung fehlte, um das zu erkennen. Bildung war überhaupt ein äußerst empfindliches, ein flüchtiges Gut. Achtete man nicht ständig darauf, löste es sich in kürzester Zeit in nichts auf.

Und die Existenz der Drübener mit all ihren kaum erklärlichen Fähigkeiten machte das alles noch sehr viel schlimmer.

Helm stolperte, fing sich taumelnd. Er war hundemüde und furchtbar erschöpft, und das Pflaster auf diesem Teil der Halbinsel bestand noch aus Wackersteinen, von Wildkräutern überwuchert und von Wurzeln tückisch hochgedrückt. Hier musste man höllisch aufpassen, wohin man trat.

Zum Glück war es bis zur Grotte nicht mehr weit.

Erst vor ein paar Jahren hatten sie die Grotte gefunden. Glück oder Zufall?

Die ausgebrannte Ruine, unter der die Grotte lag, war groß und erst kurz vor Ausbruch des Chaos gebaut worden; sie galt als aussichtsreiche Fundstätte für nützliches Metallzeugs, Draht vor allem, auch nach der zwanzigsten Durchsuchung noch, denn immer, wenn wieder ein Stück dieses zerstörten Gebäudes verwittert war, kamen neue Schätze zum Vorschein. Irgendwann hatten ein paar unternehmungslustige Nesserlander nicht so lange warten wollen und hatten sich ans Graben gemacht. Anschließend waren sie ganz aufgeregt zu Helm gerannt gekommen.

Helm seufzte. Immer, wenn irgendetwas los war, kamen die Leute aufgeregt zu ihm gerannt. Na ja, diesmal war das von Vorteil gewesen.

Er hatte zuvor noch nie von den Preppern gehört. Damals stieß er zum ersten Mal auf einen Schutzbau, den einer von denen angelegt hatte. Und zwar auf einen großen, einen sehr großen Schutzbunker. Na ja, die Ruine darüber war auch mal ein großes, teures Haus gewesen. Anscheinend war dieser Prepper reich gewesen.

Prepper waren Menschen, die sich auf das Ende der Welt vorbereiteten – mit dem festen Ziel, es zu überleben. Sie gingen davon aus, dass ein Dritter Weltkrieg bevorstand, eine Atomkatastrophe, eine totale Vergiftung der Umwelt oder eine tödliche Abfolge extremer Unwetter. Oder die Landung feindseliger Außerirdischer. Vielleicht auch Gottes Weltgericht oder Armageddon, das hing von der persönlichen Einstellung ab. Jedenfalls setzten die Prepper alles daran, sich für solch einen Fall zu präparieren – deshalb nannten sie sich auch so.

Der Prepper von Nesserland war ein besonders gründlicher gewesen. Der Zugang zu seinem Bunker reichte zehn Schritte tief unter die Erde, oben und an allen Seiten mit Stahl gepanzert. Unten gab es mehr Räume als in den meisten Wohnhäusern, die Helm je gesehen hatte, und alle waren sie unterschiedlich ausgestattet. Es gab Schlafräume mit bequemen Betten, die übereinandergestapelt waren, es gab Räume mit Massen von getrockneten, luftdicht verpackten Vorräten, es gab Tanks für Wasser und für Öl, es gab eine Luftreinigungsanlage und weitere Einrichtungen, deren Sinn nicht einmal mehr zu erraten war. Es gab auch Wohnräume mit weichen Sesseln und Sofas, in denen Stellagen standen mit Hunderten von Büchern. Eins davon, ein besonders zerlesenes, war ein Buch über die Prepper-Bewegung gewesen. Daher wusste Helm überhaupt, mit wem er es zu tun hatte.

Der Prepper selber hatte ihm das nicht mehr sagen können. Er war tot, genauso wie seine Familie. Mochte er auch an alles gedacht haben, sogar an einen zweiten Ausgang aus seinem Bunker – daran, dass sein großes Haus beim Einstürzen gleich beide verschütten könnte, hatte er nicht gedacht. Halbe Wände aus Hartgrau mit eingebetteten Stahlstreben darin waren auf die Luken gefallen, dazu Dachteile und das ganze übliche Gerümpel. Viel zu viel Gewicht, um es von unten hochzustemmen, da hatte auch der ausgeklügelte Kurbelmechanismus nichts genützt.

Unmöglich zu sagen, wie lange die Prepper-Familie in dieser Falle noch gelebt hatte. Jedenfalls nicht lange genug, um die vielen Vorräte zu verbrauchen. Nicht einmal annähernd. Waren die Leute erstickt, oder hatten sie sich selbst getötet, als sie merkten, dass ihre Lage aussichtslos war?

Ihren Skeletten konnte man das nicht ansehen.

Ganz am Schluss ihrer Erkundung hatte Helm dann noch einen Raum entdeckt, der ihn dazu veranlasste, diese Grotte nicht zum Plündern freizugeben, sondern sie als Ganzes für die Allgemeinheit zu beanspruchen, so, wie sie war.

Dieser Raum war vollkommen weiß; das trübe Licht der Öllampen hatte sich in den Kacheln an den Wänden geheimnisvoll gespiegelt. Und in den zahllosen Instrumenten, die sich in den vielen flachen Schubladen der Schränke und Rollkästen fanden. Dazu gab es zwei Liegen, beide ungewöhnlich hoch und schmal, eine davon auf Rollen. Und einen klobigen Polsterstuhl mit einen kleinen Porzellanbecken und einem Schränkchen mit weiteren Instrumenten gleich daneben. Dieser Raum, das hatte Helm schnell erkannt, war mehr als nur ein Krankenzimmer oder der Behandlungsraum eines Arztes – er war ein ganzes Krankenhaus im Kleinformat.

Genau dorthin hatte sie Ganders Körper also gebracht. Die einzig richtige Entscheidung, fand Helm.

Und sie hatten ihn dem Hexenmeister übergeben. Helm hätte zu gerne gewusst, wer sich bei dieser Nachricht alles bekreuzigt hatte.

Er selbst konnte dazu nur beifällig nicken. Der Hexenmeister, das war natürlich der alte Professor aus Wilmshaven. Wenn einer wusste, wie man die Widerhaken auf Ganders Herz herausbekommen konnte, ohne tödlichen Schaden anzurichten, dann er. Von allen lebenden Menschen jedenfalls. Mal abgesehen von der irren Ärztin von Bensa. Aber die hätte Helm hier gar nicht haben wollen, nicht für allen Draht der Welt.

Der von Trümmern freigelegte Eingang zur Grotte wurde bewacht. Zwei gepanzerte Frauen musterten Helm mürrisch, ließen ihn aber passieren. Als sie seinen vierbeinigen Begleiter erblickten, hoben sie ihre Waffen. Nur der Respekt vor Helm schien sie davon abzuhalten, das unheimliche Tier augenblicklich zur Strecke zu bringen.

Helm wies den Wolf wortlos an, oben zu warten, ein wenig abseits der Wachen. Auf der Leiter nach unten erinnerte er sich, dass er sich früher über den merkwürdig ovalen Querschnitt der Schachtröhre gewundert hatte. Den konnte er sich jetzt erklären: Hier konnte auch eine Trage mit einem Liegenden darauf emporgezogen werden. Oder, wie in Ganders Fall, herabgelassen.

Unten standen zwei weitere Bewaffnete; sie grüßten

vertraulich, und Helm erkannte sie wieder. Sie hatten zu Tobbes Kommando gehört, das sie an der zerstörten Emsbrücke aufgegriffen hatte. Womöglich stammten die Bolzen, die in Ganders Herz steckten, von ihnen.

In der Krankenstation erwartete ihn der alte Professor. Der Raum war so hell erleuchtet, dass Helm die Augen zusammenkneifen musste. Gander lag rücklings auf einem der Behandlungstische. Wie massig sein Brustkorb geworden war und wie breit seine Schultern! Seine muskulösen Arme fanden keinen Platz mehr auf der schmalen Liege und hingen rechts und links herab.

Die Bolzenschäfte ragten immer noch aus Ganders Brust.

Der alte Professor schien Helm die Enttäuschung anzusehen. »Es ist schwierig«, sagte er statt einer Begrüßung. »Schwierig und riskant. Ohne dich wollte ich das nicht entscheiden. Immerhin geht es um Leben und Tod dieses ... jungen Mannes.« Sein Kopf ruckte in Richtung Gander, sein Blick blieb auf Helm gerichtet. »Jeder normale Mensch wäre sowieso schon längst tot«, ergänzte er mit dumpfer Stimme.

Weiter hinten im Raum bewegte sich jemand. Helm bemerkte Denno erst jetzt. Mit seinem weißen Kittel und seinem wachsbleichen Gesicht hob sich der Assistent des Professors kaum von der Wand hinter ihm ab. Selbst sein Haar schien heller zu sein als bei ihrer ersten Begegnung. Dabei war die doch noch gar nicht so lange her.

»Gander ist ein Mensch«, sagte Helm. »Natürlich ist er anders als die meisten. Aber sind wir nicht alle anders als die meisten? Davon abgesehen, sind wir trotzdem alle gleich. Alle Menschen. Das gilt auch für Gander. Er ist ein Mensch wie Sie und ich.«

»Jetzt werd mir mal bloß nicht philosophisch!« Der Professor machte eine ungeduldige Handbewegung. »Wir wissen doch beide, was Gander ist! Ein Mensch jedenfalls nicht.« Mit einem Blick auf Helms Miene setzte er hinzu: »Andererseits natürlich wiederum schon. Ist ja klar.«

»Wie kommen Sie beide eigentlich hierher?« Helm fand, ein Themawechsel könne nicht schaden.

»Auf Mulis. Querfeldein.« Der alte Wissenschaftler grinste: »Aber das meintest du natürlich nicht. Es wurde uns einfach zu gefährlich in Wilmshaven. Die Stadt war schon immer ein Haifischbecken, aber seit eurem Gastspiel ...« Er lachte krächzend und hemmungslos, als spiele er gerade nicht auf Schlachten und Feuersbrünste an. Und als läge dicht neben ihm kein junger Mann, der nach menschlichem Ermessen tot war.

»Tatsächlich haben die Kreuzler geglaubt, dass ihr euch bei uns versteckt halten würdet«, warf Denno aus dem Hintergrund ein. »Bis dahin hatten die uns ziemlich in Ruhe gelassen, aber danach fingen sie an, systematisch nach uns zu suchen.« Er klang vorwurfsvoll und sah auch so aus.

»Das ist bloß so eine These von dir«, fuhr ihm der Professor in die Parade. »Aller Wahrscheinlichkeit nach hat uns doch wohl eher die letzte Fassbombe verraten, die wir abgeschossen haben. Seitdem wussten sie, dass wir dort waren – und in welcher Richtung sie in etwa suchen mussten.«

»Wenn wir Sie in Gefahr gebracht haben sollten, tut mir das leid«, sagte Helm förmlich. »Nichtsdestoweniger freue ich mich, dass Sie hier sind. Gerade in unser jetzigen Situation.«

»Hach, das ist doch ein Genuss!« Der Professor strahlte, was Helm ziemlich verwirrte. »Diese Worte! Wer spricht denn heute noch so? Nichtsdestoweniger! Ich könnte dir stundenlang zuhören. Auch, weil du mir so schmeichelst.« Das Strahlen verschwand wie mit dem Tafelschwamm weggewischt. »Leider fehlt uns die Zeit dazu. Gerade in unserer jetzigen Situation, wie du es so schön ausgedrückt hast.«

»Allerdings.« Helm wischte sich über die Stirn. Sie fühlte

sich trocken an, rau und heiß. »Man hat den Eindruck, alles hätte sich gegen uns verschworen.«

»Leider ist das keineswegs nur ein Eindruck«, erwiderte der Professor. »Sondern Tatsache. Nesserland ist all denen, die ihre Macht aufbauen und ausweiten wollen, ein Dorn im Auge. Diesen Dorn will man ziehen. Mit vereinten Kräften, wie es aussieht. Ganz egal, was danach passiert.«

»Vereinte Kräfte!« Helm schnaubte geringschätzig. »Klar, alles, was unter Groß Onnos Oberbefehl zwangsvereinigt wurde. Aber Onno hat mit seiner ganzen Streitmacht ja nicht einmal in Greetland siegen können! Und drüben bei unserer Büchsenburg hat er sich auch eine blutige Nase geholt. Der kann uns nicht bange machen.«

Der Professor schaute sein Gegenüber fragend an: »Du weißt es also noch nicht?«

»Woher denn auch!«, ließ sich Denno vernehmen. »Ist ja noch ganz frisch, die Nachricht.«

Helm fühlte Blei in seinen Eingeweiden. Diese Nachricht konnte keine gute sein.

»Groß Onno hat neue Verbündete«, sagte der Professor. »Erstens die Kreuzler. Zweitens die Akbars. Frag mich nicht, wie er die beiden Haufen dazu bringen konnte, unter einer gemeinsamen Fahne zu kämpfen! Irgendwas muss sie mächtig gegen euch aufgebracht haben, unabhängig voneinander.«

Helm fragte nicht. Das war ja sowieso klar.

»Drittens hat er so ziemlich jede größere Räuberbande dazu gebracht, sich ihm anzuschließen. Zusammen sind das eine ganze Menge Leute! Ihre Kampfkraft in der Schlacht ist zwar fragwürdig, aber ihre schiere Masse ist nicht zu verachten. Viertens die Aucker mit ihrem Gold und ihren Gedungenen.«

Helm nickte. Beides war ihm bewusst. »Trotzdem …«

»Und fünftens die Weiber«, fuhr der Professor fort.

»Was?« Das war nun eine echte Überraschung. »Wie kommen die denn dazu, einen Unterdrücker zu unterstützen? Groß Onno mit seiner Auffassung von Herrschaft verkörpert doch genau das, wovon sich die Weiber befreien wollten! Die sollten doch eigentlich eher auf unserer Seite stehen!«

»Ich hörte, dass du bei ihnen gewesen bist«, stellte der Professor fest.

»Ja, allerdings.« Helm knirschte mit den Zähnen.

»Dann weißt du ja auch, dass Theorie und Praxis oftmals weit auseinander liegen.«

Helm nickte. Wie so häufig verstand er viele der Wörter nicht, die der Professor benutzte. Aber was der meinte, das verstand er gut. »Sie reden von Freiheit, aber kaum sind sie einen Unterdrücker los, unterwerfen sie sich gleich dem nächsten. Nur dass der keinen Schwanz hat.«

»Ja, das trifft es wohl.« Der Professor verzog keine Miene. »Du siehst also, alles bis auf die Greetlander steht im Augenblick gegen euch. Und sowie Onno mit euch fertig ist, nimmt er sich Franko mit Sicherheit noch einmal vor, dann mit der gesamten Allianz. Ein zweites Mal hält Greetland bestimmt nicht stand.«

»Was ist mit Jewa?«, fragte Helm unvermittelt. »Hat Onno Jewa auch schon unterworfen? Oder sonstwie in seine Heeresmacht eingegliedert?«

»Jewa?« Der Professor schaute zu Denno, aber der zuckte nur mit den Schultern. »Keine Ahnung. Von Jewa war nichts im Netzwerk. Nicht das Geringste. Wieso fragst du?«

Helm winkte ab. »Nicht so wichtig. Aber wo Sie es schon erwähnen: Auf welcher Seite steht denn das Netzwerk der Wissenschaftler?«

»So kannst du nicht fragen«, verbesserte der Professor. »Frag lieber, wo die Wissenschaftler des Netzwerks stehen.«

»Na, und wo?!« Helm wurde lauter als beabsichtigt. Diese Haarspalterei war nicht seine Sache.

»Jeder von uns steht auf der Seite, von der er sich sein eigenes Überleben verspricht«, sagte der Professor. »Das geht in diesen Zeiten gar nicht anders. Aber irgendwie war das auch schon früher so.«

»Das heißt also, Sie und Denno gehören jetzt zu uns. Sonst hätten Sie der Kröte ja nicht verraten, wie man diese Fassbomben baut. Richtig?«

Der Professor zierte sich ein wenig, ehe er nickte. »Richtig.« Es schien ihm schwerzufallen, Partei zu ergreifen. Das war vielleicht eine Eigenart seines Berufsstandes, mutmaßte Helm.

»Und wir müssen damit rechnen, dass es unter ihren Standeskollegen auch welche gibt, die Onno helfen? Einfach, weil sie hoffen, dadurch ihre Überlebenschancen zu erhöhen?«

Wieder zögerte der Professor, aber Denno nickte sofort.

»Was wäre nun«, fragte Helm weiter, »wenn es für unser eigenes Überleben nötig wäre, genau diese Ihrer Kollegen zu bekämpfen? Und auszuschalten? Würden Sie das für uns tun?«

Diesmal sahen beide Wissenschaftler betreten zu Boden. Das schien der wunde Punkt zu sein.

»Wir schließen Allianzen«, sagte schließlich Denno, »wie alle anderen auch. Aber für uns gibt es auch Dinge, die darüber stehen. Denen wir im höheren Sinne verpflichtet sind. Und da steht natürlich unser Netzwerk ganz oben.«

»Schöne Verbündete.« Helm spuckte auf den Boden. »Haben Sie vielleicht auch Überzeugungen? Oder sind Sie denen nicht so sehr verpflichtet?«

Ein gewaltiger Ruck fuhr durch Helms Körper. Der Boden unter ihm hatte nicht etwa gebebt, er hatte gezuckt. Und er tat es wieder. Dazu drang ein dumpfes Grollen an sein Ohr, das sich aus dumpfen Schlägen zusammensetzte, die ihn trafen wie Ohrfeigen. Wie konnte das sein, hier, so tief unter der Erde?

Sand und Hartgraubröckchen rieselten von der Decke. Das hatte er in der Grotte noch nie erlebt. Der Boden hier unten war immer wie geleckt gewesen. Kam ihnen jetzt etwa die Decke auf den Kopf? Zehn Meter Erdreich würden hoffentlich ein gnädiges Ende bescheren.

Das Zucken und das Grollen ließen nach. Dafür waren oben am Schachtausgang gedämpfte Schreie zu hören. Helm schaute auf die Wissenschaftler, aber die guckten noch ratloser zurück.

»Sie bleiben hier«, entschied Helm, jetzt wieder ganz oberster Verteidiger seiner Stadt. »Versuchen Sie alles, was in Ihrer Macht steht, aber nur, wenn Sie auch die Folgen absehen können. Die beiden Wachen bleiben bei ihnen.«

Er nickte den Bewaffneten zu und machte sich an den Aufstieg. Die beiden starrten ihm mit offenen Mündern nach.

23. Die große Schlacht

Oben herrschte helle Aufregung; auch Wolf Nase jaulte und heulte, rührte sich jedoch nicht von der Stelle. Bewaffnete Männer und Frauen hetzten in jeder beliebigen Richtung an ihm vorbei, viele nur unvollständig gerüstet. Auch welche in Rüstungen, aber ohne Waffen. Helm schnappte sich den Nächstbesten am Ärmel und brachte ihn zum Stehen. Es war ein Mann, fast noch ein Junge; sein Atem ging keuchend, und sein Blick haftete nicht eine Sekunde lang am selben Fleck. »Was ist passiert?«, herrschte Helm ihn an.

»Die Burg!«, ächzte der Junge voller Panik. »Die Büchsenburg! Sie haben sie überrannt, einfach so! Gerade hatten wir Verstärkung hinübergeschickt, Ersatz für die Verwundeten, mit der Pünte. Und dann – bumm! Bumm! Donnerschläge und Feuerbälle! Alles ist zerstört, zerfetzt! Und unsere Leute sind hin. Alle!« Dicke Tränen perlten über seine Wangen. Er schien sie nicht zu bemerken.

»Wie haben die das denn angestellt?«, fragte Helm, ehe er sich daran hindern konnte. Er entsannt sich des Gesprächs, das er gerade erst mit den beiden Wissenschaftlern geführt hatte. Die hatten ihnen die Fassbombe gegeben; jetzt hatten sich die Kollegen von der anderen Seite wohl revanchiert.

»Was weiß denn ich? Vielleicht ist Groß Onno mit dem Teufel im Bunde! Oder mit den Drübenern!« Der Junge wand sich in Helms Griff, zerrte mit aller Kraft. »Lass mich los, ich muss weiter! Ich hab Befehl!«

»Wohin denn? Was für einen Befehl?« Zur Püntenstation ging es in der entgegengesetzten Richtung.

»Zum Großen Wall!«, schrie der Junge. »Groß Onno kommt! Sie kommen alle!« Mit einem verzweifelten Ruck riss er sich endlich los und war im nächsten Augenblick in der vorbeiflutenden Menge verschwunden.

Helm verharrte noch einen Moment, lauschend im Getümmel. Von links, vom Großen Wall her, toste das Rumoren der Vorbereitung; von Kampfhandlungen war noch nichts zu vernehmen. Anders rechts, von wo Gebrüll und gellende Todesschreie über das Wasser herüberhallten. Die Vernichtung des Außenpostens schien noch anzudauern. Wenn auch sicher nicht mehr lange. Und dann?

Helm rannte los, gefolgt vom weißen Wolf. Nach rechts, zur Anlegestelle der Pünte. Gegen den allgemeinen Menschenstrom, der jetzt entschlossen in Richtung Wall flutete.

Er fand den Steg unbesetzt und unbewacht vor. Die Fähre lag fest vertäut an ihren Pfählen; so weit, so gut. Das Stahlseil jedoch, an dem die Fährmänner das flache Fahrzeug von einer Hafenseite auf die andere wuchteten, war in Bewegung. Es stand auf Spannung, zitternd und vibrierend, wie während einer Überfahrt.

Ja, da kamen sie schon. Helm hatte so etwas vermutet. Er hatte richtig gelegen. Sie kamen schnell, noch schneller als befürchtet.

Irgendwie war es Groß Onnos Schergen gelungen, eine mutierte Kegelrobbe über den Deich zu schaffen – oder zumindest über das Schleusentor. Sie ähnelte denen, die Helm vor der Küste angetroffen hatte, ebenso groß und so schnell, mit ebenso mörderischem Gebiss. Wie hielt man solch ein Biest bloß unter Kontrolle? Und wie legte man ihm solch ein Geschirr an? Helm sah zu seiner Verblüffung, dass man die Robbe vor ein großes, primitives Floß gespannt hatte wie einen Gaul vor einen Karren. Dieses Floß rauschte jetzt heran, dass die Gischt nur so sprühte, voll besetzt mit Bewaffneten, von denen etliche zusätzlich am Zugseil zerrten, als ginge es ihnen noch nicht schnell genug.

Wie viele mochten das sein? Zwanzig bestimmt. Genügend, um einen Brückenkopf zu bilden und zu verteidigen, lange genug, um mit der richtigen Pünte weitere Verstärkung aus der eroberten Außenfestung heranzuschaffen. Wenn die Kegelrobbe weiter mitzog, würde das nicht lange dauern. Dann konnte der Feind den Verteidigern am Wall in den Rücken fallen. Das würde die Schlacht entscheiden, so viel war Helm klar.

Was konnte er tun, allein gegen zwanzig, nur mit seinem Teleskopschwert? Er hatte ja nicht einmal eine Schusswaffe! Er würde warten müssen, bis das Floß am Ufer lag, und dann hatte er es mit allen zwanzig zugleich zu tun. Wenn sie nicht sowieso einfach die Robbe auf ihn hetzten, falls er sich dicht genug ans Ufer wagte. Das Biest würde kurzen Prozess mit ihm machen.

Sein Blick fiel auf Wolf Nase. Das weiße Tier stand dicht neben ihm, alle vier Tatzen fest auf den Boden gestemmt, die Zähne gebleckt, die Zunge weit aus dem Maul hängend, und starrte ihn erwartungsvoll an. War das eine Idee, Bestie gegen Bestie? Helm empfand Scham, als der Gedanke ihn streifte. Wolf Nase mochte für jeden Menschen eine Bedrohung darstellen, aber gegen diese monströse Riesenrobbe hätte das Tier keine Chance.

Niemand hatte das! Jedenfalls kein Mensch. Wie also hielten Groß Onnos Leute diese Bestie unter Kontrolle? Jetzt, da ihnen die enormen Kräfte des großen Drübeners nicht mehr zu Gebote standen?

Die Antwort war natürlich ganz einfach. Wenn sie den großen Drübener nicht mehr hatten, weil der sich jetzt in der Gewalt der Weiber befand – dann mussten sie eben einen kleinen haben. Einen mit geringeren geistigen Fähigkeiten, einen, der gegen eine größere Gruppe Menschen nichts ausrichten konnte, mit einem Tier aber fertig wurde. Solche Drübener gab es einige, Helm war selber schon welchen begegnet. Solch einen Kerl mussten die Angreifer irgendwo aufgelesen haben, vielleicht sogar bei den Traumverlorenen. Jetzt diente er ihnen als Robbenlenker.

Lag er richtig? Helm öffnete seinen eigenen Geist und begann zu tasten.

Er zuckte zusammen, als hätte er in Brennnesseln gefasst. So fühlte sich das also an! Er probierte es noch einmal. Jetzt war es eher ein starkes Kribbeln. Aha, es ließ sich steuern! Also ein dritter Zugriff.

Da war er. Ein Drübener, einer, dessen Denken sich anfühlte wie ein gründlich verfaultes, von Maden durchwimmeltes Stück Obst. Sein Gesicht stand plötzlich vor Helms innerem Auge. Eingefallen, faltig, fleckig, voller Dellen und Falten – er sah also auch so aus wie ein fauliger Apfel. Klein von Statur, stand er inmitten der hochgewachsenen Kriegsknechte, verborgen und abgeschirmt. So sah er zwar selber auch nichts, aber das war egal, denn er hatte eine feste Verbindung zu der Kegelrobbe aufgebaut, durch deren Augen er schaute. Helm zuckte zusammen, als er plötzlich sich selbst erblickte. Verdammt, schon so nah! Das Rauschen der Bugwelle klang wie Donner in seinen Ohren.

Dieses faule Apfelmännchen war also sein Ziel. Ob seine eigene geistige Kraft schon reichte, um die Verbindung, die zwischen Drübener und Robbe bestand wie ein Paar Zügel zwischen Pferd und Kutscher, zu unterbrechen? Sehr ungewiss, fand Helm; dazu bedurfte es bestimmt einiger Übung, und die hatte er nicht. Also was tun, schnell, jetzt sofort?

Er richtete Blick und Geist auf den Albino-Wolf. »Den da!«, sagte und dachte er gleichzeitig. »Den da! Er ist böse. Er wird uns schaden. Spring, hol ihn dir, töte ihn!« Helm stand das verfaulte Gesicht des Drübeners klar vor Augen. Würde Wolf Nase es empfangen? Helm wusste, wie das Tier springen konnte.

Der weiße Wolf jaulte, zuckte, trippelte unentschlossen auf der Stelle. Dann rannte er los wie der Blitz.

Runter vom Steg, ans Ufer, weg vom Wasser. Schon war er außer Sicht.

Mist! Helm zog sein Teleskopschwert. Nun denn, es würde gleich vorbei sein. Diese Scham jedenfalls nahm er mit in den Tod.

Etwas zischte an ihm vorbei wie ein weißer Blitz, sauste über die Kegelrobbe hinweg, die das Ufer schon beinahe erreicht hatte, und schlug zwischen den Männern auf der Pünte ein wie ein Katapultstein. Erschrocken strebten die Soldaten auseinander, rempelten ihre Nebenleute; einige außen Stehende stürzten ins Wasser. Andere hoben ihre Schwerter und verwundeten dabei ihre Nebenleute. Kurz, auf der Fähre brachen Tumult und Panik aus.

In Helms Kopf tobte ein Sturm von Todesangst und Höllenpein. Wenn Wolf Nase die messerscharfen Fänge in sein eigenes Fleisch geschlagen hätte, der Schmerz hätte kaum wütender sein können. Aber er hielt nicht lange an; wie ein Wetterleuchten am Nachthimmel flammte er auf und war fast ebenso schnell erloschen. Konnte er seinen Geist jetzt so wirkungsvoll abschotten und verschließen?

Möglich. Viel wahrscheinlicher aber war, dass der faulige Apfelmann tot war. Und seine Schmerzen mit ihm.

Die monströse Kegelrobbe zeigte sofort Wirkung. Das donnernde Rauschen der Bugwelle des ungeschlachten Floßes ließ hörbar nach, als die Bestie aufhörte zu ziehen. Sie wand sich in ihrem Geschirr, bleckte die Hauer, ließ ihren Blick aus blutunterlaufenen Augen in die Runde schweifen. Eilig zog Helm sich ein paar Schritte an Land zurück. Ob ihn das retten würde? Die Biester konnten sich unglaublich weit aus dem Wasser schnellen.

Die Robbe bekam ein Stück des Zuggeschirrs zwischen die Zähne und hatte es im Nu zerfetzt. Dann schnellte sie sich tatsächlich aus dem Wasser. Aber nicht in Richtung Ufer, sondern auf das Floß. Helm hörte das panische Gebrüll, die Todesschreie, hörte das Knacken von Knochen und das Reißen von Haut und Fleisch. Die Bestie machte ganze Arbeit. Wer sich vor ihren Hauern ins Wasser rettete, erkaufte sich damit nichts als längere Todesangst, denn die Kegelrobbe setzt ihnen nach.

Gut so, dachte Helm, kalt bis ans Herz. Diese Flanke wäre also erst einmal dicht. Er hakte das Zugseil der Pünte aus und ließ das Ende ins Wasser gleiten. Daran würde sich so schnell kein zweites Brückenkopf-Kommando der Angreifer gen Nesserland ziehen. Und wenn der ganze Spuk erst einmal vorbei war, konnten Taucher das Seilende leicht aufspüren und bergen.

Die Frage war nur, wessen Taucher das dann sein würden.

So schnell er noch konnte, lief Helm in die entgegengesetzte Richtung. Je näher er der Hauptverteidigungslinie kam, desto lauter wurden das Dröhnen der Katapultabschüsse, das Heulen der Geschosse, das Sirren der Pfeile und das Geschrei der Kämpfenden. Es klang, als sei die Schlacht schon in vollem Gange. Helm jedoch wusste es besser. Dies hier war nur das Abtasten, kaum mehr als ein Vorspiel dessen, was kommen würde. Selbst das, was er in Greetland erlebt und überlebt hatte, dürfte kaum mehr als ein Vorgeschmack gewesen sein.

Er fand seine Leute in vorbildlicher Ordnung vor. Das war nicht selbstverständlich, hatte er als ihr Kommandant doch bisher durch Anwesenheit geglänzt, und sein Stellvertreter, Tobbe die Kröte, hatte sich ganz und gar dem Außenposten gewidmet, von wo er nicht mehr zurückgekehrt war.

Ein Blick zurück auf den großen Speicher: Jawohl, auch dort oben hatte man die Katapulte in Stellung gebracht und bemannt. Der riesige Speicher lag weit hinter der Verteidigungslinie, war aber so hoch, dass man von dort wunderbar über die eigenen Reihen hinweg auf den anrennenden Feind schießen konnte. Zudem war man vor gegnerischem Beschuss einigermaßen sicher. Noch hatten diese Katapulte nicht in den Kampf eingegriffen. Groß Onno rückte also gerade erst an, und der ganze Schlachtenlärm rührte von den Scharmützeln mit seiner Vorhut her. Ein bitterer Vorgeschmack, fand Helm.

Je näher er dem Großen Wall kam, desto häufiger wurde er erkannt; seine Anwesenheit sprach sich herum, und wenig später tauchte Frieds schmale Gestalt vor ihm auf. Fried war jung, sah fast aus wie ein Knabe, aber sie war eine junge Frau. Was ihr an Erfahrung fehlte, machte sie durch Gedankenschärfe wett. Ihr Wort hatte Gewicht, auch bei den Älteren. In Fried sah Helm seine eigentliche Nachfolgerin. Tobbe die Kröte war lediglich der Platzhalter für den Übergang. Na ja, dieser Platz war jetzt frei geworden.

»Sie haben Loog plattgemacht«, berichtete Fried, ohne sich mit Grußformeln aufzuhalten. »Die Traumverlorenen haben sie gemetzelt, von den Drübenern sollen sie welche eingesammelt haben, heißt es. Ein paar von unseren Kundschaftern sind zurückgekommen, aber nicht alle. Groß Onno scheint mit all seinen Kräften gegen uns vorzurücken.«

Helm nickte. Nichts anderes hatte er erwartet.

»Und dann ist da noch diese andere Armee«, fuhr Fried ungerührt fort. »Die kommt von Moorland her. Über Hogaste.«

»Was? Welche andere Armee denn noch?« Helm hatte gedacht, dass ihn nach den Geschehnissen der letzten Tage und Stunden nichts mehr überraschen konnte. Da hatte er sich getäuscht.

»Das wissen wir noch nicht«, gab Fried zu. »Allem Anschein nach sind sie übers Wasser gekommen, den Fluss hoch, und sind dort angelandet, wo früher mal diese Röhrengrotte war. Jetzt ziehen sie die Alte Straße entlang. Müssten bald beim alten Zappelbunker sein.« Sie zuckte die Achseln. »Vielleicht nur eine verspätete Abteilung von

Groß Onno. Auf jeden Fall erwarte ich nichts Gutes von denen.«

Sie zogen beide die Köpfe ein, als ein gewaltiges Dröhnen am Großen Wall den Boden unter ihren Füßen erzittern ließ. Der Feind schien auch dort seine schweren Geschütze in Stellung gebracht zu haben.

Es wurde Zeit, sich einen Überblick zu verschaffen. Helm eilte auf die linke der beiden Rampen zu. Fried folgte ihm.

Ganz zu Anfang, als die Gründer von Nesserland beschlossen, ihren Lebensraum gegen Räuber und marodierende Bestien zu schützen, hatte der Erste Wall vor allem aus ausgebrannten Eisenbahnwagen bestanden – den Überresten des Güterzuges, der seinerzeit genau dort in Flammen aufgegangen war. Die Zwischenräume zu den Ufern hatte man mit angehäuftem Schutt aufgefüllt. Davon gab es mehr als genug, der reichte auch, um die Durchschlupfmöglichkeiten unterhalb der Waggons zu stopfen. Mit diesem Wall hatte man sich während der ersten Jahre beholfen, mehr schlecht als recht.

Dann war man auf die Idee mit den Stahlbüchsen gekommen. Immer wieder wurden welche aus dem Fluss gezogen; manchmal war der Inhalt brauchbar, manchmal nicht, zuweilen wusste auch keiner zu sagen, woraus der Inhalt eigentlich bestand. Jedenfalls sammelten sich die Stahlbehälter mit der Zeit an. Manche wurden als Behausungen genutzt, andere als Vorratsschuppen. Schließlich war der Onkel auf die Idee mit dem Großen Wall gekommen. »Wir nehmen den Ersten Wall als Fundament und setzen die Büchsen darauf wie Legosteine« – das waren seine überlieferten Worte. Das Resultat war mehr als eindrucksvoll. Durch den Unterbau, der alleine schon zwei Mann hoch war, erhob sich der Große Wall wuchtig und trutzig über alles andere weit und breit, einmal abgesehen vom Großen Speicher und den Toten Riesen, von denen es auch in Nesserland einen gab. Um den Ersten Wall für das Stadttor nicht durchbrechen zu müssen, hatte man es einfach oben drauf gesetzt. Von der Außenseite gab es eine langgezogene Rampe hinauf, deren letztes Stück aus einer Balkenklappe bestand, die hochgezogen werden konnte. Diese Einrichtung erfüllte die Funktion eines Burggrabens – eines trockenen zwar, aber ein direkter Vorstoß aufs Tor, etwa mit einer Ramme, war dadurch unmöglich.

Auf der Innenseite gab es zwei Rampen, jede breit und bequem genug für Lastenwagen jeder bekannten Größe. Von der Ebene des Ersten Walls ging es in die Höhe, Stockwerk um Stockwerk, erst über Treppen, dann über Leitern. Jedes Stockwerk war mit Wehrgängen und Schießscharten versehen, überall standen reichlich Bewaffnete in Bereitschaft. Helfer schleppten Bündel von Pfeilen und Bolzen herbei, spannten Armbrüste für die bereits Kämpfenden und sprangen Verwundeten bei. Alles lief geordnet und den Umständen entsprechend ruhig ab. Die große Anspannung, die über allem lag, war indes unverkennbar.

Sie hatte gute Gründe. Sowie Helm die oberste Ebene erreicht hatte, war ihm das klar.

Im Vorfeld des Walls hatte der Onkel für freies Schussfeld sorgen lassen. Jeder Baum war gefällt, jedes Gebüsch niedergebrannt worden. Jedes Gebäude, jede Ruine, die sich dort befunden hatten, hatte man niederlegt und bis auf den Boden abgetragen. Selbst das hohe und langgestreckte Gebäude, in dem der Onkel selbst einst gearbeitet hatte und das die Unruhen nach dem Chaos weitgehend überstanden hatte, war abgerissen worden. Nichts erhob sich mehr auf der weiten, kahlen Fläche, die auf diese Weise erzeugt worden war.

Nichts als die Truppen und Kriegsmaschinen des Feindes.

Helms erster Gedanke war: Greetland war ein Fliegenschiss dagegen. Was für Massen von Eisenmännern,

Bogenschützen, Metzlern und Schergen! Was für riesenhafte Schleudern und Katapulte, und so viele! Dazu die einhornigen Riesenrinder und die fetten Kampfschweine! Alles am Rand der freien Fläche aufgestellt wie Figuren auf einem Spielbrett, bereit, sich in die Schlacht schieben zu lassen, sowie es dem Herrn der Partie gefiel. Allerhand Plänkler waren bereits vorgeschoben worden, schleuderten und schossen, was das Zeug hielt, und die Verteidiger gaben zurück, was sie konnten. Vorspiel, nichts weiter. Der Hauptschlag stand erst noch bevor.

Dann kamen ihm Zweifel. So, wie es aussah, wollte Groß Onno seine Hauptmacht vierkant gegen den Großen Wall anrennen lassen. Und wozu? Hinter solch einer Anlage vermochten die Verteidiger auch einem zehnfach überlegenen Gegner standzuhalten, und mehr als zehnfach stärker waren die Truppen des Feindes offenbar nicht. Eine harte Nuss für die Nesserlander, ganz gewiss, aber sie war zu knacken.

Was also hoffte der Nörner Häuptling hier zu gewinnen? Noch eine Niederlage konnte er sich bestimmt nicht leisten, ohne dass seine widerwillige Allianz zerbrach und seine Gedungenen ihm in Scharen von der Fahne gingen. Wie aber wollte Groß Onno diesen Großen Wall überwinden, wie wollte er das hoch gelegene Stadttor aufbrechen, wie wollte er anschließend seine Truppen hinauf und hindurch bekommen? In Greetland hatte er schwimmende Wagen eingesetzt, um den breiten Graben zu überqueren. Wo war hier und jetzt seine Geheimwaffe? Helm konnte nichts davon entdecken.

Groß Onnos wahre Geheimwaffe war seinerzeit außerdem der mächtige Drübener gewesen. Er selbst, Helm aus Nesserland, hatte ihm diese Waffe entwunden und unschädlich gemacht. Wo war der Ersatz dafür? Der jämmerliche Kino war das bestimmt nicht.

Unschädlich gemacht. Helm geriet ins Sinnieren, während

ihm Steinbrocken und hoch gezielte Pfeile um die Ohren flogen. Unschädlich gemacht? Hatten sie das wirklich? Sie hatten den Drübener den Weibern übergeben. Ohne echte Gegenleistung, denn Engel war ja angeblich tot gewesen. Was für eine Lüge, was für ein Betrug! Wer so etwas fertigbrachte, wozu war der wohl noch imstande? Vielmehr die?

Was hatte Fried noch gesagt? »Da kommt noch eine andere Armee, vom Fluss her, von Moorland über Hogaste, die Alte Straße entlang.« Wer war das, der dort kam?

Waren das – die?

»Kundschafter!«, schrie er Fried an, die sich neben ihm hinter die Zinnen der Wallkrone kauerte. »Wir brauchen Kundschafter! Nach Hogaste zu!«

Fried schüttelte den Kopf. »Zwecklos«, stellte sie fest. »Der Feind hat Schwärmer ausgeschickt, nach beiden Seiten, von hier und von der Büchsenburg her. Die Hafenufer sind überall besetzt, da kommt keiner mehr durch. Wir sollten keinen der Unseren verschwenden.«

Helm sah seine Nachfolgerin überrascht an, sah Eis in ihren grauen Augen. Keine Zweifel, dachte er. Sie nicht und ich nicht an ihr. Also keine Kundschafter.

Aber vielleicht ...

Er wandte sich nach links. Dort war Westen, dort irgendwo lag Hogaste. Zu sehen war das natürlich nicht, nur der äußerste Teil des Hafenbeckens, die Befestigungen, die bis ins Wasser hinein reichten, und die Ruinen auf der anderen Seite, hinter der freien Pläne. Dort gab es Bewegung, halb verdeckt und verstohlen. Fried hatte recht, überall dort standen und lagen feindliche Schwärmer, bereit, jeden niederzumachen, der durch ihre Reihen hindurchschlüpfen wollte. Höchstens bei Nacht konnte man das riskieren. Bei Tageslicht wäre es Mord, so etwas zu befehlen.

Mach dich frei davon, befahl Helm sich selbst. Darum

geht es jetzt nicht. Mach dich frei von allem. Sei ganz Geist und greif hinaus.

Er griff hinaus, und es riss ihn mit, als wäre ein kraftvoll gestoßener Steinbrocken mit Pech bestrichen gewesen. Es riss ihn mit, er flog, er schwebte. Aber er konnte nicht fliegen, nicht schweben! Um nicht zu fallen, packte er zu. Nicht nach dem nächstbesten Halt, sondern nach dem stärksten.

Er hätte auch mit beiden Händen ins offene Maul einer monströsen Kegelrobbe greifen können. Oder in ein Fass mit Sauerfraß. Der Schmerz war ungeheuer, fast so schlimm wie vorhin, als er sich im Kopf des fauligen Apfelmännchens befunden hatte, um dessen Tod mit anzufühlen. Schnell ließ er los, schneller als ein Gedanke, und dann fiel er doch.

Geradewegs zurück in seinen eigenen Körper. Als er in Panik losbrüllte, war alles schon geschehen.

»Was ist? Bist du getroffen? Von wo?« Fried schaute sichernd nach allen Seiten, die Hand am Degengriff. Die Frau war wirklich eiskalt, kälter als eine Wolfsnase.

»Nein«, keuchte Helm. »Ich kundschafte nur. Achte auf mich, ich versuche es noch einmal.«

Diesmal war er vorbereitet. Trotzdem war es noch schlimmer. Helm hatte das Gefühl, mit einer Hand in eine Knochenmühle geraten zu sein, die ihn nicht mehr losließ und ihn langsam und unerbittlich zermalmte, Glied für Glied.

Als er wieder zu sich kam, hockte Fried neben ihm. Aber nicht etwa, um sich um ihn zu kümmern, sondern weil der Angriff mit ganzer Macht losgebrochen war. Die Luft über ihnen war erfüllt vom Brummen, Sirren, Heulen und Fauchen der Geschosse, die weit hinter dem Großen Wall einschlugen, vom Gebrüll der Getroffenen, vom Gekreische der Panischen. Unter ihnen dröhnte und schwankte der Wall wie ein eiserner Gong, wieder und wieder geschlagen von einem verrückten Riesen. Frieds Züge zeigten Besorgnis. Nicht mehr, aber das hieß schon etwas.

Ihr Blick streifte Helm. »Hast du etwas rausgekriegt?«, fragte sie. »Etwas Nützliches?«

»Ja«, keuchte Helm. »Rausgekriegt, ja. Nützlich? Weiß nicht. Aber ich muss sofort los.«

»Du?« Frieds Mundwinkel signalisierten Mitleid, womöglich milde Verachtung. »Du siehst nicht so aus, als könntest du auch nur zehn Schritte machen. Außerdem ist jetzt nicht die Zeit für Spielchen. Wir sind mitten in der Schlacht, falls du es noch nicht gemerkt hast.«

»Hab ich«, erwiderte Helm, so ruhig er konnte. »Und wenn du wissen willst, was ich rausgekriegt habe: Wir werden sie verlieren.«

Jetzt hatte er die volle Aufmerksamkeit der jungen Frau. Sie weigerte sich, ihm zu glauben, das war klar, aber ihr Respekt vor ihm war zu groß, um seine Worte einfach als das Geschwätz eines verwirrten alten Mannes abzutun.

»Ich brauche zehn Mann«, sagte er. »Stoßtrupp, leichte Waffen. Die Schwärmer sind kein Problem, die werden uns nicht bemerken.«

Fried wollte etwas sagen, aber Helm griff nach ihr, berührte sie auf die neue Art, besänftigte sie. »Verstehst du?«, fragte er ohne ein hörbares Wort.

Was für einen starken Geist sie hatte! Viel größer als sie selbst, dabei wunderschön und schwer zu erschüttern. Zum Glück. So geriet sie nicht in Panik, brach nicht zusammen, drehte nicht durch. Stattdessen nickte sie. »Ja«, sagte sie nur, ohne die Lippen zu öffnen.

Etwas kroch in der wahren Welt auf sie zu und erzwang ihre Aufmerksamkeit. Ein Bote, fast noch ein Kind, aus mehreren leichten Wunden blutend. »Meldung vom Fluss!«, keuchte er. »Da kommen Schiffe die Ems rauf. Mehrere Schiffe unter Segeln. Sieht nach Brit-Piraten aus.«

»Die auch noch!« Jetzt war es um Frieds Selbstbeherrschung doch geschehen. »Haben sich denn alle gegen uns verschworen? Die wollen uns wohl in den Rücken fallen, während wir jede Hand hier vorne brauchen, um den Hauptstoß abzuwehren.« Unwillkürlich zog sie den Kopf ein, als Geschosse aus dem Ortsinneren über sie hinweg in Richtung Angreifer heulten. Viele waren es nicht. »Und damit liegen sie verflucht richtig – wir brauchen hier wirklich jede Hand!«

»Vergiss das Piratenpack«, insistierte Helm. »Die Hauptgefahr droht von anderswo.« Von woher, sagte er nicht. Er hatte es Fried auch nicht richtig zu zeigen gewagt. Nur einen winzigen Ausschnitt. Der hatte gereicht.

Die junge Frau funkelte ihn an. »Zu kriegst deine zehn Mann. Trotzdem. Hoffentlich erreichst du, was du vorhast. Es scheint ja einiges davon abzuhängen.«

Nicht einiges, dachte Helm. Alles.

Aber er behielt das für sich und nickte nur.

24. Die Handpuppe

Er ging wie auf Schafwolle, spürte kaum den Boden unter seinen Füßen, und was er sah, war vielfach gebrochen wie durch einen Kristall. Es war, als blicke er nicht durch seine eigenen Augen.

Jedenfalls nicht nur. Und genau so war es ja auch.

Seine zehn Mann Stoßtruppler liefen hinter ihm, wachsam geduckt und nach allen Seiten sichernd, was sie wie ängstliche Küken erscheinen ließ, die ihrer Glucke hinterher eilten, so schnell und eng es ging, um bloß nicht Kontakt, Schutz und Wärme zu verlieren. Tatsächlich waren es auch fast noch Küken, Jungen wie Mädchen, kaum dem Kindesalter entwachsen. Sie waren alles, was Fried hatte entbehren können.

Helm waren sie recht. Zwar war kein zweiter Gander unter ihn, das hatte der erfahrene Mann sofort erkannt, ohne auch nur die Augen zu öffnen. Aber sie waren offen und unbefangen, allesamt, und wenn es darauf ankam, dann würden sie auch den Mut finden, der in ihnen schlummerte, mehr oder weniger tief.

Im Moment schien dieser Mut tief zu schlummern. Ganz tief innen. Mit ungläubig aufgerissenen Augen glotzten Helms junge Gefolgsleute die feindlichen Schwärmer an, von denen es um sie herum nur so wimmelte. Schwerter gezückte, Armbrüste gespannt, die Blicke wachsam schweifend. Helm führte seinen Nesserlander Stoßtrupp mitten zwischen ihnen hindurch. Direkt unter den Augen von Groß Onnos Männern.

Und die unternahmen nichts. Starrten nur durch sie hindurch, als wären sie durchsichtig wie Wasser. Die jungen Leute glaubten zu träumen. Oder an einen Spuk. Sie wagten kaum aufzutreten, während sie sich so eng wie möglich zusammen und an ihren Anführer drängten.

Helm achtete kaum auf sie. Er musste sich ganz auf seinen Schild konzentrieren. So nannte er mittlerweile das, was er selber nicht wirklich verstand, obwohl es doch Teil seiner selbst war. Oder aus ihm heraus kam. Oder von ihm erzeugt wurde. Oder was auch immer. Jedenfalls funktionierte es, und er hatte es im Griff. Nur darauf kam es an.

Im Augenblick. Denn je näher sie ihrem Ziel kamen, desto schwieriger wurde es, sich hinter dem Schild zu verbergen und sich nicht gleichzeitig dadurch zu verraten. Denn dort, wo sie hinwollten, wartete einer, der die Kräfte genau kannte, mit denen Helm hier spielte.

Der Drübener. Der große, weißgesichtige Drübener.

Es waren die Weiber, die da anrückten, von Moorland über Hogaste in die Nesserlander Flanke hinein. Himmel und Hölle mochten wissen, wie Groß Onno es fertiggebracht hatte, diese wilden Rebellinnen auf seine Seite zu ziehen. Eigentlich passte das überhaupt nicht, wunderte sich Helm. Trotzdem war es so. Er wusste es aus eigenem Verstehen, da gab es keine Lügen.

Die Weiber jedenfalls hatten den Drübener. Und sie hatten Engel, die lebendige, machtvolle Engel, Helms Blödheit sei Dank. Eine Doppelwaffe, die weit und breit ihresgleichen suchte. Vergebens, denn so viel Macht in nur zwei Köpfen gab es nirgendwo sonst. Das war nicht einmal vorstellbar.

Es gab nur ein Problem mit starken Waffen, das wusste Helm. Wer sie besaß, der musste sie auch zu führen verstehen. Sonst brachten sie ihn selber um. Wenn man sie aber zu führen verstand, dann war eine starke Waffe nicht selten der Garant für den Sieg.

In diesem Fall todsicher. Alles sprach für einen Sieg Groß Onnos, wirklich alles. Die Bündnisse, die zahlenmäßige Übermacht, die offenen Nachschubwege, die unbegrenzte Zeit, die ihm zu Gebote stand. Zur Not konnte er die Nesserlander hinter ihrer Blechbüchsenmauer aushungern, egal, wie lange das dauerte, denn es gab ja wirklich niemanden, der den Belagerern in den Rücken hätte fallen können. Selbst die Weiber hatte der Nörner Häuptling auf seine Seite gebracht! Die und die Brit-Piraten, das war schon beinahe grotesk.

Dabei würde er all das gar nicht brauchen, wenn es den Weibern gelang, Engel in Stellung zu bringen – und sie mit Hilfe des Drübeners unter Kontrolle zu halten. Wie genau das gehen sollte, wusste Helm zwar nicht, aber er hielt es von Stunde zu Stunde für wahrscheinlicher, ausgehend von der rasanten Entwicklung seiner eigenen, vor Tagen noch so verschwindend geringen Kräfte. Dabei waren sie immer noch gering, gemessen an dem, was der Drübener oder Engel zustande brachte, scheinbar ohne jede Anstrengung. Und doch fühlte sich Helm jetzt schon stark genug, um seine eigene Sucher-Bande bilden und durch die Zeit bringen zu können. Ha, warum eigentlich nicht! Die zehn Kinder dort hinter ihm wären bestimmt ein guter Grundstock dafür.

Er riss sich zusammen, achtete darauf, dass sein Schild stark und dennoch unsichtbar blieb. Blödsinn! Als ob er der Mann für so etwas wäre! Und abgesehen davon: Die Zeit für umherschweifende Banden, für Freischärler und Raubgesindel ging zu Ende. Nach dieser Schlacht, die hinter ihnen tobte, würde auf ihrer Halbinsel nichts mehr so sein wie in den letzten fünfzig Jahren.

Wie aber würde es sein? Genau das war die Frage.

»Halt! Wer geht da? Bleibt stehen!«

Der Ruf ließ den Stoßtrupp erstarren. Eigentlich waren sie an den drei Plänklern schon vorbei gewesen, unter Helms Schild gegen alle Sinne abgeschirmt. Dann aber war er einen Augenblick lang unachtsam gewesen – das hatte gereicht.

Die drei Bewaffneten glotzten ziemlich verblüfft, aber eindeutig in ihre Richtung. Kein Zweifel, sie konnten sie sehen! Und was ebenfalls außer Zweifel stand: Sie waren dabei, ihre Überraschung zu überwinden, und hoben die Waffen.

Unterdrückt fluchend, griff Helm nach seinem Teleskopschwert. Und erkannte gleichzeitig, wie sinnlos das war. Was sollte er damit auf zehn Meter Distanz ausrichten? Groß Onnos Leute hielten gespannte Armbrüste in den Händen.

Helms junge Gefolgsleute reagierten schneller, griffen in ihre Taschen, machten Ausfallschritte, ließen die Arme wirbeln. Dreimal klatschte es kurz und hart. Ein halb erstickter Aufschrei ging in einen langgezogenen Jammerlaut über, beendet durch einen weiteren Treffer. Die anderen beiden Schwärmer starben lautlos.

Sichernd blickten die Stroßtruppler nach allen Seiten. Es war niemand sonst in Sicht- und anscheinend auch keiner in Hörweite gewesen. Alles schaute auf Helm. Als der nickte, sprangen die Kinder zu den Getöteten und plünderten sie ebenso schnell wie gründlich. Auch die Armbrüste nahmen sie mit. Dann reihten sich alle wieder in die Marschformation ein, und Helm versuchte sich auf seinen Schirm zu konzentrieren. Es gelang ihm nur mit Mühe. Verdammt, das hätte übel ausgehen können! Bloß gut, dass die jungen Leute ihre Klooten dabei gehabt hatten. Und dass sie so gut damit umgehen konnten! Ja, manchmal waren alte Traditionen doch zu etwas nütze.

Rechts vor ihnen stieg eine Rauchfahne in die Höhe. Ein offenes Feuer, oder kochte da etwa jemand in einer der noch bewohnbaren Ruinen? Ein denkbar schlechter Zeitpunkt dafür, fand Helm.

Außerdem zog dieser Rauch gegen den Wind.

Im nächsten Moment löste sich das Rauchwölkchen in einzelne Punkte und Striche auf, und noch etwas später fand sich der Stoßtrupp von Stachelmöwen umschwärmt. Das Geschrei der Vögel gellte schmerzhaft in den Ohren. Die jungen Leute kauerten sich hin und rissen schützend die Arme über ihre Köpfe. Keins der Tiere aber machte Anstalten, anzugreifen. Sie zogen nur ihre Runden, erst wild durcheinander, dann gemeinsam wie ein Strudel. Danach flogen sie wieder dorthin zurück, wo sie hergekommen waren.

Helm schloss die Augen und tastete den langsam verklingenden Möwenschreien hinterher. Ja, tatsächlich, da vorne! Etwas weiter rechts, als er vermutet hatte. Anscheinend hatte die Weiber-Armee ihre Marschroute leicht geändert. War es das, was die Stachelmöwen ihm hatten mitteilen wollen?

Helm winkte seinen Leuten, die sich wortlos erhoben und ihm folgten. Schweigend gingen sie weiter, so bedächtig, das unter ihren Sohlen kaum ein Schuttbröckchen ins Rutschen kam. Weit und breit war keine Menschseele zu sehen. Groß Onnos Schwärmer-Ring hatten sie offenbar hinter sich.

Die nächsten Krieger, die sie erblickten, waren Weiber. Sie waren riesig. Etwa dieselben, die sie damals am Hafen in Empfang genommen hatten? Helm war sich nicht sicher. Ob die wahnsinnige alte Ärztin für derartigen Riesenwuchs verantwortlich war?

Die bewaffneten Frauen schritten wenige Meter an ihnen vorbei, ohne sie zu bemerken. Ebenso die nächsten Späher auf ihrer anderen Seite. Dann hatte Helms Stoßtrupp den vorgeschobenen Aufklärungsschirm der anrückenden Truppe auch schon passiert. Als nächstes musste sie auf die Hauptmacht treffen.

Helm wandte sich an die beiden Mädchen mit dem Tragebalken. »Ihr könnt sie jetzt scharf machen«, zischte er leise.

Was da sachte baumelnd und mit Ketten gesichert zwischen den Trägerinnen hing, sah aus wie ein Kochkessel. Kein Wunder, es war ja auch mal einer gewesen. Bis sich der alte Professor seiner bemächtigt hatte. Jetzt war es eine Bombe.

Äußerlich war nicht viel mehr zu sehen als ein Kessel, bloß, dass ihm nunmehr außer den beiden seitlichen Griffen ein dritter aus der bauchigen Wölbung ragte. Diesen Griff packte jetzt eins der beiden Mädchen – Helm konnte sie einfach nicht auseinanderhalten – und zog beherzt daran. Ein Klacken war zu hören, dann ein leises Aufschäumen. Schnell stieß das Mädchen den Griff zurück. »Ist scharf!«, bestätigte sie.

Hoffentlich war die Bombe tatsächlich so wirkungsvoll, wie der Wissenschaftler versprochen hatte, dachte Helm. Denn bis auf Schussweite würde man sie sicher nicht an ihre Zielobjekte heran lassen. Je größer also der Zerstörungsradius der Bombe, desto höher ihre Erfolgsaussichten.

Und desto geringer ihre Lebenserwartung.

Er verspürte einen Stich in der Brust, als er auf sein jugendliches Trüppchen schaute. Wussten sie, was sie hier taten? Gesagt hatte er es ihnen, offen und schonungslos. Alle hatten sie zugestimmt, einige sogar mit Begeisterung. Sie wussten also, was sie erwartete. Aber konnten sie es auch begreifen?

Sie gingen weiter, schlichen vielmehr, traten so vorsichtig auf, als gingen sie auf rohen Eiern. Wer konnte, behielt die sachte pendelnde Bombe im Auge. Jetzt war sie scharf, ab jetzt reichte ein harter Schlag, um sie explodieren zu lassen und alles und jeden in weitem Umkreis zu zerreißen, so klein und fein, dass sich niemand die Mühe machen musste, Leichen zu zählen. So hatte es ihnen der Professor gesagt. Der alte Wissenschaftler konnte sehr anschaulich sein.

Wie weit noch? Helm hätte viel darum gegeben, jetzt einen Blick auf die Marschordnung der Anrückenden werfen zu können. Ritt der Drübener an der Spitze, oder hielt er sich in einem geschlossenen Wagen in der Mitte des Zuges verborgen? Wenn ja, befand sich Engel im selben Wagen, oder hielt man die beiden aus Vorsicht getrennt? Die alte

Ärztin war selber bösartig genug, um Helms Gedanken vorwegnehmen zu können.

Ein krächzender Schrei lenkte seinen Blick nach oben. Eine Stachelmöwe, die einen Scheinangriff abbrach und sich wieder in die Höhe schraubte. Helm stellte fest, dass er sie länger als nötig im Auge behielt.

Dann schaute er plötzlich durch ihre Augen. In seine eigenen.

Aber nur einen Moment lang. Das Tier gewann schnell an Höhe. Das Tier, das Tier mit Helm, mit Helms Geist in seinem Kopf, das Helm-Tier. Ihm wurde schwindelig, als er den Erdboden unter sich zurückweichen sah, als der Horizont sich vor ihm zurückzog, rasend schnell, als sich die Landschaft unter ihm ausrollte wie einer seiner gezeichneten Pläne, nur ungleich detailreicher.

Einmal noch erblickte Helm sich selbst und seine Gefolgschaft, die einen Kreis um ihn gebildet hatte, vermutlich ratlos ob seiner plötzlichen Geistesabwesenheit. Dann flog sein Blick nach vorn und die Stachelmöwe hinterher, atemberaubend schnell. Das Land schwand unter ihm wie ein weggezogener Teppich. Und da waren sie.

Ein ungeordneter Trupp, nicht gerade klein, aber von der reinen Kopfzahl her keine zusätzliche Bedrohung für Nesserland. Die wahre Bedrohung aber steckte in dem Planwagen, der in der Mitte der Marschierenden rollte. Helm, die Möwe, konnte Engel deutlich spüren, und wenn er sich konzentrierte, konnte er sie sogar sehen. Wie war das möglich? Die Plane des Wagens war dick und saß fest.

Durch wessen Augen blickte er denn nun schon wieder? Doch nicht etwa …

Eine Hand erschien in seinem Blickfeld, näherte sich Engels Gesichts, streichelte ihre bleiche Wange. Eine menschliche Hand, ziemlich schmal und weich für die eines Mannes. Sonnengebräunt, weder schwarz noch grell weiß. Mit der üblichen Anzahl Finger. Auf keinen Fall die des mächtigen Drübeners.

Engels Blick suchte seinen und hatte Mühe damit, war unstet, fahrig, die Augen sahen trüb und erschöpft aus, schwammen in ungeweinten Tränen. Ihr Mund zuckte, als verbeiße sie sich einen quälenden Schmerz. Das Lächeln, das sie auf ihre Züge zu zwingen versuchte, wollte nicht gedeihen.

»Halt durch, Engel, meine Liebe«, sagte eine Stimme aus Helms Richtung. Eine Stimme, die er kannte. Woher bloß? Woher?

»Ich will ja«, stöhnte Engel. »Ich weiß ja, dass ich muss. Für meine Leute, für all die armen Menschen! Ich bin die einzige, die sie retten kann.«

»Ganz genau«, erwiderte die Stimme. »Ganz genau. Nur du kannst das, nur du. Und ich werde dabei an deiner Seite stehen.«

Das Lächeln wurde noch schmerzvoller, verschwand für einen Moment ganz, machte einem Stirnrunzeln und Luftschnappen Platz, einer kurzen Empörung von ganz weit her. Dann war es wieder da, wenn auch jammervoller als zuvor. »Ich weiß doch«, hauchte Engel. »Ich weiß, und ich bin dir dankbar dafür, Kino.«

Kino! Verflucht, ich stecke in Kino! Widerlicher Verräter Kino! Helms Empörung brach sich Bahn, einen halben Atemzug lang.

Lang genug. Er spürte ein Zerren, so schmerzhaft, als steckten Angelhaken hinten in seinen Augäpfeln, und ein kräftiger Angler hoffte auf fette Beute. Dann war Engels todmüdes, trauriges Gesicht verschwunden, und Helm steckte wieder in der Stachelmöwe, die derweil über ihnen ihre Kreise gezogen hatte, gesteuert von irgendetwas ganz tief unten in ihrem Hirn.

Er sah wieder die Weiber-Truppe unter sich, wie sie

ungeordnet, aber zielstrebig gen Nesserland marschierte, den kostbaren Wagen in ihrer Mitte, der sich äußerlich in nichts von den Vorratswagen unterschied, die hinten im Tross mitgeführt wurden, dessen besondere Behandlung und Bewachung jedoch erkennen ließ, welche Bedeutung die verrückte alte Ärztin ihm beimaß. Ihm und der Fracht, die er transportierte. Denn die würde diesen Krieg entscheiden, so wie es aussah, und die alte Vettel würde sich dafür von Groß Onno ganz bestimmt fürstlich belohnen lassen.

Helm zwang seine Möwe aus ihrer Kreisbahn, lenkte sie zurück zum Standort seines Stoßtrupps. Den fand er erst im zweiten Anlauf, denn seine Leute hatten in einer Ruine Deckung genommen und seinen leblosen Körper auf einem Strohlager deponiert. Sehr gut reagiert, dachte Helms Geist beruhigt. Zum Glück kommandierte er keine Akbars oder Kreuzler. Die hätten bestimmt längst Dämonen gewittert und seinen Leib vergraben oder verbrannt.

Jetzt aber zurück zu den Weibern, zu Engel und diesem verdammten Kino! Helm konnte es gar nicht schnell genug gehen, obwohl seine Stachelmöwe die Entfernung doch – na ja, eben im Fluge zurücklegte. Kaum sah Helm den Planwagen auftauchen, stürzte er sein körperloses Ich auch schon hinab.

Augenblicklich fühlte er sich schwach, traurig und krank. Seine Wangen waren feucht, über seine Augen waberten Schlieren. Trotzdem konnte er das Gesicht direkt vor sich sehr genau erkennen. Kinos Visage!

Diesmal also war er in Engel gelandet. Direkt in Engel! Helm wurde heiß und kalt, auch wenn er gerade über keinen eigenen Körper verfügte, der solche Empfindungen hätte haben können. Engels Geist war für ihn wie eine Kathedrale für einen Höhlenbewohner. Wie das gigantische Schiff der Mumie für einen, der nur Paddelboote kannte. Fast glaubte er seine eigenen Gedanken widerhallen zu hören.

Aber nichts davon. Engels geistige Größe, ihre unglaubliche Macht war nicht einmal zu erahnen. Alles war wie mit Watte ausgestopft, wie von Gespinsten überwuchert. Engels Macht lag in Ketten, und was von ihr noch handlungsfähig war, hing an Fäden, unsichtbaren Fäden, die Helm dennoch ganz klar vor sich sah. Sie führten zu dem Mann, der Engel gegenüber saß. Zu Kino, dem Verräter! Er also lenkte Engel. Wie konnte das sein? Woher nahm er dazu die Macht?

Die Fäden. Sie führten nicht nur zu Kino hin, sie führten durch ihn hindurch. Hinaus aus dem Planwagen. Helms blickloser Blick konnte ihnen mühelos folgen – und traf auf ein Lachen voller Hohn und Bosheit.

Dann waren da wieder die Angelhaken. Diesmal raubten sie Helm beinahe das Bewusstsein, obwohl das doch alles war, woraus er gerade bestand. Es riss ihn hinaus aus Engels Geist und Kopf, durch die Stachelmöwe hindurch, die aufkreischte und taumelte und sich gerade noch vor dem Absturz bewahren konnte, zurück in seinen eigenen Körper. Kaum hatte er seine eigenen Augen aufgeschlagen, erblickte er auch schon einen Trupp heranstürmender Weiber in Waffen, angeführt von den Riesinnen. Er schnellte auf die Füße, seine Hand zuckte zum Teleskopschwert. Darüber musste er nicht nachdenken, das waren jahrelang antrainierte Reflexe.

Bloß, dass diesmal außerhalb seiner Vorstellung nichts geschah. Alle Verbindungen zwischen seinem Geist und seinem Fleisch, zwischen seinem Wollen und seinem Sein schienen gekappt. Sein Körper blieb liegen wie gelähmt, und nichts, was sein Geist auch versuchte, konnte ihn dazu bewegen, auch nur einen Finger zu krümmen.

Die Hälfte seiner jungen Leute waren schon niedergemacht, als die restlichen genügend Verstand entwickelten, um zu fliehen. Die Weiber setzten ihnen nicht nach.

Stattdessen fesselten sie Helms bewegungslosen Körper und banden ihn an die Tragestange, von der sie zuvor den Bombenkessel abgenommen hatten, mit größter Vorsicht. Zwei der Soldatinnen luden sich den Gefangenen auf die Schultern wie ein erlegtes Wild. Bei allem, was sie taten, verloren sie kaum ein Wort.

Und wenn – Helm hätte ihre Worte nicht vernommen. Sein Kopf, sein Verstand war ausgefüllt vom Höhnen des Drübeners. »So ein alter Mann, und doch noch so dumm und grün!«, hallte es. »Ein Lehrling, der sich mit Meistern messen will! Ha! Weißt du denn nicht, wie es dem Zauberlehrling erging?«

Helm war sich nicht sicher, was er wusste und was nicht. Er konnte sich an keinen Zauberlehrling erinnern. Aber was bedeutete das schon?

»Nichts!«, zischte die körperlose Stimme. »Gar nichts! Das immerhin hast du erkannt. Keinerlei Bedeutung hast du, du nicht und deinesgleichen auch nicht! Und noch ehe dieser Tag zu Ende geht, werdet ihr in dieser Welt endlich den Platz einnehmen, der euch zukommt.« Sein Lachen klang, als gurgle er mit gestoßenem Glas. »Ihr alle. Ohne Ausnahme. Heute Abend wird es jeder wissen.«

Helm war immer noch keiner Regung fähig. Er begann, mit dem Leben abzuschließen. Das hatte er nun schon öfter gemacht und sich daher eine gewisse Übung darin angeeignet. Vielleicht hatte er deshalb genügend Raum und Zeit für ein Gefühl der Verwunderung. »Wir alle?«, echote er. »Du meinst …«

»Ihr alle!« Die Worte des Drübeners donnerten über ihn hinweg wie eine Horde Kampfschweine. »Alle! Ohne Ausnahme. Ich weiß, ihr denkt, es würde hier Sieger und Besiegte geben unter den Menschen. Aber da irrt ihr euch. Groß Onno und seine Armee, seine bewaffneten Weiber und seine schlotternden Verbündeten werden Nesserland besiegen und erobern, so viel steht fest. Danach aber werden sie ebenso die Besiegten sein wie ihr. Bloß wissen sie das noch nicht. Und du, mein alter Lehrling mit den begrenzten Talenten, kannst es keinem mehr verraten.«

Ein innerer Zwang ließ Helm bei diesem Wort an Kino denken. Das Lachen des Drübeners klang annähernd verständnisvoll. »Meine Marionette! Ja, so ist doch jeder zu etwas gut, nicht? Er ist der Schlüssel zu Engels Herz und Verstand, immer noch, trotz allem, was er ihr angetan hat. Unglaublich, was? Ohne Kino hätte ich Engel nicht umgarnen können.«

Helm stellte sich eine umgarnte Marionette vor. Ein Gehedder, ein Geknote, baumelnde Körper mit zuckenden Gliedmaßen. Tja, schön wär's! Leider schien die umgarnte Engel als fremdbestimmte Marionette nur allzu gut zu funktionieren. Kino sei Undank. Verfluchte Handpuppe! Dieses Bild schien Helm besser zu passen. Zumindest entsprach es eher seiner Gefühlslage, wenn er sich vorstellte, wie der Drübener seine Faust in die Kino-Puppe hinein rammte.

»Mein alter dummer Lehrling ist ja eine kleine Sau.« Helm spürte, wie ihn die mentale Macht, die ihn gefangen hielt, quetschte und knetete, als lege sie sich ihn zurecht. »Eine kleine Drecksau. Du faltiges Ferkel. Du bringst mich auf Ideen.«

Das Lachen war unendlich grausam, und das war der Schmerz auch. Helm entkam beidem in eine gnädige Ohnmacht.

25. Puppenspieler

So aufrecht war Helm schon lange nicht mehr marschiert. Er hielt seinen Kopf dermaßen hoch, dass er nicht sicher war, ob die Knochenkuppel des Schädels noch Verbindung mit seiner Wirbelsäule hatte.

Ob das einen Unterschied gemacht hätte? Vermutlich nicht. Sein Körper wurde sowieso nicht mehr von seinem Kopf gesteuert. Sondern tat, was er wollte.

Oder vielmehr: was *ER* wollte.

Gerade eben hatte Helm das Schlachtfeld erreicht. Die andere Seite des Schlachtfeldes, genauer gesagt. Wie imposant der Große Wall von hier aus wirkte! Genau so einschüchternd, wie der Onkel und alle nach ihm es vorgesehen hatten. Jedem Feind sollte die Lust, ihn frontal anzugreifen, möglichst vorher vergehen. Viele Jahre lang hatte das auch gut geklappt.

Auch jetzt ruhte die Schlacht. Aber sicher nicht aus diesem Grund. Hoffentlich nicht meinetwegen, dachte Helm. Ja, denken konnte er das. Dieser Gedanke jedoch schaffte es gerade eben auf den Gefängnishof hinter himmelhohen mentalen Mauern, wo er seine Runde drehen konnte. Folgenlose Runde. Sein Marionettenkörper marschierte derweil unbeirrt weiter.

Neben ihm, nur ein paar Armlängen entfernt, marschierte die Kröte. Helms Verwunderung darüber war ein weiterer Kandidat für den Pausenhof seines Verstandes. Tobbe war noch am Leben! Eine gute, eine erfreuliche Nachricht. Normalerweise. So aber war Tobbe die Kröte nichts anderes als eine weitere Geisel in den Händen der Feinde.

Die Nesserlander hatten das Feuer eingestellt. Groß Onnos Truppen rückten vor, auf breiter Front, die beiden Marionettengeiseln vorneweg. Warum wurden nicht wenigstens die beiden Flügel rechts und links beschossen? Obwohl, allein durch ihr Vorrücken erreichten die Feinde gar nichts. Die Große Mauer stand nach wie vor, alle Zugänge unerreichbar. Ohne entsprechendes Gerät war sie nicht zu entern, und Helm konnte nichts Derartiges entdecken. Jedenfalls nicht aus den Augenwinkeln; seinen Kopf wenden konnte Handpuppe Helm natürlich nicht. Also taten Groß Onnos Leute nichts anderes, als tiefer in den Kernschussbereich der Verteidiger hineinzumarschieren. Hielten die Nesserlander deshalb ihr Feuer zurück?

Möglicherweise, denn oben auf der Wallkrone erschien jetzt mehr und mehr bewaffnete Kämpfer. Die Anzahl der sichtbaren Köpfe und Oberkörper wuchs von Sekunde zu Sekunde. Sie sind unvorsichtig, dachte Helm. Selbst wenn sie jetzt sofort losschlagen, müssen sie damit rechnen, dass etliche der Vorrückenden das Feuer erwidern. Sie sollten sich besser schützen, auf Deckung achten! Er wollte rufen, um sie zu warnen. Der Gedanke gesellte sich zu den anderen auf den Pausenhof.

Die Kämpfer auf der Wallkrone ließen ihre Waffen fallen. Alle.

Und wenn Helm eine Waffe getragen hätte, dann hätte er dasselbe getan. Der Wunsch danach war übermächtig. Allein der Gedanke daran, eine Waffe zu berühren, kam ihm ungeheuer falsch und widernatürlich vor. Geschweige denn eine zu benutzen. Sein fremdgesteuerter Körper streckte beide Arme nach vorne und spreizte sämtliche Finger, als könnten sich in den Hautfalten dazwischen noch kleinste Krümel einst geschwungener Waffen verbergen. Ekelhaft!

Auf dem Pausenhof seines Gedankengefängnisses erschien ein weiterer Unruhestifter. Nein! Falsch! Nicht! Wie könnt ihr! Der Gedanke rannte gegen die mentale Mauer an, schlug, hämmerte, kratzte, biss. Ohne Erfolg, die Mauer war unüberwindlich.

Im Gegenteil, sie nahm weiter an Dicke, Höhe und Stärke zu. Dann da draußen, dort, wo Helm nur noch eine Handpuppe war, geschah etwas.

Etwas Gewaltiges.

Dieses Etwas erschien hinter Helms und Tobbes Marionettenkörpern, trotzdem konnte er es so deutlich sehen, als wäre sein Schädel plötzlich ein einziges Auge. Es war – ein Engel. Oder Engel? Es war beides, Engel als Engel. Als turmhoher, überirdischer, gottgleicher Engel.

Das ist nicht echt, schrie der Unruhestifter in seinem Mauergefängnis. Das ist nicht wahr! Bloß ein Trugbild. Und schon gar nicht ist das die wahre Engel. Sie wird benutzt!

Das Trugbild aber war so gewaltig, dass selbst der unruhestiftende Gedanke wankelmütig wurde. Außerdem drang er sowieso nicht durch. Denn die Welle, die Woge, die von dem Riesenengel ausging, war unwiderstehlich. Eine Woge der Liebe, der Friedfertigkeit, der Hingabe an das Gute, verkörpert durch Engel. Eine Woge der Gewaltlosigkeit, so gewaltig, dass niemand sich ihr entgegenstemmen konnte.

Die Nesserlander, nunmehr sämtlich waffenlos, fielen auf die Knie. Die Angreifer rückten weiter vor. In ihrer Mitte öffneten sie eine Gasse, durch die Wagen nach vorne rollten, gezogen von einhornigen Schwarzbunten. Der Riesenengel über ihren Köpfen schwoll weiter an.

Er ist in einem der Wagen, dachte der Unruhestifter. Warum kommt er nach vorne, warum bringt er sich in Gefahr? Oder gibt es etwa keine Gefahr mehr für ihn? Ist alles vorbei, hat er wirklich alles im Griff?

Eine neue Welle ging von dem Engel aus, der über allen und allem schwebte. Jetzt konnten die Nesserlander gar nicht schnell genug wieder auf die Füße kommen; diejenigen, die auf den oberen Wehrgängen des Großen Walls verharrt hatten, stürzten sich buchstäblich die Leitern und Stiegen herunter, um Engel zu Willen zu sein. Aber was wollte sie diesmal? Irgendwie war die Welle an Helm vorübergebrandet.

Aha – die Belagerten beseitigten ihre Barrikaden, so schnell es ging, und öffneten das hoch gelegene Tor. Andere schleppten Balken und Planken herbei, um die Lücke zwischen Tor und Rampe zu schließen. Vor lauter Übereifer rannten sich die Leute gegenseitig um, fielen einander in den Arm, gifteten jeden Konkurrenten eifersüchtig an. Mitten zwischen ihnen tauchte plötzlich Groß Onnos Bossmann mit den tümpeltrüben Augen auf, brüllte Kommandos und begann das Durcheinander zu ordnen, um den Fall der Festung Nesserland noch zu beschleunigen. Und dafür hatten die Verteidiger den Verwundeten auch noch selber wieder zusammengeflickt!

Wer von den Nesserlandern überhaupt nicht bei der Zerstörung der eigenen Schutzvorrichtungen zum Zuge kam, rang unglücklich die Hände. Wenn sie gekonnt hätten, so vermutete Helm, hätten sie wohl gleich den ganzen Großen Wall umgelegt. Nur gut, dass sie das nicht konnten!

Verflucht. Helm musste an den alten Wissenschaftler und seinen Assistenten denken. Die konnten das! Die wussten, wie man auch eine derart schwere und feste Stahlbüchsenmauer zu Staub zerblies, das hatten sie schon bewiesen. Unterlagen auch sie der unglaublichen Macht dieses überirdisch anmutenden Riesenengels, der so eindeutig nicht Engel war, wie … wie er es eben doch war? Dann mussten sie mit dem Schlimmsten rechnen, und zwar innerhalb der nächsten Wimpernschläge.

Wie er es inzwischen gewohnt war, schickte Helm den Gedanken hinter die Mauern des Pausenhofs. Und staunte, hatte er doch geglaubt, diesen Hof inzwischen ziemlich überfüllt vorzufinden. Tatsächlich aber war dort nur noch der Unruhestifter, der sofort auf ihn losstürmte, mit beiden

Armen wild gestikulierend. Was schrie er da? Was war mit der Hofmauer?

Die Mauer war geschrumpft. Und sie bröckelte. Unter seinen Blicken entstanden die ersten Löcher. Wenig später waren da Breschen, wie sie Groß Onnos Truppen dem Nesserlander Wall hatten schlagen wollen, es aber nicht geschafft hatten. Was war hier passiert?

Helm begriff es im selben Moment. Und er wusste, dass er keinen Augenblick lang zögern durfte. Sein gefangener Geist dehnte sich aus, sprengte das mürbe gewordene Gefängnis und füllte schlagartig den eigenen Schädel aus. Sein Körper verharrte für den Bruchteil eines Zwinkerns, dann marschierte er wieder marionettenhaft wie zuvor. Weiter nach vorn, auf den nunmehr offenen Großen Wall zu.

Es war so einfach! Der Drübener hatte seine Macht überwiegend auf die gigantische Engel-Projektion und deren Botschaften konzentriert, seine anderen Marionetten nur noch beiläufig und halbherzig kontrollierend. Dann, als sein großer Plan Erfolg gezeitigt hatte, war der Drübener vorgerückt, hatte Helm und Tobbe überholt – und sie dabei aus dem Fokus verloren. Während die Kröte weiterhin wie eine Puppe daherstakste, war Helm plötzlich frei. Sein Talent schien ihm da einen Vorteil zu verschaffen.

Den galt es nun zu nutzen, solange er bestand. Denn allzu lange würde es nicht dauern, bis der weiße Drübener bemerkte, dass ihm da etwas entglitten war. Bis dahin musste Helm gehandelt haben.

Er musterte die Bewaffneten, die unmittelbar hinter ihm liefen, aus den Augenwinkeln. Einige trugen Hellebarden, die meisten Speere, wenigen hatten Schwerter am Waffengurt baumeln. Wo waren die Bogen- und Armbrustschützen? Auf dem linken Flügel, dort, wo die Kröte marschierte, dass die Kinne nur so wabbelten, konnte Helm ein paar erkennen. Zu weit weg, verdammt! Also würde er sich anders behelfen müssen.

Ein Schwarm Stachelmöwen rauschte kreischend über ihn hinweg. Engels Abbild über ihm begann leicht zu flirren. Verdammt, er musste sich konzentrieren! Sonst hatte ihn der Drübener wieder im Griff, ehe er einen Finger zur Rettung hatte rühren können.

Helm musterte die Wagen. Welcher war es? Die Planenverdecke zeigten keinerlei Kennzeichen. Bestimmt Absicht, um das Auge zu täuschen. Groß Onno und seine Kreaturen hatten seit der Schlacht um Greetland dazugelernt. Nur, wer hier der Häuptling und wer die Kreatur war, das hatte der Nörner noch nicht begriffen.

Helm schaute nicht mit den Augen. Und er sah klar. Der letzte Wagen war es. Unter dessen Plane befanden sich alle beide, der Drübener und Engel. Samt Handpuppe Kino.

Helm wirbelte herum, stürzte sich auf die Männer hinter ihm, die sich aus ihrer Siegesbesoffenheit gerissen sahen und vor Überraschung erstarrten. Er entriss ihnen zwei Speere, stemmte deren Enden wie Pultstöcke in den Boden und stürmte los. Jede Faser seiner überbeanspruchten Beine schmerzte; er biss die Zähne zusammen. Ein paar Schritte mussten sie noch durchhalten, ein paar Schritte, dann war alles vorbei. So oder so.

Für seinen Wurfarm galt das Gleiche. Im Rennen hob er den rechten Speer, dreht die Schulter, wand seinen Oberkörper, machte einen weiten Satz und schleuderte seine Waffe. Den Drübener konnte er so deutlich sehen, als ob die feste Plane des Wagens aus Spinnweben bestünde. Eine feine, gebogene Linie verband die Spitze des fliegenden Speeres mit dem Rücken des Mutanten. Ein Treffer, das war ein sicherer Treffer! Dem Drübener würde es das Herz zerfetzen. Helm warf sich den zweiten Speer mit der linken in die rechte Hand, holte erneut aus, machte sich bereit für den zweiten Wurf. Sicher war sicher, Rücksicht durfte es keine mehr geben.

Sein erster Speer folgte der Linie, die nur sein Werfer sah, ohne auch nur einen Fingerbreit davon abzuweichen. Allerdings wurde er dabei langsamer. Sehr viel langsamer. Erst schien er sich durch Sirup zu arbeiten, dann durch dicke Sülze. Dann blieb er ganz stehen. Mitten in der Luft.

Helm hatte gerade genügend Zeit, um seinen Unterkiefer wegklappen zu lassen, ehe sich sein Speer zu drehen begann. Langsam und nachdrücklich, wie ein Grafitstift im Spitzer. Allerdings drehte sich nur das eine Ende.

Das Holz des Speers knarrte, knirschte und knackte. Fasern drehten sich zu Spiralen, aus denen Späne wurden. Einen Wimpernschlag später stand eine kleine Wolke aus Sägemehl in der Luft, kurz nur, dann wurde sie von einem Windstoß verweht.

Lautes Lachen dröhnte über das Schlachtfeld, in aller Ohren und besonders laut in Helms Kopf. »Ach, du tapferer, kleiner, dummer Mensch!«, höhnte der Drübener. »Du machst mir Spaß! Mit dir wird es nie langweilig.« Ein gezierter Seufzer verbreitete allenthalben Gänsehaut: »Ich werde dich vermissen. Na ja, vielleicht, vielleicht auch nicht. Das werde ich ja gleich feststellen.«

Helms Kopf steckte in einem Schraubstock. Nicht wirklich sein Kopf, sondern eher sein Geist – also er selbst. Jedenfalls drückten die Backen dieses Schraubstocks unerbittlich zu. Helm brüllte los in unerträglicher Pein.

Erneute flatterte es um ihn herum. Schon wieder Stachelmöwen. Ein neuer Schwarm oder derselbe wie vorhin?

Es musste ein neuer sein, denn das Flattern und Rauschen nahm an Stärke zu, und zwar enorm. Bloß waren da keine weiteren Möwen.

Helm starrte auf den Großen Wall, der plötzlich durchsichtig war wie Quellwasser. Genauso wie die die Stadt dahinter, wie ganz Nesserland, die Schleuse und der Deich. Dahinter wurden vier Schiffe sichtbar, zwei kleinere und zwei große Segler mit ragenden Masten, die gerade eben festgemacht wurden; um den Großmast des letzten Schiffes flatterten sogar noch die Segel. Das mussten die Brit-Piraten sein, deren Eingreifen in die Schlacht schon angekündigt worden war. Als ob es darauf jetzt noch ankäme!

Moment mal. Waren das wirklich Segel, die dort flatterten? Nein, waren es nicht. Das waren kreisende Stachelmöwenschwärme.

Das nächste war eine kalte Dusche. Die schönste kalte Dusche seines Lebens, und Helm hatte wahrlich schon viele kalte Duschen erlebt. Noch nie war sein Kopf, sein Verstand so klar gewesen wie in diesem Augenblick. Und noch nie hatte er den Zustand innerer Klarheit so herrlich empfunden.

Der gigantische Engel über ihren Köpfen löste sich in Nichts auf, und mit ihm die Wirkung, die er auf die Menschen ringsherum ausgeübt hatte. Nicht nur Helm glaubte aus einem langen, zügellosen Rausch zu erwachen, froh, ihn hinter sich zu haben und die Nüchternheit zu genießen. Allen anderen um ihn herum ging es eindeutig ebenso.

Und der Drübener? Der stand auf seinem Wagen unter seiner Plane wie angewurzelt. Helm sah ihn immer noch deutlich, denn dass viele Dinge plötzlich durchsichtig waren, war wohl kein Bestandteil des beendeten Rausches gewesen. Der Drübener stand unbeweglich da, Entsetzen auf den fremdartigen Zügen seines Gesichts unter der Schädelkuppel. Ebenso bewegungslos ihm gegenüber stand Engel. Die echte, die wahre Engel, lebendig und doch starr wie ein Stück totes Holz. Und natürlich Kino, die Handpuppe.

Die Stachelmöwenschwärme kreisten immer noch über dem segellosen Piratenschiff. Es wurden immer mehr, und auch Krähen und Vögel anderer Gattungen gesellten sich dazu. Rund um das Schiff wimmelte es vor Leben. Nur Piraten waren keine zu sehen.

Die Bewegungen all dieser Tiere schienen nicht zufällig zu sein, sondern einem Plan zu folgen. Sie begannen flatternd eine ovale Wolke zu bilden, die sich über Deich und Hafen blähte und näher kam. Dabei gewann sie mehr und mehr Konturen.

Die Konturen eines Gesichts. Eines eingefallenen, hohläugigen, totenkopfartigen, mumienhaften Gesichts. Lächelte es? Schwer zu sagen, fand Helm, wenn die Zähne ständig gebleckt waren.

»Ich beende diese Schlacht«, sagte die Stimme der Mumie, die für Helm klang wie der sanfteste Orkan, den er sich vorstellen konnte. »Die Schlacht und auch diesen Krieg, denn ich werde nicht zulassen, dass er fortgesetzt wird. Was danach aus euch wird, müsst ihr selber entscheiden. Ich bin nicht euer Gott.« Jetzt spielte eindeutig ein Lächeln um die fast lippenlosen Zahnreihen: »Auch nicht euer Engel.«

Dann schwieg er, und das Schweigen rund um Nesserland war absolut. Das Schwirren und Flattern des schwebenden Gesichts war in der Stille deutlich zu hören. Je näher es kam, desto undeutlicher wurde das Antlitz, und als es sich schließlich direkt über dem Schlachtfeld befand, begann es sich aufzulösen. Augenblicke später waren da nur noch Schwärme von Vögeln, die kreischend das Weite suchten.

Auch in die Menschen kam Bewegung. Die Nesserlander auf und hinter dem Wall lösten sich aus ihrer Erstarrung, in die sie das Erscheinen des Mumiengesichts versetzt hatte. Jemand versetzte Groß Onnos Bossmann einen Stoß; brüllend stürzte er von der Wallkrone. Absicht oder nicht? Niemand fragte danach, am wenigsten der Bärtige mit den erstarrten Tümpelaugen und dem gebrochenen Genick.

Die Kämpfer Groß Onnos auf dem Schlachtfeld begannen

sich ebenfalls zu rühren. Blicke wurden getauscht, Köpfe zusammengesteckt, leise Worte gewechselt. Die Blicke, die Helm auffing, wirkten verstört. Niemand schien ernsthaft daran zu denken, gegen den Befehl der Erscheinung zu verstoßen und den Kampf fortzusetzen. Die ersten Plänkler ließen ihre Waffen fallen, traten Schritt um Schritt den Rückzug an.

Dabei trafen sie auf zwei Abteilungen Eisenmänner, die gerade erst auf dem Schlachtfeld eingetroffen waren. Kämpfer aus Jewa, angeführt von Wolf, dem Jäger. »Für Nesserland!«, rief der Gepanzerte theatralisch und reckte Groß Onnos Leuten sein blankes Schwert entgegen. Er schien verwirrt, als sich niemand bereitfand, die Klinge mit ihm zu kreuzen. Helm wusste nicht, ob er lachen oder vor Rührung weinen sollte.

Dann hörte er das Schwirren einer Bogensehne. Das Zischen eines Pfeils. Helm zuckte zusammen, zog instinktiv den Kopf ein. Wer konnte es wagen?

Tobbe. Links von ihm stand Tobbe die Kröte. Der Pfeil, von dem Langbogen geschnellt, von dem weggeworfenen Bogen, den Tobbe vom Boden aufgehoben hatte, war noch in der Luft, senkte gerade am Scheitelpunkt der Flugbahn seine Spitze. Wieder sah Helm eine dünne, abwärts gebogene Linie. Wohin zeigte sie?

Auf den Drübener. Sie endete mitten auf seiner Brust. Der hochgewachsene Mutant, immer noch sehr gut sichtbar hinter den dichter werdenden Spinnweben der durchscheinenden Plane, hatte sich gerade wieder zu rühren begonnen, aus der Erstarrung gelöst wie alle anderen um ihn herum. Würde seine Bewegungsfähigkeit reichen, um dem heranrauschenden Pfeil auszuweichen? Nein.

Der Drübener aber erfasste das Geschoss mit seinem Blick, noch ehe es die Wagenplane durchschlug, und unmittelbar ehe es ihn zu durchbohren drohte, prallte es von ihm ab wie von einem unsichtbaren Schirm. Von der Wucht des Abschusses getrieben, spritzte es seitlich weg.

Und durchbohrte Engel.

Helm schrie auf vor Entsetzen, warf sich nach vorn, rannte los, um zu retten. Zweck aber hatte das keinen. Das spürte er sofort, das spürten auch alle anderen Menschen um ihn herum. Engels Geist, so wach und klar wie noch niemals zuvor, erfüllt von Einsicht und Scham darüber, was sie bewirkt hatte, wozu sie missbraucht worden war, erfüllte in diesem Moment alles und jeden. Es war wie ein großer Abschied. Einer für immer.

Helm brüllte vor Schmerz, als er den leblosen Körper der jungen Frau auf die Bodenplanken des Wagens sinken sah, fast schon verborgen von der undurchsichtiger werdenden Plane. Am liebsten hätte auch er sich zu Boden geworfen und in seinem Schmerz gewälzt. Stattdessen rannte er weiter. Denn Engels Tod bedeutete auch, dass der verfluchte Drübener noch lebte.

Neben ihm rannte auch Tobbe die Kröte. Und wie! Die stampfenden Schritte des Kolosses ließen den Erdboden erbeben; Helm musste sein Äußerstes geben, um nicht ins Hintertreffen zu geraten. Über ihr Ziel mussten sie kein Wort verlieren. Es war der Planwagen. Der Drübener.

Von der Mumie spürte Helm nichts. Hatte Engels Tod, das letzte Aufflackern ihres Geistes den treibenden Untoten überwältigt? Es fühlte sich so an. Helm vermutete stark, dass die Mumie in diesem Zustand für den Drübener eine leichte Beute war. So weit durfte er es nicht kommen lassen.

Tobbe dachte augenscheinlich das Gleiche. Und er hatte ein Schwert dabei, das er im Laufen schwang wie einen Dreschflegel. Helm dagegen rannte mit leeren Händen. Was hatte er sich bloß dabei gedacht?

Nichts, natürlich. Wie denn auch. Sein Geist reichte ja kaum für das, *woran* er dachte! Für mehr hatte er keine Kraft.

Jetzt rannten sie direkt auf den Planwagen zu, dessen Verdeck wieder so undurchsichtig war wie von Natur aus; die Mumie schien wirklich in Schockstarre zu liegen. Helm suchte den Erdboden nach weggeworfenen Waffen ab. Hatte denn keiner der Nörner hier sein Schwert fallen lassen? Einen Säbel, einen Kriegshammer, wenigstens ein Messer? Aber nein, anscheinend nicht. Dafür befand er sich schon zu dicht am Großen Wall.

Wie also dann? Mit bloßen Händen? Der Gedanke an den Stiernacken des Kuppelköpfigen ließ ihn schaudern.

Im nächsten Moment lag er auf der Nase. Verflucht, gestolpert, einen Augenblick lang nicht aufgepasst! Eilig rappelte er sich auf, wischte das Blut weg, das ihm aus der Nase geschossen kam. Tobbe hatte jetzt einen deutlichen Vorsprung. Schon hatte er den Wagen erreicht, schwang das Schwert, um die Plane aufzufetzen. Jetzt kam alles auf ihn an.

Die Plane wurde von drinnen aufgerissen. Das Gesicht des Drübeners erschien, die Augen aufgerissen, den Mund verzerrt. Hinter ihm Kino, der Verräter, wie eine kleinere Spottversion seines Herrn. Tobbe die Kröte erstarrte in der Bewegung, das Schwert erhoben. Was als tödlicher Streich gedacht war, geriet zur hilflosen Geste.

Dann begann sich Tobbes Körper zu drehen und zu winden. Anders als Helms hölzerner Speer wand sich der der gewaltige Mann von beiden Seiten her. Genauso wie dieser Speer jedoch fing er an zu zerreißen und zu zerbrechen. Knochen krachten, Haut platzte, Blut spritzte nach allen Seiten. Tobbe brüllte wie auf der Folter; seine Qual musste unbeschreiblich sein. Das Lachen des Drübeners hallte vom Großen Wall wider, höhnisch und selbstzufrieden.

Tobbe letzter Blick galt Helm, seine letzte Kraft dem Schwert. Der Wurf war schwach, und die Klinge flog nicht einmal auf den Mutanten zu, sondern zur Seite.

Genau in Helms Laufweg hinein. Er hatte Glück, bekam den Griff zu fassen, aber er hätte auch die blanke Klinge gepackt. Er sprang hoch, höher als je zuvor in seinem Leben, drehte sich im Fluge und wirbelte den scharfen Stahl herum. Dann krachte er hart gegen die Wagenflanke und stürzte zu Boden.

Mühsam sortierte er sich. Hatte er getroffen? Er hatte keinen Widerstand spüren können. War seine Klinge ins Leere gefahren, hatte er statt der Kehle des Drübeners nur die klare Luft gespalten?

Etwas traf ihn hart im Genick, drückte ihn wieder zu Boden. Tatsächlich also. War das jetzt wirklich das Ende?

Helm öffnete die Augen und starrte in die des Drübeners. Dessen Gesicht befand sich unmittelbar vor seinem, dessen Kopf genau vor seinem Kopf.

Mehr nicht. Nur der Kopf.

Im Wagen über Helm schrie Kino entsetzt auf.

Dann schrie eine Stachelmöwe. Ihr Schrei war Helm seltsam vertraut. Im Sturzflug säbelte der Vogel dem Verräter den Kopf vom Hals. Helm war diesmal auf der Hut und wurde nicht getroffen, als Kinos Schädel auf dem Boden aufschlug.

Das Jubelgeschrei vom Großen Wall erreichte Helm nicht mehr. Sein Körper hatte die Kraft von mehr als einem Leben verbraucht, sein Geist noch weit mehr. Nichts hielt ihn mehr auf dieser Welt. Er verging in aller Stille.

26. Das Vermächtnis

»Ich werde sterben«, sagte die Mumie. »Mach dir keine Sorgen. Es ist alles in Ordnung.«

Gander sagte nichts. Er fühlte sich unbehaglich in Gegenwart dieser unheimlichen Kreatur, die so unbezweifelbar tot aussah und es doch ebenso eindeutig nicht war. Noch nicht, wenn es stimmte, was sie sagte.

Der alte Professor tauchte an seiner Seite auf, mit Drähten und Schläuchen hantierend, und bedachte ihn mit einem tadelnden Blick. »Du bist im Weg«, krächzte der Wissenschaftler. »Siehst du nicht, dass wir mehr Platz brauchen? Also bitte!« Sein Assistent Denno wedelte ungeduldig mit seiner freien Hand. Auch Rina, die die beiden nach Kräften unterstützte, widmete ihm einen tadelnden Blick.

Gander erhob sich eilig. Allzu gerne hätte er die Gelegenheit genutzt, um diesen unheimlichen Ort zu verlassen, diesen fremdartigen Keller, in dem er selbst beinahe auch seine letzten Atemzüge getan hätte. Die beiden Wissenschaftler hätten ihn gerettet, so hieß es. Er selbst hatte keine Erinnerung daran. Aber so dankbar er ihnen auch für seine Rettung war, das Unbehagen gegenüber den merkwürdigen Männern und diesem Ort hier blieb.

Er beneidete Wolf Nase. Nicht nur, dass das seltsame Tier draußen bleiben musste, oben am Eingang dieser unheimlich fremden Grotte; es durfte sich auch seiner Trauer hemmungslos hingeben. Das jammernde Heulen war von einem Ende Nesserlands bis zum anderen zu hören, selbst hier in der Tiefe. Anders als Gander, von dem alle Welt Selbstbeherrschung erwartete. Warum eigentlich? Wer war er denn, dass er nicht auch so heulen durfte?

Vielleicht sollte er wirklich hinaufklettern, überlegte Gander, und versuchen, das Tier zu beruhigen. Früher oder später kam diese Aufgabe sowieso auf ihn zu. Wer sonst sollte das auch schaffen?

Ein Wink der Mumie hielt Gander zurück. Nicht, dass der Untote seine Skelettarme etwa hätte bewegen können; nein, schon lange nicht mehr. Aber er hatte andere Möglichkeiten zu winken. »Geh nicht weg«, bat die freundliche Stimme in Ganders Kopf. »Wir sollten noch ein wenig reden. Ein bisschen Zeit bleibt ja noch.«

Eine Einladung, die er nicht ablehnen konnte. Gander seufzte hörbar, griff sich einen Schemel und hockte sich hin, so, dass er die leeren Augenhöhlen der Mumie im Blick hatte. Die genervten Mienen der Wissenschaftler ignorierte er. Darin war er gut. Schon immer gewesen. Wie oft hatte der alte Helm ihn deswegen gerügt!

Tja, das war einmal. Helm war tot.

»Nesserland lebt«, sagte die Stimme der Mumie. »Du weißt, darauf kam es ihm immer an. Nesserland ist die Zukunft. Du bist die Zukunft. Dafür hat Helm alles gegeben.«

»War Engel etwa nicht die Zukunft?«, gab Gander trotzig zurück. All die Mühen, die sie auf sich genommen hatten, um seine Schwester zu retten! Letztlich aber waren sie doch gescheitert.

»Gescheitert seid ihr nicht«, widersprach die Mumie. »Ihr habt nicht alle Ziele erreicht, sicher. Engels Tod schmerzt mich auch, glaube mir. Zumal ich daran bestimmt mehr Schuld trage als Helm. Viel Kraft ist ja ganz schön … man darf nur nicht vergessen, sie auch zu benutzen. Ach ja, in großer Macht liegt auch große Verantwortung!«

Die körperlose Stimme lachte, und dieses Lachen klang ebenso kindlich heiter wie völlig unpassend, fand Gander. Sein Unbehagen wuchs. Er mochte es nicht, wenn er nicht begriff, was um ihn herum vorging. Jetzt hatte er nicht einmal mehr Helm, um sich die Welt erklären zu lassen.

»Jetzt pass doch mal auf!«, schimpfte Denno, der gerade über ihn gestolpert war und um sein Gleichgewicht kämpfte, beide Hände voller Gerätschaften, die empfindlich aussahen. Blitzschnell streckte Gander einen Arm aus und hielt den Wissenschaftler in der Senkrechten. Seine Reflexe funktionierten ebenso wieder wie seine Muskeln. Er musste dem alten Professor und seinem Assistenten wirklich dankbar sein, dass sie die Widerhaken aus seinem Herzen entfernt hatten, ohne seinem eigentümlichen Leben ein Ende zu setzen! Dafür war er ihnen noch viele Gegenleistungen schuldig.

Denno schnaubte und entfernte sich, ohne danke zu sagen.

»Die Welt erklären.« Die körperlose Stimme verstand es, sanft zu lächeln. »Das kann man versuchen. Um sie wirklich zu verstehen, musst du sie aber selber begreifen.«

Gander runzelte fragend die Stirn. Er hatte schon ein Weilchen auf seine Hände gestarrt, ehe er begriff. »Du meinst – in echt?«

»So ist es«, erwiderte die Mumie feierlich. »Das heißt aber nicht, dass du nicht die Erfahrungen anderer nutzen sollst. Auch so ein Wort: er-fahren. Kaum jemand heutzutage ist in deinem Alter schon so weit durch die Welt gefahren. Und hat so viel davon begriffen.«

»Befingert, sollte man eher sagen«, schnauzte Denno dazwischen. Gander hatte gar nicht gewusst, dass die beiden Wissenschaftler und Rina seine Unterhaltung mit der Mumie mitbekommen konnten. Aber warum auch nicht! Es war ja von nichts Geheimem oder Peinlichem die Rede. Außerdem war der alte Professor jemand, der als Berater dem verstorbenen Helm noch am nächsten kam. Wenn die Mumie wirklich demnächst starb, dann war er, Gander, ganz allein auf ihn angewiesen.

»Danke für die Blumen«, krächzte der Wissenschaftler aus dem Hintergrund des Prepper-Bunkers. »Kannst uns bei Gelegenheit ja mal etwas Saftiges zu essen fangen, dann sind wir wieder quitt.« Er klapperte unternehmungslustig mit seiner improvisierten Zahnprothese.

Im ersten Moment war Gander beleidigt. Dann wurde er von seinem eigenen Lachen überrascht.

»Du lernst schnell«, kommentierte die Mumie. »Das musst du auch. Nesserland hofft auf dich. Nicht nur auf deine phantastischen Körperkräfte oder deine Abneigung gegen das Sterben, die selbst ich nicht wirklich verstehe. Vor allem hoffen deine Leute darauf, dass du so schnell und viel wie möglich lernst, um ihnen zu sagen, wie sie die Zukunft meistern können.«

»Ich? Ausgerechnet?« Ganders Lachen sollte jetzt spöttisch klingen, tatsächlich aber hörte es sich nachdenklich an. »Ich soll ihnen zeigen, wo es langgeht?«

»Wahrlich eine verwegene Idee!«, keifte Denno dazwischen. »Da gibt es doch wohl qualifiziertere Kräfte! Selbst in Zeiten wie diesen.«

»Merkst du?« Diese Worte, das spürte Gander deutlich, galten allein ihm. »Nicht jeder, der vieles weiß, kann es auch begreifen. Ein guter Kopf ist viel wert, ganz klar. Aber so richtig gut erkennt man die Welt nur mit dem Herzen.«

»Mit dem Herzen?« Gander fasste sich an die Brust, wo die lange Operationsnarbe längst verheilt war.

»Nicht mit der Blutpumpe!«, tadelte die Mumie. »Das musst du als Symbol verstehen. Mit dem Herzen sehen – Helm konnte das. Das hat ihn ausgemacht. Das vor allem.«

Helm. Gander spürte, wie seine Augen feucht wurden. Um Engel hatte er viel geweint – das war inzwischen vorbei. Wie lange sollte seine Trauer um Helm denn noch dauern?

»Wenn du an Helm denkst«, fragte die Stimme sanft, »woran denkst du dann zuerst?«

Er war verflucht schnell mit seinem Teleskopschwert,

dachte der große Junge, dem plötzlich klar wurde, dass er ein Mann war. Raus das Ding, ein Zuck aus dem Handgelenk, die Klinge wächst wie durch Zauberei – solch einen Angriff wehrte niemand ab! Gander war entschlossen, sich auch so ein Ding zu bauen.

Aber das meinte die Mumie nicht, das war ihm klar. Also überlegte er neu. »Helm war … gut. Verstehst du? Was er tat, sollte für jeden gut sein, sofern das möglich war.«

Was im Krieg natürlich nicht immer der Fall war. Längst nicht immer. Von den jungen Kriegern zum Beispiel, mit denen Helm aufgebrochen war, um den Weibern entgegenzugehen und ihnen Engel und den Drübener zu entreißen, war nur die Hälfte lebend zurückgekehrt. Wo war Helms Güte gewesen, als er die andere Hälfte geopfert hatte?

Bei den Nesserlandern natürlich. Bei denen, die jetzt auf eine Zukunft ohne Knechtschaft hoffen durften, sei es unter Groß Onnos Knute oder unter der eines Drübeners. Ja, für dieses Ziel hatte Helm Menschenleben geopfert. Nicht zuletzt sein eigenes. Durfte man das gut nennen?

»Güte.« Die Stimme signalisierte Zustimmung zu Ganders Gedankengang. »Ja, kaum zu fassen, selbst so etwas umfasst dieser Begriff. Das Wohl der Vielen stellt eben einen höheren Wert dar als das von Einzelnen.« Gander vernahm ein lautloses Kichern, das ihm rätselhaft blieb.

»Was noch?«, fragte die Stimme.

»Er hat sich immer für seine Leute stark gemacht. Also, für unsere Leute. Aber er wollte, dass das, was uns nützt, anderen nicht schadet. Sofern das ging.« Gander breitete die Arme aus. »Öfter mal ging das nicht.«

»Gerechtigkeit.« Die Mumie klang, als würde sie nicken. »Güte und Gerechtigkeit sind eine gute Basis. Auch für einige andere. Was glaubst du, wenn Helm damals den Jäger Wolf nicht davon überzeugt hätte, dass sie beide von den gleichen Werten ausgingen – hätte Jewa dann zwei Abteilungen Eisenmänner geschickt mit Wolf an der Spitze, um Nesserland gegen Groß Onno beizustehen?«

Gander schüttelte den Kopf: »Ja, das haben sie – aber als die endlich hier eintrafen, war alles längst vorbei! Da sieht man, was bei all dieser langwierigen Beraterei herauskommt.«

»Wichtig ist, dass sie überhaupt gekommen sind«, beharrte die Mumie. »Und fast noch wichtiger, dass dies eine gemeinsame Entscheidung der Menschen von Jewa war! Das ist das wahre Fundament eurer Zukunft, einer gemeinsamen, menschenwürdigen Zukunft, verstehst du?« Die Stimme wurde drängender. »Was meinst du, Gander? Wäre ein solches Wertesystem auch für dich relevant?«

»Was?« Der hochgewachsene junge Mann schüttelte verwirrt den Kopf. »Wie meinst du das denn? Also … was denn sonst?«

»Du hast schon viel verstanden«, lobte die Mumie. »Mehr als du denkst. Das wirst du aber noch begreifen.«

Wieder starrte Gander auf seine Hände. Er kam sich unglaublich dumm vor. Das durfte auf keinen Fall so bleiben! Dieser Wunsch war übermächtig.

»Ist dir eigentlich klar, warum Helm sich auf die Jagd nach Kino gemacht hat?«, fragte die Mumie.

»Um meine Schwester zu retten.« Gander zuckte die Schultern. »Wir konnten Engel doch nicht einfach ihrem Schicksal überlassen! Dachten wir jedenfalls.« Er seufzte. »Am Ende haben wir es dann aber doch getan.«

»So war es nicht, und das weißt du.«

»Tot ist sie trotzdem«, beharrte Gander. »Letzten Endes haben wir also versagt.«

»Falsch«, dozierte die körperlose Stimme. »Ihr habt gezeigt, dass ein Verbrecher nicht darauf hoffen darf, für seine Taten nicht verfolgt und belangt zu werden. Ihr habt gezeigt, dass das Opfer eines Verbrechens nicht befürchten muss, ohne Hilfe seinem Schicksal überlassen zu werden. Das habt ihr allen gezeigt.«

»Na und?« Gander zuckte mit den Schultern. »Wenn man sein Ziel aber doch nicht erreicht – was macht es dann für einen Unterschied?«

»Es macht den entscheidenden Unterschied«, erklärte die Mumie feierlich. »Den Unterschied zwischen Chaos und Ordnung. Einer neuen Ordnung! Und zwar nicht der Ordnung eines Groß Onno oder gar eines Drübeners, sondern eurer Ordnung. Der Ordnung der Güte und Gerechtigkeit.«

Gander schwirrte der Kopf. Er war nicht sicher, ob er das alles verstand – oder begriff. Unbestreitbar aber gaben ihm die Worte der Stimme ein gutes Gefühl.

»Dennoch.« Seine Starrköpfigkeit wollte sich noch nicht fügen. »Was nützt es denn, wenn am Ende doch keiner gerettet wird? Und die Täter davonkommen? Groß Onno, seine Familie, sogar die wahnsinnige Anführerin der Weiber – alle sind sie abgehauen! Na gut, Kino nicht. Und vor allem der Drübener nicht. Sonst wären wir ja auch jetzt nicht hier.«

»Siehst du«, erwiderte die Mumie. »Ein Erfolg ist nicht nur dann einer, wenn er absolut ist. Und auch der längste Weg beginnt mit dem ersten Schritt. Euer Weg ist noch lang, aber ihr seid wenigstens unterwegs.«

»Aber auch in der richtigen Richtung?« Scherze waren nicht Ganders Stärke, das wusste er.

Die Mumie lachte auch nicht. »Dafür, mein junger Freund«, sagte sie feierlich, »musst in Zukunft du sorgen.«

Danach schwiegen beide für eine ganze Weile. Nur noch das Klappern und die leise Unterhaltung Rinas und der beiden Wissenschaftler unterbrachen bisweilen die Stille.

Irgendwann fragte Gander: »Kannst du mir sagen …« Er zögerte. Die Mumie wartete geduldig. »Kannst du mir sagen … warum?«

»Warum was?«

»Warum die Welt heute so ist? Ich meine, alles ist so ... kaputt! Verbogen! So ganz anders, so viel schlimmer als früher.« Er hatte Helms Geschichten noch im Ohr, die wiederum zum großen Teil auf dem beruhten, was der Onkel ihm einst erzählt hatte.

»Du meinst, früher wäre sie heil gewesen? Das kam vielen Menschen nur so vor, weil sie das Glück hatten, auf Kosten der anderen zu leben, denen es weniger gut ging! Der größte Teil der Menschen hat schon immer in Armut und Elend gelebt.« Die Mumie sinnierte einen Moment. »Natürlich, hier auf eurer Halbinsel, da hat man früher ein recht gutes Leben gehabt. Die Leute fanden das normal und glaubten, das würde immer so bleiben. Von alleine aber bleibt gar nichts.«

»Verstehe ich nicht«, unterbrach Gander. »Man kann doch das, was man hat, bewahren. Oder etwa nicht?«

»Bewahren ist schon eine bewusste Handlung«, korrigierte die Stimme. »Das hielten die meisten gar nicht für nötig. Daran gingen sie dann zugrunde. Denn es gibt immer welche, die handeln. Ganz bewusst. Das sind meistens die, die schon sehr viel haben und denen das nicht reicht.«

Wie viel musste man besitzen, damit es reichte? Ganders Vorstellungen reichten da nicht sehr weit. Eine Behausung, Kleidung, Vorräte. Und natürlich viele Freunde und Nachbarn, mit denen man all das teilen konnte.

»Genau«, sagte die Mumie. »Teilen. Darum hoffe ich so sehr auf dich.«

Gander reckte den Hals und rollte mit den Schultern. Er will mir ganz Nesserland draufpacken, dachte er. Lasse ich mir das gefallen? Mal sehen. Er liebte Nesserland, auf eine ganz selbstverständliche Weise, und stark fühlte er sich auch.

»Du hast meine Frage noch nicht beantwortet«, hakte er nach. »Weißt du die Antwort auch nicht?«

»Ich weiß so viel von der Antwort, wie irgendjemand auf

dieser Welt wissen kann«, entgegnete die Mumie. »Diese Antwort ist eine Zumutung für jeden menschlichen Verstand. Bist du sicher, dass du sie hören willst?«

»Wollte Helm sie hören?«, fragte Gander.

»Ja«, sagte die Mumie. »Einen Teil davon habe ich ihm auch enthüllt. Vielleicht hätte er sogar den Rest ertragen, so stark wie er war.«

»Dann sag es mir«, stieß Gander hervor. »Ich bin Helms Erbe. Ich will so stark sein wie er.«

Er konnte förmlich hören, wie die Stimme nach Worten suchte. Die, die Helm noch hatte begreifen können, taugten ganz offenkundig nicht für ihn. Gander nahm das nicht übel. Sag es mir einfach, dachte er. So einfach wie möglich. Irgendwo fängt man eben an. Man muss dort ja nicht bleiben.

Dann hatte die Mumie sich entschieden. »Schau dich selbst an, Gander«, begann sie. »Du bist ein Mensch aus Fleisch und Blut. In Wahrheit aber bestehst du aus kleineren Bausteinen. Aus viel, viel kleineren. Die kleinsten davon kann keiner mehr mit bloßem Auge sehen. Und in diesen winzigen Bausteinen, innen drin, da stecken die Baupläne. In allem, was lebt. Und diese Baupläne, die entscheiden, wie alles wächst. Und was daraus wird.«

Gander nickte, die Stirn in Falten. »So geht das also. Die Kreuzler und die Akbars sagen, das wäre Gott, der das macht. Helm hat schon immer gesagt, die wären nur zu faul, um sich genügend Gedanken zu machen, wie alles wirklich funktioniert.«

»Ja, genau. Andere Menschen haben sich die Gedanken gemacht und die wahren Antworten gefunden. Allerdings haben sie dabei auch noch mehr entdeckt.«

»Ach ja? Und was?«

»Den Schlüssel«, erwiderte die Mumie. »Den Schlüssel zu den Bauplänen. Dazu, wie man sie ändert.«

»Die Baupläne ändert?« Gander schnappte nach Luft. »So also … so haben sie das gemacht … ich meine … uns? Gemacht?«

»Uns.« Die Mumie signalisierte Zustimmung, wenn auch nicht ungeteilte. »Dich und mich. Engel und die Drübener. Kampfschweine und Torpedorobben und all das. All das haben sie gemacht. Aber gewollt haben sie das nicht.«

Gander ließ die Schultern sinken. Gerade erst hatte er gehofft, einen Sinn in seiner so anderen, so eigenartigen Existenz zu erkennen. Und jetzt das! »Dann sind wir also … Unfälle? Fehlschläge? Wir sind ungewollt?« Neue Worte für ein Gefühl, das er immer schon gehabt hatte.

»Falsch! Wir sind absolut gewollt«, widersprach die Mumie. »Wir sind nur nicht das, was man erwartet hat.«

Noch mehr Worte, dachte Gander, für dasselbe Gefühl.

»Pass auf«, insistierte die körperlose Stimme. »Jeder Mensch ist ein Experiment, verstehst du? Jedes Tier, jedes Getreidekorn, jedes Leben überhaupt. Für jedes Individuum werden die Eigenschaften seiner Erzeuger gemischt und neu kombiniert. Das tut die Natur, um ständig besser angepasste Varianten zu erzeugen. Eine notwendige Entwicklung, sonst wäre das Leben vielleicht längst wieder von dieser Erde verschwunden.«

»Varianten«, wiederholte Gander. »Der eine mehr so, der andere anders, oder wie? Und wer besser klarkommt, bleibt am Leben. Der andere hat Pech gehabt. Wie beim Würfeln. Meinst du das?«

»Wie beim Würfeln, ja, warum nicht«, stimmte die Mumie zu. »Bloß, dass die Würfel irgendwann gezinkt wurden.«

»Die Baupläne? Verändert?«

»Genau. Die Pläne nannte man Gene, das Verändern hieß Manipulation. Mit den Genen von Pflanzen fing man an. Mehr Ertrag, bessere Haltbarkeit, höhere Widerstandsfähigkeit gegen Hitze und Kälte, gegen Insekten und Pilze.

Es gab auch Erfolge, absolut. Gezinkte Würfel, klar. Bloß hatte man nicht alles, was beim Zinken herauskam, auch vorhergesehen.«

»Was für Pflanzen?«, fragte Gander.

»Alle möglichen. Vieles geschah im Geheimen, nachdem es Widerstände gab gegen Freilandversuche mit Kartoffeln. Und mit Mais.«

»Kartoffeln«, wiederholte Gander. »Menschen essen Kartoffeln. Aber auch Schweine, zum Beispiel. Und Mais … wer isst denn wohl keinen Mais?«

»Das Prinzip hast du erkannt«, lobte die Mumie. »Die gezinkten Experimente begannen die Nahrungskette zu durchlaufen. Und als man merkte, dass es außer den erwünschten auch unerwünschte Veränderungen gab, da war es schon zu spät, den Geist wieder in die Flasche zu bekommen. Viel zu spät.«

»Und so ist das alles gekommen?«, fragte Gander nach. »Mit dir, mit uns, mit den Kampfschweinen und all dem?«

»Nicht direkt. Aber so hat es angefangen.«

»Da kam noch mehr?«

»Noch viel mehr. Erst haben sie die Nahrung manipuliert, dann die Menschen direkt. Und dann haben sie Waffen gebaut, biologische Bomben, die beides gleichzeitig tun konnten. Man hat geschworen, solche Waffen niemals zu verkaufen, aber dann hat man es doch getan. Man hat Verträge unterschrieben, diese Waffen niemals einzusetzen, aber dann hat man es doch getan. Das Rad drehte sich schneller und schneller. Bis es durch die eigene Wucht in Stücke flog.« Die Stimme seufzte. »Letztlich hat es alle getroffen, Schuldige wie Unschuldige. Was übrig blieb, ist das, was du kennst. Jetzt ist es an dir. Meine Rolle ist ausgespielt.«

Gander stellte die Frage, die ihm schon lange auf der Zunge brannte. »Und wer bist du?«

»Ich? Einer von den Schuldigen.« Es klang wie eine Bemerkung über das Wetter. »Darauf, dass ich kurz vor Schluss die Seiten gewechselt habe, bilde ich mir nichts ein, das kannst du mir glauben.«

»Und ... und was gibt es sonst noch? Außer mir, außer den Drübenern, den Bestien und allen anderen Mutationen? Ist da noch mehr, ist da noch etwas, das wir nicht kennen?«

»Mit Sicherheit«, antwortete die Mumie. »Aber was? Keine Ahnung. Irgendwann fangen die Würfel an, von alleine zu rollen. Gezinkte Gene zeugen neue gezinkte Gene, und was dabei herauskommt, weiß keiner. Noch nicht. Vielleicht ist es deine Rolle, all das herauszufinden.«

»Meine Rolle.« Gander schluckte trocken. »Wirst du mir dabei helfen?«

»Nein«, sagte die Mumie. »Ich sterbe jetzt.«

»Wir wären dann so weit«, sagte der alte Professor. Er stand plötzlich am Lager der Mumie, Schweiß auf der Stirn, eine erschöpfte Rina und einen abgekämpften Denno an seiner Seite.

»Dann los«, sagte die Mumie. »Wechselt die Anschlüsse. Wir haben ja alles durchgesprochen.« Ein letztes Mal richtete sich die Stimme an Gander: »Mach's gut. Ich vertraue auf dich.«

Schweigend und bewegungslos beobachtete Gander, wie die beiden Wissenschaftler erneut mit den geheimnisvollen Geräten hantierten, die von dem treibenden Riesenschiff stammten. Die Mumie hatte die Brit-Piraten dorthin gelockt und sie mit ihren Kräften dazu gebracht, diese Maschinen auf einen ihrer Segler zu schaffen – mitsamt dem untoten Körper, der an diesen Maschinen hing. Zuvor hatten Stachelmöwen berichtet, dass sich eine Entscheidungsschlacht um Nesserland anbahnte. Mit den Piraten als Marionetten-Besatzung, gelenkt von mentalen Fäden, hatte es die Mumie gerade noch rechtzeitig dorthin geschafft, um eingreifen zu können.

Dass dieses Manöver ihrem künstlich verlängerten Leben ein Ende setzen würde, hatte sie offenkundig in Kauf genommen. Buße? Gander gegenüber hatte sich die Stimme dazu nicht geäußert.

Jetzt funktionierten die Geräte wieder einwandfrei, in Ordnung gebracht von Denno und seinem Lehrmeister nach Anweisungen der Mumie. Trotzdem trennten sie jetzt den verschrumpelten Körper von allen Anschlüssen, um ihn seinem nunmehr unvermeidlichen Tod zu überlassen. Ganz wie angeordnet.

Gander sah dabei zu, wie die Schläuche und Drähte stattdessen mit Helms Körper verbunden wurden. Es zischte leise. Eine eigentümliche Flüssigkeit begann ihren pulsierenden Kreislauf durch Leitungen, Körper und Maschine. Den Bunker verließ Gander erst, als sich Helms Brust regelmäßig hob und senkte.

ENDE

Peter Gerdes,

geboren in Emden, lebt seit 25 Jahren in Leer (Ostfriesland). Studierte Germanistik und Anglistik, arbeitete als Journalist und Lehrer. Schreibt seit 1995 vor allem Krimis und betätigt sich als Herausgeber. Seit 1999 Leiter des Festivals *Ostfriesische Krimitage*. Mehrfach für Literaturpreise nominiert. Neueste Krimis: *Ostfriesische Verhältnisse* (2015), *Langeooger Serientester* (2016), *Ostfriesen morden anders* (2017).

Seinen ersten Abstecher ins Science-Fiction-Genre unternahm Gerdes mit der Anthologie *Der schwarzbunte Planet* (zusammen mit Bernd Flessner). 2007 erschien *Der siebte Schlüssel* (SF-Krimi), nominiert für den Literaturpreis *Das neue Buch*.

Gerdes betreibt mit seiner Frau Heike das *Tatort Taraxacum* (Buchhandlung, Veranstaltungen, Restaurant, Café) in der historischen Altstadt von Leer.

Peter Gerdes
Ein anderes Blatt
Thors Hammer
2 Kriminalromane
978-3-939689-11-9

Peter Gerdes
Ebbe
und Blut
Kriminalroman
978-3-934927-56-8

Peter Gerdes
Der Tod
läuft mit
Kriminalroman
978-3-934927-86-5

Peter Gerdes
Fürchte die
Dunkelheit
Kriminalroman
978-3-934927-60-5

Peter Gerdes
Solo für Sopran
Inselkrimi
Langeoog
978-3-939689-63-8

Peter Gerdes
Der siebte
Schlüssel
Kriminalroman
978-3-934927-99-5

Peter Gerdes
Sand und Asche
Inselkrimi
Langeoog
978-3-939689-15-7

Peter Gerdes
Wut und Wellen
Inselkrimi
Langeoog
978-3-939689-34-8

Peter Gerdes
Zorn und Zärtlichkeit
Kriminalroman
978-3-939689-64-5

Peter Gerdes
Der Fluch der goldenen Möwe
Inselkrimi
978-3-86412-013-8

Peter Gerdes
Langeooger Lügen
Inselkrimi
978-3-86412-067-1

Peter Gerdes
Ostfriesische Verhältnisse
Ostfrieslandkrimi
978-3-86412-077-0

Peter Gerdes
Langeooger Serientester
Inselkrimi
978-3-86412-092-3

Peter Gerdes
Kurz und schmerzlos
Kurzkrimis
978-3-939689-65-2

Peter Gerdes
Ostfriesen morden anders
Kurzkrimis
978-3-86412-082-4

Hanna Dunkel
Sommervogel
Historischer Roman
Hamburg
978-3-86412-204-0

Frank Posiadly
Die Stille nach dem Tod
Kriminalroman HH
978-3-86412-098-5

Christoph Ernst
Ansverusfluch
Kriminalroman
Ratzeburg
978-3-86412-093-0

Ulrich Hefner
Kalteiche
Kriminalroman
978-3-86412-203-3

Ulrike Barow
Baltrumer Badezeit
Inselkrimi
978-3-86412-202-6

Wolfgang Santjer
Gänseblut
Kriminalroman
978-3-86412-205-7

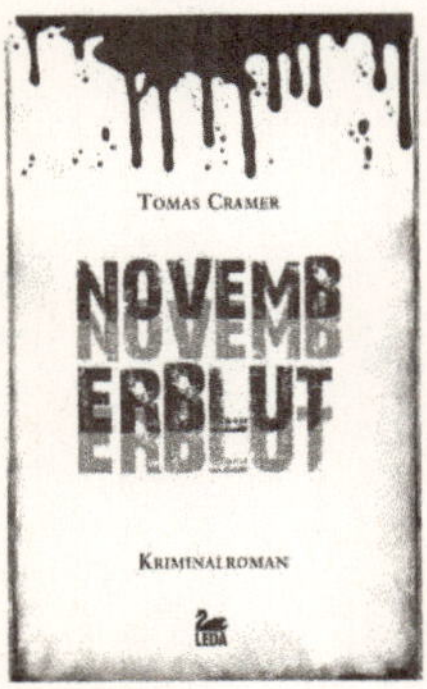

Tomas Cramer
Novemberblut
Kriminalroman
978-3-86412-201-9

1. Ostfriesischer
Krimipreis
Feinste
Friesenmorde
978-3-86412-207-1

Lothar Englert
Friesische
Herrlichkeit
Historischer Roman
978-3-86412-206-6